Knaur

Auf den Geschmack gekommen?
Ab Seite 333 finden Sie weitere erotische Highlights
des Knaur Taschenbuch Verlags!

Informationen über die Autorinnen und Autoren
finden Sie ab Seite 322!

Die Herausgeberin:

Marie Sahr, 1970 in einer hessischen Kleinstadt bei Frankfurt/Main geboren, studierte in Düsseldorf Romanistik, Anglistik und Germanistik, bevor sie in einem großen Publikumsverlag anheuerte. Heute lebt sie als freie Lektorin und Autorin (u. a ist von ihr ein erotisches Kochbuch erschienen) in München. Marie Sahr freut sich über elektronische Post unter: jarvect@yahoo.de.

Love for Sale

Erotische Fantasien

Herausgegeben von
Marie Sahr

Knaur

Besuchen Sie uns im Internet:
www.knaur.de

Originalausgabe 2002

Umschlaggestaltung: ZERO Werbeagentur, München
Umschlagabbildung: Picture Press, Hamburg
Satz: Ventura Publisher im Verlag
Druck und Bindung: Nørhaven Paperback A/S
Printed in Denmark
ISBN 3-426-62243-2

2 4 5 3 1

Inhalt

* = Titelformulierung der Herausgeberin

Susanna Calaverno

Vendesi

Signora Laura Bragato war nicht nur eine ausnehmend elegante und kluge Dame – sie besaß auch einen äußerst gut ausgeprägten Geschäftssinn.

Zum Entsetzen ihrer Eltern, eines konservativ-bürgerlichen Paares, hatte sie die zahlreichen Heiratsanträge passender Kandidaten bisher konsequent zurückgewiesen und auf einem Dasein als Single beharrt. Die letzten Jahre schienen die alten Herrschaften sich endlich damit abgefunden zu haben, denn die peinlichen Abendessen mit gut angezogenen Anwälten, Ärzten und Beamten der höheren Laufbahn waren immer seltener geworden.

Signora Bragato arbeitete mit Zähigkeit und Taktik an Karriere und Einkommen und kam überhaupt nicht dazu, einen Mann oder gar eine Familie zu vermissen. Beides hätte sie nur gestört.

Nun hatte sie im Frühjahr ihren 38. Geburtstag gefeiert – mit vielen Freunden im teuersten Restaurant der Stadt –, und da hatte ihre beste Freundin Graziella ihr diesen Floh ins Ohr gesetzt.

»Also wirklich, Laura-Schätzchen, wohnst du immer noch in dieser stickigen Etagenwohnung mitten in der Stadt? Du bist die bestverdienende Maklerin hier in der Region und findest kein passendes Haus? – Das macht sich nicht gut!«

»Graziella hat Recht …«

»Such dir doch ein hübsches Haus in der Peripherie …«

»Erzähl uns bloß nicht, du könntest es dir nicht leisten!«

»Was sollen denn die Kunden denken …«

Laura strich mit der für sie typischen nachlässigen Handbewegung eine Strähne ihres dunkel schimmernden Haars zurück, die sich aus dem strengen Knoten gelöst hatte.

»Ihr werdet lachen. Ich spiele tatsächlich seit einiger Zeit mit dem Gedanken! Nur – ihr wisst ja, wie es ist –, ich komme einfach nicht dazu, für mich selbst zu suchen. Wenn mir das passende Haus begegnet, werde ich zugreifen, da könnt ihr sicher sein!«

Und damit hatte sie sich wieder aus der Affäre gezogen.

Nun musste sie unvermittelt an diesen kurzen Wortwechsel denken, während sie nachdenklich den Hörer auf die Gabel ihres altmodischen Telefons legte, einer natürlich mit allen technischen Raffinessen aufgepeppten Antiquität.

Unentschlossen biss sie sich auf die Unterlippe. Auch wenn sie die Hälfte von dem langatmigen, geradezu schwärmerischen Bericht abzog, den Graziella ihr soeben geliefert hatte, blieb immer noch genug übrig, um ihren steten Jagdeifer zu reizen. Es klang sogar sehr gut! Mit energischem Schwung schob sie ihren nappalederbezogenen Chefsessel zurück. Die Rollen glitten geräuschlos über das Ahornparkett, das sie sich damals eigentlich noch gar nicht hatte leisten können.

Klack, klack – wer gerne Pumps mit hohen Absätzen trägt, muss zusehen, dass er den passenden Bodenbelag dazu einbaut.

»Signora Trevigiani, ich komme heute nicht mehr ins Büro. Ich will ein Villino bei Casalzuigno anschauen – also bitte nur in den dringendsten Fällen per Mobil, ja?«

»Selbstverständlich, Signora Bragato! – Wenn Sie nichts mehr für mich haben, könnte ich dann heute auch früher gehen? Ich bin gleich mit allem fertig und wollte noch meine Mutter im Krankenhaus besuchen.«

Laura nickte geistesabwesend.

»Stellen Sie aber den Anrufbeantworter an. Dottore Bianchi könnte wegen seiner Eigentumswohnung anrufen.«

Graziella hatte nur unwesentlich übertrieben. Das Haus besaß wunderbare Proportionen, die von den französischen Fenstern noch unterstrichen wurden. Ein wenig vernachlässigt wirkte das Ganze schon, aber ihr geschulter Blick erfasste sofort die Qualität des Ursprünglichen: Der parkartige Garten, den sie durch das schmiedeeiserne Gitter des Zufahrtstors überblicken konnte, zeigte deutliche Ansätze zu verwildern. Ein Traum! Ein absoluter Traum!

Vor ihrem inneren Auge lief bereits die Renovierung im Schnelldurchlauf ab, die Gartenbaufirma rodete die zu mächtigen Rhododendren und beschnitt die Kamelien – jetzt musste sie sich allerdings noch vom Zustand im Inneren ein Bild machen.

Direkt neben dem bronzenen Klingelknopf bewies ein mit Computer beschriebenes DIN-A4-Blatt in einer Plastikhülle, dass Graziella sie zu Recht alarmiert hatte. *Vendesi* war darauf zu lesen – aber keine Adresse oder Telefonnummer, die einen Hinweis auf einen Verkäufer oder ein Maklerbüro gegeben hätte. Seltsam!

Zögernd, aber magisch angezogen, drückte sie auf den abgegriffenen Bronzeknopf. Ganz entfernt und gedämpft hörte sie die melodische Klangfolge. Nichts geschah. Etwas unmutig drückte sie nochmals, diesmal ein wenig länger. Und auf einmal schwangen die beiden Torflügel auf – langsam, ruckend, als quietschten sie in den rostigen Angeln aus Protest.

Der Kiesweg zur portalgesäumten Eingangstür war vermutlich seit Jahren nicht mehr gesäubert worden und deshalb von mehrjährigen Schichten abgestorbener Blätter bedeckt. Der Regen der vergangenen Tage hatte das Laub weich und rutschig gemacht. Bei jedem vorsichtigen Schritt versanken Lauras teure Wildlederpumps viel zu tief im modrigen Untergrund.

Die 20 Meter erforderten ein gewisses Maß an Aufmerksamkeit, und so wäre sie vor Schreck fast doch gestolpert, als sich die Tür unvermittelt öffnete.

»*Scusi*, Signora, ich habe das Klingeln zwar gehört, stand aber gerade auf der Leiter. Was kann ich für Sie tun?«

Die Einfahrt fegen! Laura verkniff sich jede bissige Bemerkung, die ihr überhaupt viel zu leicht herausrutschten. Sie wollte schließlich etwas von ihm, nicht wahr? Vorsichtig auf ihren Pumps balancierend, stieg sie betont anmutig mit ihrem besten Model-Hüftschwung die Stufen hinauf und strahlte den Mann an.

»*Buona sera,* Signore. Ich interessiere mich für dieses Anwesen. Können Sie mir sagen, an wen ich mich da wenden muss?«

Seine weißen Zähne blitzten zwischen den dunklen Bartstoppeln auf.

»Vermutlich an mich! Soviel ich weiß, bin ich, nein, war ich der einzige Neffe von Tante Giusy. Leider. Jetzt hängt der alte Kasten mitsamt dem ganzen Ärger an mir.«

Das wurde ja immer besser!

»Ich heiße Laura Bragato, Immobilienmaklerin. Es dürfte kaum Probleme geben, Ihnen den Ärger abzunehmen und Ihr Haus gut zu verkaufen, wenn wir uns einigen. Natürlich müsste ich es noch von innen sehen …«

Sie bemerkte ein leichtes Stirnrunzeln. War sie zu forsch gewesen?

»Angenehm, Stefano Clerici. Wissen Sie, irgendwie ist das schon komisch. Da stehe ich gerade auf der Leiter und denke, als Nächstes sollte ich wohl einen Makler beauftragen – und Simsalabim: Da stehen Sie vor der Tür. Seltsame Zufälle gibt es, nicht wahr?«

»Zufall schon, aber so seltsam ist er nicht. Eine Freundin hat Ihr

Verkaufsschild gesehen und mir Bescheid gesagt. Aber vielleicht sollte ich Ihnen die Idee mit dem Schicksal nicht ausreden, wenn ich Sie damit eher überzeugen kann, es mir zu überlassen.«

Er war unüberhörbar amüsiert.

»Sie gefallen mir! Bitte, kommen Sie doch herein!«

Die schwere Tür fiel hinter ihnen ins Schloss, und das Haus umfing sie mit seiner ganz eigenen Atmosphäre. Ein leichter Hauch von Lavendel und Bienenwachs lag unter der erstickenden Kopfnote aus Verfall und Vernachlässigung in der Luft. Altmodisch und unbewusst vertraut.

»Oben sind drei Zimmer und zwei Bäder, hier unten Salon, Esszimmer, Küche samt überproportionierter Speisekammer und Bibliothek. Die hat Tante Giusy allerdings noch zu Lebzeiten ausgeplündert. Ein Jammer, die Bücher hätte ich gerne gehabt.«

Laura interessierten jedoch vor allem die Leitungen. Sie schienen relativ neu zu sein. Wenn das Dach auch in Ordnung war …

»Kommen Sie allein zurecht? Ich bin in der Küche gerade beschäftigt und möchte nicht, dass mir etwas anbrennt. Wenn Sie so weit sind – immer der Nase nach!«

Laura zwang sich, alles kritisch zu begutachten, wohl wissend, dass Liebe auf den ersten Blick oft mit einem bösen Erwachen bestraft wird. Aber sie fand keine ernsthaften Mängel. Perfekt! Einfach perfekt!

Träumerisch strich sie mit der Hand über das vom langen Gebrauch seidig polierte Holzgeländer, als sie die Marmortreppe wieder herunterstieg. Im Geiste sah sie sich schon auf den unteren Stufen stehen und ihre Freunde empfangen, deren bewundernde Blicke, das Staunen …

Sie musste nur noch diesen Stefano Clerici davon überzeugen, ihr dieses Schmuckstück zu überlassen. Was hatte er gesagt? Immer der Nase nach? Aus dem hinteren Bereich drangen leises Klappern und ein köstlicher Duft – Huhn, Kräuter, Knoblauch …

Er stand leicht gebückt vor der geöffneten Backofentür und bestrich die Hühnerschenkel mit Marinade. In dieser Position konnte Laura nicht umhin, seinen ausgesprochen attraktiven Hintern zu bemerken, der sich unter der hautengen Jeans abzeichnete. Klein, aber muskulös. Trug er einen Slip? Wie würde wohl ein Stringtanga an ihm aussehen?

Geschmeidig richtete er sich auf und strich sich mit dem Unterarm über die Stirn.

»Puh, ist das heiß! Ich glaube, sie sind gleich fertig. Wie sieht es mit Ihnen aus? Haben Sie schon zu Abend gegessen, oder hätten Sie Lust, alles Weitere mit mir bei Tisch zu besprechen?«

Laura zögerte. Eigentlich zog sie ihr Büro für Geschäftliches vor. Andererseits … Die Hühnerschenkel dufteten verführerisch, und sie hatte wirklich Hunger.

»Na, kommen Sie. Es ist ein Rezept von meiner Nonna aus Sizilien. Sie sammelt und mahlt die Kräutermischung selbst. Und zum Nachtisch habe ich Bacio-Eis. Für mich allein ist es zu viel, außerdem hat mich ein Freund in letzter Minute versetzt. Bitte, springen Sie für Angelo ein!«

Wieso nicht?

»Wer könnte einer so charmanten Einladung widerstehen? Vielen Dank, ich springe gerne für Angelo ein, damit Sie nicht auf Ihrem Essen sitzen bleiben!«

Er warf den Kopf zurück und lachte herzlich, wobei ein kleines Goldkreuz zwischen den geöffneten Hemdknöpfen sichtbar wurde.

»*Scusi*, so war es nicht gemeint – oder doch. Aber ich freue mich, in so angenehmer Gesellschaft zu essen. Glauben Sie mir, Angelo könnte Ihnen nicht das Wasser reichen! Ich bin mit dem Tausch mehr als zufrieden!«

Und damit zog er den Stuhl an der einen Stirnseite des altmodischen Holztisches heraus.

»Bitte, nehmen Sie Platz. Möchten Sie lieber einen Orvieto oder einen Merlot?«

»Den Orvieto, bitte.«

Mit der Geschicklichkeit eines langjährigen Oberkellners goss er den hellen Wein in das überraschend elegante Kristallglas. Das Übrige machte eher einen zufällig zusammengesuchten Eindruck: zwei Steingutteller mit unterschiedlichen Mustern, Bistrobesteck – aber gestärkte Leinenservietten. In der Tischmitte standen ein großer Teller mit aufgeschnittenem Ciabatta und eine Glasschüssel Tomatensalat mit Mozzarella.

»*Salute* – auf unsere Zusammenarbeit! Wissen Sie was? Wenn Sie mir Ihre Karte geben, komme ich morgen ganz einfach mit allem bei Ihnen vorbei, und wir klopfen die Sache fest. Einverstanden?«

Laura nickte und griff nach ihrer *Gucci*-Tasche. Interessiert musterte er die dezent-marmorierte Visitenkarte, die sie ihm überreichte.

»Na, Sie scheinen ja recht erfolgreich zu sein! Teure Gegend … Wie lange sind Sie schon in der Branche?«

Laura schluckte den Wein hastig hinunter und stellte das Glas weg. Der gute Tropfen rann kühl durch ihre Kehle, um dann eine wohltuende Wärme zu verbreiten.

»Über zwölf Jahre, acht davon mit eigener Firma!«

Er verzog anerkennend die Mundwinkel, nickte und prostete ihr erneut zu.

»Respekt, Signora Bragato! – Auf Ihren Erfolg!«

Die Hühnerbeine waren köstlich – knusprige Haut, das Fleisch saftig und mürb. Laura kämpfte gegen den Impuls an, Messer und Gabel beiseite zu legen und einfach hineinzubeißen.

Ein leises Klirren ließ sie aufblicken. Stefano hatte sein Besteck abgelegt und grinste sie über ein halb abgegessenes Bein an.

»Sie schmecken so wesentlich besser!«

Erleichtert tat sie es ihm nach. Sie waren nicht mehr zu heiß, man konnte sie gut in der Hand halten. Die raue, vom Fett schlüpfrige Haut am Knorpelende schmiegte sich an ihre Finger. Ihr gegenüber grub Stefano seine weißen Zähne in das helle Fleisch, riss die bräunliche Haut ab. Seine Zungenspitze fuhr über die Unterlippe und fing den Fleischsaft auf, der einen feucht schimmernden Film hinterließ. Laura ertappte sich dabei, wie sie fasziniert auf diese Unterlippe starrte und unbewusst mit ihrer Zunge die gleiche Bewegung vollführte. Diese wohlgeformten, festen Lippen auf ihren …

Ihr Blick, magisch angezogen von dem bei jeder seiner Bewegungen schimmernden Goldkreuz, wanderte über seinen offenen Hemdausschnitt. Ob Absicht oder Küchenhitze – die Knöpfe standen weiter auf, als es gerade noch anständig gewesen wäre, und gaben die schwarz gelockte Brustbehaarung fast bis zum untersten Rippenbogen frei. Offensichtlich rasierte er seinen Körper nicht, wie es in letzter Zeit unter den jungen Casanovas üblich war. Lief sie in einer Spitze aus, ohne den Unterbauch zu bedecken, oder zog sie sich als Matte über seine gesamte Vorderseite? Es sah nicht nach zu viel aus, also dürfte sein Rücken glatt sein. Sie verabscheute Männerkörper, die sogar an Schultern und Rücken behaart waren.

Einen guten Hinweis auf den Haarstatus lieferten im Allgemeinen die Hände. Laura musterte seine Rechte, die gerade den Schenkelknochen hin und her drehte, um ihn gründlich abnagen zu können. Schlanke, aber kräftige Hände – lange Finger mit gepflegten Nägeln. Leicht gebräunt, keine Spuren körperlicher Arbeit wie Schwielen oder Hautverletzungen. Hände, die sensible und zärtliche Berührungen versprachen und doch fest zupacken konnten. Hände, die sie gerne auf ihrer Haut spüren würde.

»Woran denken Sie?«

Laura errötete und senkte leicht verlegen den Blick auf ihr eigenes Hühnerbein.

»Kein Wunder, dass Sie so gut im Geschäft sind! Sie haben auch nichts anderes im Kopf, stimmt's?«

Besser, er hielt sie für unhöflich, als dass er ihre wahren Gedanken erriet!

»Sie haben Recht! Entschuldigen Sie, aber dieses Haus hat eine besondere Atmosphäre – es ist so … ich weiß nicht, wie ich es beschreiben soll …«

»Ich weiß, was Sie meinen. Man fühlt sich wie in einem alten Schwarzweißfilm, nicht? Erzählen Sie doch ein bisschen von sich. Wie sind Sie auf die Idee gekommen, Maklerin zu werden?«

Beiläufig goss er ihr Glas erneut voll und beobachtete sie unauffällig, während sie erzählte und dabei immer temperamentvoller aus sich herausging. Seinem aufmerksamen Blick entging weder der Moment, in dem sich ihre langjährig antrainierte Anspannung löste, noch die langsam einsetzende Wirkung des Alkohols. Die daraus resultierende leichte Fahrigkeit ließ sie das letzte Stück fettiger Haut verfehlen. Das warme Öl lief in einem dünnen Rinnsal von ihrer fülligen Unterlippe über das Kinn. Ehe sie nach der Serviette greifen konnte, fühlte sie schon seinen Daumen, der die Tropfen einfing, um daraufhin quälend langsam und jeden Millimeter sensibler Nervenzellen aufreizend, ihre Unterlippe entlangzufahren.

Seine Augen hielten ihre fest, während er behutsam die Bewegung wiederholte. Aber die Vorstellung, die man sich von einem Gefühl macht, bewahrt niemanden vor der Überraschung, die eine wirkliche Erfahrung auszulösen vermag. Lauras Lippe prickelte, schien anzuschwellen. Nerven meldeten sich, die normalerweise in einer Art Dornröschenschlaf lagen, und unter der subtilen Liebkosung öffneten sich ihre Lippen wie von selbst.

Seine Finger umfassten ihr festes, kleines Kinn. Der Daumen schlüpfte über die offene Barriere und strich kaum fühlbar über die Innenseite ihrer Unterlippe, bis sie zitterte. Fühlte dann die scharfen Kanten ihrer Zähne und berührte endlich die Zungenspitze. Schob sich wie fragend weiter, forderte zum Spielen auf. Sie schmeckte Huhn, Gewürze und konnte plötzlich der Verlockung nicht widerstehen.

Ihr Mund umfing ihn, umspielte ihn, ihre Zunge tastete ihn ab. Den glatten Nagel, die kaum fühlbaren Papillarlinien. Begann zu saugen, und in Erwiderung des rhythmischen Sogs ließ er den Finger tiefer hineingleiten oder zog ihn fast völlig heraus.

Sie verlor jedes Zeitgefühl. Schließlich festigten die übrigen Finger den Griff um ihr Kinn und zogen sie unwiderstehlich aus ihrem Stuhl hoch, auf ihn zu.

Er saß breitbeinig, die Wölbung der Jeans ein deutliches Signal. Ohne ein Wort zu sagen, dirigierte er sie zwischen seine Beine, schob ihr mit der freien Hand den Rock hoch, zog sie dann auf seinen Schoß, so dass sie mit weit gespreizten Schenkeln über den seinen saß. Erstaunt stellte sie fest, dass sie trotzdem zu ihm aufblicken musste. So groß war er ihr gar nicht erschienen!

Sein Daumen zog sich zurück, und die ganze Hand umfasste ihren Hinterkopf. Sie spürte seine Finger in ihrem Haar, die geschickt den Knoten in ihrem Nacken lösten. Die seidigen Massen hatten nur auf ihre Befreiung gewartet, umflossen nun ihre Schultern und ihr Gesicht.

»Sie sind so wunderbar! Warum versteckst du sie in diesem hässlichen Alte-Damen-Knoten?«

Bewundernd vergrub er seine Hand in den Strähnen, fuhr hindurch, drehte sie zu einem dicken Strang, bis er plötzlich ohne Vorwarnung zupackte. Aus dem Haltegriff gab es kein Entkommen.

Betont langsam, ohne seinen Blick aus ihrem zu lösen, neigte er den Kopf. Ungeduldig suchte Laura seinen Mund.

Wann hatte sie das letzte Mal einen Mann geküsst? Es musste lange her sein, wenn sie sogar Schwierigkeiten hatte, sich daran zu erinnern. Jedenfalls konnte sie sich an niemanden erinnern, der auch nur halb so aufregend gewesen wäre wie dieser Unbekannte. Wünsche, bestürzend drängende Wünsche, die sie in dieser Intensität bisher nicht gekannt hatte, erschreckten und schockierten sie. Die Wärme seines Körpers durchdrang ihren Schutzschild aus verkümmerten Nervenzellen. Die harten Oberschenkel unter ihren, sein Geruch – von Seife und ein wenig Schweiß nur unwesentlich verfälscht –, die Hand in ihrem Haar: Einzelheiten, die sie wie in Zeitlupe registrierte.

Als sein harter Mund sich endlich auf ihren senkte, seufzte sie erleichtert auf. Entschlossen schob sich die Zunge tief in ihre Mundhöhle, suchte eine Partnerin, fand sie und begann den aufregenden Tanz. Laura schwebte, überließ sich völlig dem Gefühl der wühlenden Zunge, streichelnd, drängend. Seine freie Hand war unter ihre Jacke geschlüpft, streifte sie ihr von den Schultern, ließ sie achtlos zu Boden fallen. Auffordernd rieb sie ihre kleinen, festen Brüste an ihm, und er löste den zarten Spitzen-BH mit der gleichen Geschicklichkeit. Seine Finger erkundeten vorsichtig erst die eine, dann die andere ihrer wohlgeformten Brüste. Streichelten die bräunlichen Nippel, die bereits auffordernd hervorstanden. Zogen leicht daran, rollten sie zwischen zwei Fingern.

Laura drückte den Rücken durch und streckte sich den Berührungen entgegen. Von den Brustspitzen zogen warme Ströme durch ihren Körper bis in ihren Unterleib. Ihr Inneres begann sich langsam, aber unaufhaltsam zusammenzuziehen. Unbewusst versuchte sie, auf den harten Schenkeln unter ihr hin und her zu rutschen, um ihr gespreiztes, pochendes Geschlecht daran zu reiben.

»Warte einen Moment ...«

Seine Stimme klang heiser. Seine Hände glitten an seine Jeans, öffneten hastig Knopf und Reißverschluss, befreiten sein hartes geschwollenes Glied. Es war schwarz! Laura zuckte irritiert zurück. Beim zweiten, genaueren Blick fiel ihr der typische Gummiglanz auf. War er sich seiner Sache so sicher gewesen?

Egal! Stolz oder Empörung schrumpften angesichts ihres drängenden Verlangens zu unbedeutenden Randgedanken. Sie fühlte jeden Pulsschlag in ihren geschwollenen Schamlippen. Und sie wollte ihn in sich spüren. Ausgefüllt, gedehnt werden, endlich wieder einmal erfahren, wie es war, vom Rhythmus mitgetragen, mitgezogen zu werden. Und schließlich in einem fulminanten Finale zu zerfließen ...

Ungeduldig streifte sie ihren Tanga ab und drängte sich ihm entgegen. Er ließ sich Zeit. Nicht wie ihre letzten Liebhaber, die eher auf schnelle Erfüllung für sich selbst aus waren und teils schockiert, teils beleidigt auf ihr Unvermögen, es ihnen gleich zu tun, reagiert hatten.

Geschickte Finger fuhren über ihr Geschlecht, teilten die Lippen, strichen tastend über ihre Klitoris.

Jaaa, bitte nicht aufhören ...

Ihre unausgesprochene Bitte ignorierend, wanderten die Hände zu ihren Pobacken und begannen, sie kräftig zu kneten. Sein Mund suchte ihre Brust und fing die Spitze vorsichtig mit den Lippen ein. Die Zunge umspielte sie, und fast unmerklich begann er, an ihr zu saugen. Warme Wellen zogen von dort durch den ganzen Körper und verknüpften die Brust mit ihrem Unterleib. Ihr wohliges Stöhnen ermunterte ihn, sein Saugen zu verstärken. Ihre Erregung wurde intensiver, ließ sie sich immer ungehemmter auf ihm winden.

Sie wollte ihn! Jetzt!

Mit einer lässigen Bewegung manövrierte er sie genau über seinen Penis und drang im Zeitlupentempo, jeden Zentimeter auskostend, in sie ein. Ihre tropfnasse Scheide umfing ihn, ohne ihm Widerstand entgegenzusetzen. Eng und glatt schmiegte sie sich an ihn. Ganz in ihr blieb er regungslos, zog sie nur an sich und küsste sie, bis sie ihm ungeduldig ihre Lippen entzog.

Wie lange wollte er sie noch hinhalten?

»Bitte …«

Übergangslos packte er sie unter den Oberschenkeln, erhob sich so mühelos, als wöge sie nicht ihre 58 Kilo, und setzte sie auf der Tischkante ab. Mit einer beiläufigen Handbewegung schob er alles beiseite, wobei ein Glas umfiel, über die Kante rollte und klirrend auf den Terrakottafliesen zersprang. Keiner von beiden nahm Notiz davon.

Er drückte sie an den Schultern zurück, bis sie auf dem warmen, polierten Holz lag. Sie schloss die Augen, konzentrierte sich auf die anwachsenden Wellen, die sein Glied auslöste, das sich in sie schob und dann wieder so weit aus ihr herausglitt, dass sie ihre Scheide verkrampfte, um es festzuhalten. Automatisch hob sie die Beine an, verschränkte sie hinter seinem Rücken, um sich besser mit ihm bewegen zu können. Sein Daumen tastete nach ihrer Klitoris, fand sie, prall geschwollen und empfindlich.

Es brauchte nicht viel. Innerhalb von Minuten schrie Laura unvermittelt auf, wand sich wild, kostete die erlösenden Spasmen bis zum Letzten aus. Mit einem erneuten, tiefen Seufzer zerrann die Spannung ganz, und sie öffnete wieder die Augen. Stefano beobachtete sie unter halb geschlossenen Lidern und lächelte sie zufrieden wie ein satter Kater an.

»Gut?«

»Unwahrscheinlich …«

»Okay, dann halt dich fest!«

Die Warnung erwies sich als berechtigt. Laura umklammerte mit beiden Händen die Tischkanten, um von seinen starken Beckenstößen nicht quer über den Tisch geschoben zu werden. So heftig sie waren, so schnell ging es. Laura ließ ihre Augen nicht von ihm. Sein Gesicht sprach von seiner Lust, die zusammengebissenen Zähne, die hervortretenden Kaumuskeln, der entrückte Blick und die Schweißtropfen, die aus seinem dichten, schwarzen Haaransatz traten und sich langsam ihren Weg über Schläfen und Hals suchten.

Ein lautes Aufstöhnen folgte, und sie fühlte tief in sich die erlösenden Stöße, mit denen sein Sperma herausschoss. Er wartete nicht, sondern zog sich sofort aus ihr zurück und wandte sich ab. Als er sich ihr wieder zuwandte, hatte er die Jeans bereits wieder geschlossen. Laura wurde sich langsam ihres Zustands bewusst, halb nackt und mit heraufgeschobenem Rock.

Ehe sie noch die Zeit hatte, sich peinlich berührt zu fühlen, zog er sie an den Händen hoch, bis sie aufrecht saß, und drückte einen warmen Kuss in ihre Handflächen.

»Was hältst du jetzt von einem Eis? Ich denke, wir können es brauchen.«

Und schon holte er einen großen Pappbecher aus dem Kühlschrank.

»Augen zu, Mund auf.«

Laura schob den Gedanken, sich wenigstens die Kostümjacke wieder überzuziehen, beiseite und gehorchte. Sie konzentrierte sich darauf, nicht durch die Wimpern zu schielen, sondern die Augenlider wirklich fest geschlossen zu halten. Sie hörte, wie Stefano die Deckelfolie abriss. Besteck klapperte, dann tappten kurze, schnelle Schritte über den Boden. Sie waren kaum hörbar, Laura nahm fast nur den Luftzug wahr. Ein kalter Metalllöffel, größer als sie ihn erwartet hatte, erreichte ihre Lippen. Die Eiskrem war köstlich. Sahnig zerschmolz der Nachtisch auf ihrer Zunge, kleine Nussstückchen, die ihr wunderbar würziges Aroma offensichtlich einer feinen Röstung verdankten.

»Gut, nur noch ein bisschen zu hart, findest du nicht? Lass die Augen zu! Nicht erschrecken.«

Und damit drückte er sie behutsam wieder rückwärts auf den Tisch. Was hatte er vor? Sie lauschte so angespannt, dass sie regelrecht zusammenzuckte, als ein Eiskrembrocken zwischen ihre Brüste glitt.

»Ganz ruhig, sonst rutscht es …«

Und damit begann er, das schmelzende Eis langsam und sorgfältig mit der Zungenspitze zu bewegen. Geschickt schob er es auf einen der kleinen, festen Hügel, umrundete die Spitze, die auf den Kältereiz augenblicklich reagierte und sich zusammenzog. Danach leckte er sorgfältig den fettigen Film auf, den das Eis auf der Haut hinterlassen hatte. Die Nussstückchen kratzten ein wenig dabei. Sobald die Brustwarzen deutlich abstanden, konzentrierte sich das Spiel auf sie. Er setzte das Eis direkt darauf ab, drückte und knetete mit Zunge und Lippen, saugte die Flüssigkeit auf. Der Kälte zum Trotz schienen die bräunlich roten Nippel zu glühen, von ihnen zog sich eine Spirale bis in Lauras Unterleib, wo Muskeln, die sonst ein Schattendasein fristen, sich energisch zusammenzogen. Das Atmen wurde zu leisem Stöhnen, und ihr Becken begann sich unter dem Diktat des lustvollen Ziehens von selbst zu winden. In einem entfernten Winkel ihres Gehirns registrierte sie überrascht das erneute Erwachen der Lust. Dann ließen die Empfindungen keinen Raum mehr für irgendeine Form des Denkens.

Als Stefano den tropfenden, kalten Becher an ihr Geschlecht drückte und sanft hin und her bewegte, hätte sie fast aufgeschrien. Das kalte Eis auf ihrer erhitzten Haut schien die Lust nur noch zu steigern. Verkrampft bis in die Fingerspitzen, die sie in die Tischkante presste, versuchte sie vergebens, ihr lautes, kehliges Stöhnen zu dämpfen. Einwandfrei zu animalisch für eine souveräne Geschäftsfrau – so hätte sie es in klaren Momenten wahrscheinlich empfunden.

Langsam schob er sich über sie, suchte ihren Mund. Ihre Oberschenkel umklammerten ihn, hielten ihn fest an ihre pochende Scham gedrückt. Ihre Zunge drängte aggressiv in seine Mundhöhle, ihre Lippen pressten sich auf seine. Als er sich ihr spielerisch entzog und mit der Unterlippe die ihre entlangstrich, versuchte sie ihn zu beißen. Geschickt wich er ihr aus und lachte nur.

»Nicht so ungeduldig, kleine Tigerin! Lass dir Zeit und genieß es!«

Energisch löste er sich, wobei er sie mit einer Hand zwischen ihren Brüsten festhielt.

»Bleib ganz locker und spreize nur leicht die Beine.«

Damit kippte er den Rest des Eisbechers genau über ihrem Venushügel aus. Vor Überraschung über die plötzliche Kälte keuchte sie erschreckt auf. Eisig rann es an ihrem überhitzten Fleisch hinunter, kitzelte etwas in den seitlichen Leistenbeugen.

Sein dunkler Kopf beugte sich darüber, und eine flinke Zunge schlängelte sich auf der Suche nach den Rinnsalen geschmolzenen Eises durch ihr Schamhaar und ihre aufreizend geschwollenen Falten. Drang in jede noch so versteckte Spalte ein und strich wie unabsichtlich in unregelmäßigen Abständen über ihre zitternde Klitoris. Laura fühlte den Schweiß auf ihrem Oberkörper, aber ihr war so heiß, dass er nicht kühlte, sondern geradezu verdampfte.

Ihr Fleisch war geschwollen, als ob es jeden Moment explodieren wollte, drängte sich fordernd, bittend, bettelnd der streichelnden Zunge entgegen. Ihre Oberschenkel zitterten, ihr Herz raste. Sie hörte nur noch ihr Blut pochen – und dann endlich ließ er sie über den Gipfel, warf sie darüber und hielt sie fest, während sie mit einem verhaltenen Schrei wieder zu sich kam. Noch völlig außer Atem, keuchend, aber triumphierend.

Laura blieb die ganze Nacht. Eine verrückte Nacht voller Verspieltheit und Lust. Irgendwann führte er sie die Treppe hinauf, in ein Zimmer mit einem riesigen Doppelbett. Die Wäsche duftete frisch, das Laken fühlte sich kühl und angenehm glatt auf ihrer überreizten Haut an. An ihn geschmiegt schlief sie ein und träumte ungewohnte Träume von Kinderlachen und einer samtigen Männerstimme.

Das Klingeln ihres Handys riss sie unsanft hoch. Ihre Handtasche stand neben dem Bett, ihre Kleider hingen sorgfältig zusammengelegt über dem Fußende. Sie lag allein zwischen den zerwühlten Laken. Von Stefano keine Spur.

»Pronto.«

»Signora Bragato? Ich habe mir schon langsam Sorgen gemacht. Ist alles in Ordnung mit Ihnen?«

Die gute Signora Trevigiani!

»Keine Sorge, ich habe nur verschlafen. In einer Stunde bin ich im Büro.«

Wie in Trance kleidete sie sich an, stieg zögernd die Treppe hinunter, stieß die Küchentür auf.

Verwirrt schüttelte sie den Kopf. Hatte sie geträumt? Zumindest war sie eben in einem fremden Haus, in einem fremden Bett aufgewacht. Und das ungewohnte Gefühl zwischen ihren Beinen sprach auch dafür, dass sie nicht nur im Schlaf Dinge getan hatte, die ihr noch in der Erinnerung die Schamröte ins Gesicht trieben!

Die Küche jedoch ließ in ihrem makellosen Zustand nicht die geringste Spur des gestrigen Abends erkennen. Der Tisch wirkte kahl und leer, kein zersplittertes Glas, nichts.

Nachdenklich fuhr sie über die Tischplatte, fühlte noch die Hitze und die Leidenschaft der vergangenen Nacht. In der Luft hing vielleicht noch ein wenig Huhn, aber durch das geöffnete Fenster drang sauber und frisch die feuchte Morgenluft herein. Bald würde sie die letzten Geruchsspuren verdrängt haben.

Laura fröstelte und zog ihre etwas verdrückte Kostümjacke enger um die schmalen Schultern.

Dann, nach einem letzten streifenden Blick, eilte sie durch den dunklen Flur, in dem die Staubkörnchen, die sie beim Gehen aufwirbelte, aufgeregt in einzelnen Sonnenbahnen umherschwirrten. In der Einfahrt konnte sie ihre Fußspuren noch deutlich in der weichen Erde erkennen.

Das Eisentor ließ sich nur schwer öffnen und quietschte so laut und metallisch, dass es fast schon schmerzte. Auf dem Weg zu ihrem Wagen auf der anderen Straßenseite stockte sie plötzlich und wandte sich um. Etwas war anders als gestern. Das Blatt mit der Aufschrift *Vendesi* fehlte!

David Kenlock

Das Geschenk

Ich bin ein Callboy. An manchen Tagen bin ich das sogar gern, aber nicht heute. Heute ist Dienstag, und da treffe ich Luise, genauer gesagt, Luise von Wittringhausen. Alter deutscher Adel, sehr alter Adel sogar. Luise sieht aus, als wäre sie bei der Gründung des Geschlechts im Jahre 1412 schon dabei gewesen. Sie steht vor mir, die Türklinke noch in der Hand, und blickt zu mir auf. Ich bin fast 1,90 Meter groß, und sie reicht mir gerade bis zur Brust. Auf ihrem runzeligen Gesicht liegt ein verträumtes Lächeln, das mir Angst macht. Sie trägt ihr graues Haar zu einem Dutt hochgesteckt, aber so wird es nicht lange bleiben. Bald werden die dünnen Spitzen über meinen Körper streichen, während Luise rittlings auf mir sitzt und Verrenkungen vollführt, die man einer Frau ihres Alters gar nicht zutrauen würde. Diese alte Zicke hat das Aussterben der Dinosaurier überlebt, und sie ist erbarmungslos.

»Hallo, Pierre«, begrüßt sie mich mit ihrer Fistelstimme. Ihr grellrot geschminkter Mund verzieht sich zu Millionen kleiner Falten, als sie die Lippen spitzt und mir einen feuchten Kuss auf die Wange drückt. Natürlich habe ich mich zu ihr herabgebeugt, damit sie mich küssen kann. Und natürlich heiße ich nicht Pierre. In meinem Ausweis steht Karl-Heinz als Vorname. Ausländische Namen klingen in dieser Branche romantischer. Sie verheißen Leidenschaft, Erotik und eine Sinnlichkeit, die Südeuropäern vorbehalten zu sein scheint. Ich bin bei einer Agentur unter Vertrag, die noch fünf weitere »Boys« beschäftigt, alle mit Namen, die sich auch auf

Parfumflaschen von Versace gut machen würden. Dabei heißen sie in Wirklichkeit Robert, Walter, Vincent, Torsten und Jürgen.

Sie denken, das sei Quatsch? Es komme doch auf das Aussehen, auf die Ausstrahlung und die Umgangsformen an? Dann stellen Sie sich bitte einmal kurz vor, Sie rufen bei meiner Agentur an. Eine tiefe männliche Stimme, die übrigens einem kleinen, widerlichen Fettsack aus Bochum gehört, meldet sich:

»Manhattan Begleitservice. Was kann ich für Sie tun?«

»Ich bin am 23. in der Stadt und hätte gern eine Begleitung«, sagen Sie.

»Gut, wir schicken Ihnen den Jürgen.«

Und, wie klingt das? Genau! Es klingt, als käme ein übergewichtiger Mann in den späten Vierzigern vorbei, um das Flusensieb ihrer Waschmaschine zu wechseln. Nein, ausländische Namen sind in unserem Business der Grundstein zum Erfolg.

»Wie bitte?«, frage ich, denn Luise hat etwas gesagt, das ich nicht mitbekommen habe.

»Ich bin nicht allein da«, wiederholt sie.

O Gott, sie hat diesen Köter mitgebracht, denke ich.

Cheri ist ein reinrassiger Malteser, eines dieser kleinen, weißen Mistviecher, die in der Fernsehwerbung zu Weihnachten Gänsebraten aus der Aluminiumpackung bekommen, verziert mit einem Sträußchen Petersilie. Ich hasse diesen Hund. Und ich hasse es, wenn er vor dem Bett sitzt und hechelt, während Luise und ich es treiben. Er beobachtet uns. Wahrscheinlich gibt er uns Noten.

Luise muss meinen Blick bemerkt haben, denn sie sagt: »Der Hund ist unten im Auto.«

»Äh …«, bringe ich hervor.

»Heute möchte ich deine Dienste nicht in Anspruch nehmen. Denn ich habe jemanden mitgebracht, den du verwöhnen sollst.«

Der Brigde-Club. Es kann sich nur um ihre Freundinnen vom Bridge handeln. Wahrscheinlich tänzeln gleich drei alte Damen ins Zimmer, von denen jede meine Großmutter sein könnte, packen ihre Stricksachen aus und plaudern miteinander, während ich eine nach der anderen durchvögeln muss.

»Du bist quasi ein Geschenk, das ich einer Person machen will«, säuselt sie weiter.

Singular, nicht Plural. Es ist also nicht der Bridge-Club, und es gibt noch den alten Mann im Himmel, der über mich wacht.

»Wer ist es?«

»Meine Enkelin.«

»Deine Enkelin?«, echoe ich.

»Ja. Patricia. Ich möchte ihr ein einmaliges Erlebnis schenken. Sie hat gerade eine unangenehme Scheidung hinter sich und schon lange keinen guten Sex mehr gehabt.«

»Woher willst du das wissen? Ich meine nicht die Scheidung, ich meine ... Na, du weißt schon.«

»Ich bin ihre Oma.«

Da muss sich in den letzten Jahren etwas im Umgang der Generationen miteinander verändert haben. Meine Großmutter wohnt in Kiel. Wenn wir uns sehen, reden wir über andere Dinge. Sie fragt mich, wann ich endlich aufhören will, mich herumzutreiben, und ich erkundige mich nach dem Wasser in ihren Beinen. Außerdem denkt sie, ich studiere Betriebswirtschaft.

»Weiß Patricia ...?«

»Natürlich nicht, wo denkst du hin. Sie hat keine Ahnung, dass wir uns bereits getroffen haben. Ich habe ihr zu Weihnachten einen Gutschein geschenkt, auf dem in Großbuchstaben das Wort ›Überraschung‹ stand. Du bist die Überraschung.«

»Aber ...«

Sie wedelt mir mit ihrer dürren Hand vor der Nase herum. »Sie sitzt unten bei Cheri im Auto und fragt sich wahrscheinlich, was sie erwartet. Ha, das wird ein Spaß.«

Ja, Humor hat Luise. Eine etwas abartige Vorstellung davon, was lustig ist, aber immerhin. So liebt sie es zum Beispiel, mich beim Sex in den Hintern zu kneifen, und kichert dann, wenn ich erschrocken zusammenzucke.

»Du willst diese Sache tatsächlich durchziehen?«, hake ich nach.

»Und ob.«

»Aber wie willst du ihr das alles erklären? Woher kennst du mich? Wieso kennst du mich überhaupt?«

Sie drückt mir einen Briefumschlag in die Hand, der vermutlich mein Honorar enthält.

»Das lass meine Sorge sein. Du machst einfach deinen Job. Und mach ihn bitte gut.«

Ich laufe im Hotelzimmer auf und ab. Luise ist verschwunden, und ich bin mit meinen Gedanken allein. Die Situation ist komisch, fast bizarr, und ich weiß nicht, wie ich mich verhalten soll. Natürlich könnte ich ablehnen, sagen, dass so etwas mit mir nicht zu machen ist, aber andererseits bin ich auch neugierig. Nun ja, wenigstens muss ich nicht mit Luise ins Bett springen, die Sache hat zumindest *einen* positiven Nebeneffekt.

Es klopft zaghaft an die Tür. Ich öffne.

Die Frau, die vor mir steht, dürfte etwa in meinem Alter sein, also Ende 20. Sie ist mittelgroß, und ihre braunen Haare fallen in Naturlocken bis über ihre Schultern. Ihr herzförmiges Gesicht drückt Verwirrung aus. Ich kann ihre Unsicherheit spüren, während ihre grünen Augen mich fragend anblicken. Ich sage kein Wort, denn ich bin regelrecht fasziniert von den braunen Punkten in dem hellen Grün ihrer Augen, die aussehen, als habe jemand Schokostreusel hineingestreut.

»Hallo!«, begrüßt sie mich leise und tritt wie ein Schulmädchen von einem Fuß auf den anderen.

Über den Lippen, die sie jetzt schürzt, hat sie ein Muttermal, das mich an Cindy Crawford denken lässt, aber sie sieht dem berühmten amerikanischen Model kein bisschen ähnlich. Luises Enkelin ist nicht annähernd so schön, aber sie strahlt eine wachsame Lebendigkeit aus und wirkt trotz der erwähnten unangenehmen Scheidung, die sie hinter sich hat, keineswegs niedergeschlagen. Im Gegenteil, ihr Mund verzieht sich zu einem Lächeln.

»Darf ich reinkommen?«, fragt sie.

»Entschuldigung. Natürlich«, sage ich und lade sie mit einer Handbewegung ein, das Hotelzimmer zu betreten. Sie schreitet in den Raum, bleibt stehen, dreht sich einmal um sich selbst und betrachtet die sachliche, fast nüchterne Einrichtung, die weder teuer noch billig ist. Schließlich schlüpft sie aus ihrem Mantel und wirft ihn über einen der Sessel.

»Haben Sie etwas zu trinken?«

In meinem Kopf gehe ich den Inhalt der Minibar durch, bevor ich antworte. »Was möchten Sie?«

»Einen Cognac.«

Gut, denke ich. Cognac ist vorhanden. Kurz darauf hat sie das Glas in der Hand und betrachtet gedankenverloren die braune Flüssigkeit.

»Sie trinken nichts?«, fragt sie mich.

»Nein.«

»Hat das etwas mit Ihrem Beruf zu tun?«

Ich nicke. Puh! Clevere Frage, denn sie hat Recht. Callboys trinken keinen Alkohol, wenn es sich vermeiden lässt. Nein, nicht wegen der Potenz, wie Sie jetzt vielleicht glauben möchten. Es geht vielmehr darum, bei der nächsten Verabredung nicht nach Alkohol zu riechen. Und ich habe heute noch zwei Termine.

»Sie sind also ein Callboy? Ich hätte Sie mir anders vorgestellt.«

»So? Wie denn?« Tolle Antwort. Mein Goldfisch macht intelligentere Konversation.

»Na ...« Auf ihrer Stirn bildet sich eine steile Falte, die sie plötzlich sehr jung wirken lässt. »Anders eben.«

»Gut, nachdem wir das geklärt hätten, möchte ich Sie fragen, ob Sie bestimmte Vorstellungen oder Wünsche haben?«

»Wünsche?« Aus der Stirnfalte wird ein ›V‹, das sich bis zum Nasenrücken zieht. »Was können Sie denn so?«

»Normal, romantisch oder auf die harte Tour.«

»Die harte Tour?«, kichert sie. »Was soll ich mir darunter vorstellen? Wollen Sie mich schlagen?«

Ich spüre, dass ich erröte. »Nein, so war das nicht gemeint. Ich meinte ... na, Sie wissen schon ...«

»Nein, ich weiß nicht. Bitte erklären Sie es mir.«

Mann, diese Frau macht mich irgendwie nervös, wie sie zurückgelehnt dasitzt, die schlanken Beine, von einem knielangen Rock und schwarzen Strumpfhosen betont, übereinander geschlagen. Sie lächelt mich nachsichtig an, als würde ich ständig etwas Dummes sagen.

»Manche Frauen mögen es, wenn man sie richtig rannimmt«, versuche ich es erneut.

»Rannimmt?«

»Sie durchfickt!« So, jetzt ist es heraus. Aber sie musste ja auch nachbohren. Ihr Lächeln wird noch breiter. Blendend weiße Zähne tauchen wie kleine Eisberge zwischen ihren Lippen auf.

»Und das haben Sie drauf, jemanden so richtig durchzuficken?«

Links von mir hängt ein großer, goldgerahmter Wandspiegel. Aber ich blicke nicht hinein, denn ich will den roten Ballon, der eben noch mein Kopf war, gar nicht sehen.

»Ich denke schon.«

»So, so, so.«

»Können wir jetzt anfangen?«, frage ich und schaue demonstrativ auf meine Armbanduhr.

»Womit?« Sie zögert kurz. »Ach, ja. Sie wollten mich ja mal so richtig durchficken.«

»Könnten Sie das bitte lassen?«

»Was?«

»Sich über mich lustig zu machen.«

»Tut mir Leid, aber das alles ist neu für mich.«

»Soll ich mich ausziehen?«

»Ja.«

Jetzt kichert sie wieder. Ich versuche es zu ignorieren und stelle mich breitbeinig vor ihr auf. Langsam streife ich mein Jackett ab. Danach sind die Schuhe und die Socken an der Reihe. Während ich sinnlich mit den Hüften kreise, ziehe ich den Gürtel aus dem Hosenbund und lasse ihn in Anspielung auf einen überdimensionalen Penis langsam durch meine Hand gleiten.

Sie prustet in ihre vorgehaltene Hand.

»Was ist denn daran so witzig?«, will ich ungehalten wissen.

»Nichts. Sie machen das wirklich gut. Sehr erotisch.« Dann lacht sie lauthals los. Ihr ganzer Körper schüttelt sich.

»Patricia, so wird das nichts. Ich kann mich nicht konzentrieren, wenn Sie mich auslachen.«

»Sorry.« Sie gluckst noch immer. Aus ihren Augen laufen schimmernde Tränen über ihre Wangen. »Machen Sie bitte weiter.«

Okay. Dann eben die Kurzfassung. Dreißig Sekunden später

stehe ich nackt vor ihr. Ich gehe täglich ins Fitnessstudio und verbringe Stunden unter dem Solarium. Mein Körper ist gestählt und vollkommen rasiert, aber eine innere Stimme rät mir, meine Muskeln diesmal nicht spielen zu lassen.

»Nicht schlecht …«, haucht sie.

Na also, es geht doch. Dieser Body hat noch jede umgehauen.

»… obwohl ich schon besser ausgestattete Männer gesehen habe.«

Habe ich richtig gehört? Hat sie sich gerade herablassend über mein bestes Stück geäußert? Ich starre an mir herab. Alles normal. Alles im grünen Bereich. Von hier oben sieht er aus wie immer. Und besonders kalt ist es im Zimmer auch nicht. Als ich wieder aufblicke, schaut sie mich aus ihren grünen Augen unschuldig an.

»Wissen Sie was, am besten, wir vergessen die ganze Sache«, zische ich verärgert.

»Nein, bitte … wenn ich Sie verletzt oder beleidigt habe, war es nicht mit Absicht. Können wir nicht einfach weitermachen?«

»Ja«, knurre ich. »Ziehen Sie sich bitte aus, oder soll ich das tun?«

»Ah«, murmelt sie kaum hörbar. »Anscheinend wird das heute nicht die romantische Tour. Klingt mehr nach normal.«

Ich liege auf dem Bett, die Hände hinter dem Kopf verschränkt, damit meine Bauchmuskulatur sich besser abzeichnet, und beobachte Patricia.

Sie steht jetzt vor dem Sessel, auf dem sie vorhin saß, und streift nacheinander ihre Schuhe ab. Dann zieht sie ihre Bluse aus dem Rock und öffnet mit geschickten Fingern die Knöpfe. Als sie die Bluse über den Sessel legt, kann ich sehen, dass sie einen flachen Bauch hat. Aber vielleicht zieht sie ihn auch nur unauffällig ein. Meine Augen wandern zu ihrem hohen Busen, der von einem roten Push-up angehoben wird und dadurch sehr füllig wirkt.

Wow, diese Frau ist der Hammer! So etwas sieht man sonst nur im Fernsehen und weiß automatisch, da ist jede Menge Geld nötig, wenn man landen will. Hier ist es anders. Ich bekomme Geld dafür, mit ihr zu schlafen. Ich bin ein Glückspilz. Besser gesagt, ich wäre ein Glückspilz, denn kaum habe ich den Gedanken zu Ende gedacht, bemerke ich, wie sie mich schon wieder auf diese sarkastische Weise anlächelt, die hochmütig wirkt und mich vermuten lässt, dass sie nicht besonders viel von mir hält. Egal, wenn es nachher zur Sache geht, wird dieses Lächeln wie weggewischt sein. Sie wird keuchen, stöhnen und meinen Namen hauchen. Sie wird mir ins Ohr flüstern, ich solle ihr mehr geben, es ihr richtig besorgen. Das tun sie alle, wenn ich erst einmal begonnen habe.

Sie lässt den BH an und streift langsam ihren Rock ab. Kurz darauf landet auch die Strumpfhose auf dem Sessel. Tolle Beine, ehrlich. Lang, schlank und braun gebrannt. Wahrscheinlich geht sie ebenfalls regelmäßig ins Solarium. Niemand ist um diese Jahrzeit so braun.

Ihre nackten Füße tappen leise über den Boden, als sie zum Bett herüberkommt. Sie bleibt kurz stehen und sieht auf mich herab, bevor sie sich neben mich legt.

Verdammt, sie hat ihre Unterwäsche angelassen. Was soll das denn nun wieder?

Jetzt ist keine Zeit für viele Worte. Den Fummel werde ich ihr schon abstreifen. Ich drehe mich um und sehe sie an. Diese grünen Augen können einen verrückt machen, aber ich ignoriere sie und konzentriere mich auf ihren Mund. Hier geht es um meinen Job. Auf den Ellenbogen gestützt, beuge ich mich über sie. Meine Lippen kommen ihren immer näher.

»Wollen Sie mich etwa küssen?«

Was?, schreit es in mir.

»Doch, genau das hatte ich vor.«

»Ich dachte, Prostituierte küssen niemals.«

»Sehe ich wie eine Prostituierte aus?«

Sie gluckst. »Nein, natürlich nicht. Aber sie sind das männliche Pendant zu einer Nutte, und ich dachte, das wäre so etwas wie die Standardregel aller Berufstätigen im Bereich käuflicher Liebe.«

Berufstätigen im Bereich käuflicher Liebe? Klingt, als wäre ich eine Raumpflegerin oder ein Ingenieur im Maschinenbauwesen.

Patricia ist hübsch. Nein, ich korrigiere diese Aussage. Sie ist eine schöne Frau. Mit einem herrlichen Körper. Aber sie macht mich wahnsinnig. Denk an das Geld, rufe ich mich zur Ordnung. In dem Umschlag, den mir Luise in die Hand gedrückt hat, sind 200 Euro, mein übliches Honorar, und vielleicht hat mir die alte Schachtel noch einen kleinen Bonus für diesen Job hineingelegt. Ich könnte ihn gut gebrauchen. Gestern ist an meinem Spider-Cabriolet die Einspritzpumpe verreckt.

Einspritzpumpe? Gott, ich sollte jetzt lieber nicht an Wörter wie »Einspritzpumpe« denken, sonst bekomme ich gar keinen mehr hoch. Die Sache ist auch so schon schwer genug.

»Dann eben ohne Küssen«, murmle ich.

»Nein«, widerspricht Patricia. »Küssen ist schon in Ordnung. Ich war nur nicht darauf vorbereitet.«

Sie geht zu einem Callboy und ist nicht darauf vorbereitet, geküsst zu werden? Was hat sie denn geglaubt? Dass ich ihr mein Ding wortlos reinstecke? Ich bin Profi! Ein Künstler! Der Leonardo da Vinci der Callboys!

»Vielleicht könnten Sie damit beginnen, meinen Hals zu küssen. Und später …«

Toll, jetzt gibt sie mir auch noch Anweisungen. Wo sind wir denn hier? Bei der Bundeswehr?

Ich küsse also sanft ihren Hals. Endlich entspannt sie sich und beginnt sich mit weichen Bewegungen unter mir zu räkeln.

»Das kitzelt!«, sagt sie.

»Was?«

»Es kitzelt. So, wie Sie das machen.«

»Wie mache ich es denn?«

»Weiß nicht, aber es kitzelt.«

»Ich denke, wir vergessen das Vorspiel und kommen gleich zur Sache.«

»Oh«, meint sie. Ihr Kopf hebt sich vom Kissen, bis ihr Kinn den Halsansatz berührt. Sie schaut an meinem Körper hinab. »Es sieht allerdings nicht danach aus, als wären Sie schon so weit.«

Mein Blick folgt ihrem. Wo sie Recht hat, hat sie Recht. Da unten ist nicht viel los.

»Sie waren mir bis jetzt auch keine große Hilfe.«

Auf ihrer Stirn erscheint die altbekannte Falte. »Hätte ich etwas tun sollen?«

Und diese Frau war verheiratet? Gab es in ihrer Ehe nur Cybersex, oder hat sich das Ganze mehr auf einer geistigen Ebene abgespielt?

»Nein«, erwidere ich nun etwas ungehalten. »Sie hätten nichts tun sollen. Einfach nur daliegen und stillhalten hätte vollauf genügt ...«

»Aber so will ich das nicht!«

»... und Sie hätten den besten Sex Ihres Lebens gehabt«, vollende ich den Satz.

»Ich kann nichts dafür«, entschuldigt sie sich. »Es ist das erste Mal, dass ich mit einem Fremden ins Bett gehe. Ich kann mich nicht richtig entspannen.«

»Das Gefühl habe ich auch.«

»Na, jetzt hacken Sie nicht auch noch auf mir herum.«

»Tut mir Leid.«

Patricia zieht einen Schmollmund.

»Wissen Sie was? Ich gebe Ihnen das Geld Ihrer Großmutter zurück, und Sie vergessen, dass Sie jemals hier waren.«

»Nein«, widerspricht sie energisch.

»Warum nicht? Falls Sie denken, es könnte heute noch was werden, lassen Sie mich eines klarstellen: Drei Jahre Berufserfahrung sagen mir, es wird nicht klappen.«

»So lange machen Sie das schon?«

»Ja.«

»Und?«

»Was ›und‹?«

»Macht es Spaß?«

»Es ist ein Job wie jeder andere.«

Sie kichert wieder. »Na, also das kann man ja nun nicht gerade sagen.«

»Doch, im Grunde genommen ist es so. Ich erbringe eine Dienstleistung, für die ich bezahlt werde. Wie ein Masseur oder ein Krankengymnast kümmere ich mich um Verspannungen im körperlichen und seelischen Bereich.«

»Auf die Weise habe ich es noch nie betrachtet.«

»Früher oder später sagen das alle.«

Sie richtet sich auf und stopft sich das Kissen in den Rücken. Wirklich tolle Beine hat sie, denke ich, als sie mit einer graziösen Bewegung die Knie anzieht und mit den Händen umschließt.

»Wie sind Sie zu diesem Beruf gekommen?«

»Interessiert Sie das wirklich?«

»Ja.«

Ich rutsche neben sie und lehne mich gegen das Kopfteil des Bettes.

»Ich war in einer Bar, als eine elegante Frau mich ansprach und fragte, wie viel eine Nacht mit mir koste. Sie war hübsch, und ich dachte, warum nicht. Sonst musste ich immer etwas springen lassen, um eine Frau ins Bett zu bekommen. Sie wissen schon, Drinks, ein Essen und so weiter. Und jetzt war da plötzlich diese Frau, die mir Geld anbot, für etwas, das ich liebend gern umsonst getan hätte, denn sie sah wirklich klasse aus. So bin ich zu dem gekommen, was ich heute mache. Am Anfang habe ich es mit Kleinanzeigen versucht, aber da haben sich nur selten ernsthafte Interessenten gemeldet. Später habe ich mich bei einem Begleitservice beworben und wurde angenommen. Ich arbeite noch immer für die Agentur.«

»Lohnt sich denn das Ganze?«

»Ehrlich?«

»Ehrlich!«

»Ja. In einem guten Monat komme ich auf ein Gehalt, für das ich zehn Jahre Medizin hätte studieren müssen.«

»Dann müssen Sie inzwischen ziemlich wohlhabend sein.«

»Nein, so ist es leider auch nicht. Ein Großteil meiner Einkünfte geht für Kleidung, Kosmetik und fürs Fitnessstudio drauf. Außerdem habe ich einen kostspieligen Wagen, schließlich kann ich zu einem Termin nicht im VW Polo vorfahren.«

»Was sind das eigentlich für Frauen, die Ihre Dienste in Anspruch nehmen?«

Jetzt ist es an mir zu lachen. »Sie werden es nicht glauben. Zu meinen Kunden gehören Frauen aus jeder Gesellschaftsschicht, mit jedem denkbaren Beruf und jeden Alters. Von der einfachen Hausfrau, die sich nach 20 Jahren Ehe mal etwas Besonderes gönnen möchte, bis hin zur Managerin auf Geschäftsreise ist alles vertreten.«

»Aber Sie gehen nur mit Frauen ins Bett?«

»Natürlich. Ich bin nicht bi- oder homosexuell.«

»Wie lange wollen Sie diesen Job noch machen?«

»Ich weiß es nicht. Vielleicht noch drei oder vier Jahre. Ich habe mir vorgenommen zu sparen und möchte später studieren.«

»Was würden Sie gern studieren?«

Jetzt bin ich ein wenig verlegen. Fragen zu meinem Job habe ich schon oft beantwortet, aber bis jetzt hat sich noch niemand für den Mann selbst interessiert. Alle wollten immer nur das »Warum« erklärt bekommen, das »Wie«, aber niemand fragte mich bisher nach dem »Wann« und dem »Was«. Irgendwie gefällt mir Patricia. Ihr Gesicht drückt ehrliches Interesse aus, und ich antworte gern auf ihre Fragen.

»Ich interessiere mich für Journalismus. Also würde ich gern Publizistik oder Medienwissenschaften studieren.«

Ihr Mienenspiel wechselt wie das Wetter im Herbst. Eben leuchtete noch die Sonne darauf, nun ziehen Wolken durch ihre grünen Augen. Ich kann mir das nicht erklären, aber ich frage auch nicht.

Patricia steht wortlos auf, geht zum Sessel hinüber und beginnt sich anzuziehen.

»Wissen Sie, Pierre, dann sind wir vielleicht bald Kollegen.«

»Kollegen?«

»Ja, denn ich habe Publizistik studiert und schreibe für eine bekannte Frauenzeitschrift.«

»Aber …«

»Ganz recht. Das hier war heute keiner Ihrer üblichen Termine. Ich bin nicht hier, um mich von Ihnen befriedigen zu lassen. In Wahrheit recherchiere ich für einen Artikel über käufliche Liebe.«

»Aber Luise …«

»Ist nicht meine Großmutter. Sie sitzt im Vorstand des Magazins, für das ich arbeite. Die Reportage über Callboys war ihre Idee.«

Sie steht inzwischen vollkommen bekleidet vor mir. Breitbeinig. Die Hände in die Hüften gestemmt. Sie sieht sehr sexy aus.

»Das alles war sehr aufschlussreich«, sagt sie.

»Aber Sie können doch nicht …«

»O doch, ich kann«, unterbricht sie mich. »Keine Sorge, Pierre. Sie werden in meinem Artikel nicht schlecht wegkommen. Ich schreibe nur die Wahrheit …« Ihre Hand umschließt den Raum. »… über das hier.«

Sie geht mit großen Schritten zur Tür hinüber. Die Hand auf der Klinke, dreht sie sich noch einmal zu mir um.

»Wenn Sie wirklich Journalist werden wollen, lassen Sie sich einen Rat geben. Die Wahrheit erfahren Sie nur, wenn Sie nicht sagen, warum Sie sie wissen wollen.«

Zoran Ferić

Symmetrie eines Wunders

Vor vielen, vielen Jahren, als sie noch eine Familie waren, spazierten Ivan und seine Eltern eines Wintersonntags um den zugefrorenen See im Maksimir-Park. Es war die Zeit vor Weihnachten, und der Park, die Spaziergänger, selbst die Bäume wirkten irgendwie feierlich. Doch dann erblickten sie am Ufer eine Gruppe von Menschen und einen Typen, der auf ein größeres Loch im Eis deutete. Sie sahen das stahlfarbene Wasser, zerbrochene Stücke Eis und neben dem Loch eine umgestülpte Schirmmütze und eine mit regelmäßigen roten Buchstaben beschriebene Papptafel:

Eis ist ein Aggregatzustand,
der dem gewöhnlichen Menschen ermöglicht,
Christus zu sein!

Neben der Tafel stand ein Eimer mit Farbe, über den ein Pinsel gelegt war. Niemand befand sich auf dem Eis, und die Oberfläche des Wassers im Loch war gespenstisch ruhig.

Das war für alle ein schockierendes Erlebnis. Später kamen Leute mit Kameras und filmten die Gesichter der Umstehenden. Es stellte sich heraus, dass es sich um eine Art künstlerisches Projekt handelte, um das Happening eines Malers, der in diesen Jahren mit seinen provokativen Auftritten die Menschen darauf hinweisen wollte, dass das Leben aus wohl bekannten Paradoxien bestehe, die sich hartnäckig wiederholten.

Genau fünf Jahre später starb Ivans Mutter. Es lag eine Art perfekter Sinnlosigkeit in dieser runden Ziffer. Nach dem Begräbnis schickten sie ihn weg, damit er die Winterfeiertage bei seinem Vater in Frankfurt am Main verbringe. Als die Mutter in Agonie gelegen hatte, war der Vater nicht bei ihr gewesen. Sie waren schon seit ein paar Jahren geschieden, und er hatte keinen Jahresurlaub gekriegt, um mit ansehen zu dürfen, wie seine ehemalige Frau starb. Der Brustkrebs war in die Lunge metastasiert, und alles war relativ schnell vorbei: Es ging von Oktober bis Dezember.

Der Dezember war in jenem Jahr feucht und sehr warm. Der Nieselregen, der ihnen an diesem Abend ins Gesicht sprühte, machte den Winter zum Vorfrühling. Sie standen vor dem Eingang und sahen zu, wie die letzten Käufer das Warenhaus verließen, vorbei an den Verbeugungen des Wächters. Obwohl es erst neun Uhr war und Vorweihnachtszeit, waren die Straßen verlassen.

»Jetzt sind wir an der Reihe«, sagte Ivans Vater.

Sie traten näher und klopften ans Glas. Es verging mehr als eine Minute, bevor ein Mann in grüner Uniform die Tür aufsperrte.

»Da seid ihr ja«, sagte er und gab dem Vater die Hand, und dann auch Ivan.

»Was machen wir hier?«, fragte Ivan. Das war alles ziemlich seltsam.

»Weiß der Kleine noch nicht Bescheid?«, fragte der Wächter.

»Das wird er bald. Wir müssen dem Knaben doch beibringen, wie man sich amüsiert, nicht wahr?«, sagte Ivans Vater und reichte dem Wächter einen Hundertmarkschein.

Beide lachten. Ivan bemerkte, dass der in eine viel zu enge Jacke gezwängte Bauch des Wächters beim Lachen hüpfte. Auch der Gurt mit dem Revolver hob und senkte sich.

»Es ist alles arrangiert«, sagte der Mann.

Ivan und sein Vater gingen nach oben. Die Rolltreppen waren abgeschaltet, und so stiegen sie langsam hinauf, zu Fuß. Wie bei einer Wallfahrt. Der Vater erklärte, welche Abteilungen sich in den einzelnen Stockwerken befanden, die sie passierten. Er las es von den großen Hinweistafeln ab, die jetzt nicht erleuchtet waren: Sport und Waffen, Ledergalanterie, Spielzeug, Herrenkonfektion.

»Kleiner, jetzt ist es Zeit, dass ich dir etwas zeige, was du bisher bestimmt noch nicht gesehen hast!«, sagte der Vater.

»Wollen wir uns etwas nehmen?«

»Versuch es nur«, sagte der Alte. »Deshalb sind wir aber nicht hier.«

Sie gelangten in den vierten Stock, der voll gestellt war mit Möbeln. Hier standen Küchen, Schlafzimmer, komplett eingerichtete Salons mit Büchern und Bildern, wie in richtigen Wohnungen. Einige der Zimmerlampen waren eingeschaltet, was eine anheimelnde Atmosphäre schuf. Der Vater wählte eine Ledercouch, original Chesterfield, und sie setzten sich.

»Was machen wir jetzt?«

»Wir sitzen«, sagte der Vater. »Wir sitzen und warten.«

Sie warteten schweigend. Ivan ließ seinen Blick durch die schwach erleuchteten »Zimmer« schweifen, während der Vater sich mit den Knöpfen auf der Chesterfield beschäftigte. Er zupfte an ihnen und drehte sie, als würde er Mäusen den Hals abreißen. Es war ein merkwürdiger Anblick, wie er da auf der Chesterfield saß, er, ein einfacher Mann, und irgendetwas mit diesen Lederknöpfen zu machen versuchte.

Und dann hörte sie ein Geräusch. Als rutschte ein feuchtes Tuch über einen Marmorboden. Neben einer Esszimmergarnitur wurde zuerst ein blauer Kittel sichtbar und dann auch die Person, die den Boden wischte. Das Licht war schwach, das Gesicht war nicht gut zu sehen. Dann hörte das Geräusch auf, die Person verschwand irgendwo hinter einer Schrankreihe, und kurz darauf hörten sie jemanden sprechen. Das Gesicht des Vaters war ausdruckslos. Er wartete einfach

Jetzt sahen sie zwei Frauen in blauen Kitteln näher kommen. Eine hatte große Brüste. Die mit den großen Brüsten war die Ältere. Ihre Lippen waren schmal und nach unten gezogen. Die zweite Frau war ganz jung, sie hatte gebleichtes Haar, das am Scheitel dunkelbraun wurde. Um die Augen hatte sie blaue Ringe. Unter dem Kittel trugen beide einen kurzen Rock und offene Schuhe mit Absätzen.

Der Vater begrüßte sie, und sie setzten sich neben die beiden.

»Welche willst du?«, fragte der Vater.

Ivan schwieg, verwirrt. Alles ging so schnell.

»Wollt ihr Mädchen einmal aufstehen?«, sagte der Vater. »Damit euch der Kleine besser sieht.«

»Ist es für ihn das erste Mal?«, fragte die Ältere. Ihr Akzent war bosnisch, ihre Stimme rau, ihr Mini spannte sich über ihrem Hintern. Er war aus einem Stoff, der am Körper anliegt.

»Kleiner, ich weiß, dass es für dich das erste Mal ist«, sprach sie ihn an. »Ich sehe es dir an der Nase an.«

»Kleiner, sieh hin!«, sagte der Vater. »Dies ist deine Nacht.«

Die Alte hob das Röckchen und zeigte ihm ihren Hintern.

»Hör auf«, sagte die junge Frau, »sonst ist er ja vom Hinschauen schon fertig. Nimm den Kleinen mit, wir bleiben hier.«

Die Alte ging in den Teil, wo sich die durch Schränke abgeteilten Schlafzimmer befanden.

»Such dir einen Platz aus!«, sagte sie zu ihm. Die Namen der Schlafzimmer waren auf Preisschildchen geschrieben, die an den Betten oder Nachttischen angebracht waren: Gaby, Imelda, Ozana, Ulrike. Er blieb bei Ozana stehen. Ein französisches Bett aus Teak war mit Ranken geschmückt, die Blüten oder Efeuzweige darstellen sollten. Mit solchen Efeuranken war auch der Spiegel am Schrank verziert. Die Alte breitete ein Leintuch über das Bett, wie eine richtige Hausfrau.

»Mach es dir bequem«, sagte sie und begann ihre Bluse aufzuknöpfen. Sie zogen sich in aller Stille aus. Er war als Erster fertig. Er stand dort in Schuhen und Strümpfen, sonst völlig nackt, und sein Ding war steif. Sie ging zu ihm und knetete ein wenig seine Eier. Mit der linken Hand nahm sie ein Präservativ, während sich ihre rechte noch mit seinen Eiern beschäftigte. Sie biss den Rand der Verpackung ab, fingerte das Präservativ geschickt heraus und blies in das Käppchen an der Spitze. Dann setzte sie es ihm rasch auf. Mit der Hand schob sie ein paar Mal in Richtung Bauch, damit sich das Gummi völlig anlegte.

»Jetzt bist du so weit!«, sagte sie und klatschte ihm auf den Bauch. »Jetzt kannst du vögeln.«

Es war tatsächlich sein erstes Mal. Er konnte sich überhaupt nicht konzentrieren. Ihm fielen die unmöglichsten Dinge ein. Ein dicker Mann etwa, der auf das Dach seines VW Passats kletterte und auf die Haube pinkelte. Oder eine Alte ohne Hände, die kleine Schildkröten auf dem Boden eines umgestülpten gelben Trogs verkaufte. Während er sie vögelte, bemerkte er, dass die Frau den Kopf herumwarf, als versuchte sie, seinem Atem zu entkommen. Er sah in ihr Gesicht, auf dem sich Schweißperlen zeigten.

»Wenn du ficken gehst«, sagte sie plötzlich, »darfst du vorher keine Zwiebeln essen!«

Und dann begann diese seltsame Idee von ihm Besitz zu ergreifen, ein Gedanke, von dem er sich nicht mehr befreien konnte. Er stellte sich diese Frau in Schwarz vor, wie sie, stockbetrunken, schwankend einen Wagen mit einem kleinen Kind schob. Woher kam ihm bloß dieses Bild? Für einen Augenblick blieb sie stehen, hielt sich am Wagen fest, als wäre er das einzige Feste, an das sie sich in diesem Moment klammern konnte. Auf diese Weise, dachte er, hatten sich die Bilder den biblischen Propheten gezeigt, und die hatten sie dann gedeutet. Ein paar Mal fiel er ihm heraus, und sie schob ihn immer geduldig in sich zurück, aber die Sache bewegte sich nicht auf ihren logischen Abschluss zu. Immer, wenn er sich dem Höhepunkt näherte, tauchte dieses Bild mit der Frau in Schwarz auf, und die Farbe ihres Kleides hob sich vom Hintergrund, dem hellen Blau des imaginären Himmels, ab. Sie unter ihm schwitzte immer mehr, und auf einmal sagte sie: »Dort in der Tasche des Kittels sind Papiertaschentücher. Greif mal hinein!«

Er streckte sich nach dem Kittel, den sie über das Nachtschränkchen geworfen hatte, und fingerte aus einer der Taschen ein Päckchen Taschentücher heraus. Sie reckte sich gemeinsam mit ihm, so dass er ihn überhaupt nicht herausziehen musste. In der Hand hielt er jetzt dieses Zellophanpäckchen, nachdem er eines der Taschentücher mit Kieferndutf herausgezogen hatte.

»Wisch mich ab«, sagte sie, noch immer mit ihrem Becken kreisend, wie eine Frau, die ihr Geschäft versteht.

Ein paar Mal fuhr er mit dem Taschentuch über ihr Gesicht, um den Schweiß aufzunehmen, der sich dort angesammelt hatte. Das poröse Papier saugte mit dem Schweiß auch die Farben ihres Make-ups auf, die jetzt unregelmäßige bunte Flecken auf dem Tisch bildeten. Nach und nach wurde es Ivan bewusst, dass sich auf dem Taschentuch ein abstraktes Bild formte, das, wer weiß, wieso, einen vollendeten Gesichtsabdruck der Frau ergab.

Als er endlich fertig war, war ihm klar, dass ein Wunder immer dort eintritt, wo wir es am wenigsten erwarten.

Davon galt es Zeugnis abzulegen.

Jonathan Ames

Goldie

Ich mag diese eine Hure auf der Lower East Side, sie heißt Goldie, wegen ihrer Zähne, und sie ist wirklich süß. Sie ist eine stämmige Schwarze mit großen Brüsten, und das erste Mal gesehen hab ich sie vor ein paar Nächten, als es zu heiß zum Schlafen war. Ich kam so gegen eins aus meinem Zimmer und ging die Grand runter, und da war sie. Sie trug einen schwarzen Büstenhalter in der Art eines Bikinis und einen engen schwarzen Minirock und schwarze, hochhackige Schuhe. Ich bin langsam an ihr vorbei, und meine Augen glitten über ihre Brüste und den Bauch hinunter, und sie lächelte mich an, und sie nahm den Trinkhalm, auf dem sie kaute, aus dem Mund und sagte richtig nett: »Bisschen ausgehn, Schätzchen?« Und ich sagte: »Yeahh«, ganz zögerlich und schüchtern und peinlich berührt, als wenn's mein erstes Mal wäre, aber ich wusste, was wir machen würden, und deswegen bin ich ja hin. »Ich ... bin dabei.«

»Na dann, Schätzchen, auf geht's, komm.«

Und sie nahm meine Hand und führte mich über die Straße. Sie ging mit mir in den alten, dunklen Park mit seinen kaputten Zäunen, zerbröckelnden Mauern und diesen Schatten, die nach Pisse und Müll und weggeworfenen Kondomen stinken.

»Bumsen oder blasen?«

Ich sagte bumsen, ganz seelenruhig und süß geflüstert, und sie sagte: »Okay, Schätzchen, ich bück mich, und du steckst 'n mir einfach rein.« Und genau das wollt ich auch, mich verlieren in dem großen schwarzen Arsch dieser großen schwarzen Frau, doppelt so breit wie ich. Mich verlieren in irgendeinem Loch, vor dem ich Schiss hab, mich verlieren in dem dunklen Loch zwischen ihren Beinen, mein kleiner weißer Körper mit Hüften, bloß halb so breit wie ihre – reingezogen werden, eingesogen werden, mich für immer verlieren. Aber sie sagte: »Das kostet dann fünfundvierzig.« Und mein großer Traum zerschellte, und ich war wieder im Park, zurück in der Realität, und ich sagte: »Ich hab bloß zwanzig.« Was ziemlich blöde war, denn ich wusste, es würde auf Blasen hinauslaufen, und sobald man einer Hure erzählt, wie viel Geld man dabeihat, ist man das auch komplett los. Jedenfalls passiert mir das immer, weil ich auf so 'ne halb verrückte Weise Schiss vor Huren hab und lieber zahl, als mich auf Streit mit einer einzulassen. Obwohl sie mir, wenn ich ihr erzählt hätte, ich hätt bloß zehn Dollar, auch dafür einen geblasen hätte.

Aber Ariel war anders als die anderen, fast kommt es mir so vor, als könnte ich ihr vertrauen. Sie sagte: »Keins von den Mädchen hier draußen lässt sich für zwanzig von dir ficken, aber ich werd dir einen blasen und dich dazu mit meinen Titten spielen lassen.« Also, sie macht das alles natürlich wie die anderen Huren auch, um sich ein paar Kröten zu verdienen, aber sie will auch, dass man was kriegt für sein Geld. Nur wenige Huren auf der Straße sind so.

Sie sagte, ich solle ihr die zwanzig geben, und ich tat es; man zahlt immer, bevor es losgeht. Sie steckte den Schein in ihre kleine Handtasche und wühlte darin nach einem Kondom rum. Ich zog mir Hose und Unterhose runter, und sie sagte: »Wie heißt du?« Alle Huren fragen das, und ich hab keine Ahnung, warum, vielleicht, damit man lockerer wird, also lüg ich jedes Mal, aber diesmal nicht, ich mochte sie, ich sagte: »Alexander.« Sie lächelte und sagte: »Ich heiß Goldie«, und ich konnte im Dunkeln ihre Zähne sehn.

Sie holte das Kondom raus, und es war mir ein bisschen peinlich, dass ich mir Hose und Unterhose selber runtergezogen hatte. Ich wollte immer noch dieses Spiel spielen, dass ich keine Ahnung hatte, was lief. Fast hätte ich erwartet, es würde sie überraschen, dass meine Hosen schon runter waren, aber sie schien es gar nicht zu bemerken. Sie legte Hand an, um mich in Stimmung zu bringen, aber ich war schon steif, und sie pfiff leise durch die Zähne, damit ich mir gut vorkam. Sie kniete sich hin und rollte mir das trockene Kondom über – Huren nehmen normalerweise immer billige Dinger, die nicht angefeuchtet sind. Sie sagte: »Muss sein, das mit 'm Präser, Schätzchen, damit sich keiner was bei wegholt.« Das fand ich ganz in Ordnung, und sie fing an zu lutschen, und ich lehnte mich zurück an die Parkmauer und fuhr ihr mit meiner Hand am Hals runter und in den engen Spalt zwischen ihren feuchten großen schönen Brüsten.

Wir waren verborgen im tieferen Teil des Parks, da, wo mal ein Kinderspielplatz gewesen sein musste. Über der Mauer, an die ich mich lehnte, waren eine Reihe alter, dunkler Bäume, ein niedriger Eisenzaun und ein paar Bänke. Auf einer der Bänke ein bisschen weiter links konnte ich zwei Männer erkennen, die da hockten und zuschauten, wie Goldie mir einen blies. Ich schätzte, das waren alte Penner aus der Bowery, die zum Saufen herkamen, oder junge Bengel mit 'nem Schuss Heroin. Vermutlich saßen die da die ganze Nacht und beobachteten hundert Kerle dabei, wie sie vor den Huren die Hosen runterließen. Mehr vielleicht, hab keine Ahnung. Ich hab mich oft gefragt, wie viele Männer die Straßenhuren wohl pro Nacht abschleppen. All die Penisse in ihren Mündern und die modrigen, haarigen Lenden in ihren Gesichtern. Genau darum lutschen sie an einem wie Maschinen, immer rauf und runter, so schnell sie können. Sie öffnen weit ihren Mund, und dann lassen sie den Kopf vor- und zurückschnellen wie einen Kolben, so dass der Penis ihnen bis ganz hinten in den Rachen reinfährt. Sie wollen, dass man so schnell wie möglich kommt, damit sie wieder auf die Straße zurückkönnen und mehr Geld scheffeln. Das Vergnügen dabei ist nicht sonderlich groß, jedenfalls nicht für mich.

Manchmal allerdings kommen komische Sachen vor, so wie mit Goldie. Sie war ordentlich mit Lutschen zugange und ich mit ihren Titten, als sie plötzlich aufhörte, zu mir hochschaute und sagte: »Komm schon, Baby, komm für Mama!« Ich fand, das klang gut, das gab mir noch einen Extrakick, und dabei wollen die immer, dass man schnell macht, aber Goldie war richtig nett, und ich war kurz davor, für sie zu kommen, sie zufrieden zu stellen, als in der Öffnung des abgesenkten Areals eine andere Hure auftauchte und mit kratzender, warnender Stimme flüsterte: »BULLEN, und ham was vor, das fühl ich.« Goldie richtete sich auf, warf einen raschen Blick auf die Straße, nahm ihre Handtasche von der Mauer und sagte: »Tauch weg, Schätzchen, sind Bullen unterwegs.« Sie selber tauchte auch ab, passte aber gut auf, dass sie meinen Zinken nicht verlor, damit der nicht schlappmachte. Ich schaute durch die Öffnung des Parks und sah den Streifenwagen an der Ecke, ungefähr fünfzig Meter weg. Ich schaute Goldie an, und sie lutschte ab und zu mal kurz und behielt gleichzeitig die Straße im Auge. Der Streifenwagen stand da einfach bloß rum, und die Huren waren still, ruhig, warteten ab. Schließlich fuhren die Bullen langsam davon, und die andere Hure sagte: »Weg sind sie, aber nicht für lange.«

Ich hatte plötzlich eine unglaubliche Hochachtung vor diesen Huren. In Gedanken verglich ich sie mit den großen Dschungelkatzen der Tarzan-Bücher, die ich gelesen hatte, als ich klein war. Diese Katzen, Numa der Löwe und Sheeta der Leopard, kannten jedes Lebewesen, das im Wald unterwegs war, und wussten, was es tun würde. Noch ein paar Huren kamen in den Park, um sich zu verstecken, und sie alle glichen diesen Katzen und flüsterten untereinander: »Ssstreife … Ssstreife … sssind im Anmarsch.« Ich hielt meinen Kopf weit unterhalb der Mauerkante und lehnte mich mit angezogenen Knien zurück, während Goldie noch ungestümer als vorher an mir lutschte. Ich wartete drauf, dass ich vom Scheinwerfer des Streifenwagens erfasst würde, und ich fragte mich, ob sie Freiern wohl Handschellen verpassten, und beinahe hoffte ich, dass sie kämen und ich weglaufen könnte, dass meine Kinderspiele vom Ausbruch aus dem Knast Realität würden.

Sie fuhren wieder vorbei, aber diesmal hielten sie nicht an. Sie schienen uns einzukreisen, umrundeten den Park, kamen die Chrystie Street runter, fuhren dann die Forsythe hoch. Unter den Straßenlaternen konnte ich den Wagen so deutlich sehen, als wär das der erste Streifenwagen, den ich zu Gesicht kriegte. In meinen Augen war er fast eine Schönheit mit seiner röhrenförmigen roten Warnleuchte auf dem Dach und dem aus dem Fenster hängenden blauen Arm des Fahrers. Eine von den Huren sagte: »Die bluffen nur, die wissen ganz genau, dass wir hier stecken, und die werden uns alle einsacken; mach mal lieber 'n bisschen hinne, Goldie, und sieh zu, dass du deinen Liebsten loswirst.« Ich wusste, ich sollte lieber bald kommen, sonst würde ich gar nicht mehr kommen, und ich wollte die zwanzig Eier nicht verschwenden. Aber durch die ganze Aufregung war ich unkonzentriert geworden, und Goldie merkte das, drum fing sie an, mich zwischendurch beim Lutschen anzufeuern: »Na los, Schätzchen, her mit deinem Saft … ich will alles, Baby … spritz ab, Baby … spritz ab!«

Die anderen Huren fingen an zu lachen. Mich auszulachen. Eine von den Huren meinte: »Sag ihm, wie's geht, Goldie, sag's dem Bengel endlich.« Und Goldie sagte immer wieder: »Spritz ab!«, und sie lachten immer weiter. Irgendwie wünschte ich mir, Goldie würde sagen: » Tu's für Mama«, das hatte mich vorhin einigermaßen erregt, und dann könnte ich vielleicht kommen, aber es war mir zu peinlich zu fragen. Also versuchte ich, mich zu konzentrieren. Ich klebte mit dem Pimmel in ihrem Mund, mit der Hand auf ihren Brüsten und mit den Augen auf der Straße, hielt Ausschau nach der Polizei.

Schließlich zwang ich mich zu kommen, obwohl ich das kaum spürte. Sie bemerkte eine Veränderung an mir, das Ende des leichten Wiegens meiner Hüften.

»Biste gekommen, Schätzchen?«

»Ja, bin ich.«

»Biste sicher?« Sie sah mich besorgt an. »Wollen doch sichergehn, dass du kommst, bist so nett gewesen.«

»Ist schon in Ordnung, alles okay.«

»Prima, Nacht dann, Schätzchen.«

Sexy und stolz ging sie davon, und die anderen Huren verschwanden ebenfalls. Die Hosen hingen mir in den Kniekehlen, die Polizei war nicht zurückgekommen, und ich pellte mir das Kondom von meinem Pimmel. Es ziepte an den Haaren, und ich hasste das, und es war nass von ihrem Speichel. Als ich's runter hatte, schlenkerte ich es zu Boden und versuchte, den Typen auf der Bank vertraulich zuzunicken, falls die hersahen. Ich zog mir die Hosen hoch und schlug mich in der entgegengesetzten Richtung zu den Huren durch den langen, gefährlichen Park, dessen Schatten mich aus den Augenwinkeln ansprangen.

Ich hastete schnell über den unebenen Asphalt und zerbrochenes Glas und sprang ein Stück Mauerwerk hinauf, und während ich sprang, hatte ich einen stolzen Moment der Hochstimmung. Ich war stolz, weil Goldie eine gute Hure war und mich ihre Titten hatte anfassen lassen. Ich war stolz, weil ich einen Park durchquerte, durch den »niemand hindurchgehen sollte«. Und ich war stolz, weil ich die anderen Huren von Streife hatte flüstern hören und weil sie über mich gelacht hatten.

Ich lief den ganzen Weg zurück zu meinem Haus, und als ich an meine metallene Tür kam, rollte der Streifenwagen langsam vorbei, und ich warf einen Blick zur Straßenecke, aber Goldie war nicht da. Das war eine Ausgebuffte, und ich war auch in Sicherheit, und ich stieg die schmutzigen Stufen zu meinem sommerlich heißen Zimmer hoch und ging auf die Toilette. Ich pisste lange, und ich war froh drüber, denn ich rede mir immer ein, wenn man nach dem Sex mit einer Hure pisst, dann steckt man sich nicht an. Aber dann warf ich einen Blick auf meinen Penis, und der war ganz rot und sah ziemlich malträtiert aus. Es klebte sogar ein Fitzelchen zerrissenen Gummis dran. Ich fragte mich, ob das Kondom zerrissen war, als sie an mir lutschte, und ich fragte mich, wenn es so war, ob dann ein paar kranke Keime, so wenige, wie's eben braucht, durch diesen kleinen Riss gedrungen und mit einem Tröpfchen von mir in Kontakt gekommen sein könnten. Ich pellte das Fitzelchen zerschlissenen Gummis ab und wusch meinen Pimmel, trocknete ihn anschließend mit einem Papierhandtuch. Ich besah mich selber im Spiegel, meine roten Augen und meine verschmierte Nase. Und ich dachte so bei mir, am ernüchterndsten überhaupt auf der Welt ist es doch, in den Spiegel zu schauen und zu sehen, wie hässlich man tatsächlich ist.

Marcus Luft

Das Geheimnis

Es war der Händedruck, der ihm so seltsam erschien. Feucht. Lasch. Ungewöhnlich für einen Mann, der die Größe eines Tiroler Bauernschranks hatte. Stefan ließ sich selbstverständlich nichts anmerken, als er Peter Domoran begrüßte, den österreichischen Botschafter.

»Schön, Sie zu sehen, Herr Botschafter. Darf ich Ihnen meinen Partner vorstellen?« Er zog Martin zu sich. Der lächelte, verbeugte sich, wobei er Domorans Frau Gemahlin einen vollendeten Handkuss gab: »Sie sehen umwerfend aus, Madame!« Danach zum Botschafter: »Guten Abend, kennen wir uns nicht?«

Domoran, um die 50, runzelte die Stirn. »Kann gut sein. Vielleicht haben wir uns auf einem dieser Empfänge schon einmal gesehen. Sie müssen entschuldigen, aber ich habe leider ein wahnsinnig schlechtes Personengedächtnis. Kommst du, Schneckchen?«

Domorans Gemahlin hakte sich bei ihrem Mann unter. Sie verschwanden im Getümmel auf der Tanzfläche. Dabei trat sie mit ihren weißen Stöckelschuhen immer wieder auf den Saum ihres Abendrocks. Martin und Stefan schauten dem Botschafterpaar nach. Offensichtlich hatten manche noch immer Probleme mit einem Schwulenpärchen. Schade! Stefan hätte sich nur allzu gerne ein wenig mit der Frau Gemahlin über deren fantastischen Diamantschmuck unterhalten. Ein Geschmeide von Harry Winston, er kannte es aus einer Annonce in der amerikanischen *Harper's Bazaar*.

Dennoch konnten sich die beiden auch an diesem Abend über mangelnde Konversationskontakte nicht beklagen. Das Paar war seit Jahren das Praliné der Hamburger Gesellschaft. Stefan, Erbe einer Kinderladenmoden-Kette, galt als intelligenter Gesprächspartner, mit dem sogar weibliche Anhängsel hanseatischer Pfeffersäcke nur allzu gern über die angespannte Weltwirtschaftslage im Allgemeinen und Stefans verblüffende Ähnlichkeit mit George Clooney im Besonderen sprachen. Oder sie sympathisierten gleich mit dem Leckerli daneben, seinem Freund Martin. Süß wie ein Sahnetrüffel und Student der Kunstgeschichte (fünftes Semester) mit dem Aussehen eines jungen griechischen Gottes: muskulös, ein zartes Gesicht und Augen so blau wie das Wasser der Ägäis. Martin war ganze 17 Jahre jünger als Stefan, genau der Typ Mann, zu dem dahinschmelzende Frauen bevorzugt Sätze sagen wie: »Herr Martin, von mir können Sie alles haben. Hach, aber Sie wollen ja nicht.«

Auch jetzt wieder, beim alljährlichen Jahresempfang des Lions Clubs im feinen Hotel *Vier Jahreszeiten* strahlte das Schwulenpaar mit dem Kronleuchter an der Ballsaaldecke um die Wette. Stefan trug einen schwarzen *Armani*-Smoking, dazu weißes Hemd und Fliege. Martin hingegen war froh, sich für seine neue *Yves-Saint-Laurent*-Hose und das taillierte, chinchillafarbene Hemd entschieden zu haben. *Gucci* war für ihn definitiv passé. Denn nur so konnte er der Peinlichkeit entgehen, möglicherweise das gleiche Ensemble zu tragen wie der Sohn von Stefans Putzfrau. Außerdem hielt er es mit Prinzessin Diana, die in einem Interview bekannte: »Ich spreche nur drei Worte Französisch. Yves. Saint. Laurent.«

Im Laufe des Abends plauderten die beiden ein wenig mit einer aristokratischen PR-Lady, die völlig verzweifelt erzählte, das Wegerecht für ihr mallorquinisches Anwesen sei abgelaufen und sie habe jetzt wahnsinnig viel Ärger mit dem ganzen Behördenkram. Sie aßen Fingerfood, tranken Champagner und stellten wieder einmal fest, dass selbst in den feinen Kreisen längst unmodische Taftroben noch immer zur Standardgarderobe zählten. Mon Dieu, verboten gehörte das!

Noch vor Mitternacht beschlossen die beiden, nach Hause zu gehen. Vor der Tür wartete bereits der Fahrer. »Schatz, ich schlafe heute lieber bei mir«, flüsterte Martin, als Stefan gerade einsteigen wollte. »Ich muss morgen sehr früh zur Uni. Proseminar ›Mittelalterliche Frühwerke‹.« Sie gaben sich einen Kuss. »Nein, du musst mich nicht mitnehmen. Der Spaziergang wird meinen Kopf wieder durchlüften. Träum schön.« Martin sah dem davonrauschenden Jaguar in Forstgrün hinterher.

Geschafft.

Neun Stunden später schien sich in Martins Kopf ein ganzer Werkzeugkasten daran gemacht zu haben, sämtliche Nervenbahnen aufzuklopfen. Wie gut, dass er heute frei hatte und sich ein wenig entspannen konnte. Stöhnend quälte er sich aus dem Bett, fuhr sich durch die Haare und betrachtete erst einmal seinen nackten Körper im Spiegel. Er mochte die muskulösen Oberarme (*It's so Rubert Everett*), die stämmige Brust, die käftigen Beine. Hastig schlüpfte er in Unterhose, Jeans und T-Shirt. Beim Bäcker gegenüber kaufte er sich zwei Croissants, ein *Doppelwoppel*-Vollkornbrot, weil er den lustigen Namen so mochte, und legte noch Geld für die *Hamburger Morgenpost* auf den Tresen. Wieder zu Hause, setzte Martin morgenmuffelig Teewasser auf und schnappte sich die Tageszeitung: Politik-, Wirtschafts-, Hamburgteil – weg damit. Dann die Kleinanzeigen der Sexanbieter. *Polnische Domina macht's dir schmutzig* stand da. *Williger Apfel-Po zum Pflücken* oder *Julia, 28, total vernachlässigt, sucht ihn. Hast Du Zeit?* Martin überflog die

Seiten. *Mario: Adoniskörper verwöhnt anspruchsvolle Kerle.* Plötzlich raste sein Herz, das Hämmern im Kopf legte Doppelschichten ein. Er las die Anzeige noch einmal durch. Sehr gut, dachte er. Sie ist viel besser als die in der letzten Woche. Die Handynummer war zum Glück richtig abgedruckt.

Es war seine eigene.

Mario wurde vor gut einem Jahr erschaffen. Seitdem verkehrte er in den allerfeinsten Kreisen als Callboy. Die Kontakte vermittelte Martin für ihn, Marios Alter Ego. Ansonsten gab es nur wenige Anknüpfungspunkte im Leben der beiden. Sie hatten zwei Handys, zwei Existenzen. Vielleicht war Mario die dunkle Seite Martins. Seine Lust, sein Verlangen, seine Verruchtheit. Immer, wenn Mario unterwegs war, spürte Martin die prickelnde Spannung zwischen Verbot und Schmutz, die Macht, die er plötzlich über seine Freier hatte. Hier war er derjenige, der befahl, der sagte, wo es langging. Hier war er mal nicht der »Mann an seiner Seite«. Obwohl er Stefan liebte, fand er es doch zunehmend frustrierend, lediglich als dessen Anhängsel wahrgenommen zu werden. Und so erschuf sich Martin neu als Mario, um selbst als attraktiv bewundert und für Sex bezahlt zu werden. Ja, sicher auch, um seinen Freund zu verletzen. Vielleicht war Stefan einfach zu gut, zu lieb, zu offen. Jedenfalls verspürte Martin immer mehr den Drang, ausbrechen zu müssen. Natürlich hätte er Stefan auch einfach betrügen, selbst zu einem Callboy gehen können. Aber das war irgendwie zu billig. Nein, Martin wollte ein Geheimnis haben, etwas ganz für sich selbst. Auch eine Art Affäre. Eine Affäre namens Mario.

Ungefähr ein Dutzend Stammkunden verwöhnte Martin regelmäßig. Die Preisliste war dabei an seine eigenen Bedürfnisse gekoppelt. Ein Blow-Job kostete so viel wie ein *Yves-Saint-Laurent*-Hemd, 150 Euro. Er hielt nichts von Discountpreisen. Die neue

Kontaktanzeige sollte den Kundenkreis jetzt erweitern. Zeit für diese Tätigkeit hatte Martin genug. Schließlich studierte er nur, um später vielleicht einmal in einer Galerie zu jobben. Das Studium war lediglich eine Erweiterung des geistigen Horizonts. Man hat Verpflichtungen als »Mann an seiner Seite«.

Eines der Handys klingelte. Zweimal kurz. Einmal lang. Der Ton des Dienstapparates. »Hallo?« Am anderen Ende der Leitung meldete sich ein alter Bekannter. »Ja, ich habe Zeit. In einer halben Stunde? Kein Problem. Holen Sie mich wieder ab? Okay, ich warte vor der Tür.« Gegen halb elf trug Martin eine enge, verwaschene 501, das Hemd bis zum Solarplexus aufgeknöpft. Die dunkelbraunen Brusthaare hatte er auf englisches Rasenmaß gestutzt. Von weitem schon sah er den schwarzen Mercedes S-Klasse heranfahren. Der Fahrer stieg aus. Sofort fiel Martin auf, dass dessen Anzughose ein wenig zu kurz war. Der Bedienstete nickte und öffnete Martin die Hintertür. »Schön, Sie zu sehen!«, begrüßte ihn mit tiefer Stimme und österreichischem Akzent der Tiroler Bauernschrank. »Servus, Herr Botschafter«, antwortete Martin mit einem dreckigen Lachen.

Peter Domoran rief ungefähr einmal in der Woche bei Martin an. In der S-Klasse wurden sie dann eine Stunde lang durch Hamburg gefahren. Hinter den verdunkelten Scheiben der Limousine spielte sich jedes Mal das gleiche Tête-à-Tête ab: Aus der Stereoanlange erklang Mozarts Symphonie Nummer 38 D-Dur; gesprochen wurde wenig, man war ja nicht beim Ball des Lions Clubs, wo man Belanglosigkeiten auszutauschen hatte. Langsam öffnete Martin den Reißverschluss von Domorans maßgeschneiderter Hose. *Erster Satz Adagio*. Er selbst ging vor der Hinterbank auf die Knie. Einfühlsam tasteten sich seine Finger voran. Domoran stöhnte leise, zog Martin vor Erregung fest an den Haaren. »Nimm ihn tief rein, du Miststück!« *Zweiter Satz Andante.* Leicht federnd fuhr die S-Klasse über das Kopfsteinpflaster in der Speicherstadt. An den Landungsbrücken, vor einer roten Ampel, erreichte der Verkehr seinen Höhepunkt. Domorans geöffnetes Hemd hing aus der Hose. Die Feinrippunterhose irgendwo in der Höhe seiner dunkelgrauen Kniestrümpfe. *Finale: Presto.* Mit einem nach Grüntee riechenden Erfrischungstuch beseitigte Martin auf den schwarzen Ledersitzen die Spuren. Domoran bat seinen Fahrer am nächsten Taxistand zu halten. Ein weiteres *Yves-Saint-Laurent*-Hemd wurde ausgezahlt. Danke. Bis bald. »Herr Heintze, bitte bringen Sie mich nun in die Botschaft.« Martin fuhr zurück in seine Wohnung, duschte sich, zog sich um. Feierabend. Er machte sich auf den Weg zu Stefan.

Sein Freund lebte im feinen Harvestehude, einem Stadtteil, in dem die Frauen noch Lack-Ballerinas mit Goldschleifchen tragen. Stefan besaß eine Patrizier-Villa mit Auffahrt, eleganter Eingangshalle und puristischem Interieur. Vom Wintergarten im Westflügel hatte man einen fabelhaften Blick über einen Seitenarm der Alster. Leicht wehten die weißen Vorhänge im Frühlingswind. Es roch nach frisch gemähtem Rasen. Die Putzfrau wischte gerade Staub auf diversen Buddha-Figuren, während Stefan im Wohnzimmer saß und in einem Modejournal blätterte. »Wie war's an der Uni?«, fragte er. »Stoßweise sehr voll!«, entgegnete Martin trocken.

Abends gingen die beiden gemeinsam das Arrangement für einen Charity-Event im nächsten Monat durch. Stefan war Vorsitzender der Hamburger Aids-Hilfe und somit Schirmherr der Veranstaltung. Nachdem die Einladungen geschrieben, die Tischkarten verteilt und die Menüfolge bestimmt waren, wollte Stefan noch einmal mit seiner Golden-Retriever-Hündin Marianne spazieren gehen. »Bleib ruhig hier, es regnet zu stark«, schlug er vor. Nachdem die Haustür ins Schloss gefallen war, schlurfte Martin ins Bad und gönnte sich zur Entspannung eine *Super-Thirst*-Maske von *Origins*. Auf der Hitliste seiner Lieblingsproduktnamen rangierte sie auf Platz drei, direkt nach *Totally-Turnaround-Destress-Moisterizer* und *Doppelmoppel*-Brot. Als er sich gerade die Zähne putzte, klingelte eines der Handys. Er rannte Richtung Mantel, kramte in der Tasche nach seinem Nokia. *Zweimal kurz, einmal lang*. Martin blieb erschrocken stehen. Sein Diensthandy! Mist, dachte er, ich habe es vergessen auszuschalten! Gott sei Dank ist Stefan mit dem Hund raus. Martin stürzte zu seinem Rucksack. Bis er das Telefon endlich fand, hatte der Interessent längst aufgegeben. *Unbeantworterter Anruf* stand auf dem Display. Martin las die Nummer des Anrufers. Er konnte es nicht glauben. Offenbar ein neuer Kunde: Stefan.

Völlig durchnässt kam Stefan nach Hause. Martin lag schon im Bett und schaute Home-Shopping-Television. Vier Freundinnen unterhielten sich über dieses neue, fantastische Enthaarungsspray. *Glaubt mir, es ist ein Knüller*. Zum Beweis sprühte eine quiekende Blondine mit fünf Ausrufezeichen in der Stimme das Wundermittel unter die Nase. *Seht! Euch! Das! An! Wow! Unbelievable! An! Amazing! Breakthrough!* Mit einem Wisch war der ganze Damenbart weg. *Bestellen auch Sie noch heute* ... »Willst du das Zeug?« Stefan grinste. Er zog seine Hose aus.

»Nein, ich habe mir schon den Halbedelstein im Cabouchon-Schliff bestellt«, antwortete Martin ironisch. Seine Stimme zitterte. Im Kopf drehte sich so gar nichts um *Epi-Wonder* oder Jade-Anhänger. Warum rief sein Freund, mit dem er seit über sechs Jahren zusammenlebte, einen Callboy an? Ihr Sex war doch großartig. Jeden zweiten Tag, am Wochenende täglich. Stefan legte sich neben seinen Mann. Martin streichelte ihm über die Brust. »Wieso klopft dein Herz so schnell?«, fragte er fast beiläufig. »Ach, Marianne und ich sind durch den Regen gejoggt.« Bald fielen Stefan die Augen zu. Martin machte den Fernseher aus, löschte die Quitten-Duftkerze und versuchte ebenfalls einzuschlafen. Aber wie sollte das gehen, wenn der Körper Feierabend hat und das Gehirn gleichzeitig Überstunden einlegt? Er wälzte sich hin und her, schwitzte, nickte kurz ein, wachte wieder auf, das Herz pochte ihm bis zum Hals.

Irgendwann zwitscherten draußen die ersten Vögel. Gräulich blaues Licht schien durch die Reispapier-Paravents vor dem Schlafzimmerfenster. An diesem Morgen musste Stefan mit der Frühmaschine zu einem Lieferanten nach München fliegen. Martin hingegen ließ um zehn Uhr die Putzfrau ins Haus und spielte gedankenverloren mit Marianne. Offensichtlich gehört es zur Berufsbeschreibung eines Doppellebens, dass einem Menschen aus der Welt des anderen Lebens über den Weg laufen, dachte er. Eigentlich müsste er sich doch damit auskennen. Er hatte so etwas schon einmal erlebt, gleich zu Beginn seiner Karriere als Luxus-Lustjunge. Da stand an einem Freitagnachmittag plötzlich sein Vater vor der Tür – als Freier. Gelaufen ist natürlich nichts, wie auch? Beide waren zu geschockt, tranken warmen Wodka, weil nichts anderes im Haus war, und beichteten sich gegenseitig ihre Geheimleben. Martins Vater zog es seit einiger Zeit in die dunklen Bars der Schwulenszene. In jene Etablissements, die überall auf der Welt in der Nähe von Bahnhöfen liegen, immer mit Plastikblumen und einer Madonnen-Figur dekoriert. Sie sind die Auffangbecken der verdeckt Lebenden, wie ein Autobahnparkplatz mit Zentralheizung. Dort, wo sich zwischen Buben aus der Provinz immer auch ein älterer Mann an seinem Bier festhält und sich beim Anblick der gerade Volljährigen in den Schritt fasst. Nur allzu oft nahm Martins Vater nach Dienstschluss genau jene Rolle ein – sicherlich die tragischste in einer Homosexuellensoap. Columbo nannten sie ihn dort, weil er immer einen fadenscheinigen Trenchcoat trug und weltmännisch Zigarillos aus dem Pennymarkt rauchte, in der Hoffnung, damit seine Nervosität überspielen zu können. In dieser Szene wäre er auch geblieben und vielleicht auf seine Art glücklich geworden, hätte er nicht erfahren müssen, dass er für die ganz Jungen zunehmend uninteressant wurde. Sie lachten ihn aus, ihn, den Finanzdirektor von Hamburg-Barmbek. Also legte er Woche für Woche Geld zur Seite, um sich regelmäßig alle 14 Tage einen Callboy zu nehmen. Dass er ausgerechnet auf seinen Sohn stoßen musste – nun, man mag es interpretieren, wie man will. Vielleicht ist es der Sinn eines Geheimnisses, irgendwann zu explodieren wie eine Bombe.

Ebenfalls in der Natur der Geheimnisse liegt es, dass sie mit der Neugierde verwandt sind. Geheimnisse wollen gelüftet werden. Martin gierte seit gestern Abend danach, zu erfahren, warum sein Freund Stefan für Sex bezahlen wollte. Andererseits fürchtete er sich jedoch davor, sein eigenes Geheimnis zwangsläufig enthüllen zu müssen. Er war sich nicht sicher, ob er sich wünschte, irgendwann wieder auf dem Telefondisplay Stefans Nummer zu lesen. Erst jetzt bemerkte er, wie sehr ihm das Leben als »Mann an seiner Seite« gefiel. Der geplante Urlaub auf der Segelyacht einer Bekannten, der Umbau des Ferienhauses in Nizza. Sollten die gemeinsamen Ziele etwa ohne ihn verwirklicht werden? Ihm wurde bei diesen Gedanken so schlecht, als seien sie verdorbene Milch. Viel stärker als die Angst um den Prestigeverlust war hingegen die Furcht, Stefan nie mehr wieder zu sehen. Verdammt, wie sehr man sich doch an einen Menschen gewöhnen konnte! An das Schnarchen, an das dreimalige Nachprüfen, ob die Espresso-Maschine auch wirklich ausgestellt ist. Warum nur wird einem im Leben erst in

Extremsituationen der Wert einer Beziehung klar? Und warum nennt man diese fürchterliche Situation so oft den »Anfang vom Ende«?

Um Zeit totzuschlagen, zappte sich Martin durch die zahllosen Fernsehprogramme. Beim Shoppingkanal war gerade Puppenstunde. Künstlich wie das Licht einer Neonröhre versuchte eine stark geschminkte Brünette »Lisa mit dem Porzellangesichtchen« unters Volk zu bringen. Martin zappte zu CNN, kochte sich einen *Darjeeling First Flush*, legte ein wenig leichtes Buttergebäck in die Porzellanschale der *Armani-Casa*-Kollektion. Es wäre zu schade für die Kekse, bald wieder in *Ikea*-Schüsselchen serviert zu werden.

Da ertönte ein Klingeln – zweimal kurz, einmal lang. Martin sprang auf. Rannte ins Schlafzimmer. Schnappte sich sein Handy vom Nachttisch. Es war Stefan. »Hallo?«

Im Hintergrund war der monotone Aufruf für einen Flug zu hören: *Wir bitten alle Passagiere …*

»Guten Tag. Spreche ich mit Mario?«

Martin versuchte tiefer und sehr ruhig zu sprechen. Er atmete langsam ein und aus.

»Ja, der bin ich.«

Stefans Stimme war fest. Das starke Schnaufen in den Gesprächspausen verriet ihn trotzdem. »Ich möchte, dass du es mir besorgst.«

Seit wann stehst du denn auf so was?, hätte Martin am liebsten entgegnet. Doch er, ganz Profi: »Kannst du haben. Wann und wo?«

»Ich bin noch unterwegs. Lande aber in gut zwei Stunden wieder in Hamburg. Sagen wir halb sechs. Einen Ort kannst du vorschlagen.«

»Planten un Blomen. Vor dem Bronzefisch am Westeingang.«

»Gut, dann bis später.«

Noch nie stand Martin so lange vor dem Kleiderschrank, um sich zu überlegen, was er anziehen sollte. Aus einer Laune heraus entschied er sich für Klamotten von Stefan. Baggy-Jeans, enges T-Shirt mit »Porno-Star«-Aufdruck. Vielleicht würde ja Ironie die heikle Situation retten. Eine halbe Stunde vor dem abgesprochenen Termin stellte er sich an die riesige Freitreppe in Planten un Blomen. Von dort aus konnte er den Bronzefisch sehen, ohne sofort entdeckt zu werden. Merkwürdig, in diesem Moment war er überhaupt nicht aufgeregt. Irgendwie schien er sogar froh zu sein, endlich sein Geheimnis preisgeben zu können. Und er wollte von seinem Geliebten unbedingt erfahren, was diesen zu einem Callboy trieb. Dennoch: Zur Sicherheit hatte er Marianne mitgebracht. Vor dem Hund stritten sich die beiden grundsätzlich nicht – Golden Retriever sind wahnsinnig sensibel.

Um vier Minuten vor halb sechs sah Martin seinen Freund durch das steinerne Tor des Parks in Richtung Bronzefisch laufen. Stefan schaute sich mehrmals um. Nervös kratzte er sich am Daumen. Seinen Aktenkoffer stellte er auf den Boden und wartete. Er blickte auf das Planquadrat, so als wolle er den aufgezeichneten Jogging-Parcours »Fit durch Hamburgs Park-Paradiese« auswendig lernen. Martin zog Marianne zu sich, die gerade am Hintern eines Pekinesen roch. Zusammen gingen sie die Freitreppe hinunter.

Noch 14 Stufen. *Stefan, es tut mir Leid. Ich wollte nicht nur von deinem Geld leben.*

Noch 13. *Sicher hätte ich auch in einem Modeladen arbeiten können. Aber ist dieser Job nicht um einiges dekadenter, als T-Shirts zu falten?*

Zwölf. *Die Lust auf etwas Verbotenes war zu groß.*

Elf. *Vielleicht, weil du mir immer das Gefühl gegeben hast, für alles Verständnis zu haben.*

Zehn. *Es war ein Ausbruch aus unserer Normalität. Ich wollte nicht mehr den ganzen Abend auf dem Sofa sitzen und »Wer wird Millionär?« sehen.*

Neun. *Mann, hatte ich mit manchen Freiern geilen Sex.*

Acht. *Kondome habe ich immer benutzt.*

Sieben. *Du glaubst gar nicht, wie viele unserer Bekannten sich bei mir gemeldet haben.*

Sechs. *Hat nicht jeder ein Recht darauf, sein eigenes Leben zu führen?*

Fünf Stufen. *Muss man sich in einer Beziehung alles erzählen?*

Vier. *Mit deinem Anruf hätte ich allerdings als Letztes gerechnet.*

Drei. *Glaubst du, wir können uns je wieder vertrauen?*

Zwei. *Ich möchte mit dir alt werden.*

Noch eine Stufe. *Ich lieb dich doch.*

Stefan stand so, dass er gar nicht anders konnte, als in diesem Moment seinen Freund mit dem Hund auf sich zukommen zu sehen. Glücklicherweise schien die Sonne. Es wirkte also nicht allzu albern, eine dunkle Sonnenbrille zu tragen. Er wollte seiner Verabredung nicht gleich in die Augen schauen. Außerdem fand er, ein solches Treffen habe etwas Filmreifes, was einen glamourösen Auftritt durchaus rechtfertigte.

Sein junger Freund sah wieder einmal entzückend aus. Er liebte Martins schelmische Naivität. Vielleicht hat es mit dem Alter zu tun, denn sein Freund konnte sich selbst über kleine Dinge entzücken und sie genießen. Stefan hingegen war im Laufe seines Lebens diese »Sich-auch-über-ein-Stück-Zartbitter-Schokolade-freuen«-Allüre verloren gegangen. Aber Martin war ja noch lange nicht 30. Auch er würde irgendwann an Unbeschwertheit verlieren und dafür an Kilos zunehmen. Solche Gedanken schwirrten Stefan durch den Kopf, als Martin und Marianne plötzlich schon vor ihm standen. Die Hündin wedelte mit dem Schwanz. Sie schien sich zu freuen, ihr Herrchen wieder zu sehen, und bellte, als wollte sie sagen: »Was für ein Zufall, wie kommst du denn hierher?«

Martin presste die Lippen aufeinander, grinste und hob dabei die Augenbrauen. Bei diesem Blick schmolz Stefan normalerweise dahin. Er knuffte seinem jungen Freund in die Seite:

»Hallo, Schatz.«

»Hi, Stefan!«

Martin versuchte so emotionslos wie möglich jenen Satz zu sagen, der möglicherweise seine weitere Zukunft verändern würde: »Ich bin Mario.« Stefan streichelte seinen Hund. Das tat er so lange, als wollte er jeden Zentimeter Fell nach Zecken durchsuchen. Endlich nahm er die Sonnenbrille ab und schaute seinem Freund in die Augen. Er bemerkte, wie Martins Pupillen zitterten. Seine nicht. »Ich weiß, mein Süßer!«

Falko Amadeus Rademacher

Biathlon für Einsteiger

Wer zum Arsch hat hier die Tische gebaut?

Dominik saß an einem der kleinen Tische im »Café Waschsalon« und versuchte irgendwie, cool auszusehen. Dies gestaltete sich allein dadurch kompliziert, dass die Fußenden sämtlicher Tische in alte Wäschetrommeln mündeten, was zwar das Ambiente des Lokals verschönerte, in letzter Konsequenz aber eine gesunde Körperhaltung entweder unmöglich machte oder unbequemerweise erzwang.

Dominik entschloss sich schließlich, wie die meisten Insassen des beinah voll besetzten Cafés, dessen Szene-Faktor jedoch erträglich war, zu einer duodirektionalen Überkreuzstellung der Beine mit gleichzeitiger abgespreizter Wadenhaltung. Das sah lässig aus und führte unweigerlich zu Krämpfen.

Er bestellte sich einen Milchkaffee. »Ohne Sahne«, grinste er die Kellnerin an, die pflichtschuldig lächelnd den Rückzug antrat. *Verflucht, bin ich heute wieder gut drauf.*

Bis sie den Kaffee brachte, war die Nummer »Ich-bin-ein-verträumter-Luftikus-und-habe-alle-Zeit-der-Welt« dran. Dominik sah entspannt nach draußen und beobachtete den Sonnenuntergang. Der war natürlich nicht zu sehen, sondern nur eine Hausfassade, aber irgendwo ging um diese Zeit die Sonne unter, und es ist der Gedanke, der zählt.

Als der Kaffee vor ihm stand, wechselte Dominik gleitend über zu »Süßer-Typ-der-solo-ist-sich-aber-gerne-wieder-langfristigbinden-würde«. Er sah ja auch tatsächlich nicht schlecht aus und tat viel für seinen Körper. Vielleicht ein paar Kilo zu viel, aber sportlich. Solo war er tatsächlich, und das Wort »langfristig« ist schließlich eine Frage der Definition.

Mit der Tasse an den Lippen scannten seine Sensoren die Region nach weiblichen Schiffen ab. Die meisten waren in Begleitung, fielen also flach. Dies galt auch für Weiber, die mit ihren Freundinnen da waren. *Bloß keine Abfuhr von einer, die im Pulk dasitzt. Nach der Lachsalve kannst du deine Manneswürde an einer Kordel tragen.* Eine ganz Süße saß am Eingang, an ihren Blicken nach draußen war aber abzulesen, dass sie auf jemanden wartete. Eine ganz Nette mit Brille residierte am anderen Ende und las ein Buch. Solche Frauen waren ihm aber unheimlich. *Lesen, was denn noch? Wo lebt die eigentlich? In 'ner Berghütte? Na, drauf gewichst. Bleibt nur noch diese eine da vorne. Echt hübsch, aber halt etwas …*

»Hi! Dominik, oder?«

Der Angesprochene war kurz verunsichert, legte aber sofort wieder den Hebel um, als er sein Gegenüber erkannte.

»Oh, hi. Ähhh … Valentin, richtig?«

»Ja, ich arbeite bei uns im Lektorat. Kann ich mich setzen? Ist ein bisschen voll hier.«

Begeistert war Dominik nicht, aber es hatte auch Vorteile, wenn man nicht alleine auf die Jagd ging. Es sei denn, der andere sah besser aus als man selbst. Was das anging, war er unsicher. Er hatte Valentin bisher nur ein paar Mal bei seiner Arbeit im Kalmus-Verlag gesehen. Besonders auffällig war er eigentlich nicht, beschied Dominik. Braune oder doch eher dunkelblonde Locken, blaue Augen und so eine kleine Nickelbrille. Sicher fanden das manche Frauen ganz niedlich, aber gemeingefährlich attraktiv war er nun wirklich nicht. Vielleicht etwas schlanker und ein paar Zentimeter größer.

Aber nicht besonders trainiert. Ende 20, so wie Dominik auch. Akzeptabel. Klar, setz dich, Mann.

»Klar, setz dich, Mann.«

Der Typ ließ sich auf den anderen Stuhl fallen. Auch er musste die Positionsfindungsprozedur hinter sich bringen, aber er entschied sich für ausgestreckte Beine. Definitiv bequemer, aber eher uncool, fast kindisch sogar.

Ach du Scheiße, was für ein Trottel! Na, mir soll's recht sein.

Valentin bestellte sich einen Cappuccino. Sie redeten eine Weile über den Job, über neue Buchprojekte und die eingebildeten Autoren, die sich immer für die Größten hielten. Dominiks Job in der Marketingabteilung war kaum ein Thema. Er war sogar bereit zuzugeben, dass die Arbeit langweilig war. Er wartete auf seinen Aufstieg im Verlag, wollte irgendwann in die Geschäftsleitung und rund um die Welt jetten, Buchverträge mit international bedeutenden Literaturfürsten abschließen und hinterher den Besuch von Edelbordellen von der Steuer absetzen.

Derweil ließ Dominik immer wieder den Blick schweifen, ob irgendetwas Brauchbares hereingekommen war. Valentin richtete jedoch seine volle Konzentration auf ihn, was anfing, ihm Sorgen zu machen.

Ist der Typ schwul, oder was? Mal testen.

»Wie findest du so das Weibsvolk bei uns? Eher Durchschnitt, was?«

Valentin lächelte ihn schief an. »Unterschiedlich, würde ich sagen. Werden schon ein paar geile Körbchen durch die Gegend getragen.«

Okay, alles klar. Falscher Alarm. Irrtum vom Amt. Kein Schwuler auf der Welt würde so etwas sagen. Die waren ja alle lieb, sympathisch, rücksichtsvoll und frauenfreundlich. *Der Teufel soll sie holen.*

»Apropos geile Körbchen«, bemerkte Valentin, »die da vorne kann wahrscheinlich bald nicht mehr aufrecht laufen.«

Er deutete mit zusammengezogenen Augenbrauen in die Richtung schräg links neben Dominik. Er meinte die Mieze, die ihm schon vorhin aufgefallen war, die zwar hübsch war, aber na ja ...

»Die ist 'n bisschen fett, oder?«

»Ich find sie niedlich.«

»Ja, schon, sicher.«

Er sah genauer hin. Die junge Frau, so etwa 25, blätterte bereits die ganze Zeit in einer Zeitschrift. Sie hatte schulterlanges, schwarzes Haar, das echt klasse aussah, und ein hübsches, rundes Gesicht mit braunen Augen und einem verflucht süßen Lächeln. Jetzt gerade lachte sie fast; offenbar amüsierte sie sich über den Lesestoff. Sie warf ihr Haar zurück, und dabei bekamen Dominik und Valentin ihr spektakuläres Dekolleté zu sehen.

»Gott, hat die Titten!«, flüsterte Dominik andächtig.

»Klar«, wisperte Valentin vorsichtig, »so etwas kriegst du bei den dünnen Girlies nie zu Gesicht.«

Dominik war fast dankbar für diesen Satz. Er war ja nicht blind, auch er bewunderte im Sommer die üppigen Formen der molligen Frauen, die diese nun nicht mehr unter weiten Pullis verstecken konnten. Jeder tat das, und jeder dachte dabei dasselbe. Aber.

Wäre er nicht mit Valentin allein gewesen, hätte er ihn für seinen letzten Satz natürlich lachend zur Schnecke gemacht. Aber offenbar war es jetzt gefahrlos.

»Mann, wenn du mit der zusammen bist, brauchst du nie wieder Milch für deinen Kaffee.« Dominik hielt das für witzig, und die meisten Jungs, die er kannte, hätten jetzt gegrinst. Dieser Valentin war aber offenbar schon weiter.

»Ich werd sie mal ansprechen.«

Jetzt war Dominik perplex. Eine mollige Braut in der Öffentlichkeit anzusprechen, das war in seinem Kosmos nicht vorgesehen. Klar war er interessiert an diesem Mädchen, aber es gab schließlich Grenzen.

Valentin stand tatsächlich auf.

Der macht das echt. Ist dem denn völlig egal, was …

Valentin schlenderte lässig zu dem Prachtweib hinüber. Er ließ irgendeinen Begrüßungsspruch ab, den Dominik jedoch nicht verstehen konnte; dafür war es zu laut. Sie lächelte ihn jedenfalls an, und er setzte sich neben sie. Er fing sofort unbefangen ein Gespräch an. Von weitem definierte Dominik eine recht natürlich wirkende »Netter-Typ-auf-der-Suche-nach-der-großen-Liebe«-Standardnummer, allerdings mit einem erotischen Unterton, denn Valentin rückte schnell ziemlich nah auf, was anscheinend kein Problem für sie war. Sie grinste frech zurück.

Aufgeregt bestellte Dominik noch einen Kaffee, diesmal ohne witzige Bemerkung zur Kellnerin. Er wusste gar nicht, wieso ihn das Ganze so faszinierte. Vielleicht, weil er selbst jetzt mit dem Mädchen reden könnte, wenn er nicht … *Ach was soll's. Sie ist ja nicht der große Hauptgewinn, sogar wenn der Typ sie abschleppt, und das wird er nicht. Dafür wird mich keiner blöd ansehen, wenn ich mit meiner Tusse über die Straße gehe …*

Aber er machte sich etwas vor. Mit wachsender Frustration sah er zu, wie Valentin der jungen Frau immer näher kam. Er starrte ihr ziemlich unverhohlen in den Ausschnitt, was sie offenbar sogar genoss. Sie streckte ihre Brüste demonstrativ heraus, wobei Dominik beinahe seine Tasse fallen ließ.

Scheiße, warum hab ich nicht selber, als der noch nicht … ich meine, nur mal anfassen, mehr würde ich gar nicht … das gibt's doch nicht!

Erst küssten die beiden sich vorsichtig. Dann legte sie einen Arm um ihn, er seine Hand hinter ihren Kopf, und sie knutschten drauflos. Währenddessen wanderte Valentins andere Hand zielstrebig dorthin, wo ihre Bluse sich spannte. Sie schlug ihm die Hand zwar schnell weg, aber dann blieb sie auf ihrem Schenkel liegen, und die Knutscherei ging weiter.

Klar. Die dicken Weiber sind ja dankbar, wenn sie überhaupt einer anspricht. Ich hätte das auch geschafft, und zwar in der Hälfte der Zeit. Und sie müsste noch für meinen Kaffee bezahlen.

Völlig frustriert wollte Dominik zahlen und gehen. Da winkte Valentin ihn heran. Misstrauisch schlich Dominik hin, allein um den Busen, der irgendwie den ganzen Raum zu erfüllen schien, aus der Nähe bewundern zu können.

»Was ist?« *O Gott, klang das beleidigt. Schnell auf cool machen.*

»Na, das war ja ganze Arbeit, Mann«, grinste Dominik anerkennend, »da hat's wohl gleich gefunkt.«

Das Mädchen lächelte amüsiert und taxierte ihn. Dominik fühlte sich unglaublich gedemütigt. Er musste unbedingt klarstellen, dass er sowieso nicht im Geringsten an ihr interessiert war. Natürlich ohne beleidigt oder beleidigend zu wirken. Er war schließlich ein cooler Szene-Stecher. Damit das klar war.

»Setzt du dich bitte kurz?« Valentin sagte es freundlich-bittend, ohne jede Gehässigkeit.

Was soll das? Was will das Arschloch?

»Klar, wieso nicht, aber ich wollte gleich los, auf die Piste, ihr wisst schon …« *Sehr gut. Du warst eh nur hier, um einen Kaffee zu trinken. Seeehhhrrr gut.*

Er setzte sich so lässig, wie es die Wäschetrommel am Tischfuß zuließ. Es sah aus, als würde ein dreibeiniger Kater einen Flamingo besteigen.

»Also, das ist Anja, und er heißt Dominik …«

»Nick«, verbesserte Dominik schnell.

Anja lächelte fröhlich und beobachtete ihn weiter mit diesem Blick, den Dominik nicht so recht einzuordnen wusste. Aber er hatte nichts zu verlieren, also warum großartig rummachen?

»Gefällt dir, was du siehst?«, fragte Nick etwas pikiert.

Anja grinste fröhlich. »Klar. Du bist sexy.«

Hallo, was ist denn das? Hab ich hier Chancen?

So viel war ihm klar: Wenn er eine Chance hätte, würde er sie nutzen. Ganz egal, was die anderen sagen würden, diese Brüste waren einfach zu viel für ihn. Und dazu dieser süße Triumph, einen anderen ausgestochen zu haben. Aber er blieb auf der Hut.

»Tja, ich wünschte, ich hätte eine Milliarde für jedes Mal, wenn das jemand zu mir sagt.«

Anja lachte sich schief, und sogar Valentin kicherte unbefangen. Der Spruch war über Jahre erprobt und zählte zu den wenigen, die immer funktionierten, um das Eis zu brechen. Beim Lachen wogte Anjas Busen, und Dominik bekam eine Erektion mittleren Grades.

Nun entstand aber eine Pause. Dominik konnte sich nicht erklären, warum die beiden ihn zu sich geholt hatten, und sie wussten offensichtlich nicht so recht, wie sie anfangen sollten. Also fragte Nick einfach direkt, die geringe Blutzufuhr zu seinem Gehirn lähmte seine Konzentrationsfähigkeit.

»Also Leute, was ist los? Ich meine, es sah eigentlich so aus, als wärt ihr gern allein …«

Anja lachte wieder.

Eine echte Frohnatur. Gott, bin ich geil.

»Tja, Süßer, da hast du schon Recht, aber … na ja …«

»Da wäre vielleicht etwas, was wir zusammen machen könnten«, druckste Valentin herum, sichtlich nervös.

»War eigentlich seine Idee, aber ich wollte das schon immer mal ausprobieren, und …«

Dominik schwante etwas, obwohl er den Gedanken nicht an sich heranließ. So etwas gibt es nicht. So etwas passiert nicht im wahren Leben. Und wenn doch? Was mache ich dann? So eine Gelegenheit … ach, fuck, vergiss es, das, was ich denke, ist es sowieso nicht.

»Also los, worum geht's?«

Sie erklärten es ihm in kurzen Sätzen. Zwei Minuten später war ihr Tisch frei.

»Mmmmhhh … ja, sooo … weiter, Jungs …«

Sie hatten sich für Valentins Wohnung entschieden, obwohl sie etwas außerhalb lag. Mit der Bahn ging es aber recht zügig (aus irgendeinem Grund war keiner von ihnen mit dem Auto gekommen). Und das war auch nötig, weil sich die drei am liebsten sofort die Klamotten vom Leibe gerissen hätten. Immer wieder versicherten sie sich gegenseitig, so etwas noch nie gemacht zu haben. Sie waren sichtlich aufgeregt, konnten selbst kaum fassen, was sie da taten. Dominik war am nervösesten, ließ es sich aber nicht anmerken. Anja gefiel ihm immer mehr. Sogar ihre kräftigen Beine, die unter einem halblangen Rock hervorschauten, fanden seinen Geschmack. Die Beine waren schön geformt, ihre strammen Waden mündeten in erstaunlich schmale Füßen, die von hohen Absätzen getragen wurden. Normalerweise achtete er nicht auf Füße, aber diese …

Millionen Gedanken wirbelten in seinem unterversorgten Gehirn umher.

Und wenn ich's nicht bringe? Ausgerechnet diesmal? Was ist, wenn Valentin besser ist als ich? Wenn sie mehr auf ihn steht? Wenn sie mich mittendrin wegschickt und sagt: »Danke, aber ich brauch einen richtigen Kerl«?

Und am Allerschlimmsten: *Was, wenn sein Schwanz größer ist als meiner?*

Nicht, dass sein Penis klein gewesen wäre, im Gegenteil. Aber er definierte, wie die meisten Männer, sein Selbstvertrauen über sein Zentralorgan, und beide Dinge waren sehr empfindlich.

Als dann die Hüllen fielen, war er zunächst schockiert. Valentin war schwer bestückt und obendrein beschnitten, was zugegebenermaßen toll aussah. Beim zweiten Hinsehen registrierte Dominik jedoch, dass sich sein erster Eindruck vor allem auf den Durchmesser bezogen hatte. Valentins Penis war extrem dick und prall und schwankte hin und her, als er aufs Bett zuging, auf dem Anja bereits mit großen Augen wartete. Aber gar so lang war das Stück nicht, höchstens guter Durchschnitt. Dominiks ganzer Stolz war im Moment 19 Zentimeter lang und würde noch gut einen Zentimeter wachsen, das wusste sein Besitzer, wenngleich der Umfang eher bescheiden war. Dennoch: *Schwanzparade abgenommen, Ergebnis unentschieden.*

Anja sah es wohl genauso und griff sich beide Geschlechtsteile, während die Jungs ihren Körper mit Fingern, Lippen und Zungen auf Touren brachten. Gerade saugten beide ekstatisch an ihren großen, vollen Brüsten, die extrem weich waren, so dass ihre Nasen regelrecht im Fleisch versanken. Gleichzeitig waren ihrer beider Hände an Anjas Vagina angelangt. Es war ein komisches Gefühl, zu zweit eine Frau zu befriedigen, aber es war auch irgendwie lustig. Alle drei grinsten und prusteten ständig und nahmen alles nicht so recht ernst. Sie fühlten sich wie unartige Kinder, die ein verbotenes Spiel trieben.

Dominik hatte noch nie so viel Spaß im Bett gehabt. Sogar wenn er jetzt aufstehen und gehen würde, wäre das mit Abstand sein bester Sex gewesen. Dabei hatte er sich bisher für einen Womanizer gehalten. Er hatte noch nie so viel Zeit auf das Vorspiel verwendet. Schon seit 20 Minuten verwöhnten sie die begeisterte Anja, die sie längst auf den Planeten Orgasmia hochgebeamt hatten. Mindestens drei Mal war sie schon gekommen. Dass das überhaupt möglich war – drei! –, war Dominik bisher gar nicht klar gewesen. Er war so versunken in dieses Liebesspiel, dass er gar nicht wusste, was los war, als Anja plötzlich keuchte: »Kommt jetzt! Fickt mich!«

Valentin reagierte schneller und ergriff die Gelegenheit beim Schwanze, sozusagen, den er vorher bereits in einen Pariser eingepackt hatte. Anja riss die Augen auf und gab ein tiefes gutturales Stöhnen von sich, das Dominik verlegen machte. Aber er war viel zu geil, um jetzt über seine Minderwertigkeitskomplexe nachzudenken. Atemlos sah er zum ersten Mal einem Paar beim Sex zu.

Zu den Pornos, die er sich ab und zu auslieh, war das weiß Gott kein Vergleich. Valentin war kein durchtrainierter Superhengst und vor allem Anja keine typische Sexpuppe, aber dieser animalische Tango, dieser exzessive und so reale, authentische Akt war erotischer als alles, was er bisher gesehen hatte.

Nicht übel, der Typ. Hat Power und Ausdauer. Muss ich mir merken, das mit den Kniekehlen.

So, wie Valentin Anjas Beine in seine Arme eingehakt hatte, konnte er offenbar ohne große Anstrengung sehr hart zustoßen. Anja schwitzte stark und starrte ihn unter hektischem Keuchen voller Lust an. Die beiden hatten ihren Spaß, aber Dominik war sich nicht sicher, was er jetzt tun sollte. Er überließ sich seinem Instinkt und machte sich über Anjas Busen her, tat alles, was er wollte, streichelte, knetete, leckte, lutschte, knabberte und biss an ihm herum, und Anja wühlte in seinen Haaren und presste sein Gesicht an ihre Brüste. Tief im Tal ihres weichen Busens fühlte er sich wie im Himmel. In der Erwachsenenabteilung.

Anja war schnell zweimal gekommen, dann war Valentin dran. Er ejakulierte mit viel Genuss und ließ sich dann nach hinten fallen. Dominik konnte nicht anders und musste ihm Respekt zollen.

Also echt, ein Wahnsinnsgerät. Sieht einfach geil aus. Und die Frau hatte wohl den Fick ihres Lebens. Na ja, jedenfalls bis gleich …

Dominik war sensibel genug, um zu wissen, dass Anja jetzt erst einmal eine Pause brauchte. Er küsste sie, und sie erwiderte seinen Kuss so wild, als habe er sie beglückt und nicht Valentin. Er streichelte sie zärtlich, und sie zuckte immer wieder zusammen und erschauerte, ihr ganzer Körper schien eine erogene Zone zu sein. Dann knabberte er an ihrem Hals und ihren Ohrläppchen, was sie schluchzen ließ vor Wonne. Dominik gab sich derweil technischen Erwägungen hin.

Also, von hinten macht's Spaß, ist auch ziemlich leicht. Sie hat sicher einen großartigen Arsch. Aber dann sehe ich ihre Titten nicht. Reiten kann sie jetzt nicht, sie ist zu fertig. Die stabile Seitenlage wäre vielleicht ein guter Kompromiss, aber da kommt man nicht so tief rein, und sie soll ja spüren, was ich Schönes für sie habe …

Weiter kam er nicht mit seinen Erwägungen, denn seine ganze Aufmerksamkeit wurde von etwas abgelenkt, was sich gerade in seiner Lendengegend abspielte. Erst glaubte er an eine optische Täuschung, aber es war real: Valentin lag zwischen seinen Beinen und …

»He! Scheiße, was soll das! Hör sofort auf!«

Dominik war hysterisch und geil zugleich. Und verwirrt. Seelenruhig ließ Valentin Dominiks Penis aus seinem Mund gleiten, bearbeitete ihn aber weiter mit der Hand.

»Ganz ruhig, Kumpel … ist doch nichts bei. Hast 'n geilen Pimmel, echt lecker.«

Und schon machte er weiter. Dominik begriff so viel wie ein Nilpferd vor der Waschmaschine. Er müsste jetzt ausrasten. Er müsste jetzt sofort diesen Typen wegstoßen. Er müsste diesem schwulen Sack klar machen, dass er an den Falschen geraten war.

Aber Dominik rastete in keiner Weise aus. Er machte keinerlei Anstalten, Valentin wegzustoßen. Er dachte gar nicht daran. Er war erregt. Es gefiel ihm, was dieser Junge tat. Und was noch wichtiger war: Es gefiel Anja.

Die hatte sich aufgesetzt, starrte fasziniert auf die beiden Jungs und sagte: »Ist das geil!« Sie sahen sich in die Augen. Anja küsste Dominik. Und er küsste sie. Es war alles klar. Es war alles so einfach.

Fünf Minuten später trieb Dominik Anja seinen bis zum Bersten geschwollenen Ständer in den Leib. Er stieß zu, als wäre er nur zu diesem Zweck auf die Welt gekommen. Er griff fest in ihre mächtigen Hinterbacken, die sie ihm willig entgegenreckte, während sie selbst Valentin mit dem Mund verwöhnte.

Dominik war noch nie so völlig losgelöst gewesen. Alle Ängste, alle Überlegungen waren wie weggeblasen. Er hatte Sex noch nie so genossen. Vielleicht hatte er Sex auch noch nie genossen. Dies war keine Selbstbestätigung, kein Machtkampf, keine Pflichtübung.

Valentin grinste ihn an, und Dominik grinste zurück. Der Junge stand auf und stellte sich breitbeinig über das genüsslich seufzende Mädchen. Sein pralles Geschlechtsteil zitterte vor Dominiks Gesicht.

Der lachte gespielt höhnisch.

»Denkst du vielleicht, du machst mir Angst?«

Schon war sein Mund weit offen und seine Lippen wurden

gedehnt, und er wusste genau, dass er das von Anfang an gewollt hatte. Es schmeckte interessant und fühlte sich an wie … wie … nein, es gab keinen Vergleich. Darum ging es ja beim Sex.

Irgendwann war es vorbei.

Anja und Dominik teilten sich einen »Glückstreffer«, aber Valentin rauchte nicht. Er war wirklich ein komischer Kauz. Sie redeten über Musik und TV-Shows, über Computer und merkwürdigerweise über Schirmständer, nur nicht über Sex.

Dominik wurde immer stiller.

Ach, Scheiße. O fuck, o Mist, o du heilige Scheiße.

Anja und Valentin zankten sich um einen Teil der Decke, die für drei natürlich zu klein war.

O GOTT! O verfluchte abgefickte Nashornkacke!

Anja bot ihm noch einen Zug an, er lehnte ab. Wo war er stehen geblieben? Ach ja: *Scheiße! Ich hab– o fuck! Ich hab tatsächlich – shit!*

Valentin stand auf und schwenkte fröhlich seinen halb steifen Penis herum.

»Ich gehe duschen. Will jemand mit?«, grinste er Dominik an.

Der sprang wie von der Tarantel gestochen auf, schnappte sich seine Klamotten und zog sich hastig an. Er brauchte ungefähr 30 Sekunden, bis er den verdutzten beiden voll bekleidet mitteilte: »Tut mir Leid, ich hab was vergessen, ich muss dringend weg! Bis dann!«

Und hinaus war er.

Anja und Valentin sahen sich an. Sie lachten los, und Valentin ließ sich amüsiert auf das Bett fallen. Anja zündete sich noch eine Zigarette an.

»Ich muss sagen, das war wirklich mal 'ne Abwechslung.«

Valentin setzte sich auf und kraulte ein bisschen ihren Rücken. »Noch nie gemacht?«

»Nö. Überrascht dich das?«

»Ein wenig schon, ehrlich gesagt. Ich dachte, Frauen deines Berufsstands machen so was dauernd.«

Anja schüttelte lasziv den Kopf und fabrizierte ovale Rauchkringel. »Der Alltag von uns Liebesdienerinnen besteht aus Straight-GV zu zweit. Und ich mach das ja nur nebenbei. Ich hab noch nie gesehen, wie es zwei Männer miteinander treiben.«

»Ich mach das nur ganz selten. Ohne Titten fehlt mir halt was.«

»Hättest du nicht eine deiner Freundinnen überreden können, statt mich zu engagieren?«

»Ja, klar«, brummte Valentin, »ich frag einfach eine meiner Freundinnen, ob sie mit mir und einem anderen Typen, den sie nicht kennt, ins Bett geht, damit ich ihn mir vornehmen kann. Wieso bin ich da nicht selbst draufgekommen?«

Anja verzog den Mund. »Immer, wenn ich anfange, dich zu mögen, kommst du wieder mit diesen sarkastischen Sprüchen. Trotzdem, es war echt der reinste Wahnsinn. Ich hätte nie geglaubt, dass der Typ das mitmacht.«

»Ich war schon lange scharf auf ihn«, grinste Valentin, »er hat so etwas Machohaftes, Bulliges, er ist so ein richtig blödes, geiles Tier.«

»Dein Plan hat jedenfalls geklappt, das ist fast unglaublich.«

»Ich wäre beinahe nicht rechtzeitig im Café gewesen. Er ist eher da gewesen als sonst üblich. Ich hab extra diese Kellnerin angehauen, damit sie mir sagt, wann er in der Regel auftaucht, und dann kommt der so früh.«

Anja kniff ihm in den Po. »Geplant wie eine militärische Operation. Wie wollen wir sie nennen? Operation Wüstenschwanz?«

»Gott, bist du sexistisch. Wir Männer haben ja wohl noch andere Qualitäten.«

»Ja? Lass mich überlegen …«

»Ach, halt doch die Klappe. Kommst du mit Duschen?«

»Klar. Ich bin ganz schön zerzaust. Ich liiiiieeeebe das.«

Als sie sich unter der Brause gegenseitig einseiften, fiel Anja noch eine Frage ein: »Was machst du denn, wenn du ihm im Büro begegnest?«

»Keine Ahnung. Aber meine Hose bleibt zu. Der Typ kann einfach nicht gut lutschen.«

»Ach, das TUT mir aber Leid …«

Sprach Anja und glitt langsam nach unten. Kundenservice wurde bei ihr nämlich groß geschrieben.

Joseph von Westphalen

Beim brüllenden Literaturkritiker

Während Lametta ihren dunkelgrauen Golf durch die verstopfte Frankfurter Innenstadt steuerte, freute sie sich auf den brüllenden Literaturkritiker. Die Session würde wie immer unterhaltsam werden. Da piepte ihr neues, türkisgrünes transportables Telefon. Wenn das alberne Gerät, das sie sich erst vor wenigen Wochen zugelegt hatte, sinnvoll war, dann in ihrem Beruf. Es war leider nicht Ferdinand, es war der Literaturkritiker, der jetzt nicht sein vitales Gebrüll ertönen ließ, sondern leise ächzte. Seine Frau war nicht zu bewegen, das Haus zu verlassen und eine Freundin zu besuchen. Er würde Lametta also in einem Hotel treffen müssen. Er nannte eine feudale Adresse. Lametta war verärgert. »Scheiße, bei dem Verkehr«, schimpfte sie, »hätten Sie das nicht früher klären können!«

»Ich bin auch ganz lieb zu dir«, flötete der Literaturkritiker.

»Sie sollen mich siezen«, sagte Lametta, nutzte eine Lücke in der linken Gegenspur und wendete gegen alle Regeln. Die anderen Autos hupten wütend. Ein Polizist pfiff und fuchtelte und forderte sie auf, an den Rand zu fahren. Lametta kurbelte das Fenster herunter und rief ihm zu: »Ich bin Drogenberaterin. Ein Junkie ist am Abnibbeln!« Der Polizist grüßte.

An der Hotelrezeption sagte Lametta, was sie mit dem Literaturkritiker ausgemacht hatte: »Ich bin mit Thomas Mann verabredet.« Der Herr an der Rezeption verzog keine Miene. Entweder war das Personal vollkommen diskret oder vollkommen verblödet. »Herr

Mann erwartet Sie auf Zimmer 1022«, sagte er, »gleich im ersten Stock links«, und Lametta überlegte sich, wie der schöne dunkle Typ reagieren würde, wenn sie sich vorbeugte, ihn küsste, ihm die Zunge in den Mund schöbe, mit einem Arm über den Tresen fasste und ihren Erektionsprüfgriff anwendete.

Der Literaturkritiker sah nur kurz von der Zeitung auf, als sie, ohne anzuklopfen, das 950-Mark-Zimmer betrat. Lametta, die vor kurzem ihr Abitur gemacht hatte und nun mit Literatur ein bisschen Bescheid wusste, sagte: »Ich dachte immer, Thomas Mann bestellt sich Knaben aufs Zimmer. Wie ist der Sinneswandel zu verstehen?«

»Moment noch«, sagte der Literaturkritiker, vertiefte sich in die kiloschwere Weihnachtsliteraturbeilage einer großen Zeitung, schüttelte den Kopf, nahm die kiloschwere Weihnachtsliteraturbeilage einer anderen großen Zeitung zur Hand und verglich hin und her. »Unglaublich!«, sagte er.

Lametta räusperte sich. »Die Zeit läuft«, sagte sie. Das war dem Literaturkritiker egal. Ehe er sich Lametta und der reinen Lust widmete, musste er erst kontrollieren, ob seine Kritiken und Weihnachtsgeschenkbuchtipps von den Redaktionen gekürzt oder entstellt waren und wie die anderen Kritiker die Bücher beurteilten, die er empfohlen oder verworfen hatte; ob sie ihn imitierten, hofierten, plagiierten, parodierten, oder ob sie es riskierten, ihm zu widersprechen. Ferner musste nachgeprüft werden, ob die Verlage seine Donnerworte in ihren Anzeigen gebührend und leider nicht gebührenpflichtig zitierten. Zu Hause konnte er diese Kontrolle nicht durchführen. Jedenfalls nicht in Gegenwart seiner Frau. Sie machte sich lustig über seine Eitelkeit, und das ertrug er nicht. »Erst die Arbeit, dann die Liebe«, sagte er nur. Nach etwa fünf Minuten warf er die Zeitungen zufrieden beiseite. Er war in der großen Literaturbeilagen öfter und mit mehr Respekt erwähnt worden als jeder Autor.

Gegenüber dem Vorjahr eine Erwähnungszunahme von fast zwanzig Prozent. Sein Stern war im Steigen. »Jetzt bin ich für dich da«, sagte er zu Lametta.

Sie korrigierte ihn ungeduldig. »Merken Sie es sich endlich: Wir duzen uns nicht! Wenn Sie mich duzen wollen, zahlen Sie das Doppelte. Außerdem bin ich ja wohl eher für Sie da.«

»Grausames Kind«, sagte er und seufzte. Dann öffnete er eine altmodische Aktentasche. »Ziehen Sie sich jetzt bitte aus«, sagte er, während er in einem Haufen von Papieren herumsuchte. Lametta trug ein schwarzes Samtkleid. Sehr kurz, hochgeschlossen, lange Ärmel. Ferdinand mochte es. »Mein Maulwurf«, sagte er, wenn sie es trug. Sie entschlüpfte dem Kleid blitzschnell. Der Literaturkritiker legte auf eine kunstvolle Entkleidung keinen Wert. Er suchte noch immer in seinen Papieren und achtete nicht auf sie. Dennoch musste er aus den Augenwinkeln bemerkt haben, dass sie nicht gänzlich nackt war. »Das Höschen«, mahnte er. Lametta schob ihre schmalen, langen Finger wie Spezialinstrumente seitlich unter den winzigen Bund des Höschens, spannte es von den Hüften weg und streifte das kleine Stück Stoff ab.

»Ich beginne«, sagte der Literaturkritiker. Er räusperte sich und rückte mit seinem Stuhl näher an die splitternackte Lametta heran. Sie würde dasselbe Ritual über sich ergehen lassen müssen wie im vorigen und im vorvorigen Jahr. Diesmal allerdings würde sie ihn überraschen. Er war aufgeregt, schniefte und schluckte, rutschte hin und her und sagte: »Ich bitte Sie, ich beschwöre Sie!«

»Ich weiß doch«, sagte Lametta, »strengste Vertraulichkeit. Sie können sich darauf verlassen. So wahr ich aus Frankfurt an der Oder komme.« Sie lächelte ihm aufmunternd zu. Nur sie kannte das Geheimnis: Der Literaturkritiker schrieb an einer Autopornobiografie. Eine neue, gewagte Gattung, eine brisante Unternehmung, ein literarisches Experiment. Was die deutschen Dichter nicht schafften – er würde es ihnen zeigen: wie man Liebesszenen schreibt.

»Fangen Sie doch einfach an«, sagte Lametta mit ihrer wärmsten Stimme, »ich höre.«

Der Text schilderte wieder eine angeblich wirkliche Begegnung eines Literaturkritikers mit einer jungen Dichterin, mit anschließender Verführung durch den Kritiker. Wieder war von den vollen Lippen, den herrlichen Brüsten und den blanken Augen der Dichterin die Rede. Er konnte es nicht lassen. Lametta war kaum in der Lage, dem Kitsch zuzuhören, und dachte an Ferdinand. »Wie finden Sie es?«, fragte der Literaturkritiker.

»Besser!« Lametta seufzte geheimnisvoll. »Viel besser als im vorigen Jahr.«

»Wirklich?«, brüllte der Literaturkritiker. Die Abmachung war einfach. Seine Autobiopornografie sollte erregend sein. Nur ein erregender Text sei ein guter Text. Da war etwas dran, fand Lametta. Auch Ferdinand fand das. Nur: Was ist ein erregender Text? Der Literaturkritiker hatte die Lösung gefunden: Wirklich erregend sei ein Text dann, wenn, wie er formulierte, »eine Zuhörerin nicht anders kann, als Hand an sich zu legen, um sich Erleichterung zu verschaffen«. Erst dann war ein Text reif genug, um veröffentlicht zu werden. Er bestellte und bezahlte Lametta fürs Zuhören. Sie schien ihm unbestechlich. So wahr sie aus Frankfurt an der Oder kam. Die letzten beiden Male hatte sie nackt dagesessen, ihn wie einen Unhold angestarrt und kein Zeichen einer erotischen Anteilnahme zu erkennen gegeben. Der Literaturkritiker hatte das schweren Herzens akzeptiert und weiter an der Vervollkommnung seiner Verführungsdarstellungen gearbeitet.

Diesmal aber begannen Lamettas Augen zu glänzen, sie waren

fast so blank wie die Augen der jungen Dichterin, die er einst hier in diesem Hotel ohne Erfolg zu verführen versucht hatte. Aufgeregt las er weiter, wie sich die Lippen der Dichterin einladend öffneten und die reich bewimperten Augenlider sich schlossen.

»Ja!«, rief Lametta leise. Der Literaturkritiker blickte von seinem Text auf und traute seinen Augen nicht. Seine schöne nackte Zuhörerin hatte den Mund leicht geöffnet und die Augen geschlossen. Nicht nur das. Während er langsam weiterlas und immer wieder aufsah, schoben sich Lamettas hübsche lange Finger langsam und entschlossen in ihr Schamhaar, der Mittelfinger öffnete zielsicher die Lippen der Scheide und tastete sich weiter. »Weiter!«, seufzte sie, weil der Literaturkritiker mit dem Lesen aufgehört hatte. »Bitte, lies weiter, es ist so gut.« Sie hatte ihn geduzt. Sie musste von Sinnen sein vor Lust.

Während der halbstündigen Lesung legte Lametta drei ansehnliche und waschechte Orgasmen hin. Sie hörte einfach nicht zu und dachte an Ferdinand. Sie hatte noch nie Schwierigkeiten gehabt, den berühmten Höhepunkt zu erreichen. Sie brauchte niemandem Ekstase vorzuspielen.

»Jetzt ist mein Buch reif!« Der Literaturkritiker hüpfte vor Freude, als die Lesung beendet war. Er tanzte wie ein Rumpelstilzchen im Hotelzimmer auf und ab und küsste Lametta die Hand. Sie war gerührt und bat, ihm noch einen Tipp geben zu dürfen.

»Ja! Nur zu!«

Die Episode ließ sich womöglich noch mehr steigern, schlug Lametta vor, wenn er die Verführung nicht allein mit seinen erotischen Qualitäten begründete, sondern auch ein bisschen mit seiner Macht.

Der Literaturkritiker unterbrach seinen Rumpelstilzchentanz und musterte Lametta misstrauisch. »Wollen Sie damit sagen, ich hätte diese Dichterin nur gewonnen, weil sie sich von mir gute Kritiken erhoffte?«, fragte er.

Jetzt halfen nur Wahrheit und Angriff. Lametta, noch immer nackt, ging auf den unsicher gewordenen Mann zu, drückte ihren rechten Oberschenkel zwischen seine Beine, als wollte sie Tango mit ihm tanzen, und sagte leise: »Macht ist doch geil. Das darfst du nicht aussparen. Berechnung und ein bisschen Erpressung sind doch scharf. Wenn du schreibst, wie du deine Macht bei der Verführung ausnützt, wird es noch besser. Noch erregender. Lametta stöhnte, wie es sich für ihren Beinamen »Laszіv« gehörte. »Dann wirst du als Rousseau des zwanzigsten Jahrhunderts in die Literaturgeschichte eingehen«, sagte sie.

Das saß. Erschlagen vor Befriedigung, wachsweich und zugänglich wie am Ende einer langen Nacht versank der Literaturkritiker im Sessel und streckte glücklich die Füße aus. Lametta setzte sich mit gespreizten Beinen auf seinen Schoß und zupfte an seinen fetten Ohrläppchen. »Apropos Erpressung«, sagte sie, »ich bin immer für dich da, mein lieber Jean-Jacques, nicht nur zur Weihnachtszeit, aber du wirst ein für alle Mal auf mich verzichten müssen, du wirst nie mehr die erotisierende Wirkung deiner erstaunlichen Worte auf mein Lustzentrum erleben dürfen, wenn …«

»Wenn was?«, sagte der Literaturkritiker matt vor Angst, seine einzigartige Zuhörerin zu verlieren. »Ich mache, was du willst!«

»Wenn du noch länger die Bücher des von mir hochverehrten Ferdinand von Wien ignorierst«, sagte Lametta und zog ihn an den Ohren. Seine Augen, sonst böse, stechend, eingebildet, waren jetzt milde und hilflos. »Wer ist das?«

»Du kennst Ferdinand von Wien nicht!«, schrie Lametta. Aus ihrer Zeit als Ostberliner Hotelhostess wusste sie, wie man mächtige Männer ohrfeigt und wie das hilft. Es klatschte laut. Sie zog ihr schwarzes Samtkleid über und diktierte die Bedingungen: Er musste noch in den Weihnachtsfeiertagen Ferdinands Bücher lesen, sie so bald wie möglich in seriösen Medien angemessen würdigen und Ferdinand als lange verkannte Entdeckung preisen. Wenn Ferdinand nicht bis Ende Januar der Held des Feuilletons sei, habe der Literaturkritiker Lametta Laszív das letzte Mal gesehen.

Lametta ging, ohne sich umzudrehen. Den großen Weihnachtsbaum in der Hotelhalle hätte sie vor Übermut am liebsten umgestoßen. Sie hatte heute, am so genannten Heiligen Abend, noch drei Termine. Dann würde sie zu Ferdinand fahren. Es würde nicht leicht sein, ihm nichts von ihrem Deal mit dem Literaturkritiker zu erzählen. Ihr Triumph sollte Ferdinand überraschen. Damit würde sie ihn gewinnen.

Lola Lindberg

Anders als erwartet

Ich ziehe mir mein T-Shirt über den Kopf und lasse es neben mir zu Boden fallen. Die Sonne brennt auf meine nackten Schultern. Seit ich ein kleiner Junge war, liebe ich das Gefühl, wenn die Haut langsam warm wird und sich das Glühen immer weiter ausbreitet. Fast ist es so, als würde die Wärme direkt in meine Muskeln fahren und sie sanft massieren.

Einen Moment lang stehe ich einfach nur da, lege das Kinn auf die Brust, atme gleichmäßig tief ein und aus und entspanne mich. Dann lasse ich die Schultern kreisen, beuge mich nach vorne und fische den Lappen aus dem Wassereimer. Ich bin nicht nur hier auf dem Balkon, um den ersten schönen Sommertag seit Ewigkeiten zu genießen. Die Fenster müssen geputzt werden. Dringend.

Ich habe schon schlimmere Dinge für Geld gemacht: als Schüler Zeitungen ausgetragen beispielsweise, bei Wind und Wetter. Während der ersten Studienjahre habe ich mich als Aushilfe in einem Kopierladen über Wasser gehalten. Später kam dann der Job als Gelegenheitstrainer in einem kleinen Fitnessclub. Für mich war das eine Offenbarung – endlich konnte ich das machen, was ich sowieso am liebsten tat, und bekam auch noch Geld dafür.

Die meiste Zeit meiner Jugend habe ich vor dem Fernseher verbracht, mit einer dicken Brille auf der Nase, einem unmöglichen Haarschnitt auf dem Kopf und jeder Menge Minderwertigkeitskomplexe, weil die Mädchen mich nicht einmal richtig ansahen, wenn sie meine Schularbeiten abschreiben wollten. Als ich 18 war, habe ich dann angefangen zu trainieren und Kontaktlinsen zu tragen. Der Haarschnitt wurde plötzlich auch ultramodern. *Sport kann Ihr Leben verändern*, hieß mal ein Werbeslogan. Den kann ich problemlos unterschreiben.

»Junge, verdienst du denn da genug?«, fragte meine Mutter mich oft stirnrunzelnd.

»Passt schon. Vor allem kann ich da abends trainieren, solange ich will.«

»Micha, nein, wirklich!« Wieder dieser typische Mutterblick: *Wird der Junge denn nie erwachsen?* »Ein schöner Körper ist sicher eine feine Sache, aber du musst doch auch von etwas leben!«

Dass ich gerade wegen meines schönen Körpers ganz gut über die Runden kam, habe ich ihr lieber nicht erzählt. Meine Mutter ist eine Seele von Mensch, aber nie aus dem kleinen Provinznest herausgekommen, in dem schon ihre Eltern geboren wurden und in dem sie nun seit über 30 Jahren mit meinem Vater verheiratet ist. Sie findet es aufregend, wenn neuer Klatsch über die Frau des Bäckers bekannt wird, und hätte es wahrscheinlich nicht besonders spannend gefunden, dass ihr Sohn nachts als Go-go-Tänzer ziemlich gut verdiente. Und das tat ich. Gemeinsam mit zwei anderen Typen und fünf Mädels hat man mich jede Nacht in eine andere Dorfdisco gekarrt.

Am Anfang fand ich es wunderbar: spüren, wie die eigenen Bewegungen mit den donnernden Bässen zu verschmelzen scheinen. Den richtigen Move finden, mit stampfenden Füßen, rotierenden Armen, vorschnellendem Becken. Dieses seltsame Gefühl, halb nackt in einen Raum voller angezogener Menschen zu gehen – und schon wenig später dieses fast selbstverliebte Prickeln, wenn man sich vor der staunenden Menge präsentiert. Merken, wie die Hitze den ganzen Körper durchdringt, wie der Schweiß jede Bewegung fließender erscheinen lässt und wie die begehrlichen Blicke der Vorstadtfrauen auf dem eigenen Körper ruhen: der pure Egokick.

Weil die Tänzerinnen tabu waren, haben die Jungs und ich in den Pausen manchmal ein paar Mädels aus dem Publikum gefickt. Aussuchen, ranwinken, mitnehmen. Wir fühlten uns wie die Könige des Universums, auch wenn eine schnelle Nummer, im Stehen und meist in einem Abstellraum, eigentlich wenig spektakulär ist.

Irgendwann aber wurde das alles langweilig. Die langen Nächte begannen außerdem, ihren Tribut zu fordern: Ich sah miserabel aus, konnte mich in der Uni kaum wach halten. Mein Agent, wenn man den schmierigen Typen denn so nennen kann, hat mir schließlich irgendwelche Pillen angeboten: »Zwei davon, und du tanzt bis zum Morgengrauen. Dann eine von den anderen, und du schläfst wie ein Baby. Nimm noch ein paar Vitamine dazu, dann geht das schon klar.« Ich habe lieber das Handtuch geschmissen. Und das Studium direkt dazu. Die Welt wird einen Kommunikationswissenschaftler weniger schon verkraften können.

Seitdem arbeite ich für *Reiners Rennsemmel.* Wir verkaufen in großen Bürogebäuden Sandwiches, belegte Baguettes, Gebäck und Getränke. Es ist ein harmloser, netter Job: morgens früh aufstehen, alles vorbereiten, ab neun Uhr die verschiedenen Agenturen, Versicherungen und Verlage abklappern, die keine Kantine haben. Kurz nach Mittag ist Feierabend, und ich habe genügend Zeit, um zu trainieren und darüber nachzudenken, was ich mit meinem Leben anfangen will. Zugegeben: Meistens bleibt es beim Trainieren.

Hin und wieder kommt dann noch ein netter Gelegenheitsjob dazu – bei Umzügen helfen zum Beispiel. Und jetzt eben auf diesem Balkon stehen und Fenster putzen. Nichts, worauf man später mit Stolz zurückblickt. Aber ich bin 28. Das mit dem »später« hat noch viel Zeit.

Ich beginne, die Scheibe mit dem nassen Lappen abzureiben, um den gröbsten Schmutz zu entfernen. Annette kann hier seit Ewigkeiten nicht mehr sauber gemacht haben. Als hart arbeitende Karrierefrau hat sie ja auch etwas Besseres zu tun. »Und außerdem«, war ihr lakonischer Kommentar, als ich bei der Schlüsselübergabe etwas irritiert auf die Berge dreckigen Geschirrs in ihrem Spülbecken blickte, die in krassem Gegensatz zu ihrer topgepflegten Erscheinung standen, »gibt es für so etwas Leute wie Sie.« Wie ich Annette kenne, hat sie es genauso arrogant und verletzend gemeint, wie es sich anhörte.

Annette ist 44, schlank, mit perfekten Brüsten (laut ihrer Aussage), tief sitzenden Komplexen (so meine Vermutung) und insgesamt äußerst faszinierend (darin wären wir uns wohl einig, wenn wir je darüber gesprochen hätten). Außerdem ist sie die Kreativchefin in einer bekannten Werbeagentur und befindet sich zurzeit in einem Sabbatical. »Urlaub vom Alltag«, so hatte sie es mir erklärt, »eine Auszeit für mich, um meine kreativen Energien aufzuladen. Einfach mal etwas anderes kennen lernen.« Ich kann mir beim besten Willen nicht vorstellen, wie sie das durchhalten soll: Einmal nicht alles unter Kontrolle behalten wollen? Glücklich werden, ohne jemanden herumzukommandieren? Soviel ich weiß, stellt Annette momentan auf einer Farm im australischen Outback gemeinsam mit vorbestraften jugendlichen Aborigines alternativen Schmuck her. Wahrscheinlich denkt der eine oder andere von denen bereits darüber nach, wie lange man für den Mord an einer ständig Gift spritzenden Karrierefrau aus Deutschland bekäme – und ob es nicht vielleicht jede Strafe wert sei.

Natürlich bin ich undankbar. Immerhin ist das hier ein ziemlich lauer Job: Während der acht Monate, die sie Glasperlen auf Draht fädelt, passe ich auf ihre Wohnung auf, sehe die Post durch und gieße die Blumen. »Sie können gerne auf meine Unterwäsche wichsen, wenn Ihnen danach ist«, hatte Annette mir am Flughafen gnädig erlaubt. »Aber sehen Sie zu, dass Sie sie wieder sauber bekommen.«

Der Gedanke, ich könnte mich an ihren Dessous vergehen, entstammt eher ihren erotischen Fantasien als meinen eigenen. Annette ist eine sehr attraktive Frau, aber sie kann so etwas wie Charme nur kurzzeitig vortäuschen.

Manchmal macht mich Annettes Art durchaus an: dieses Eisige, Kontrollierte, Überlegene, das sie verströmt wie andere Frauen ein teures Parfüm. Meistens meldet sich dann aber mein gesunder Mannesverstand: Finger weg von solchen Frauen. Wahrscheinlich ist es besser so.

Und trotzdem: Ein Leben ohne sie kann ich mir nicht mehr vorstellen. Auch wenn mich das wesentlich nervöser macht, als ihre Anwesenheit es je vermocht hätte.

Bei unserer ersten Begegnung reichte ich ihr ein Sandwich mit kalorienarmem Hüttenkäse. Sie drückte mir einen Fünf-Euro-Schein in die Hand und sagte: »Behalten Sie den Rest.« So ging es einige Tage lang – mächtig Trinkgeld, ein kaltes Lächeln. Meistens sah ich Annette nicht kommen, weil ich zu beschäftigt mit dem Verpacken von Nussecken und Wurstsemmeln für die anderen Kunden war. Aber für ihren Abgang nahm ich mir immer einen Moment Zeit: Zu sehen, wie sie sich umdrehte und mit präzisen, klackernden Schritten verschwand, gehörte schnell zur angenehmen Routine meines Tages. Annette trägt immer schmal geschnittene, schwarze Jacketts zu kurzen Röcken. Sie hat perfekte Waden. Einen kleinen, runden Po, der die Schwerkraft und ihr Alter leugnet. Wenn ich abends beim Training meinen Freund Toni traf, erzählte ich manchmal von ihr.

»Sie ist so 'ne Strenge, was?«

»Kann sein. Ja, schon.« Ich dachte einen Moment nach. »Der Glenn-Close-Typ. Nur schöner.«

»Und hoffentlich ohne die verhängnisvolle Affäre oder die gefährliche Liebschaft, Micha!«

Irgendwann blieb Annette nach dem Bezahlen stehen. Ich schaute sie erstaunt an.

»Können Sie nachher kurz in mein Büro kommen?« Sie lächelte spröde. »Ich muss ein paar Bilder aufhängen und brauche Hilfe.«

»Äh ... ja, gerne.«

Ohne ein weiteres Wort drehte sie sich um. Und wieder der perfekte Abgang. Allerdings bildete ich mir ein, dass sie sich dabei leicht in den Hüften wiegte, mit der schlafwandlerischen Sicherheit, die man manchmal bei besonders teuren Models auf dem Laufsteg sieht. Ich kann mich nicht daran erinnern, ob ich je darüber nachgedacht habe, was diese »Einladung« hätte mit sich bringen können. Nicht wirklich. Instinktiv aber verstand ich zum ersten Mal, wie sich die Dorfmädchen gefühlt haben mussten, wenn Murat, Kevin oder ich sie damals in den Discos zu uns heranwinkten.

Nachdem ich die Plastikkisten mit den restlichen Semmeln und *Evian*-Fläschchen in meinen Wagen geräumt hatte, fragte ich mich bis zu ihrem Büro durch. Annette schloss die Tür hinter mir. Als ich sah, dass nirgendwo Bilder auf dem Boden standen, fühlte ich mich schlagartig wie Richard Gere in *American Gigolo*. Schließlich merke ich, wenn mich eine Frau verführen will.

»Sie sind ein gut aussehender Mann«, sagte Annette dann auch ohne Umschweife.

»Danke.« Ich sah ihr direkt in die Augen und wusste nicht, was mich gerade mehr anmachte: sie – oder meine eigene Coolness.

»Verdient man gut mit diesen Sandwiches?«

»Es könnte mehr sein.«

»Was halten Sie von einem interessanten Angebot?«

»Viel.« In meinem Magen begann es zu rumoren. Jeder Mann träumt von so einer Situation. Wer etwas anderes sagt, der lügt. Unauffällig sah ich mich um. Da, auf dem Tisch?

»Begleiten Sie mich heute Abend ins Kino. Ich will diesen neuen Film sehen, diesen Actionreißer mit Mel Gibson. Meine Freunde wollen ihn nicht anschauen, er ist ihnen zu platt. Und ich hasse es, allein ins Kino zu gehen. Also?«

Das Richard-Gere-Gefühl verflog so schnell, wie es gekommen war. Ich zögerte. »Sie wollen ... eine Verabredung?«, fragte ich etwas dümmlich. Damit hatte ich nicht gerechnet. So etwas kam in meinen Fantasien nicht vor.

Ihr Lächeln war eiskalt. »Sie meinen, mit Händchenhalten und Romantik?« Sie öffnete eine Silberdose auf ihrem Schreibtisch, holte eine Zigarette heraus und zündete sie an. »Nein, keine Sorge. Aus dem Alter bin ich raus.« Sie blies mir den Rauch entgegen.

»Was wollen Sie dann?«

»Begleitung.« Ihr Blick schien mich zu röntgen und direkt durch mein T-Shirt und meine 501 zu sehen. »Ich will, dass Sie mit mir ins Kino gehen und danach in meine Lieblingsbar auf einen Martini. Sie werden sich mit mir unterhalten und glücklich strahlen, weil ich eine Frau bin, mit der jeder Mann gerne gesehen wird. Das Ganze für 100 Euro. Wenn ich danach Lust habe, mit Ihnen zu schlafen, können wir darüber sprechen. Aber machen Sie sich keine Hoffnungen: Ich bin niemand, bei dem man bis zum Frühstück bleiben darf.«

»Wie kommen Sie denn auf die Idee, dass ich mit Ihnen schlafen will?«

»Sind Sie schwul?«

»Nein.«

»Dann werden Sie es wollen. Vielleicht nicht jetzt, aber später sicher. Und nun überlegen Sie nicht lange. Sagen Sie Ja.« Für einen Moment schien ihr Lächeln tatsächlich freundlich zu sein. »Alles andere wäre eine Beleidigung.«

Wir gingen ins Kino. Der Film war banal, aber lustig, und ich hatte wirklich Spaß. Wenn ich aus dem Augenwinkel zu meiner Begleiterin hinübersah, konnte ich ein Lächeln erkennen. Ob es amüsiert oder befriedigt wirkte, vermochte ich jedoch nicht zu sagen.

Danach gingen wir in die Bar. Ich strahlte sie an, sie schob die 100 Euro in meine Hand und packte mir, als wir zwei Wodka-Martini später wieder auf der Straße standen, wenig lasziv zwischen die Beine. »Das war ein netter Abend«, sagte sie. »Ist er schon zu Ende?«

»Äh … ja, ich denke schon.« Ich winkte ihr ein Taxi heran, lief selbst zur nächsten U-Bahn-Station und reichte ihr am nächsten Morgen ein weiteres Sandwich mit Hüttenkäse.

Von nun an gingen Annette und ich regelmäßig ins Kino, um uns die Filme anzusehen, die ihren Freunden angeblich zu platt waren. Später begleitete ich sie auch in die Oper und auf Vernissagen. Annette redete viel, ich hingegen trank wenig, um einen klaren Kopf zu behalten. Dabei wäre das gar nicht nötig gewesen: Sie fragte nie nach meinem Leben oder meiner Meinung. Im Laufe der Zeit erfuhr ich dafür viel über ihre Kollegen und Vorgesetzten, ihre Ansichten über Kunst, Kommunikation und Karriere. Das Thema Koitus spielte immer erst dann eine Rolle, wenn der Abend sich dem Ende zuneigte. Ich lernte schnell, darauf zu reagieren.

»Haben Sie eine kleine Freundin, Micha?«

»Nein.«

»Das wundert mich. Männer, die so gut aussehen, sind nur selten allein. Machen Sie es sich selbst?«

»Gelegentlich.«

»Und? Haben Sie einen großen Schwanz?«

»Ja.«

»Wollen Sie ihn mir zeigen?«

»Nein.«

Meistens lachte Annette dann etwas zu laut und wechselte das Thema.

Ich verbrachte meine freien Nachmittage zunehmend damit, mich auf unsere Gespräche vorzubereiten: Gingen wir abends in die Oper, besorgte ich mir das Textheft. Vor einer Impressionistenausstellung ließ ich meinen Spinningkurs im Studio ausfallen und las mich in der Unibibliothek in das Thema ein. Und mit Toni übte ich, mich auf alle anderen Eventualitäten des Abends einzustellen.

»Finden Sie meine Brüste schön?«, imitierte er sie recht gekonnt.

»Das Jackett steht Ihnen hervorragend«, konterte ich.

»Micha, wollen Sie mich hier und jetzt bis zur Bewusstlosigkeit vögeln?«

»Annette, wollen wir nicht lieber noch etwas zu trinken bestellen?«

»Können Sie sich vorstellen, mich einfach mal in den Arm zu nehmen?«

»Das würde sie nie sagen«, widersprach ich.

»Darauf kommt es nicht an«, grinste Toni, »sondern auf deine Antwort.«

Wann haben Annette und ich begonnen, wie zwei Katzen umeinander zu schleichen? Es war ein immer gleiches Spiel: Sie machte mir ein Angebot, ich lehnte ab. Manchmal charmant, manchmal direkt. Irgendwann aber wurde mir bewusst, dass sich die Spielregeln geändert hatten: Ich wartete regelrecht auf die Momente, in denen sie mit betont desinteressierter Stimmlage nach meiner Lieblingsstellung fragte, um ihr dann eine Abfuhr erteilen zu können.

Hatte ich mich in sie verliebt? Ganz sicher nicht.

Erregte sie mich? Auf jeden Fall. Doch es war anders, als ich es gewohnt war: Annettes Gegenwart bescherte mir keine Erektion, sondern ein Ziehen im Magen. Unsicherheit, Faszination und eine Geilheit, die sich sofort verflüchtigte, wenn ich später in meinem Bett lag und in meine Shorts greifen wollte.

Eines Abends bot sie mir 250 Euro dafür, dass ich mich vor ihr auszog. »Wir gehen zu mir. Sie stellen sich vor das große Fenster, ich setze mich in meinen Ledersessel und sage Ihnen, was Sie tun sollen. Vielleicht rauche ich einen Zigarillo dabei.« Einer dieser einmaligen Blicke aus ihren blauen Augen. »Trauen Sie sich das zu?«

Mein Magen zog sich zusammen. Ich spielte für eine Sekunde mit dem Gedanken. Eine Gänsehaut raste über meinen Rücken, als ich mir die Situation ausmalte, und zu meiner eigenen Überraschung bekam ich den Ständer, den ich in Annettes Gegenwart für unmöglich gehalten hatte. »Lassen Sie das«, sagte ich. Eine Spur zu heftig. Vielleicht.

Sie zog eine perfekt geschwungene Augenbraue in die Höhe. »Micha, sollte es mir gelungen sein, Sie doch noch zu schockieren?«

Ich antwortete nicht, sondern griff nach meiner *Caipiroschka* und nahm einen tiefen Schluck. Dann sagte ich, ohne darüber nachzudenken: »Warum machen Sie das?«

»Was mache ich denn?«

»Mich an.«

»Ach ja?«

»Ja.«

Sie wandte sich ab und winkte den Barkeeper zu sich heran. »Bringst du mir noch ein Glas *Veuve Cliquot?* Danke.« Sie lächelte ihn an, strahlend fast. Alles Berechnung. So wirkte sie noch unnahbarer, als sie sich mit kühlem Augenaufschlag wieder zu mir umdrehte.

»Ich bin 44 Jahre alt. Ich bin intelligent, erfolgreich, und ich bin schön. Es ist nicht besonders schwer, einen Mann zu finden, der mich haben will. Aber wissen Sie was?« Sie nippte an ihrem Champagner. »Das langweilt mich. Sie hingegen … finde ich spannend.« Annette zündete sich eine Zigarette an, inhalierte tief. Der Rauch schoss wie ein Dolch in einem einzigen, scharfen Strom über meine Schulter hinweg. »Sie sind da, wenn ich Sie bestelle. Trotzdem machen Sie nicht alles, was ich will, obwohl ich Sie eigentlich dafür bezahle.« Sie sah einen Moment nachdenklich auf ihr Glas. »Wie viel würde es kosten, wenn ich Ihnen hier auf der Toilette einen blasen wollte?«

»Ich gebe Ihnen lieber nachher einen Abschiedskuss«, schlug ich vor. »Und zwar ganz umsonst.«

»Es ist nicht Weihnachten«, erwiderte Annette scharf. »Ich habe kein Interesse an Geschenken.« Sie griff nach ihrer Handtasche. »Zahlen!«, rief sie dem Barkeeper zu. Vielleicht meinte sie aber auch mich.

Keine zwei Wochen später beschloss Annette, sich eine Auszeit von ihrem Alltag zu nehmen. Mich bestellte sie in der Zwischenzeit zum Aufpasser ihrer Wohnung.

Ich greife nach der Flasche *Sidolin,* sprühe großzügig auf die nasse Scheibe und beginne, den Reiniger zu verteilen. Er schäumt leicht und riecht künstlich nach Zitrone. Dann nehme ich den Gummiabzieher, setze oben an der Scheibe an und fahre damit langsam, mit leichtem Druck nach unten. Das Glas ist so sauber, dass ich mich darin spiegeln kann.

Die Jahre im Studio haben sich gelohnt: Meine Brustmuskeln sind breit und fest wie gemeißelte Platten, die über meinem flachen Bauch liegen. Am Waschbrett müsste ich wahrscheinlich noch etwas arbeiten, aber der Ansatz kann sich schon sehen lassen. Besonders mag ich aber meine starken, runden Schultern und die muskulösen, gut definierten Arme. Vielleicht sollte ich doch wieder mit dem Tanzen anfangen. Zu alt bin ich dafür sicher noch nicht. Außerdem kann ich, im Gegensatz zu vielen anderen Go-Gos, die ich kennen gelernt habe, nicht nur mit meinem Körper, sondern auch mit meinem Kopf punkten. Die extrem kurz geschorenen Haare wirken vielleicht ein bisschen militant, aber andererseits passen sie auch gut zu meinem kräftigen Kinn und der geraden Nase. Mein Mund ist breit, die Lippen schmal, aber nicht verkniffen. Meine Zähne sind gerade und weiß. Eine Exfreundin hat einmal gesagt, dass ich schöne Augen hätte: nicht besonders groß, aber auch keine dieser Schlitze, die viele Typen haben. »Micha«, sage ich zu mir selbst, »du gefällst mir.« Ich grinse mein Spiegelbild an, während ich die andere Seite der Scheibe abziehe, und komme mir ein bisschen wie der *Coca-Cola*-Mann vor. Fehlen nur noch die Sekretärinnen, die mir zuschauen und verzückt an ihren Dosen rumfummeln.

Ich nehme mir die Balkontür vor und beginne, den Schmutz abzureiben. Wasser läuft über meine Hand den Arm hinunter. Ein Tropfen löst sich, fällt auf meine Brust, perlt nach unten, über den dunklen Hof meiner rechten Brustwarze hinweg. Es kitzelt, und ich kratze mich geistesabwesend. Es ist lange her, seit eine Frau das gemacht hat …

Was soll jetzt der Gedanke?

Ich packe das *Sidolin* und konzentriere mich wieder auf die Scheibe.

Warum hast du eigentlich so lange keine nette Freundin mehr mit nach Hause gebracht? Meine Mutter fragte das neulich, als ich sie wie jeden Sonntag anrief. Ich konnte mir dabei ihr Gesicht genau vorstellen – skeptisch die Stirn in Falten gelegt, mit den Gedanken bei Bärbel Schäfer und ihrer nachmittäglichen Talk-Show, in der eine gebeutelte Mutter davon erzählt, wie sie die Wahrheit über ihren Sohn erfahren musste: *Erst hat er aufgehört Mädchen mit nach Hause zu bringen. Dann hat er wie verrückt Sport gemacht. Danach kamen diese teuren Oberhemden. Ich habe mir gleich gedacht, dass da etwas nicht stimmt. Und schließlich habe ich ihn in der Stadt gesehen – mit einem Mann im Arm!* Vielleicht sollte ich mir den Spaß erlauben und mal mit Toni zu Hause auftauchen. *Mama, das ist mein Kerl!* Nein, keine gute Idee. Es würde sie wahrscheinlich sofort ins Grab bringen.

Die Wahrheit kann ich ihr aber auch schlecht erzählen. *Mama, hör zu, es gibt da diese Frau. Sie ist über 15 Jahre älter als ich, sie bezahlt mich dafür, mit ihr auszugehen, und sie sagt schweinische Dinge zu mir. Ich finde sie furchtbar und kann trotzdem keine andere Frau mehr anfassen, ohne an sie zu denken.*

Genau so ist es. Die Sporthühnchen im Studio langweilen mich schon lange, aber seit Annette in meinem Leben aufgetaucht ist, gibt es dort erschreckend wenig Platz für andere Frauen. Ich habe versucht, etwas dagegen zu tun. Toni hat mich einer seiner besten Freundinnen vorgestellt, einem ziemlich heißen Feger namens Tanja. Toller Körper. Augen, in denen immer der Schalk blitzt. Wir sind gemeinsam ausgegangen, Toni hat sich irgendwann verabschiedet, wir haben noch einen Absacker bei ihr genommen und sind ziemlich schnell im Bett gelandet. Am nächsten Morgen musste ich mich sputen, um noch rechtzeitig zu *Reiners Rennsemmel* zu kommen. Die Woche verging wie im Flug: Arbeiten, Sport, die Treffen mit Annette vorbereiten. Sie hatte zu dieser Zeit besonders viel Stress in der Agentur und wollte mich jeden zweiten Abend sehen, um sich davon abzulenken. »Sei zu Hause, falls ich dich anrufen will«, hatte sie gesagt und mir zwei zusätzliche 100-Euro-Scheine in die Hand gedrückt. Irgendwann fiel mir ein, dass ich mich wohl bei Tanja melden sollte. Und tat es dann doch nicht. Sie war nett, sie war warm, sie fühlte sich großartig an. Doch sie war nicht das, was ich brauche.

Toni nannte mich einen unsensiblen Arsch. »Tanja ist spitze!«, regte er sich auf. »Und du fickst sie einmal und meldest dich dann nicht mehr. Warum?«

»Ich weiß es nicht.«

»Dann sag ich es dir: Weil dir diese Annette zu Kopf gestiegen ist. Glenn Close, ja? Hast du *Gefährliche Liebschaften* gesehen? Dann weißt du ja wohl, wie diese Madame Merteuils ist. Kalt und grausam.«

»Aber verdammt sexy«, ergänzte ich. Und merkte, dass es genau darum ging: Ich fand Annette kalt – und sexy. Anstrengend. Spannend. Widersprüchlich. Aufregend. Wahrscheinlich würde ich sie nie haben können. Aber vielleicht eben doch. Das wäre dann sicherlich etwas, auf das ich später einmal stolz zurückblicken konnte.

So, jetzt noch die Fenster links von der Balkontür.

Annette … Glenn Close in *Gefährliche Liebschaften* mit eisigem Blick. Uma Thurmans hochgedrückte Brüste. Tanja, wie ich in dieser Nacht auf sie hinuntersah … Die Sonne brennt auf meinem Rücken, auf den Schultern, dem Hinterkopf. John Malkovich ist so wahnsinnig cool, als er auf dem Rücken der nackten Uma Thurman einen Brief schreibt. Das Wasser ist kühl und läuft immer wieder kitzelnd über meine Arme, tropft auf Brust und Bauch, bahnt sich seinen Weg nach unten, sickert in den Bund meiner Jeans. Annette, wie sie *Für so etwas gibt es Leute wie Sie!* sagt. Malkovich, wie er antwortet: *Dagegen bin ich machtlos.*

Ich muss über mich selbst lachen: Da stehe ich auf einem fremden Balkon, putze halb nackt Fenster und merke, wie ich einen Steifen bekomme. Herzlichen Glückwunsch, Micha. Ich lasse mich auf einen der Balkonstühle fallen und sehe in den Himmel. Irgendetwas muss sich ändern, und zwar bald. Ich merke, wie ich wütend werde – auf mich, aber vor allem auf Annette – und wie mein Ständer immer dicker wird. Verdammt!

Das Telefon klingelt. Einmal, zweimal, dreimal, dann springt der Anrufbeantworter an. Während Annettes Ansagetext läuft, gehe ich in den Flur, greife nach Papier und Bleistift. Ich habe keine Lust, irgendwem zu erklären, wer ich bin, also nehme ich das Gespräch nicht entgegen, aber wenn ich jetzt mitschreibe, brauche ich das Band später nicht für Annette abzuhören.

»Ja, hallo, hier spricht Ines!«, meldet sich nach dem Pfeifton eine Frauenstimme. »Hallo, ist jemand da?« Ich seufze. Komm zur Sache, Schätzchen. »Hallo, sind Sie da? Verdammt, wo habe ich denn den Zettel … Hallo? Michael, sind Sie da?«

Ich zucke zusammen und fühle mich ertappt. Wer ist das? Zögernd nehme ich den Hörer ab und stelle den Anrufbeantworter aus.

»Ja, hallo?«

»Sind Sie Michael?«

»Ja … Aber woher wissen Sie …«

»Gott sei Dank, ich versuche schon seit einigen Tagen, Sie zu erreichen! Annette hat gesagt, ich erreiche Sie am besten spätnachmittags, aber Fehlanzeige.«

»Sie haben mit Annette gesprochen?«

»Richtig. Passen Sie auf, Michael: Ich brauche dringend eine Halskette zurück, die ich Annette vor ein paar Monaten geliehen habe. Sie meinte, die Kette liegt in ihrem Schlafzimmer. In einer Schale auf der Kommode. Könnten Sie bitte mal nachsehen?« Es klingt nicht wie eine Bitte, sondern wie ein ziemlich direkter Befehl. Wahrscheinlich sollte das Beweis genug dafür sein, dass die Anruferin wirklich eine Freundin von Annette ist.

Auf der Kommode steht eine Silberschale, in der einige teuer aussehende Schmuckstücke liegen. Zum ersten Mal wird mir bewusst, dass Annette ziemliches Vertrauen zu mir haben muss, wenn sie mir so einfach ihren Schlüssel gibt. Ich greife nach der Schale und gehe zum Telefon zurück.

»Wie sieht das gute Stück denn aus?«, frage ich.

»Es ist eine Perlenkette mit einer goldenen Schließe und einem Kreuz als Anhänger, auch mit Perlen. Haben Sie's?«

»Ja, hab ich. Und nun? Wollen Sie es sich abholen?«

»Nein. Annette hat gesagt, Sie bringen es mir vorbei«, erklärt die Frau wie selbstverständlich. Als ich nicht reagiere, setzt sie mit wesentlich freundlicherer Stimme hinterher: »Sie haben doch Zeit, oder?«

»Sie hätten schon früher auf das Band sprechen sollen, dann hätte ich längst Bescheid gewusst.«

»Sie haben ja Recht ... Michael, ich brauche die Kette heute Abend. Dringend! Ich wohne zwei Straßen weiter, in der Lenbach Nummer 17. Seien Sie ein Schatz, ja?« Und dann, nach einer winzigen Pause: »Bitte!« Ich kann das Lächeln in ihrer Stimme erkennen. Klingt angenehm. Na los, was soll's. Die Fenster werden mir nicht weglaufen. Außerdem gibt es in der Lenbach eine kleine Videothek. Da kann ich mir auf dem Rückweg *Gefährliche Liebschaften* ausleihen. »Okay, ich bin in ein paar Minuten bei Ihnen. Bei wem soll ich klingeln?«

»Moucheron. Wie Mücke, falls Sie Französisch sprechen.«

»Tue ich. Also, bis gleich.«

Keine zehn Minuten später stehe ich in der Lenbachstraße vor Haus Nummer 17. Die Eingangstür ist offen. Ich gehe die Treppen nach oben. Es ist kühl hier, und ich merke, wie meine beiden Brustwarzen hart werden und gegen den Stoff des T-Shirts scheuern.

Als ich schon fast im zweiten Stock bin, wird mir klar, dass ich besser auf das Klingelschild hätte sehen sollen. Wo wohnt diese Frau? Glücklicherweise kommt mir in diesem Moment eine alte Dame mit einem Einkaufskorb entgegen. »Entschuldigen Sie bitte – können Sie mir sagen, in welchem Stockwerk Frau Moucheron wohnt?«, frage ich freundlich.

Auf der Stirn der Alten zeigt sich plötzlich eine tiefe Zornesfalte. »Da müssen Sie in den vierten Stock«, grummelt sie mich an und geht weiter. Unfreundliche Ziege.

In geschwungenen Buchstaben steht *Moucheron* auf einem blitzblanken Messingschild neben der Tür. Darunter befindet sich der Klingelknopf, den ich jetzt drücke. Wenig später wird die Tür geöffnet.

»Michael?« Eine ausgesprochen attraktive Frau streckt mir lachend die Hand entgegen. »Wie wunderbar! Vielen Dank, dass Sie mich nicht im Stich lassen. Kommen Sie doch herein!«

Ines Moucheron hat halblanges, schwarzes Haar, das schimmert und ihre helle Haut und ihre schönen, grüngrauen Augen betont. Sie ist recht groß, mindestens 1,80 Meter, und trägt eine weite, schwarze Leinenhose und einen engen, flauschigen Pullover. Frauen, die ihre vollen Brüste so selbstverständlich betonen, machen mich immer etwas nervös. Als ich an ihr vorbeigehe, steigt mir ein frischer, würziger Duft in die Nase. Ich erinnere mich vage daran, dass Annette dieses Parfüm auch manchmal benutzt.

Ich folge Ines Moucheron in ein großes, helles Wohnzimmer. Eine Balkontür steht offen und gibt den Blick auf einen kleinen, üppig bepflanzten Balkon frei. Die Einrichtung ist schlicht, edel und teuer. Gleich und Gleich gesellt sich gern, denke ich, denn Annettes Wohnung sieht ähnlich aus.

Ines Moucheron setzt sich auf ein weißes Sofa und deutet auf den kleinen Tisch neben ihr. »Sie trinken doch einen Tee mit mir?«

»Also …« Ich zögere. »Eigentlich wollte ich Ihnen nur schnell die Kette vorbeibringen.«

»Oh, bitte, tun Sie mir den Gefallen! Ich hasse es, alleine Tee zu trinken. Also?«

Ich hasse es, alleine ins Kino zu gehen. Also?, hallt es mir durch den Kopf.

Entschlossen schiebe ich den Gedanken an Annette beiseite. Stattdessen lächle ich und setze mich neben Ines Moucheron. »Da kann ich dann wohl nicht Nein sagen.«

Sie lacht perlend und schenkt mir eine Tasse ein. Musik schwebt durch den Raum, sanfte Balladen, die mir irgendwie bekannt vorkommen. Die warme Sommerluft strömt vom Balkon herein. Ich nehme die Tasse mit dem duftenden Tee entgegen. »Danke.«

Ines Moucheron deutet auf meine Jeans. »Was haben Sie denn da gemacht?« Ich folge ihrem Blick – auf meinem linken Oberschenkel zeichnet sich ein feuchter Fleck auf dem abgewetzten Jeansstoff ab. »Oh, entschuldigen Sie!« Ich stehe schnell auf und begutachte den Rest meiner 501. »Ich habe bei Annette … Also, äh, bei Frau Kampen die Fenster geputzt und gar nicht gemerkt, dass meine Hose etwas abbekommen hat!«

Sie lacht. »Nun setzen Sie sich wieder! Mein Sofa wird es überstehen! Und Fensterputzen hört sich gut an … Ich wusste nicht, dass Annette Freunde hat, die so etwas für sie machen.«

»Nun, äh, ich bin nicht direkt ein Freund. Ich bin …« Ja, Micha, genau: Was bist du für diese Frau? »Ich helfe manchmal bei ihr aus.«

»Um sich das Studium zu finanzieren?«

»Ich studiere nicht mehr. Ich arbeite bei … bei einem großen Cateringunternehmen.« Das klang etwas besser als *Reiners Rennsemmel*.

»Wirklich? Ich hätte darauf schwören können, dass Sie studieren. Sport auf Lehramt – bei Ihrer Figur!« Sie strahlt mich an.

Ich grinse zurück. »Danke für das Kompliment. Und was machen Sie?«

»Ich genieße das Leben.«

»Davon kann man leben?«

»Wenn man einen Exmann hat, der dafür aufkommt, sogar ganz besonders gut!«

Ich stimme in ihr Lachen ein. Wir plaudern entspannt – über den Sommer, über meinen Sport, eine Ballade von George Michael, die gerade läuft, meine Ähnlichkeit mit einem Schauspieler, an dessen Namen sich Ines – wie ich sie nach kurzer Zeit nennen soll – im Moment nicht erinnern kann. Dass sie ihren Mann nicht vermisst, aber sich manchmal schon sehr einsam fühlt. Dass Männer mit 30 langweilig werden und ich bitte genauso bleiben soll, wie ich bin.

Als die Teekanne geleert ist und Ines in die Küche verschwindet, werfe ich einen schnellen Blick auf die Uhr – ich bin schon seit einer Stunde hier! Und ich habe überhaupt keine Lust zu gehen. Ines ist fabelhaft: schön, intelligent, interessiert … geschieden. Gut betucht. Es gibt sicher schlechtere Zeitvertreibe, als mit so einer Frau zu reden. Und auch ein bisschen zu flirten …

»Michael, darf ich Sie um einen Gefallen bitten?« Ines steckt den Kopf zur Tür herein. »Ich bin mir nicht sicher, was ich heute Abend anziehen soll. Darf ich es Ihnen kurz zeigen? Und was meinen Sie, wollen wir nicht von Tee auf etwas … Spannenderes umsteigen?« Sie hält mir eine Flasche Champagner und zwei Gläser entgegen.

Ich fühle mich geschmeichelt. »Auf jeden Fall. Gerne.«

»Wunderbar!« Sie verschwindet wieder. »Machen Sie schon mal die Flasche auf.«

Der Champagner ist gut gekühlt. Ich schenke die beiden Gläser ein, nehme dann meines und gehe auf den Balkon. Die Nachmittagssonne ist immer noch sehr warm. Ob ich Ines nach diesem Besuch noch einmal wieder sehen werde? Ich trinke einen Schluck. *Veuve Cliquot.* Den trinkt Annette auch immer.

Annette.

Verdammt. Wieso spukt sie mir immer im Kopf herum?

»Und«, reißt mich Ines' Stimme aus meinen Gedanken, »was meinen Sie?«

Ich drehe mich um und verschlucke mich fast. Ines hat einen langen, bauschigen Rock angezogen, der tief auf ihren Hüften sitzt und einen flachen Bauch enthüllt. Dazu trägt sie ein kurzes, fast durchsichtiges Seidentop, durch das ich ihre Brüste mehr als deutlich erkennen kann. Die Haare hat sie hinter die Ohren gestrichen. Sie sieht aus wie einer teuren Modezeitung entsprungen, wie eine sexy Prinzessin aus einem Märchen, das nicht für Kinder gedacht ist.

Ich gehe ins Zimmer zurück auf sie zu. »Sie … also … das ist ganz … ich find's gut!« Und mache mich gerade zum Oberaffen. Reiß dich zusammen, Micha!

Mein unbeholfenes Stammeln scheint Ines nicht aufzufallen. Im

Gegenteil. Sie streicht den Stoff des Tops glatt und sieht mich fragend an. »Ist das nicht vielleicht ein bisschen zu gewagt?«

Ich kann meine Augen kaum von den großen, dunklen Brustwarzen lösen, die mir durch den Stoff entgegenschimmern.

»Oder meinen Sie, ich kann das so tragen?« Sie dreht sich um. Ich sehe, dass der Rock auch hinten sehr tief sitzt, so tief, dass ihre Pofalte nur gerade eben bedeckt ist. Ihr Rücken ist geschwungen wie der Hals eines Schwans. Ich muss schlucken.

Ines schaut mich über die Schulter an. »Würdest du mir bitte die Kette umlegen?« Sie geht auf einen großen Spiegel zu, während ich hastig zu meiner Umhängetasche im Flur laufe und die Kette hervorhole.

Als ich hinter Ines trete, kann ich uns beide im Spiegel sehen. Verdammt, sie ist wunderschön, wie sie so mit leicht gesenktem Kopf dasteht und auf mich wartet.

Sie hebt das Kinn und lächelt mein Spiegelbild an. Ich lege ihr die Kette um, streife dabei ihre Schulter und spüre den weichen Stoff an meiner Hand. Der Verschluss bereitet mir einige Probleme, aber endlich habe ich es geschafft. Ines greift mit einer eleganten Handbewegung an das Kreuz und bringt es oberhalb ihrer Brüste in Position. »Wie sieht das aus?«

»Unglaublich.« Mehr kann ich nicht sagen.

Dann tritt Ines plötzlich einen halben Schritt zurück, schmiegt sich an mich. Ich spüre ihre Schulterblätter an meiner Brust und ihren Po, der gegen die Vorderseite meiner Jeans drückt.

»Möchtest du mehr davon sehen?«

So etwas ist mir noch nie passiert.

So etwas wird mir wohl auch nie wieder passieren!

Das Blut schießt in einer einzigen Welle aus meinem Gehirn direkt in meinen Schritt. »Ich, äh … Ines, also, das ist verrückt!«

Unsere Blicke treffen sich im Spiegel. »Was ist?«, fragt sie. »Gefalle ich dir nicht?«

»Doch, natürlich, aber … Ines, es tut mir Leid, aber … aber das ist doch nicht normal!«

»Ich weiß.« Sie lächelt traurig, und mein Herz beginnt, schneller zu schlagen. Mein Hals kann nicht mehr trockener werden. »Annette hat mich gewarnt. Sie wusste, dass du mir gefallen würdest.«

»Annette?«

»Ja. Als ich sie wegen der Kette angerufen habe. Sie sagte, du seist schön, intelligent, begehrenswert. Und dass ich mir keine Hoffnungen machen solle.« Sie schluckt. »Weil du ihr gehörst.«

Ich bin wie vom Donner gerührt. »Weil ich … was?« Die Zeit scheint für einen Moment stillzustehen. Annette. Dieses … Ich weiß nicht, was ich denken soll. Doch dann geht es mir über die Lippen, ohne dass ich weiß, warum. »Dieses Miststück.«

Ines dreht sich zu mir um. Sie sieht mir direkt in die Augen und legt mir einen langen, schmalen Finger auf die Lippen. »Sag so etwas nicht«, flüstert sie. Wir sehen uns an. In meinem Kopf wirbeln die Gedanken durcheinander. Dann greife ich nach ihrer Hand, führe sie an meine Lippen und küsse sie. Nein, Annette. Ich gehöre dir nicht. Ganz sicher nicht.

»Du willst wissen, ob ich mehr von dir sehen will?«, frage ich.

Ines nickt.

Ich küsse ihre Hand noch einmal. »Ich will alles von dir.«

Ohne ein weiteres Wort führt Ines mich über den Flur in ihr Schlafzimmer, das bis auf einen tiefen Ledersessel und ein riesiges Bett vollkommen leer ist. Dahinter hängt ein gewaltiger Spiegel. O mein Gott. Es ist wie in einem gottverdammten Film!

Mit jedem Schritt bin ich überzeugter, dass ich das Richtige tue.

Mit jedem Schritt habe ich das Gefühl, mehr zum Mann zu werden. Und Annette immer weiter hinter mir zurückzulassen.

Ich greife nach Ines. Sie wirft sich mir geradezu in die Arme. Mein Gesicht ist ganz nah an ihrem. Ich rieche ihr Parfüm, spüre ihren Atem. Sanft fahre ich mit meiner Nase über ihre Wange, finde ihren Mund und versinke in einem langen, tiefen Kuss. Ines saugt an meiner Unterlippe, lässt ihre Zunge in meinen Mund gleiten, zieht mich dabei so eng, wie es nur geht, an sich heran und umschlingt mich mit ihren Armen. Ich fahre mit den Händen über ihren Rücken, spüre die nackte Haut wie ein Versprechen auf kommende Genüsse.

Schwer atmend trennen wir uns voneinander. Ines versetzt mir einen leichten Stoß, und ich lande in dem Ledersessel. Dann tritt sie einen Schritt zurück und zieht sich mit einer langsamen, lasziven Bewegung das seidene Top über den Kopf. Ihre Brüste heben und senken sich mit ihren Bewegungen. Sie sind vollkommen, groß und schwer und verlockend. Ich kann es nicht erwarten, sie zu berühren, meinen Kopf zwischen ihnen zu vergraben. Gänsehaut huscht über meine Unterarme.

Ines schüttelt sich die Haare ins Gesicht und wirft mir einen herrlich verruchten Blick zu. Dann dreht sie sich um. Ihr Rücken ist makellos schön, mit einem kleinen Muttermal unter der rechten Schulter. Sie greift in den Saum des Rocks und streift ihn ganz langsam und sinnlich hinunter. Dabei streckt sie mir ihren Po entgegen, während sie ihn allmählich für mich entblößt. Natürlich trägt sie keinen Slip. Die Backen ähneln zwei kleinen, festen Melonen, und als Ines sich schließlich nach vorne beugt, um die Füße aus dem Stoff zu befreien, sehe ich ihre dunkle, geheimnisvoll lockende Scham.

Mein Schwanz drückt wie wild gegen den engen Griff meiner

Hose. Ich will schon aus dem Sessel aufspringen, als Ines eine Hand hebt und dabei leicht den Kopf schüttelt. »Noch nicht.«

Ich beobachte, wie sie langsam zum Bett geht und hinaufklettert. Sie legt sich auf den Rücken, stützt sich auf die Ellenbogen, winkelt das rechte Bein an und sieht mir direkt in die Augen. »Jetzt!«

Ich kämpfe mich aus dem Sessel hoch und schlüpfe aus den Sandalen. Dann trete ich vor das Bett und ziehe zum zweiten Mal an diesem Tag mein T-Shirt aus. Nach und nach lege ich Zentimeter für Zentimeter meines trainierten Körpers frei, bis ich den Stoff nur noch schnell über meinen Kopf streife und dann zu Boden fallen lasse. Ich öffne meinen Gürtel und ziehe ihn Schlaufe um Schlaufe von meinen Hüften. Die Metallschließe klappert, als sie hinunterfällt. Ich greife nach dem obersten Knopf, mache ihn auf und lasse dann einen nach dem anderen aufspringen. Ines lächelt mich an.

Es ist verdammt schwierig, sich eine Jeans auszuziehen und dabei nicht dämlich auszusehen. Ich schaffe es einigermaßen anständig und stehe schließlich nur noch in meinen eng anliegenden, weißen *Calvin-Klein*-Shorts vor ihr.

Ines steht auf, gleitet vom Bett und geht vor mir in die Knie. Langsam zieht sie meine Unterhose nach unten. Mein Schwanz hängt darin fest, kommt frei und schnellt in die Höhe. Ich sehe nach unten. Der Anblick meines steifen Glieds, Ines nur wenige Zentimeter davon entfernt, lässt meine Knie weich werden. Ich kann ihren Atem auf meiner Eichel spüren. Dann fährt ihre rechte Hand an meinem linken Oberschenkel nach oben, verweilt einen Moment an meinen Eiern und umfasst schließlich den Schaft mit einem entschlossenen Griff. Ich habe das Gefühl, aufstöhnen zu müssen, und kann es gerade noch unterdrücken.

Als ich spüre, wie sich ihre Lippen um die pulsierende Spitze meines Schwanzes schließen, lege ich den Kopf in den Nacken, greife in ihre seidigen Haare. Ines saugt und leckt an mir, drückt ihr Gesicht gegen meinen straffen Bauch, packt mit ihren Händen fest an meinen Po und knetet ihn. Ich habe Mühe, mich auf den Beinen zu halten. Als Ines mit der Zunge über die Unterseite meines Schafts fährt, verliere ich das Gleichgewicht und falle seitlich aufs Bett. Ich muss lachen, und Ines, die sofort zu mir kommt, stimmt ein. Ich ziehe sie in meine Arme und küsse sie fest und fordernd. Dann schiebe ich sie von mir herunter, beuge mich über ihren schlanken Körper und kann endlich mein Gesicht zwischen diesen wunderbaren Brüsten vergraben. Meine Lippen finden eine der zitternden, festen Spitzen. Ich liebkose sie mit der Zunge, während meine rechte Hand die andere Brust zu streicheln beginnt. Sie fühlt sich genauso an, wie ich es mir vorgestellt habe: weich, warm, anschmiegsam, seidig.

Wir beginnen, unsere Körper zu erkunden, wie zwei Forscher ein unbekanntes Land, voller Wissensdurst und Leidenschaft. Berührungen und Momente der Erregung scheinen ineinander zu verschmelzen; mal ist sie über mir, dann wieder knie ich zwischen ihren drängenden Schenkeln; mit der Zunge fahre ich die Linie ihres Rückgrats hinunter, zwicke sie sanft mit den Zähnen in ihre göttlichen Pobacken, lasse meine Zunge in den Spalt dazwischen fahren. Wenig später leckt sie über meinen glatt rasierten Sack, saugt die Eier sanft in den Mund und spielt mit ihnen wie mit einem Paar kostbarer Murmeln.

Bewegungen, Berührungen, Küsse. Das kurze, krause Haar über Ines' Scham, das in meiner Nase kitzelt, als meine Zunge in sie drängt und den einzigartigen Geschmack wahrnimmt, der sie von nun an in meiner Erinnerung von jeder anderen Frau unterscheiden wird. Salzig, erdig, lebendig. Ich höre, wie ihr Atem schwerer geht, als ich die Perle mit meiner Zunge bearbeite; merke, wie sie die Beine noch weiter spreizt und meinen Kopf mit den Händen tiefer in sich zu drängen versucht.

Das Kondom rollt sie mir mit den Lippen über, und als mein großer, pochender Schwanz langsam wieder aus ihrem Mund auftaucht, glänzt das schwarze Gummi feucht von ihrem Speichel. Sie schwingt sich über mich und pfählt sich selbst, während meine Hände nicht genug bekommen können von diesen Brüsten, die auf und ab wippten, wenn ich sie nicht festhielte, während sie energisch auf mir zu reiten beginnt.

Nach ein paar schnellen, intensiven Momenten lässt sie sich nach hinten fallen. In einer einzigen, sanften Bewegung drücke ich mich nach oben, nach vorne, und während ich immer noch in ihr bin, komme ich nun auf ihr zu liegen. Sie schlingt ihre Beine um mein Becken. Ich stütze mich mit den Händen neben ihren Schultern ab und beginne, mich langsam aus ihr zurückzuziehen, nur um dann mit festen, kurzen Stößen wieder in sie zu dringen. Ihre Muskeln umfassen mich, drücken mich, zwingen mich dazu, die Zähne zusammenzubeißen.

Ines beginnt, raue Sätze hervorzustoßen, leise erst, direkt in mein Ohr, dann immer lauter. Sie stöhnt und keucht, bäumt sich immer wieder auf, fest, brutal fast, wühlt ihre Hände in das Laken und wölbt mir ihre Kehle entgegen, während sie den Kopf tief in die Matratze drückt.

Schweiß rinnt an meinem Körper hinunter. Wo unsere Haut aneinander reibt, aufeinander stößt, wird sie erst feucht, dann nass. Wir krallen uns aneinander, ineinander. Ich spüre meinen Körper nur noch in Teilen – meinen Po, den ich fest zusammenkneife; meinen Schwanz, der tief in diesem wunderbaren Körper steckt, um Sekundenbruchteile später fast ganz aus ihm wieder aufzutauchen und sofort wieder in der heißen Tiefe zu versinken; mein angewinkeltes Bein, das mir erlaubt, mich abzustützen und mich ihr wieder und wieder entgegenzuwerfen.

Wir lösen uns voneinander, für einen kurzen, atemlosen Moment. Dann rollt Ines sich auf den Bauch und streckt mir ihren Po entgegen. Ich knie mich hinter sie, ziehe sie zu mir heran. Ohne Hilfe findet mein praller Schwanz seinen Weg und versinkt sanft und weich in ihrer feuchten Tiefe.

Immer wieder bäumt sich Ines unter mir auf. Ich packe ihre Hüften und ramme mit all meiner Kraft in sie hinein, spüre, wie ich sie immer wieder öffne, wie sie mich immer fester umfängt. Unsere Körper klatschen nass und geil gegeneinander. Ines schreit, dass sie kurz davor sei, dass ich weitermachen solle, schneller, fester. Ich schaue nach vorne – und sehe direkt in den großen Spiegel. Mein Kopf ist rot, mein Gesicht verschwitzt, die Brust glänzt. Meine Beine und mein Schwanz werden durch den eleganten Schwung von Ines' Po verdeckt. Meine Hände liegen auf ihren prallen Backen. Ich sehe meinem Spiegelbild tief in die Augen. Millionen von Ameisen rasen über meine Schultern, das Rückgrat hinab, tief in mich hinein. Und dann, mit einem gewaltigen Schrei, der sich in meinem Innern löst und förmlich aus mir herauskatapultiert wird, komme ich und spritze in langen, zuckenden Stößen.

Als ich aus der Dusche trete, sehe ich erstaunt, dass Ines bereits angezogen ist und wieder die Hose und den flauschigen Pullover trägt. Ich gehe zu ihr, ziehe sie in meine Arme, küsse sie. Ines erwidert den Kuss, doch nur für einen Moment, dann windet sie sich aus meinem Griff und geht zur Tür.

»Micha, ich habe es jetzt wirklich eilig. Du weißt doch, ich bin verabredet. Beeil dich.«

Ich ziehe mich schnell an.

»Soll ich dich noch irgendwo hinbringen?«, frage ich, als sie mich in Richtung Wohnungstür schiebt. Ich begreife nicht, was hier gerade vor sich geht, warum sie, die noch vor einer Viertelstunde aufbäumend unter mir lag, mich nun offensichtlich loswerden will.

»Nein, danke. Ich werde abgeholt.«

»Aber ... aber du hast die Kette überhaupt nicht um ...«

Wir stehen vor der Tür.

»Ines, was ist denn los? Ich ... ich möchte dich wieder sehen.«

Sie lächelt. »Das wird nicht möglich sein. Michael, es war wunderbar. Aber es ist besser, du gehst jetzt und vergisst mich.«

»Ines, nein, bitte!« Ich begreife das nicht. »Habe ich irgendetwas falsch gemacht? Was muss ich denn tun, damit wir uns wieder sehen können?«

Ines seufzt, als sie die Tür öffnet. Verwirrt und widerstandslos gehe ich aus der Wohnung. Als ich mich noch einmal umdrehe, lächelt sie mich an. »Wenn du wiederkommen willst«, meint sie, »dann musst du selbst zahlen.«

Der Wagen mit der Post kam immer am späten Nachmittag. Annette erhob sich aus dem bequemen Liegestuhl auf der Veranda und ging ihm entgegen. *»Anything for me, Tony?«*, fragte sie den Fahrer mit einem entspannten Lächeln.

»Yeah«, grinste er sie an und drückte ihr einen dicken, gefütterten Umschlag in die Hand. *»But I don't think it's from the guy who is usually sending your stuff. Looks more like a woman's handwriting.«*

»I know. It's a video I ordered.«

»Let me guess: Your friend taped your favourite sitcom?«

Annette lächelte. *»No. She filmed someone through a mirror.«*

Tony schaute sie erstaunt an. *»Filmed doing what?«*

»Having sex.«

»You Germans are crazy!«, lachte Tony und schüttelte den Kopf. Dann begann er, die restliche Post auszuladen und in die Poststelle des *Great Barriere Riff Creative Center* zu tragen. Er mochte diese Annette. Sie war eine schöne Frau, entspannt, humorvoll, ganz anders als die hysterischen Aussteigerfrauen in ihren gebatikten Röcken, die hier sonst herumliefen und die es darauf anlegten, mit jedem Mann zu schlafen, der sich nicht schnell genug retten konnte. Manchmal wirkte sie ein bisschen traurig. Im Gegensatz zu den anderen Frauen, die für ein halbes Jahr hierher kamen, versuchte sie nie, einen der Männer ins Bett zu ziehen. Er hatte sie mal gefragt, ob sie einen Freund in Deutschland habe, dem sie treu sei. Ob das der sei, der ihr einmal im Monat die Post nachschicke. Sie hatte nur gesagt, dass sie das selbst manchmal nicht genau wisse. Wie konnte man denn nicht wissen, ob man in einer Beziehung war? *Germans are crazy.*

Annette ging in ihr geräumiges Zimmer und schaltete den Fernseher ein. Einen Videorekorder, der auch europäische Videokassetten abspielen konnte, hatte sie sich bereits vor einigen Tagen bringen lassen.

Die Kameraeinstellung zeigte ein Bett, dahinter ein Zimmer mit einem Ledersessel. Annette kannte das Zimmer. Sie hatte es sich vor ihrem Abflug angesehen und die Videoanlage hinter dem breiten Spiegel zeigen lassen. Nun stand sie auf und schaltete erst einmal den Ventilator aus. Dann öffnete sie die Minibar, nahm sich eine Dose mit einem Wodka-Lemon-Mix und machte es sich in dem eleganten Sessel gemütlich. Auf dem Bildschirm erschien die junge Frau, die Annette engagiert hatte, gefolgt von Michael. Er zog sie an sich und begann, sie zu küssen.

Und als er zehn Minuten später, kurz vor Ende der Aufnahme, ohne es zu wissen, direkt in die Kamera blickte, hatte Annette einen Moment lang das Gefühl, er schaue ihr tief in die Augen. Sie lächelte.

Laura Winter

Mein kleiner Liebling

Das energische Klackern ihrer Absätze riss mich aus dem Halbschlaf. Ich musste in der Nachmittagshitze tatsächlich fast eingenickt sein, während ich darauf wartete, dass sie endlich zurückkehrte. Ich saß hier schon seit Stunden herum, und die Glieder wurden mir allmählich schwer, obwohl ich krampfhaft versuchte, wach zu bleiben. Sie hatte mich mal wieder warten lassen, wie so oft in letzter Zeit, und meine Wut schwelte bereits wie ein Buschfeuer. Erneut überkam mich das Gefühl, das alles keinen Tag länger aushalten zu können.

Immer und immer wieder hatte ich mir dasselbe Gespräch ausgemalt, in dem ich sie bat, sich endlich nicht länger unter ihrer Würde zu verkaufen und mit dieser erniedrigenden Arbeit aufzuhören. Unzählige Male hatte ich mir vorgestellt, wie sie vor mir stehen und mir tief in die Augen blicken würde, bis mir schwindlig wurde. Ihre raue Stimme dröhnte durch meinen Kopf, wenn ich sie dann sagen hörte: »Aber mein kleiner Liebling, irgendwie muss ich uns doch ernähren. Da kann man nicht immer wählerisch sein. Außerdem, mir macht es nichts aus, also quäle mich nicht weiter, sonst …«

Ja, was sonst? Würde sie sich etwa meiner entledigen? War ich nichts als eine Last für sie? Ein nutzloses Etwas, das sie durchfüttern musste und das ihr mit der immer gleichen Leier den letzten Nerv raubte? Dabei wollte ich ihr doch nur zeigen, wie sehr ich sie liebte und was es für mich bedeutete, mehrmals täglich mit ansehen zu müssen, wie sie diese widerlichen alten Säcke befriedigte, die sich stöhnend mit ihr in den Laken wälzten.

Da ging die Tür auf, und ich wollte sie gerade lautstark begrüßen, als ich mit Entsetzen feststellen musste, dass sie nicht allein gekommen war.

Eilig duckte ich mich in eine Ecke und hoffte inständig, der Freier, einer ihrer Stammkunden, bemerkte mich nicht. Manchen war es nämlich nicht recht, dass ich zusah, und so wurde ich nicht selten unter dem entnervten Murmeln meiner Liebsten – »Das musst du verstehen, mein kleiner Liebling, der Kunde ist nun mal König.« – und lautstarkem Protest meinerseits des Raumes verwiesen.

Die beiden wirkten ausgelassen und unterhielten sich gerade angeregt über die neueste Klatschstory aus der Yellow Press: Irgendein angegrauter zweitklassiger Schauspieler war mit einem neuen, frischen Gesicht am Sternchenhimmel durchgebrannt und hatte das Herz seines Managers mit ein paar Schlagzeilen erfreut. Klaus-Jürgen Eller, so hieß der Freier, war Chefredakteur des marktführenden Blattes und daher immer bestens informiert. Er zählte zu den Lieblingskunden meiner Schönen, und jedes Mal versetzte es mir einen tiefen Stich, wenn ich die beiden miteinander lachen hörte. Sie konnte von seinen Geschichten nie genug bekommen und freute sich immer auf die brisanten Neuigkeiten, mit denen der Kerl ebenso wenig geizte wie mit den Euroscheinen aus seiner teuren Lederbörse.

Zielsicher steuerte er sofort auf den Kühlschrank in der kleinen Küche zu, nahm eine Flasche Moët heraus und entkorkte sie. Wieder im Zimmer nahm er die Champagnerkelche mit einem Selbstverständnis von der kleinen Kommode, das mich fast zur Weißglut brachte. Was bildete sich der Kerl eigentlich ein? War der hier etwa zu Hause? Meine Liebste ließ ihn jedoch gewähren, hörte die ganze Zeit über seinem Geplapper zu, fragte hier und da einmal kurz nach und lächelte ihn verführerisch an, als sie anstießen. Dann ging sie hinüber zur Stereoanlage und legte eine CD ein.

Bitte nicht schon wieder!, stöhnte ich innerlich, doch mein Stoßgebet wurde nicht erhört. Schon erfüllten die ersten Takte von Ravels *Bolero* den Raum. Ich hasste diese Klänge, fand diese Musik so unsagbar billig – angesichts der Umstände. Aber Klaus-Jürgen Eller stand darauf, wahrscheinlich konnte er ihn nur dabei hochkriegen, und wie sagte meine Süße so treffend? Der Kunde ist König! Der Chefredakteur war gewiss keiner von der schlechteren Sorte: solvent, sehr gepflegt, attraktiv und charmant, ein echter Frauentyp. Mehr als einmal hatte ich mich gewundert, warum er überhaupt für Sex bezahlte, wo er ihn doch garantiert jederzeit umsonst genießen konnte. Aber ich konnte ihn ja schlecht danach fragen.

Meine Teure hatte mich natürlich längst in meinem Versteck erspäht und zwinkerte mir in einem unbeobachteten Moment zu. Dann aber widmete sie sich wieder voll und ganz ihrem Freier, der alles um sich herum vergessen zu haben schien.

Noch ehe ich ihren Blick sehnsuchtsvoll zu erwidern vermochte, hatte sie sich auch schon umgedreht und streifte sich mit einer gekonnten Geste die Träger ihres Tops von den Schultern. Wie sie dabei ihr leuchtend rotes Haar zurückwarf und sich auf das große Himmelbett sinken ließ, raubte mir jedes Mal aufs Neue den Atem.

Ich hätte sie stundenlang einfach nur ansehen, meinen Blick über ihren wohlgeformten Körper wandern lassen können. Sie mit den Augen verschlingen. Genau wie der dämliche Zeitungsfuzzi, dem es offensichtlich nicht schnell genug zur Sache ging und der sich nun hektisch aus seinem maßgeschneiderten Hemd und der beigefarbenen Anzughose befreite. Das Jackett hatte er gleich nach dem Eintreten achtlos auf einen Stuhl geworfen, wo es noch im selben Moment heruntergefallen war.

Nackt und in ihrer vollkommenen Schönheit lag sie vor ihm. Er musterte meine Liebste eingehend, mit geilem Blick, als gehörte sie voll und ganz ihm. Dann umfasste er ihre vollen Brüste mit seinen großen, derben Händen, knetete sie und ließ die Fingerspitzen kurz über die aufgerichteten Brustwarzen gleiten, ehe er sich hinunterbeugte und sie mit den Lippen umschloss. Mit lautem Schmatzen lutschte und saugte er daran, während sie sich gekonnt unter ihm bewegte und mit geübten Händen über seinen Körper glitt. Geschickt massierte sie seinen Schwanz – sie wusste ja inzwischen ganz genau, worauf er stand –, dabei wanderte ihr Blick suchend über den Nachttisch.

Endlich hatte sie gefunden, wonach sie Ausschau hielt, und unterbrach kurz ihre Arbeit, um die Verpackung aufzureißen. Sie lächelte ihren Freier erneut an, worauf sie meiner Meinung nach auch ruhig verzichten könnte, schließlich ist es den Typen sowieso egal, und bedeutete ihm, sich auf die Seite zu legen. Widerwillig gehorchte er ihr und starrte sie gierig an, als sie sich seinem steifen, pochenden Schwanz näherte, das Kondom zwischen die Zähne nahm und es ihm mit dem Mund überstreifte. Er stöhnte genüsslich auf, als ihre Lippen seine Eichel berührten, dann konnte er sich nicht länger beherrschen, warf sie mit einem Schwung zurück in die Laken und schob sich ein wenig hastig über sie, bevor er …

Mist! Jetzt hatte ein warmer Windstoß, der durch das offene Fenster drang, den dünnen, aber undurchsichtigen Organza-Vorhang aufgebauscht, der das Bett vom übrigen Raum abtrennte. Verzweifelt reckte ich den Kopf, doch die Sicht auf die beiden war mir nun verwehrt.

»Bei dem Lärm kann sich ja kein Mensch konzentrieren!«, beschwerte sich Klaus-Jürgen Eller, als draußen ein Krankenwagen mit eingeschalteter Sirene vorbeiraste.

»Konzentrier dich lieber darauf, dass du bald Land gewinnst«, raunte ich wütend in meinem Versteck und hoffte auf einen schmalen Spalt, durch den ich die weiteren Geschehnisse kritisch beäugen konnte.

»Ich kann das Fenster schließen, wenn es dir lieber ist«, erwiderte meine Süße mit einem Lächeln in ihrer Stimme.

»Schon gut«, brummte Eller, und dann hörte ich wieder das Klatschen ihrer nassen Körper.

Redet nicht so viel, macht schon!, flehte ich stumm, in der Hoffnung, der besonders extreme Stress, unter dem der Herr Chefredakteur nach eigenem Bekunden heute litt, würde sich negativ auf seine Potenz auswirken und den Akt erheblich verkürzen.

Nun folgten – wie schon so oft – einige unendlich lange Minuten, in denen ich wahre Höllenqualen litt. Natürlich wusste ich, dass meine Schöne nur eine Rolle spielte und dass ihre Leidenschaft nicht echt war. Doch allein sein lüsternes Stöhnen trieb mich an den Rande des Wahnsinns. Am liebsten wäre ich auf ihn losgegangen und hätte ihm die Augen ausgehackt. Doch das durfte ich auf gar keinen Fall. Die Regeln waren eindeutig, und ich zog es durchaus vor, die Sache mit anzusehen oder, besser gesagt, mit anzuhören, anstatt nebenan in der Küche zu sitzen und mir die schlimmsten Szenen auszumalen. Ich musste mich zusammenreißen, auch wenn ich vor Zorn bebte.

Also versuchte ich, mich abzulenken, indem ich an die vielen schönen Stunden dachte, in denen ich meine Teure mit niemandem teilen musste. Oft saßen wir dann gemeinsam auf dem gemütlichen Schaukelstuhl gleich neben dem Fenster. Am liebsten mochte ich es, wenn sie gerade frisch aus der Badewanne gestiegen war, nur in ein knappes Handtuch gehüllt, aus dem ihre Brustwarzen hervorlugten. Ihre weiche Haut jagte mir einen wohligen Schauer nach dem anderen über den Körper. Ich vergrub dann den Kopf in ihre roten Locken und atmete den einzigartigen Duft ihrer Haare ein, während wir die schwärmerischen Gedichte von Dylan Thomas lasen. Das heißt, sie las mir vor und ich ließ mich von ihrer Stimme in eine Welt treiben, in der nur wir beide existierten, fernab vom wirklichen Leben und dem mehr als tristen Alltag.

Der Ausblick auf den glänzenden Rücken des Chefredakteurs holte mich in die Gegenwart zurück. Ein erneuter Luftzug hatte den Vorhang ein wenig zur Seite geweht, so dass ich die beiden nun wieder sehen konnte. Auf Ellers Schultern tanzten Schweißperlen, und er keuchte angestrengt im Rhythmus seiner Stöße – kein Wunder bei der Hitze. Die Luft stand förmlich in dem kleinen Raum. Meine Süße streckte ihm ihren schönen Körper entgegen, da ertönte ein letztes Stöhnen, und ich konnte durch den Spalt im Vorhang erkennen, wie der Herr Chefredakteur sich ein letztes Mal aufbäumte und anschließend von meiner Liebsten herunterrollte. Mein Herz hüpfte vor Freude, als er noch im gleichen Augenblick hektisch sagte: »Ich muss gehen, ich habe noch eine wichtige Redaktionskonferenz.« Normalerweise gab er sich nämlich nicht mit einem Mal zufrieden.

Hastig zog er sich wieder an, legte die übliche Anzahl Scheine auf den Nachttisch und verabschiedete sich mit den Worten: »Bis nächste Woche dann.« Noch im Türrahmen hatte er bereits sein Handy am Ohr und brüllte einen seiner Redaktionsassistenten an.

Meine Teure murmelte ihm einen flüchtigen Gruß hinterher, erhob sich gemächlich und strich sich eine Locke aus der Stirn. Dann ging sie zum offenen Fenster hinüber und atmete tief durch.

»Das war's für heute«, sagte sie und warf mir aus den Augenwinkeln einen verschwörerischen Blick zu. Ich schaute sie an, als sähe ich sie heute zum ersten Mal. Irgendwie konnte ich ihr nie böse sein für das, was sie mir antat, meine gesamte Wut konzentrierte sich immer auf die Freier. Und so war es auch jetzt. Mein Zorn verrauchte, und der gute Herr Chefredakteur und sein übertrieben lautes Gestöhne waren von einem Moment zum nächsten vergessen.

Langsam kam sie auf mich zu. Ich roch ihr frisches Parfum und schloss vor Wonne die Augen. Endlich genoss ich ihre ungeteilte Aufmerksamkeit. Gleich würde ich meinen Kopf an ihre Wange schmiegen und es genießen, wie sie mir den Nacken kraulte. Wie sehr ich diese Frau doch liebte, ich war ihr förmlich verfallen, alles hätte ich für sie getan.

Meine Anspannung ging in eine wohlige Erregung über. Endlich waren wir unter uns. Ich hatte so lange auf diesen Moment gewartet, mich unendlich nach ihr gesehnt.

Ihr Gesicht war jetzt ganz dicht vor meinem, und ich konnte die zarten Fältchen um ihre grünen Augen erkennen, in denen ich geradezu versinken wollte.

»Hier, mein kleiner Liebling«, säuselte sie und öffnete die Käfigtür. »Ich habe dir einen Hirsekolben mitgebracht, den magst du doch so gerne.«

Ich hüpfte auf ihren Finger und war selig.

Thomas Mann

Madame Houpflé

Ich lächelte viel, sagte: »M'sieur et dame –« und »Watch your step!«,was ganz unnötig war, denn höchstens am ersten Tag war ich hie und da uneben gelandet, dann verursachte ich niemals eine Stufe mehr, vor der ich zu warnen gehabt hätte, oder glich sie doch sofort vollkommen aus. Älteren Damen legte ich leicht die Hand zur Stütze unter den Ellbogen beim Aussteigen, als ob es mit diesem irgendwelche Schwierigkeiten gehabt hätte, und empfing den leicht verwirrten, zuweilen auch melancholisch-koketten Dankesblick, mit dem das Abgelebte die Galanterie der Jugend quittiert. Andere freilich verbissen sich jedes Entzücken oder hatten das nicht einmal nötig, da ihr Herz erkaltet und nur noch Klassenhochmut darin übrig geblieben war. Übrigens tat ich es auch bei jungen Frauen, und da gab es manches zarte Erröten nebst einem gelispelten »Merci« für eine Aufmerksamkeit, die mir das eintönige Tagewerk versüßte, da ich sie im Grunde nur Einer zudachte und mich nur für sie gewissermaßen darin übte. Auf sie wartete ich, die ich bildhaft – und die mich bildlos – im Sinne trug, die Herrin des Kästchens, die Spenderin meiner Knöpfstiefel, meines Stockschirmes und meines Ausgeh-Anzugs, sie, mit der ich in zartem Geheimnis lebte –, und konnte, wenn sie nicht jäh wieder abgereist war, unmöglich lange auf sie zu warten haben.

Am zweiten Tage schon, nachmittags gegen fünf – auch Eustache war mit seinem Gefährt gerade unten –, erschien sie in der Ascenseur-Nische der Halle, den Schleier über dem Hut, wie ich sie schon gesehen. Der gänzlich alltägliche Kollege und ich standen vor unseren offenen Türen, und sie trat mitten vor uns hin, indem sie mich ansah, kurz die Augen aufriss und lächelnd auf ihren Füßen schwankte, ungewiss, für welchen Fahrstuhl sie sich entscheiden sollte. Es war gar kein Zweifel, dass es sie zu meinem zog; aber da Eustache schon beiseite getreten war und sie mit der Hand in seinen lud, so dachte sie wohl, er sei dienstlich an der Reihe, trat, nicht ohne sich unverhohlen über die Schulter, mit erneutem Augenaufreißen, nach mir umzusehen, bei ihm ein und entglitt.

Das war alles für diesmal, außer dass ich, bei einem neuen unteren Zusammentreffen mit Eustache, von ihm ihren Namen erfuhr. Sie hieß Madame Houpflé und war aus Straßburg. »Impudemment riche, tu sais«, fügte Eustache hinzu, worauf ich nur mit einem kühlen »Tant mieux pour elle«, erwiderte.

Am folgenden Tag um dieselbe Stunde, als eben die beiden anderen Lifts unterwegs waren und ich allein vor dem meinen stand, war sie wieder da, in einer sehr schönen, langschössigen Nerzjacke diesmal und einem Barett aus dem gleichen Pelzwerk, vom Shopping kommend, denn sie trug mehrere, wenn auch nicht große, elegant verschnürte Pakete im Arm und in der Hand. Befriedigt nickte sie bei meinem Anblick, sah lächelnd meiner von einem ehrerbietigen »Madame –« begleiteten Verbeugung zu, die etwas von einer Aufforderung zum Tanze hatte, und ließ sich mit mir in dem Schwebestübchen einschließen. Währenddessen klingelte es vom vierten Stock.

»Deuxième, n'est-ce pas, Madame?«, fragte ich, da sie mir keine Weisung gegeben hatte.

Sie war nicht in den Hintergrund des kleinen Raumes getreten, stand nicht hinter mir, sondern neben mir an der Tür und sah abwechselnd auf meine den Hebel haltende Hand und in mein Gesicht.

»Mais oui, deuxième«, sagte sie. »Comment savez-vous?«

»Je le sais, tout simplement.«

»Ah? – Der neue Armand, wenn ich nicht irre?«

»Zu Diensten, Madame.«

»Man kann sagen«, gab sie zurück, »dass dieser Wechsel einen Fortschritt in der Zusammensetzung des Personals bedeutet.«

»Trop aimable, Madame.«

Ihre Stimme war ein sehr wohliger, nervös bewegter Alt. Aber während ich es dachte, sprach sie von meiner eigenen.

»Ich möchte Sie«, sprach sie, »wegen Ihrer angenehmen Stimme loben.« – Die Worte des Geistlichen Rates Chateau!

»Je serais infiniment content, Madame«, erwiderte ich, »si ma voix n'offensait pas votre oreille!«

Es klingelte wiederholt von oben. Wir waren im zweiten Stock. Sie fügte hinzu:

»C'est en effect une oreille musicale et sensible. Du reste, l'ouïe n'est pas le seul de mens sens qui soit susceptible.«

Sie war erstaunlich! Ich unterstützte sie zart beim Hinaustreten, als ob es da irgendetwas zu unterstützen gegeben hätte, und sagte:

»Erlauben Sie, dass ich Sie endlich von Ihren Lasten befreie, Madame, und sie Ihnen auf Ihr Zimmer trage!«

Damit nahm ich ihr die Pakete ab, sammelte sie einzeln von ihr ein und folgte ihr damit, meinen Lift einfach im Stich lassend, den Korridor entlang. Es waren nur zwanzig Schritte. Sie öffnete zur Linken No. 23 und betrat, mir voran, ihr Schlafzimmer, dessen Tür zum Salon offen stand – ein luxuriöses Schlafzimmer, parkettiert, mit großem Perserteppich, Kirschholzmöbeln, blitzendem Gerät auf dem Toilettentisch, einer breiten, mit gestepptem Atlas bedeckten Messing-Bettstatt und einer grausamtenen Chaiselongue. Auf diese sowie auf die gläserne Platte des Tischchens legte ich die Pakete, während Madame ihr Barett abnahm und ihre Pelzjacke öffnete.

»Meine Zofe ist nicht zur Hand«, sagte sie. »Sie hat ihr Zimmer eine Treppe höher. Würden Sie Ihre Aufmerksamkeit vollenden, indem Sie mir aus diesem Kleidungsstück helfen?«

»Mit außerordentlichem Vergnügen«, erwiderte ich und machte mich ans Werk. Während ich aber damit beschäftigt war, ihr das erwärmte, mit Seide gefütterte Pelzwerk von den Schultern zu streifen, wandte sie den Kopf im reichen braunen Haar, worin über der Stirn eine gewellte weiße Strähne, erbleicht vor dem übrigen, sich freimütig hervortat, zu mir herum, und indem sie die Augen zuerst kurz aufriss, sie dann jedoch zwischen den wieder verengten Lidern traumhaft verschwimmen ließ, sprach sie das Wort:

»Du entkleidest mich, kühner Knecht?«

Eine unglaubliche Frau und sehr ausdrucksvoll! Verblüfft, aber gefasst, ordnete ich meine Antwort wie folgt:

»Wollte Gott, Madame, meine Zeit erlaubte mir, den Dingen diese Deutung zu geben und in einer so reizenden Beschäftigung nach Belieben fortzufahren!«

»Du hast keine Zeit für mich?«

»Unglücklicherweise nicht in diesem Augenblick, Madame. Mein Ascenseur wartet draußen. Er steht offen da, während von oben und unten nach ihm geläutet wird und vielleicht in diesem Stockwerk Gäste sich vor ihm ansammeln. Ich würde meinen Posten verlieren, wenn ich ihn länger vernachlässigte …«

»Aber du hättest Zeit für mich – wenn du Zeit für mich hättest?«

»Unendlich viel, Madame!«

»*Wann* wirst du Zeit für mich haben?«, fragte sie, wiederholt zwischen der jähen Erweiterung ihrer Augen und dem schwimmenden Blicke wechselnd, und trat in dem eng den Körperformen sich anschmiegenden Tailormade von blaugrauer Farbe, das sie trug, dicht vor mich hin.

»Um elf Uhr werde ich dienstfrei sein«, erwiderte ich gedämpft.

»Ich werde dich erwarten«, sagte sie in demselben Ton. »Dies zum Pfande!« Und ehe ich mich's versah, war mein Kopf zwischen ihren Händen und ihr Mund auf dem meinen, zu einem Kuss, der recht weit ging – weit genug, um ihn zu einem ungewöhnlich bindenden Pfande zu machen.

Gewiss war ich etwas bleich, als ich ihre Pelzjacke, die ich noch immer in Händen gehalten, auf die Chaiselongue niederlegte und mich zurückzog. Wirklich standen, ratlos wartend, drei Personen vor dem offenen Lift, bei denen ich mich nicht nur wegen meines durch einen dringenden Auftrag verursachten Säumens zu entschuldigen hatte, sondern auch dafür, dass ich sie, bevor ich sie hinabbrachte, erst in den vierten Stock hinauffuhr, von wo ich gerufen worden, wo aber niemand mehr war. Unten bekam ich der Verkehrsstockung wegen, die ich angerichtet, Grobheiten zu hören, die ich mit der Erklärung abwehrte, ich hätte notwendig eine von plötzlicher Schwäche befallene Dame zu ihrem Zimmer geleiten müssen.

Madame Houpflé – und Schwäche! Eine Frau von solcher Bravour! Diese, so dachte ich, wurde ihr freilich erleichtert durch ihr dem meinen so überlegenen Alter und dazu durch meine untergeordnete soziale Stellung, der sie einen so seltsam gehobenen Ausdruck verliehen hatte. »Kühner Knecht«, hatte sie mich genannt – eine Frau von Poesie! »Du entkleidest mich, kühner Knecht?« Das packende Wort lag mir den ganzen Abend im Sinn, diese ganzen sechs Stunden, die hinzubringen waren, bis ich »Zeit für sie haben«

würde. Es kränkte mich etwas, das Wort, und erfüllte mich doch auch wieder mit Stolz – sogar auf meine Kühnheit, die ich gar nicht besessen, sondern die sie mir ganz einfach unterstellt und zudiktiert hatte. Jedenfalls besaß ich sie nun im Überfluss. Sie hatte sie mir eingeflößt – besonders auch durch jenes sehr bindende Unterpfand.

Um sieben Uhr fuhr ich sie zum Diner hinunter: Zu anderen Gästen in Abendtoilette, die ich aus den oberen Stockwerken geholt und die sich zum Speisen begaben, trat sie bei mir ein, in einem wundervollen weißen Seidenkleid mit kurzer Schleppe, Spitzen und gestickter Tunika, deren Taille ein schwarzes Sammetband gürtete, um den Hals ein Collier milchig schimmernder, untadelig gestalteter Perlen, das zu ihrem Glück – und zu Meister Jean-Pierres Missgeschick – nicht in dem Kästchen gewesen war. Die Vollendung, mit der sie mich übersah – und das nach einem so weit gehenden Kuss –, musste ich bewundern, rächte mich aber dafür, indem ich nicht ihr, sondern einer gespenstisch aufgeputzten Greisin beim Austritt die Hand unter den Ellbogen legte. Mir ist, als hätte ich sie lächeln gesehen über meine mildtätige Galanterie.

Zu welcher Stunde sie in ihre Zimmer zurückkehrte, blieb mir verborgen. Einmal aber musste es elf Uhr werden, um welche Stunde der Dienst zwar weiterging, aber nur noch von *einem* Lift unterhalten wurde, während die Führer der beiden anderen Feierabend hatten. Ich war heute einer von ihnen. Um mich nach der Tagesfron zum zartesten aller Stelldichein etwas zu erfrischen, suchte ich zuerst unseren Waschraum auf und stieg dann zu Fuß in den zweiten Stock hinab, dessen Korridor mit seinem dem Schritt zur Lautlosigkeit dämpfenden roten Läufer um diese Stunde schon in unbefangener Ruhe lag. Ich fand es schicklich, an der Tür von Madame Houpflés Salon, No. 25, zu klopfen, erhielt aber dort keine Antwort. So öffnete ich die Außentür von 23, ihrem Schlafzimmer, und pochte mit hingeneigtem Ohr diskret an die innere.

Ein fragendes »Entrez?«, von leise verwunderter Betonung kam zurück. Ich folgte ihm, da ich die Verwunderung in den Wind schlagen durfte. Das Zimmer lag im rötlichen Halbdunkel des seidenbeschirmten Nachttischlämpchens, von dem es allein erhellt war. Die kühne Bewohnerin – gern und mit Recht übertrage ich auf sie das Beiwort, das sie mir verliehen – erblickte mein rasch die Umstände erforschendes Auge im Bette, unter purpurner Atlas-Steppdecke –, in der prächtigen Messing-Bettstatt, die das Kopfende zur Wand gekehrt und die Chaiselongue zu ihren Füßen, frei stehend ziemlich nahe dem dicht verhangenen Fenster aufgeschlagen war. Meine Reisende lag dort, die Arme hinter dem Kopf verschränkt, in einem batistenen Nachtgewande mit kurzen Ärmeln und einem von Spitzen umrahmten quellenden Dékolleté. Sie hatte ihren Haarknoten zur Nacht gelöst und die Flechten auf eine sehr kleidsame, lockere Art kranzförmig um den Kopf gewunden. Zur Locke gewellt ging die weiße Strähne von ihrer nicht mehr furchenfreien Stirn zurück. Kaum hatte ich die Tür geschlossen, als ich hinter mir den Riegel vorfallen hörte, der vom Bette aus durch einen Zug zu dirigieren war.

Sie riss die goldenen Augen auf, für einen jähen Moment nur, wie gewöhnlich; aber ihre Züge blieben in einer Art nervöser Lügenhaftigkeit leicht verzerrt, als sie sagte:

»Wie? Was ist das? Ein Hausangestellter, ein Domestik, ein junger Mann vom Gesinde, tritt bei mir ein, zu dieser Stunde, da ich bereits der Ruhe pflege?«

»Sie haben den Wunsch geäußert, Madame –«, erwiderte ich, indem ich mich ihrem Lager näherte.

»Den Wunsch? Tat ich das? Du sagst ›den Wunsch‹ und gibst

vor, den Befehl zu meinen, den eine Dame einem kleinen Bedienten, einem Liftjungen erteilt, meinst aber in deiner ungeheuren Keckheit, ja Unverschämtheit ›das Verlangen‹, ›das heiße, sehnsüchtige Begehren‹, meinst es ganz einfach und mit Selbstverständlichkeit, weil du jung bist und schön, so schön, so jung, so dreist … ›den Wunsch‹! Sag mir doch wenigstens, du Wunschbild, Traum meiner Sinne, Mignon in Livree, süßer Helot, ob du in deiner Frechheit diesen Wunsch ein wenig zu teilen wagtest!«

Damit nahm sie mich bei der Hand und zog mich auf den Rand ihres Bettes nieder zu schrägem Kantensitz: ich musste der Balance wegen meinen Arm ausstrecken über sie hin und mich gegen die Rückwand des Bettes stützen, so dass ich über ihre von feinem Leinen und Spitzen wenig verhüllten Nacktheit gebeugt saß, deren Wärme mich duftig berührte. Leicht gekränkt, wie ich zugebe, durch ihre immer wiederholte Erwähnung und Betonung meines niedrigen Standes – was hatte und wollte sie nur damit! – neigte ich mich statt aller Antwort vollends zu ihr hinab und senkte meine Lippen auf ihre. Nicht nur aber, dass sie den Kuss noch weitgehender ausgestaltete, als den ersten vom Nachmittag, wobei es an meinem Entgegenkommen nicht fehlte –, so nahm sie auch meine Hand aus ihrer Stütze und führte sie in ihr Dekolleté zu ihren Brüsten, die sehr handlich waren, führte sie da am Gelenk herum auf eine Weise, dass meine Männlichkeit, wie ihr nicht entgehen konnte, in den bedrängendsten Aufstand geriet. Von dieser Wahrnehmung gerührt, gurrte sie weich, mit einer Mischung aus Mitleid und Freude:

»Oh, holde Jugend, viel schöner als dieser Leib, dem es vergönnt ist, sie zu entflammen!«

Damit begann sie, mit beiden Händen an dem Kragenverschluss meiner Jacke zu nesteln, ihn aufzuhaken und mit unglaublicher Geschwindigkeit ihre Knöpfe zu öffnen.

»Fort, fort, hinweg damit und damit auch«, hasteten ihre Worte. »Ab und hinweg, dass ich dich sehe, dass ich den Gott erblicke! Hilf rasch! Comment, à ce propos, quand l'heure nous appelle, n'êtes-vous pas encore prêt pour la chapelle? Déshabilez-vous vite! Je compte les instants! La parure de noce! So nenn ich deine Göttergelieder, die anzuschaun mich dürstet, seit ich zuerst dich sah. Ah so, ah da! Die heilige Brust, die Schultern, der süße Arm! Hinweg denn endlich auch hiermit – oh la la, das nenne ich Galanterie! Zu mir denn, bien-aimé! Zu mir, zu mir …«

Nie gab es eine ausdrucksvollere Frau! Das war Gesang, was sie von sich gab, nichts anderes. Und sie fuhr fort, sich auszudrücken, als ich bei ihr war, es war ihre Art, alles in Worte zu fassen. In ihren Armen hielt sie den Zögling und Eingeweihten der gestrengen Rozsa. Er machte sie sehr glücklich und durft es hören, dass er es tat:

»O Süßester! O Engel du der Liebe, Ausgeburt der Lust! Ah, ah, du junger Teufel, glatter Knabe, wie du das kannst! Mein Mann kann gar nichts, überhaupt nichts, musst du wissen. O du Beseliger, du tötest mich! Die Wonne raubt mir den Atem, bricht mein Herz, ich werde sterben an deiner Liebe!« Sie biss mich in die Lippe, in den Hals. »Nenne mich du!«, stöhnte sie plötzlich, nahe dem Gipfel. »Duze mich derb zu meiner Erniedrigung! J'adore d'être humiliée! Je l'adore! Oh, je t'adore, petit esclave stupide qui me déshonore …«

Sie verging. Wir vergingen. Ich hatte ihr mein Bestes gegeben, hatte, genießend, wahrlich abgezahlt. Wie aber hätte es mich nicht verdrießen sollen, dass sie auf dem Gipfel von Erniedrigung gestammelt und mich einen dummen kleinen Sklaven genannt hatte? Wir ruhten noch verbunden, noch in enger Umarmung, doch erwiderte ich aus Missmut über dieses »qui me déshonore« nicht ihre Dankesküsse. Den Mund an meinem Körper hauchte sie wieder:

»Nenn mich du, geschwind! Ich habe dies Du von dir zu mir noch nicht vernommen. Ich liege hier und mache Liebe mit einem zwar göttlichen, doch ganz gemeinen Domestikenjungen. Wie mich das köstlich entehrt! Ich heiße Diane. Du aber, mit deinen Lippen, nenne mich Hure, ausdrücklich ›du süße Hure‹!«

»Süße Diane!«

»Nein, sag ›du Hure‹! Lass mich meine Erniedrigung so recht im Worte kosten …«

Ich löste mich von ihr. Wir lagen, die Herzen noch hoch klopfend, beieinander. Ich sagte:

»Nein, Diane, du wirst solche Worte von mir nicht hören. Ich weigere mich. Und ich muss gestehen, es ist für mich recht bitter, dass du Erniedrigung findest in meiner Liebe …«

»Nicht in deiner«, sagte sie, indem sie mich an sich zog. »In meiner! In meiner Liebe zu euch nichtigen Knaben! Ach, holder Dümmling, du verstehst das nicht!« Und dabei nahm sie meinen Kopf und stieß ihn mehrmals in einer Art von zärtlicher Verzweiflung gegen den ihren. »Ich bin Schriftstellerin, musst du wissen, eine Frau von Geist. Diane Philibert – mein Mann, er heißt Houpflé, c'est du dernier ridicule – ich schreibe unter meinem Mädchennamen Diane Philibert, sous ce nom de plume. Natürlich hast du den Namen nie gehört, wie solltest du wohl? – der auf so vielen Büchern zu lesen ist, es sind Romane, verstehst du, voll Seelenkunde, pleins d'esprit, et des volumes de vers passionnés … Ja, mein armer Liebling, deine Diane, sie ist d'une intelligence extrême. Der Geist jedoch, ach!« – und sie stieß wieder, etwas härter sogar als vorhin, unsere Köpfe zusammen – »wie solltest du das begreifen! Der Geist ist wonnegierig nach dem Nicht-Geistigen, dem Lebendig-Schönen dans sa stupidité, verliebt, oh, so bis zur Narrheit und letzten Selbstverleugnung und Selbstverneigung verliebt ist er ins Schöne und Göttlich-Dumme, er kniet vor ihm, er betet es an in der Wollust der Selbstentsagung, Selbsterniedrigung, und es berauscht ihn, von ihm erniedrigt zu werden ...«

»Nun, liebes Kind«, so unterbrach ich sie denn doch. »Schön hin und her – wenn die Natur es mit mir recht gemacht –, für gar so auf den Kopf gefallen solltest du mich nicht halten, auch wenn ich deine Romane und Gedichte ...«

Sie ließ mich nicht weiterreden. Sie war auf unerwünschte Weise entzückt.

»Du nennst mich ›liebes Kind‹?«, rief sie, indem sie mich stürmisch umfing und ihren Mund an meinem Hals vergrub. »Ah, das ist köstlich! Das ist viel besser noch als ›süße Hure‹! Das ist viel tiefere Wonne, als alle, die du Liebeskünstler mir angetan! Ein kleiner nackter Lifttreiber liegt bei mir und nennt mich ›liebes Kind‹, mich, Diane Philibert! C'est exquis ... ça me transporte! Armand, chéri, ich wollte dich nicht kränken. Ich wollte nicht sagen, dass du besonders dumm bist. Alle Schönheit ist dumm, weil sie ganz einfach ein Sein ist, Gegenstand der Verherrlichung durch den Geist. Lass dich sehen, ganz sehen – hilf Himmel, bist du schön! Die Brust so süß in ihrer weichen und klaren Strenge, der schlanke Arm, die holden Rippen, eingezogenen Hüften, und ach, die Hermes-Beine ...«

»Aber geh, Diane, das ist nicht recht. Ich bin es doch, der alles Schöne in dir ...«

»Unsinn! Das bildet ihr euch nur ein. Wir Weiber mögen von Glück sagen, dass unsere runden Siebensachen euch so gefallen. Aber das Göttliche, das Meisterstück der Schöpfung, Standbild der Schönheit, das seid ihr, ihr jungen, ganz jungen Männer mit den Hermesbeinen. Weißt du, wer Hermes ist?«

»Ich muss gestehen, im Augenblick –«

»Céleste! Diane Philibert macht Liebe mit einem, der von

Hermes nie gehört hat! Wie das den Geist köstlich erniedrigt! Ich will dir sagen, süßer Tropf, wer Hermes ist. Er ist der geschmeidige Gott der Diebe.«

Ich stutzte und wurde rot. Ich sah sie nahe an, vermutete und ließ die Vermutung wieder fallen. Ein Gedanke kam mir, doch stellte ich ihn noch zurück; sie übersprach ihn auch mit den Geständnissen, die sie in meinem Arm ablegte, raunend und dann wieder die Stimme warm und sanghaft erhebend.

»Willst du glauben, Geliebter, dass ich nur dich, immer nur dich geliebt habe, seit ich empfinde? Will sagen, natürlich nicht dich, doch die Idee von dir, den holden Augenblick, den du verkörperst? Nenn es Verkehrtheit, aber ich verabscheue den Vollmann mit dem Vollbart, die Brust voller Wolle, den reifen und nun gar den bedeutenden Mann – affreux, entsetzlich! Bedeutend bin ich selbst – das gerade würde ich als pervers empfinden; de me coucher avec un homme penseur. Nur euch Knaben hab ich geliebt von je – als Mädchen von dreizehn war ich vernarrt in Buben von vierzehn, fünfzehn. Der Typus wuchs ein wenig mit mir und meinen Jahren, aber über achtzehn hat er's, hat mein Geschmack, hat meiner Sinne Sehnsucht es nie hinausgebracht ... Wie alt bist du?«

»Zwanzig«, gab ich an.

»Du siehst jünger aus. Beinahe bist du schon etwas zu alt für mich.«

»Ich, zu alt für dich?«

»Lass, lass nur! Wie du bist, bist du mir recht bis zur Glückseligkeit. Ich will dir sagen ... Vielleicht hängt meine Leidenschaft damit zusammen, dass ich nie Mutter war, nie Mutter eines Sohnes. Ich hätte ihn abgöttisch geliebt, wär er nur halbwegs schön gewesen, was freilich unwahrscheinlich, wäre er mir von Houpflé gekommen. Vielleicht, sag ich, ist diese Liebe zu euch versetzte

Mutterliebe, die Sehnsucht nach dem Sohn ... Verkehrtheit, sagst du? Und ihr? Was wollt ihr mit unseren Brüsten, die euch tränkten, unserem Schoß, der euch gebar? Wollt ihr nicht nur zurück zu ihnen, nicht wieder Brustkinder sein? Ist es nicht die Mutter, die ihr unerlaubterweise im Weibe liebt? Verkehrtheit! Die Liebe ist verkehrt durch und durch, sie kann gar nicht anders sein als verkehrt. Setze die Sonde an bei ihr, wo du willst, so findest du sie verkehrt ... Aber traurig ist es freilich und schmerzensreich für eine Frau, den Mann nur ganz, ganz jung, als Knaben nur zu lieben. C'est un amour tragique, irraisonnable, nicht anerkannt, nicht praktisch, nichts fürs Leben, nichts für die Heirat. Man kann sich mit der Schönheit nicht verheiraten. Ich, ich habe Houpflé geheiratet, einen reichen Industriellen, damit ich im Schutze seines Reichtums meine Bücher schreiben kann, qui sont énormément intelligents. Mein Mann kann gar nichts, wie ich dir sagte, wenigstens bei mir. Il me trompe, wie man das nennt, mit einer Demoiselle vom Theater. Vielleicht kann er was bei der – ich möchte es bezweifeln. Es ist mir auch gleichviel – diese ganze Welt von Mann und Weib und Ehe und Betrug ist mir gleichviel. Ich lebe in meiner so genannten Verkehrtheit, in meines Lebens Liebe, die allem zum Grunde liegt, was ich bin, in dem Glück und Elend dieses Enthusiasmus mit seinem teureren Schwur, dass nichts, nichts in dem ganzen Umkreis der Phänomene dem Reiz gleichkommt jugendlicher Früh-Männlichkeit – in der Liebe zu euch, zu dir, du Wunschbild, dessen Schönheit ich küsse mit meines Geistes letzter Unterwürfigkeit! Ich küsse deine anmaßenden Lippen über den weißen Zähnen, die du im Lächeln zeigst. Ich küsse die zarten Sterne deiner Brust, die goldenen Härchen auf dem brünetten Grunde deines Unterarms. Was ist das? Woher nimmst du bei deinen blauen Augen und blonden Haaren diesen Teint, den hellen Bronzeton deiner Haut? Du bist verwirrend. Ob du verwirrend bist! La fleur de ta jeunesse remplit mon ceur âgé d'une éternelle ivresse. Nie endigt dieser Rausch; ich werde mit ihm sterben, doch immer wird mein Geist, ihr Ranken, euch umwerben. Du auch, bien aimé, du alterst hin zum Grabe gar bald, doch das ist Trost und meines Herzens Labe: Ihr werdet immer sein, der Schönheit kurzes Glück, holdseliger Unbestand, ewiger Augenblick!«

»Wie sprichst du nur?«

»Wie denn? Bist du verwundert, dass man in Versen preist, was man so heiß bewundert? Tu ne connais pas donc le vers alexandrin – ni le dieu voleur, toi-même si divin?«

Beschämt, wie ein kleiner Junge, schüttelte ich den Kopf. Sie wusste sich darob nicht zu lassen vor Zärtlichkeit, und ich muss gestehen, dass so viel Lob und Preis, in Verse ausartend zuletzt sogar, mich stark erregt hatte. Obgleich das Opfer, das ich bei unserer ersten Umarmung gebracht, nach meiner Art der äußersten Verausgabung gleichgekommen war, fand sie mich wieder in großer Liebesform – fand mich so mit jener Mischung aus Rührung und Entzücken, das ich schon an ihr kannte. Wir einten uns aufs Neue. Ließ sie aber von dem, was sie die Selbstentäußerung des Geistes nannte, von dieser Erniedrigungsnarretei wohl ab? Sie tat es nicht.

»Armand«, flüsterte sie an meinem Ohr, »treibe es wüst mit mir! Ich bin ganz dein, bin deine Sklavin! Geh mit mir um wie mit der letzten Dirne! Ich verdiene es nicht anders, und Seligkeit wird es mir sein!«

Ich hörte darauf gar nicht. Wir erstarben wieder. In der Ermattung aber grübelte sie und sagte plötzlich:

»Hör, Armand.«

»Was denn?«

»Wenn du mich etwas schlügest? Derb schlügest, meine ich?

Mich, Diane Philibert? So recht geschähe mir, ich würde es dir danken. Da liegen deine Hosenträger, nimm sie, Liebster, drehe mich um und züchtige mich aufs Blut!«

»Ich denke nicht daran, Diane. Was mutest du mir zu? Ich bin solch ein Liebhaber nicht.«

»Ach, wie schade! Du hast zu viel Respekt vor der feinen Dame.«

Da kehrte mir der Gedanke wieder, der mir vorhin entglitten war. Ich sagte:

»Höre nun du, Diane! Ich will dir etwas beichten, was dich vielleicht in seiner Art entschädigen kann für das, was ich dir aus Gründen des Geschmacks abschlagen muss. Sage mir doch: Als du nach deiner Ankunft hier deinen Koffer, den großen, auspacktest oder auspacken ließest, hast du da vielleicht nicht etwas vermisst?«

»Vermisst? Nein. Aber ja! Wie weißt du?«

»Ein Kästchen?«

»Ein Kästchen, ja! Mit Schmuck. Wie weißt du denn?«

»Ich habe es genommen.«

»Genommen? Wann?«

»Bei der Douane standen wir nebeneinander. Du warst beschäftigt, und da nahm ich es.«

»Du hast es gestohlen? Du bist ein Dieb? Mais ça c'est suprême! Ich liege im Bett mit einem Diebe! C'est une humiliation merveilleuse, tout à fait excitante, un rêve d'humiliation! Nicht nur ein Domestik – ein ganz gemeiner Dieb!«

»Ich wusste, dass es dir Freude machen würde. Aber damals wusste ich das nicht und muss dich um Verzeihung bitten. Ich konnte nicht vorhersehen, dass wir uns lieben würden. Sonst hätte ich dir den Kummer und Schreck nicht angetan, deinen wunderschönen Topasschmuck, die Brillanten und all das andere entbehren zu müssen.«

»Kummer? Schrecken? Entbehren? Liebster, Juliette, meine Zofe, hat eine Weile gesucht. Ich, ich habe mich keine zwei Augenblicke um den Plunder gekümmert. Was gilt der mir? Du hast ihn gestohlen, Süßer – so ist er dein. Behalt ihn! Was machst du übrigens damit? Doch einerlei. Mein Mann, der morgen kommt mich holen, ist ja so reich! Er macht Klosettschüsseln, musst du wissen. Die braucht jeder, wie du dir denken kannst. Straßburger Klosettschüsseln von Houpflé, die sind sehr gefragt, die gehen nach allen Enden der Welt. Er behängt mich mit Schmuck im Überfluss, aus lauter schlechtem Gewissen. Er wird mich mit drei Mal schöneren Dingen behängen, als die du mir gestohlen. Ach, wie viel kostbarer ist mir der Dieb als das Gestohlene! Hermes! Er weiß nicht, wer das ist, und ist es selbst! Hermès, Hermès! – Armand?«

»Was willst du sagen?«

»Ich habe eine wundervolle Idee.«

»Und welche?«

»Armand, du sollst bei mir stehlen. Hier unter meinen Augen. Das heißt, ich schließe meine Augen und tue vor uns beiden, als ob ich schliefe. Aber verstohlen will ich dich stehlen sehen. Steh auf, wie du da bist, diebischer Gott, und stiehl! Du hast mir bei weitem nicht alles gestohlen, was ich mit mir führe, und ich habe für ein paar Tage, bis mein Mann mich holt, nichts im Bureau deponiert. Da im Eckschränkchen, in der oberen Lade zur Rechten liegt der Schlüssel zu meiner Kommode. Darin findest du unter der Wäsche allerlei. Auch Bargeld ist da. Schleich herum mit Katzentritten im Zimmer und mause! Nicht wahr, du wirst deiner Diane diese Liebe erweisen!«

»Aber, liebes Kind – ich sage so, weil du es gerne hörst aus meinem Munde –, liebes Kind, das wäre nicht schön und gar nicht gentlemanlike nach dem, was wir einander geworden …«

»Tor! Es wird die reizendste Erfüllung unserer Liebe sein!«

»Und morgen kommt Monsieur Houpflé. Was wird er …«

»Mein Mann? Was hat der zu sagen? Beiläufig erzähl ich ihm mit dem gleichgültigsten Gesicht, ich sei auf der Reise ausgeplündert worden. Das kommt vor, nicht wahr, wenn man als reiche Frau ein wenig unachtsam ist. Hin ist hin und der Räuber längst über alle Berge. Nein, mit meinem Mann lass mich nur fertig werden!«

»Aber, süße Diane, unter deinen Augen …«

»Ach, dass du keinen Sinn hast für die Lieblichkeit meines Einfalls! Gut, ich will dich nicht sehen. Ich lösche dieses Licht.« Und wirklich drehte sie das rot beschirmte Lämpchen auf dem Nachttische ab, so dass Finsternis uns umhüllte. »Ich will dich nicht sehen. Ich will nur hören, wie leise das Parkett knackt unter deinem Diebestritt, nur deinen Atem hören beim Stehlen, und wie sacht in deinen Händen das Diebesgut klirrt. Fort, stiehl dich entschlüpfend weg von meiner Seite, schleiche, finde und nimm! Es ist mein Liebeswunsch …«

So war ich ihr denn zu Willen. Behutsam hob ich mich fort von ihr und nahm im Zimmer, was sich da bot – überbequem zum Teil, denn gleich auf dem Nachttisch in einem Schälchen waren Ringe, und die Perlenkette, die sie zum Diner getragen, lag offen auf der Glasplatte des von Fauteuils umstandenen Tisches. Trotz tiefer Dunkelheit fand ich auch gleich im Eckschränkchen den Schlüssel zur Kommode, öffnete deren oberste Schublade fast lautlos und brauchte nur ein paar Wäschestücke aufzuheben, um auf Geschmiedetes sowohl, Gehänge, Reifen, Spangen, wie auf einige bedeutend große Geldscheine zu stoßen. Dies alles brachte ich ihr anstandshalber ans Bett, als hätte ich es für sie eingesammelt. Aber sie flüsterte:

»Närrchen, was willst du? Es ist ja dein Liebes-Diebsgut. Stopf es in deine Kleider, zieh sie an und mach dich aus dem Staube, wie sich's gehört! Mach schnell und flieh! Ich habe alles gehört, ich habe dich atmen hören beim Stehlen, und nun telefoniere ich nach der Polizei. Oder tue ich das lieber nicht? Was meinst du? Wie weit bist du? Bald fertig? Hast du deine Livree wieder an mit allem, was an Liebes- und Diebesgut darin? Meinen Schuhknöpfer hast du wohl nicht gestohlen, hier ist er … Adieu, Armand! Leb ewig, ewig wohl, mein Abgott! Vergiss nicht deine Diane, denn bedenke, in ihr dauerst du. Nach Jahr und Jahren, wenn – le temps t'a dètruit, ce coeur te gardera dans ton moment bénit. Ja, wenn das Grab uns deckt, mich und dich auch, Armand, tu vivras dans mes vers et dans mes beaux romans, die von den Lippen euch – verrat der Welt es nie! – geküsst sind allesamt. Adieu, adieu, chéri …«

Thomas Mersch & Tobias Königshausen

Strange Tourist

Der Regen hat die Straße in wenigen Minuten durchweicht, und Mr. Bo kurvt so elegant um die mit erdbraunem Wasser gefüllten Schlaglöcher herum, wie es die Jungs auf den anderen Rollern zulassen. Auch sie suchen nach dem besten Weg durch den Schlamm, der so tief sein kann, dass man bis zur Hüfte darin versinkt. Die Wolken sind ebenso schnell verschwunden, wie sie aufgezogen waren, und die Sonne brennt wieder herunter, als sei nichts gewesen. Regen bringt keine Erfrischung, das lernt man schnell in Kambodscha.

Von vorne hupt sich ein schrottreifer Laster durch das Zweiradgewirr. Mr. Bo weicht etwas zu hastig aus und kommt ins Schlingern.

»He!«, rufe ich, doch Mr. Bo bringt uns ohne Mühe zurück ins Gleichgewicht, dreht sich kurz zu mir herum und grinst.

»Okay?«, fragt er, und der faulige Mundgeruch, den jeder Fahrer in diesem Land vor sich her zu tragen scheint, schlägt mir ins Gesicht. Ich drehe den Kopf zur Seite und versuche ein Lächeln.

»Yes«, sage ich. *»Everything okay.«*

Mr. Bo nickt und sieht wieder nach vorne, während ich erst einmal durchatme.

Wir fahren weiter durch die Hitze, durch das Geheul und den Gestank der Motorräder, über die Straße, die schnurgerade von Phnom Penh wegführt. Meter für Meter mühen wir uns um die Schlammlöcher herum, vorbei an kariösen Häuserreihen mit Gemüseständen, Suppenküchen und Kneipen, vorbei an den von französischen Kolonialherren errichteten prunkvollen Gebäuden, die längst vergreist sind. Ab und zu verdichten sich nun die aus Holz gebauten und schon immer ärmlichen Häuser und Hütten am Straßenrand zu einer braunen Siedlung, dann folgen wieder braune und öde Felder.

Am Wegrand stehen Kinder und halten selbst gebastelte Angeln in die Pfützen. Wenn sie mich sehen, winken sie und rufen *hello, goodbye* oder *where you go*. Wohin ich fahre? Lady Museum, hat Mr. Bo gesagt. Jeder wolle da hin. Ich werde sehen, denke ich. Ein kahlköpfiges Mädchen wirft einen zappelnden kleinen Fisch nach mir, doch es steht viel zu weit weg, um mir gefährlich zu werden. Der Fisch verschwindet unversehrt in einer Schlammpfütze, und das Mädchen winkt mir hüpfend hinterher.

Wir sind eine gute halbe Stunde unterwegs, als Mr. Bo in einen Schotterweg einbiegt. An jeder Seite stehen zwei altersschwache Hütten, in denen Einheimische sitzen, etwas trinken und uns gleichgültig anschauen. Noch bevor wir an ihnen vorbei sind, setzt ein Schellen ein, so laut und plötzlich, dass ich zusammenschrecke.

Mr. Bo steuert unbeirrt auf die Quelle des Lärms zu: verkommene Häuser, die im Halbkreis um einen matschigen Platz stehen. Daraus stürmen uns winkende junge Frauen entgegen. Mein Fahrer bremst, dreht sich zu mir herum und grinst wieder.

»Here Lady Museum«, sagt er, und ich bekomme angesichts des Ansturms eine Gänsehaut. In der Ortschaft Lady Museum scheint jedes Haus eine eigene Schelle zu haben, die die spärlich bekleideten Exponate vor die Tür treibt, sobald sich ein Besucher nähert. Der Lärm kommt von allen Seiten. Er ist grell wie die Sonne, vermischt sich mit der schwülen Hitze und macht mir Kopfschmerzen.

Es dauert nur einen Moment, bis wir umstellt sind und von

allen Seiten an meinen Armen gezerrt, in meinem Haar herumgewuschelt und mir in die Brustwarzen gekniffen wird. Ich rutsche Schutz suchend näher an Mr. Bo heran. Die Mädchen schreien wild durcheinander. Ich schaue auf ihre Lippen, die sie alle mit demselben billig-kräftigen Rot bemalt haben. Es dauert einen Moment, bis ich begreife, dass jede Einzelne von ihnen mir in gebrochenem Englisch aufzählt, was ich mit ihr anstellen soll.

Regen tröpfelt gegen die Fensterscheibe. Ein Regen, der irgendwie anfängt und irgendwie aufhört und der Erfrischung bringt, die bei der Kälte draußen niemand braucht. Wir liegen auf deinem Bett, im sachten Licht, das die Straßenlaternen uns spenden. Der deutsche Winter entschärft die Erinnerung an die Hitze, die das Denken bremst und die Umwelt beschleunigt. Während ich erzähle, beginnt sich die Erinnerung bereits zu verlieren wie ein Traum, den man sich angestrengt zu merken versucht.

»Was haben sie gesagt?«, fragst du, und deine Stimme klingt amüsiert.

»*Fuck me* war noch das Harmloseste«, sage ich.

Du siehst mich an.

»Was war das Schlimmste?«, fragst du.

Ich überlege.

»*Everything you want«,* sage ich nach einer Weile.

Du lachst. Es fühlt sich nicht richtig an, denn es sollte kein Witz sein, aber es zwingt mich, auch zu lachen. Dann fange ich mich, und du siehst mich wieder an.

»Warum?«, fragst du.

»Weil ich begonnen habe, darüber nachzudenken.«

»Worüber?«

»Über alles.«

Mr. Bo sitzt vor mir und schaut in die Runde. Es müssen inzwischen mehr als fünfzig Frauen sein, die uns umzingeln und mich bedrängen. Er bleibt unbehelligt von den vielen Händen. Er muss das hier schon hunderte Male erlebt haben, und ich wüsste gerne, was er gerade denkt. Die Mädchen kommen abwechselnd näher und fassen mich an, rufen mir Unanständigkeiten zu, und das Schellen fordert weitere auf, ihnen zu folgen. Ich schwitze und versuche freundlich zu bleiben, sage *no*, sage *no*, sage *no* und beuge mich zu Mr. Bo vor und sage zu ihm, dass wir besser verschwinden sollten.

»Why?«, fragt er und macht ein überraschtes Gesicht. Ich sehe mich um, kann aber nicht sagen, welche von den Damen mir gerade zwischen die Beine gegriffen hat.

»Ladies not beautiful?«, fragt Mr. Bo.

Was für eine Frage. Ich schaue in die Gesichter um mich herum. Ja, sie sind schön. Alle. Aber ich fürchte die Nerven zu verlieren, wenn es noch länger so weitergeht. Ich klopfe Mr. Bo auf den Rücken und bedeute ihm mit einem Nicken zurückzufahren.

»Come on, Mr. Bo.«

Er gibt ein wenig Gas, und der Roller setzt sich langsam in Bewegung. Vor uns teilt sich die Mädchenmenge. Aber Mr. Bo fährt nicht weg von hier, sondern im Schritttempo auf die Hütten zu, während die Mädchen neben und hinter uns hergehen und jetzt eher halbherzig an mir herumfummeln und mir weitere unsittliche Anträge machen. Vor einer der Hütten stoppt mein Fahrer. Ich steige vom Roller und komme mit dem Bein an den heißen Auspuff. Fluchend schaue ich zu Mr. Bo, doch der sieht zu einem Mädchen, das etwas abseits steht und ihm zuwinkt. Er stellt den Roller ab, und die Belagerer bilden eine Gasse für ihn. Dann machen sie sich mit neuem Elan über mich her. Mein Bein schmerzt, doch ich zwinge mich zu lächeln. Wieder schaue ich zu Mr. Bo hinüber. Er lacht, ein echtes Lachen, und ich beneide ihn ein wenig darum, wie ungezwungen er mit den Mädchen reden kann. Er, der nie genug Geld haben wird, um als Kunde infrage zu kommen.

»Es war merkwürdig«, sage ich. »Diese ganzen hübschen jungen Frauen, die *fuck, suck, blow* rufen. Und das mit einem Lächeln, als würden sie gerade das schöne Wetter loben. Ihre Hände sind überall und lassen mir keinen Raum auszuweichen, und ich fühle mich, als wäre ich das Ausstellungsstück.«

Du berührst eine meiner Brustwarzen und beginnst, leicht an ihr zu zupfen.

»Und?«, fragst du.

»Nichts«, sage ich. »Nur dieses Gefühl.«

Eine zärtliche Berührung überrascht mich. Ich spüre eine Hand an meinem Arm, die nicht kneift, nicht zupackt. Sie streichelt. Ich sehe zu der Hand, folge dem Arm, bis ich über die Schulter zu dem Gesicht gelange, das zu der Berührung gehört. Ich treffe auf einen tiefen Blick. Er hat genau die Ruhe, nach der ich mich sehne.

»You have drink?«, fragt das Mädchen mit leiser Stimme.

»Drink«, sage ich und nicke. *»Yes, drink.«*

Das Mädchen nimmt meine Hand, woraufhin die anderen von mir ablassen. Ich blicke in die Runde. Sie lächeln undurchschaubar. Das Mädchen zieht leicht an meiner Hand, und ich folge ihm durch den Matsch zu einer der Hütten. Das Schellen ist verstummt. Wann, kann ich nicht sagen. Ich schaue mich noch einmal um. Die anderen Mädchen gehen zu zweit oder dritt zu ihren Hütten zurück und kichern miteinander. Vielleicht wegen mir, wegen der Verlegenheit, in die sie mich gebracht haben. Ich winke Mr. Bo zu, bis er schließlich aufmerksam wird, und bedeute ihm, uns zu folgen. Er sieht seine Mädchen an, sagt etwas, nickt und lächelt und kommt uns hinterher. Ich bemerke, dass ich noch immer verkrampft bin, und ich lockere meine Schultern.

Die Frontseite des Hauses hat, wie im ganzen Land üblich, im Erdgeschoss keine Wand. In dem großen Vorraum läuft ein Fernseher mit weit aufgedrehtem Ton, der manchmal übersteuert. Dürftig bekleidete Mädchen sitzen auf Sofas und Stühlen herum und blicken auf, als ich eintrete. Sie lächeln und wenden sich wieder dem Bildschirm zu, auf dem eine Sitcom läuft.

Die Räume an der Rückseite des Gebäudes sind mit Vorhängen abgeschirmt. In der Mitte führt eine Treppe in den ersten Stock. Eine ältere, verblühte Frau mit zu viel blauem Lidschatten kommt auf mich zu. Sie hat einen knielangen, beigen Rock und eine weiße Bluse an. Als Einzige trägt sie Schmuck. Eine Perlenkette.

»Hello, come in, please«, sagt sie in sicherem Englisch und fragt mich, ob ich etwas trinken möchte. Ich sage auch *hello,* bedanke mich und bestelle zwei Tiger Beer, eins für mich und eins für Mr. Bo. Dann frage ich das Mädchen auf Englisch, was es trinken möchte, aber es nickt nur unsicher. Mr. Bo erklärt es der Kleinen. Er spricht langsam. Dabei hält mich mein Mädchen weiter an der Hand, als hätte es Angst, mich an eine andere zu verlieren.

»She Vietnam«, erklärt mir Mr. Bo. *»All ladies Vietnam.«*

Meine Lady lächelt mich schüchtern an und nickt dann einmal der Mama-San zu. Die nickt zurück und bedeutet einem anderen Mädchen, die Getränke zu holen. Dann werde ich zu einem der mit Vorhängen abgetrennten Räume geführt. Mr. Bo folgt uns mit ein wenig Abstand.

In dem Raum stehen sich zwei abgewetzte blassrote Sofas gegenüber, in der Mitte dazwischen ein kleiner runder Metalltisch.

An den Wänden kleben reglos ein paar Geckos. Ich werde auf ein Sofa gesetzt. Mein Magen zwickt, und ich ahne, dass die Ruhe trügen könnte.

»Sie sind den ganzen Tag im Standby-Modus«, sage ich und schaue zur Zimmerdecke, wo nichts klebt, nichts lebt und lauert. »Aber wenn nachts die Neonröhren die Mücken und Motten anlocken, schlagen sie zu. Und auch das mit unglaublicher Geduld. Geckos sind wahnsinnig schnell und bekommen ihr Opfer immer. Es sieht manchmal so aus, als ob sie sich nur dann bewegen, wenn die Motte gerade nicht hinguckt.«

»Oder blinzelt«, sagst du, und ich muss wieder lachen.

»Oder sie will gefressen werden.«

»So wie du.«

»Denkst du«, sage ich und beuge mich zu dir vor, um dich zu küssen. Aber du weichst mir lächelnd aus.

»Manchmal haben es zwei Geckos auf die gleiche Motte abgesehen«, sage ich. »Wenn ich mit jemandem in einer Kneipe saß, haben wir um das nächste Bier gewettet, welcher sie erwischt.«

Es war ein gutes Spiel, denke ich. Entspannter als das im Museum.

»Ich habe mich gefragt, ob die Ladys das ganze Theater vielleicht nur machen, um den Besucher weich zu kochen«, sage ich. »Dann kommt wie ein Wunder das Engelchen, streicht ihm sanft über die Hand, und er geht ohne Gegenwehr mit. Und dieses Mädchen mag er sofort wirklich gerne. Weil er froh ist, der Meute zu entkommen.«

»Mochtest du sie?«, fragst du und lässt deine Finger über meine Hand streichen.

»Ja.«

Du lächelst wieder und schaust mich an.

»Wie hieß es denn, dein Mädchen?«, fragst du nach einer Weile.

»Pinh«, sagt sie, und sie lächelt schüchtern, beinahe verschämt. Ich sage Pinh meinen Namen, und sie versucht sich ein-, zweimal daran, bevor sie lachend aufgibt.

»Very handsome man«, sagt Pinh schließlich und schaut mir dabei in die Augen.

»Thank you«, erwidere ich, obwohl ich vermute, dass sie mit dem Kompliment wohl eher George Washington auf meinen Dollar-Noten meint. Ich kenne mein Gesicht. Aber sie spielt das Spiel so gut, dass es mir schwer fällt, mich nicht darauf einzulassen.

»Very handsome girl«, sage ich nun, lächle zurück und lege meine Hand auf ihre Schulter. Sie antwortet mit einem Blick, der mir in den Magen fährt.

»You want fuck?«, fragt Mr. Bo unvermittelt und bereitet dem Flirt ein jähes Ende.

Mir fällt keine Antwort darauf ein, und ich schüttele erschrocken den Kopf. Als wüsste ich nicht, worauf die Sache hier hinauslaufen soll.

Mr. Bo sieht zu Pinh rüber.

»You don't think she pretty?«

»Yes«, sage ich. Natürlich ist sie hübsch. *»Of course. She very pretty«,* füge ich hinzu und wundere mich darüber, dass ich vor Aufregung schon die Verben vergesse. Es könnte herablassend wirken, denke ich, aber Mr. Bo scheint es nicht zu kümmern.

»So why no fuck?«, fragt er und macht ein besorgtes Gesicht. Dabei kann man ihm ansehen, dass sein Kopf Schwerstarbeit verrichtet.

»You fuck«, sagt er nach einer Weile des Grübelns und nickt mir aufmunternd zu. *»She no expensive.«*

Ich sehe zu Pinh, die mit ihren zarten Fingern über meinen Arm streicht, während sich von der anderen Seite der Atem von Mr. Bo mein Gesicht entlangtastet. Mr. Bo schaut vor sich hin und bohrt sich mit dem Nagel des kleinen Fingers im Ohr herum. Wie die meisten seiner männlichen Landsleute hat er den Fingernagel einige Zentimeter lang wachsen lassen. Ursprünglich ein Erkennungszeichen der reichen Leute. Dafür, dass man es nicht nötig hatte, schwer zu arbeiten. Inzwischen schmücken sich damit nur noch die Armen.

Ich nehme einen Schluck von meinem Bier. Es schmeckt gut, weil es kalt ist. Pinh hat ihre Cola noch nicht angerührt. Ich sehe sie an, ihre Augen, ihre Nase, den Mund, ihre Schultern. Sie ist makellos schön, vielleicht 20, eher jünger. Bestes Model-Alter, denke ich. Pinh schaut mir tief in die Augen und lächelt. Eine Frau wie sie hätte zu Hause nicht einen Blick für mich übrig. Sie würde mich einfach nicht bemerken. Und selbst wenn sie käuflich wäre, ich könnte sie nicht bezahlen. Aber das kann Pinh nicht ahnen, wie sie da sitzt, nach Seife riecht und verhalten auf einem Kaugummi herumkaut. Sie kann so schüchtern aussehen und mir das Gefühl geben, dass sie von mir erobert werden will. Das wird es sein, denke ich. Sie lockt mit mehr als der bloßen Erleichterung, die ihre Kolleginnen in meiner Heimat zu bieten haben. Wahrscheinlich auch, weil es für mich so wenig und für sie so viel Geld ist.

Behutsam greift Pinh nach meinem Nacken und schiebt sich hinter mich, lässt ihre Finger sanft und schwer und langsam kreisen. Dabei drückt sie ihren Oberkörper an meinen Rücken, und ich schließe die Augen.

Mr. Bo tippt mir an den Arm.

»You like?«, fragt er.

Ich sehe ihn an.

»Yes«, sage ich. Mir gefällt, wie sie mich anfasst.

»Ten Dollar«, sagt Mr. Bo. *»Whole night. Everything you want.«*

Da ist es wieder, und es schickt mir einen Schauer den Rücken hinunter, den Pinh unter ihren Händen durchgleiten lässt. Ich muss an dieses Alles denken, und allein der Gedanke drückt mir einen Kloß in den Hals. Zehn Dollar für die ganze Nacht. Dann überschlage ich, dass ich sie problemlos für die restlichen drei Wochen buchen könnte. Gut 200 Dollar. Das Rechnen entspannt mich. Dreieinhalbtausend Dollar für ein Jahr, denke ich, während Pinh meinen Rücken streichelt. Und für ein Leben?

»You want to take her hotel?«, sagt Mr. Bo.

Natürlich, denke ich und schließe die Augen.

Mr. Bo kratzt ein wenig Dreck von seinem Fingernagel und überlegt.

»Want to go second floor?«

Fahr zur Hölle, denke ich und sehe zur Seite.

»No«, sage ich. Nicht jetzt.

Aber Mr. Bo lässt nicht locker.

»But why no fuck?«, fragt er und setzt ein entwaffnendes Lächeln auf.

Ich weiß es auch nicht, Mr. Bo, denke ich. Und ich kann es dir nicht erklären. Ich habe ein Gefühl, für das die Wörter, die wir teilen, längst nicht ausreichen. Du gibst dein Bestes, und es ist alles falsch. Ich will. Ich will nicht. Nicht hier, nicht für so viel und schon gar nicht für so wenig Geld.

Pinh hat aufgehört, mir den Rücken zu massieren. Sie hat sich auf meinen Schoß geschoben und den Arm um mich gelegt und streicht mit ihrer Nase an meiner Wange entlang. Dann fasst sie mit beiden Händen meine Schultern und sieht mich mit einem Lächeln an, das mir sagt, dass ich Mr. Bo jetzt vergessen und ihr vertrauen soll. Und ich vergesse, auch dass alles nur ein Spiel ist, und lasse sie mein Herz berühren.

Die Straßenlaterne wirft ihr Licht weiter schwach auf deine Haut, und ich denke, dass es gut wäre, wenn die Sonne schiene und die Dinge wieder klarer machen könnte. Es ist so ruhig, als wäre die Zeit stehen geblieben, irgendwo zwischen dir und mir und ihr.

Ich fahre mit meiner Hand über deinen Bauch, zwischen deinen Brüsten hinauf bis zum Schlüsselbein, wo dein blondes Haar in stillen Wellen ruht. Du liegst da und schließt die Augen, dein Atem ist entspannt und gleichmäßig, und du scheinst die Bewegungen meiner Hand zu verfolgen. Ich betrachte dein Gesicht, versuche darin zu lesen, im Spiegel deiner Empfindungen.

Du öffnest die Augen, siehst mich an, ziehst mich zu dir herab und küsst mich. Aufmerksam, beinahe bedächtig. Ein Kuss, der die Tür weit aufstößt, an die du eben noch vorsichtig geklopft hast, und da ist sie wieder, die blendende Helligkeit, die Hitze, die auf mich drückt und mich aushöhlt. Ich greife nach dem Traum, bekomme ihn diesmal zu fassen. Es ist der Kuss, nach dem ich mich gesehnt, mich verzehrt habe. Der Kuss, der mich weckt. Kein vorsichtiger, unschuldiger Kuss wie der, als wir mit Mr. Bo auf den abgewetzten Sofas in dem Raum hinter dem Vorhang saßen. Du küsst, und ich kann mich, will mich nicht mehr wehren. Du fährst mit deiner Hand über meinen Bauch, lässt dann langsam deine Finger meinen Schenkel hinaufgleiten, hältst inne, und ich atme tief ein und langsam aus. Doch du wartest. Wartest, bevor du deine Finger wieder in Bewegung setzt und ein wohliges Nichts meinen Kopf zu füllen beginnt, bevor du mich endlich, endlich berührst und meinem Atem einen tiefen Ton schenkst, der fremd klingt und in dem ich mich doch so sehr erkenne.

»I like you«, sagst du, aber es ist nicht nötig, denn ich habe längst allen Widerstand aufgegeben.

»I like you too, Pinh«, sage ich, bereit, mich an dich zu verlieren.

»What you want?«, fragst du.

Ich schaue dich an, nehme mich zusammen und betrachte dich, deinen makellosen Körper.

»You«, sage ich nach einer Weile.

Du richtest dich auf und berührst mich, beugst dich zu mir hinunter, aber ich fasse deine Schultern, halte dich zurück.

»Slow«, sage ich. »Vorsichtig.«

Careful.

Langsam.

Bevor ich mich dir ganz ergebe.

Dann siehst du mich an.

Ich blinzele, erkenne dich.

Du lächelst.

»Ja«, sagst du dann bedächtig und umarmst mich. »Komm, komm her.«

Die Sonne hat längst alle Flüssigkeit aus dem Boden gesaugt, als Mr. Bo mich zurückfährt. Die Straße ist wieder festgebacken, doch wir kommen kaum schneller voran als auf dem Hinweg. Die Pfützen sind wieder zu hüfttiefen Schlaglöchern eingesunken, um die Mr. Bo nun gekonnt herumkurvt und dabei wieder schlingernden Rollern und rücksichtslos heranrumpelnden Lastwagen ausweicht. Wir fahren eine Weile schweigend an der ewig braunen Kulisse aus Feldern und Häusern vorbei, und mich befällt ein kaum zu beschreibendes Gefühl von Unwirklichkeit.

Mr. Bo dreht sich zu mir herum, und ein Hauch seines Atems stellt sicher, dass alles hier echt und lebendig ist.

»You strange tourist!«, ruft mein Fahrer und schüttelt kurz den Kopf, bevor er wieder nach vorne sieht.

»Zwei Dollar?«, fragst du.

Du hast deine Hand auf meine gelegt.

»Eine Art Entschädigung«, sage ich und versuche die Erinnerung an Pinhs Gesicht zu vertreiben, mit dem sie das Geld entgegengenommen hat.

»Die Arme«, sagst du. »Sie weiß nicht, was ihr entgangen ist.«

Du siehst mich herausfordernd an. Du weißt, dass man so etwas nicht sagen darf, und du lässt dir die Freude darüber ansehen.

Sie weiß es genau, denke ich.

Dann legst du den Kopf auf meine Brust.

»Mein sonderbarer Tourist«, sagst du zärtlich, und ich kann deinen weichen Atem auf meiner Haut spüren. Du streichst mit dem Zeigefinger über meinen Bauch. Ich schließe die Augen, und du lässt deinen Finger weiter langsam kreisen.

»Du schuldest mir was«, sagst du, als ich schon fast eingeschlafen bin.

Ich öffne die Augen.

»Was?«, frage ich.

Du richtest dich auf und küsst mich und lächelst dabei. Es macht mir ein bisschen Herzklopfen, und die Müdigkeit verschwindet. Dann öffnest du die Hand und streckst sie mir entgegen.

»Acht Dollar.«

Markus Triebel

Biospähre

Man definiert Biosphärenreservate als großflächige, repräsentative Ausschnitte von Natur- und Kulturlandschaften bei weltweiter Betrachtung.«

»Und was soll mir das jetzt sagen ...?«

Mara fängt an, sich zu langweilen. Marco ist zwar ein harmloser, aber nichtsdestotrotz ein äußerst anstrengender Stammgast in ihrem Zimmer. Zimmer Nummer 22, dritter Stock, von unten gesehen das sechste Fenster von rechts. Sie steht auf und wirft sich einen leichten Mantel über, durch den ihre Scham noch zu erkennen ist. Sie schaltet den Kassettenrecorder ein, und Whitney Houston fängt an, konsequent die falschen Töne zu singen.

»Na ja, ich finde, das trifft es doch ganz gut. Ein Freudenhaus, Puff, oder wie man es sonst noch so nennt, ist doch nichts anderes. Hier treffen alle möglichen Menschen, alle möglichen Kulturkreise und Rassen auf- bzw. nacheinander aufeinander ...«

Marco muss über seine schwache Pointe lachen und windet sich nervös auf Maras Bett. Diese wift ihm einen verwirrten, ja sogar etwas missbilligenden Blick zu. Denn das sieht sie ganz und gar nicht so, nicht im Entferntesten. Sie zündet sich eine Zigarette an und setzt sich auf das kleine Ledersofa neben ihrer Schminkkommode. Sie zieht an der Zigarette, ascht in den überquellenden Aschenbecher und stellt sich seufzend auf eine weitere Stunde gelangweilten Zuhörens ein. Immerhin hat der Typ sie für zwei Stunden gebucht. Die Sache, also der Akt an sich, vollzieht sich stets in den ersten

Minuten, mal etwas kürzer, mal etwas länger. Es kommt zwischen Marco und Mara immer nur zu einem einmaligen Geschlechtsverkehr. Während der restlichen Zeit redet er, und sie tut so, als ob sie zuhörte. Immerhin hat er bezahlt, und – das weiß Mara – der Kunde ist König.

Fünfzig Minuten später verlässt Marco das Rotlichtviertel in der Nähe des Düsseldorfer Hauptbahnhofs. Wenn man sich mit dem Zug aus Richtung Köln der Stadt nähert, kann man den Komplex gut sehen: ein fünfstöckiges Gebäude mit 15 nummerierten Fenstern pro Etage, meistens ist das Licht an (natürlich rot), und hin und wieder steht eine der Damen im Fenster und starrt barbusig durch die Fahrgäste hindurch.

An einem Donnerstagabend ist allerdings nicht viel los im Viertel, also entschließt sich Marco, das wöchentliche Hochereignis seines Daseins mit einem Glas Alt zu begießen. In der Nähe des Hauptbahnhofs gibt es eine Bar, die durch ihre unkonventionellen Öffnungszeiten – am Wochenende ist oft geschlossen – und ihre merkwürdigen Events eine gewisse Faszination auf Marco ausübt. Das *WP 8* hat heute also geöffnet. Marco betritt das Lokal und bestellt sich eine Flasche Bier. Irgendeine elektronische Musik, für Marco nicht wirklich definierbar, läuft vom Band und hüllt ihn in einen wohligen Mantel aus Rhythmen und Klängen.

»Na, Marco, wie war es diesmal?«

Die Frage ist berechtigt, denn Marco ist auch hier Stammgast und hat dummerweise in einer schwachen Stunde dem Barkeeper von seiner Neigung erzählt. Zum Glück ist er ein guter, also diskreter Barmann, und somit verbringen die beiden ihre Zeit in der oft nicht stark frequentierten Bar mit Bier und Geplauder.

»Na, wie immer halt. Ach Sven, hab ich dir schon von meiner neuesten Theorie erzählt? Es geht um den Zusammenhang zwischen dem Begriff ›Biosphäre‹ und dem regelmäßigen Besuch eines Puffs. Ich glaube, ich habe hier einige interessante Dinge herausgefunden.«

Sven holt zwei Bier aus dem Kühlschrank, öffnet die Flaschen, stellt eine vor Marco auf den Tresen und prostet dann seinem merkwürdigen Bekannten zu.

»Biosphäre? Was soll das eigentlich sein? Du bist ja mal wieder drauf ...«

Marco lächelt leicht.

»Nun, man definiert das Wort Biosphäre als einen großflächigen, repräsentativen Ausschnitt von Natur- und Kulturlandschaften bei weltweiter Betrachtung. Dabei ist mir aufgefallen ...«

Sven nimmt einen tiefen Schluck Bier und hört Marco geduldig zu. Das dauert meistens ein bis zwei Bierlängen. Danach, denkt Sven, ist es dann aber auch genug für diese Woche.

Auf seinem Schreibtisch stapeln sich jede Menge Vorgänge. Diese bleiben zumeist unerledigt, da Marco mit seinen Gedanken immer dem Donnerstag hinterherhängt. Auch seinen gestrigen Besuch bei Mara versucht er nun, genau zu untersuchen und zu analysieren. Jede körperliche Handlung legt er auf den geistigen Seziertisch, und auch das Gespräch danach wird präzise durchdekliniert.

Im Grunde genommen sind ihm die Gespräche wichtiger als der körperliche Akt. Für den bezahlt man ja im Allgemeinen, aber die anschließenden Gespräche mit Mara und Sven sind die einzigen, die er in jeder der endlosen Wochen überhaupt führt. Freunde haben in Marcos Leben Seltenheitswert. Jeden Donnerstag bemerkt er das wieder aufs Neue.

Marco liebt den Geruch von Maras Haar, ihre graziösen Bewegungen, ihren Stolz, nach zwölf Jahren Rotlichterfahrungen noch nicht innerlich zerbrochen zu sein. Sie verdient ihr Geld mit einer guten Sache, so betont sie häufig. Marco braucht ihre Rechtfertigungen nicht, er sieht es ganz genauso.

»Ohne die Prostitution wäre die Menschheit schon längst ausgelöscht worden. Durch Kriege oder Wahnsinn. Die Prostitution hält die fragile Einheit Mensch zusammen.«

Mara legt die Stirn in Falten und hält es für besser, nicht auf diese Aussage zu antworten. Sie wechselt das Thema, und ihre Stirn glättet sich ein wenig.

»Warum bist du eigentlich schon wieder hier? Es ist doch erst Freitag ...«

»Warum? Na ja, das gestrige Gespräch hat mich doch noch länger beschäftigt, weißt du. Das mit der Biosphäre und so. Und ich war noch nicht ganz fertig damit.«

Wieder legt Mara die Stirn in Falten.

»Sollen wir nicht lieber erst einmal loslegen?«

»Nein, nein, ich möchte reden.«

»Wie jetzt? Das hier ist ein Puff und kein Philosophieseminar.«

Marco wirkt irritiert, ja sogar leicht verletzt.

»Ist das denn schlimm? Ich möchte doch nur reden ...«

»Rede mit deinen Freunden oder sonst mit wem, oder ist da ...«

»... Ja, da ist niemand, genau so sieht das aus.«

Marco zuckt nervös mit den Schultern, seine Augenlider flattern. Er zittert. Mara steht von der Bettkante auf, graziös wie immer, findet Marco. Sie zündet sich eine Zigarette an, wie immer, nur heute ohne Akt. Sie legt eine neue Kassette ein, hört den Klängen der Musik zu, die wie Schlieren durch den Raum schweben und sich nicht mit ihrer Stimmung mischen, sondern sich abstoßen wie Wasser und Öl. Sie schaltet den Rekorder wieder aus.

»Weißt du, Marco, ich bin jetzt seit zwölf Jahren hier. Seit zwölf

Jahren. Voll gewichste Taschentücher, schmierige Typen, einsame, verheiratete, verliebte, verwirrte Menschen. Ich habe sie alle gesehen und gespürt. Aber so einen wie dich, nein, so einer war noch nicht dabei. Schon seltsam …«

Marco sieht zu ihr auf, bemerkt durch den Mantel wieder ihre Scham, schaut sich selbst an im Spiegel ihrer Schminkkommode und fängt an zu weinen. Mara blickt auf ihn herab, schüttelt den Kopf, geht zum Kassettenrecorder zurück und schaltet die Musik erneut ein. Dann dreht sie sich um, nähert sich Marco, öffnet den Mantel und lächelt leicht. Der Mann hört auf zu weinen und vergräbt seinen Kopf in ihrem Schoß.

Freitags hat das *WP 8* geschlossen, daran hat Marco nicht gedacht. Er steht vor der dunklen Kneipe und weiß nicht, wohin. Dann entschließt er sich nach längerem Hin und Her, in die Altstadt zu fahren. Es ist nass und kalt, die Scheinwerfer der Autos schimmern kurz in den Pfützen der großen Kreuzung am Worringer Platz, um sofort wieder zu verschwinden. Marco kauft sich an einem Kiosk ein Bier, öffnet es und trinkt.

Später sitzt er am Tresen einer kleinen Cocktail-Bar und versucht sich in Konversation.

»Warst du schon einmal in einem Puff?«

Der junge Mann, den er anspricht, schaut irritiert.

»Selbst wenn, würde dich das etwas angehen?«

Der junge Mann schüttelt genervt den Kopf, dreht sich um und setzt das Gespräch mit seiner Freundin fort. Beide lachen kurz über Marcos Frage und verscheuchen ihn dann aus ihrem Wahrnehmungsfeld. Marco verlässt die Bar und geht zu einer Bank, um noch etwas Geld abzuheben. Im Innenraum der Bank liegt ein Penner unter dem Geldautomaten und schnarcht.

»Weißt du, was eine Biosphäre ist?«

Der schlafende Mann antwortet Marco nicht, niemand antwortet ihm. Nur der Geldautomat spuckt die gewünschten Scheine aus.

Er fiebert dem nächsten Donnerstag entgegen, kann kaum schlafen, kann kaum arbeiten. Er muss sich beherrschen, nicht schon früher zu Mara zu gehen. Der Gefühlsausbruch letzten Freitag war beinahe zu viel, er war kurz davor, nie mehr zu Mara zu gehen. Aber wohin, fragte er sich, sollte ich sonst gehen?

»Ich habe darüber nachgedacht, nicht mehr hierher zu kommen.«

»Wieso? Schämst du dich wegen des Vorfalls von letzter Woche?«

»Ja, das tue ich.«

Mara lächelt leicht und küsst Marco auf die Stirn.

»Weißt du, ich habe auch länger über dich nachgedacht, und ich glaube, du hast Recht.«

»Womit?«

»Na, mit deiner komischen Theorie natürlich.«

»Ach das, das ist doch nicht so wichtig. Wichtig ist nur, dass ich hier bin.«

Mara bemerkt das Zittern in seiner Stimme. Sein Körper ist ruhig, doch die Stimme flattert, verliert sich in einer Einsamkeit, die Mara frösteln lässt.

»Was ist bloß mit dir passiert?«

Mara kann sich nicht zurückhalten, sie will mit einem Mal wissen, was mit diesem Menschen nicht stimmt. Sie möchte den Grund für diese Gebrochenheit finden. Dennoch weiß sie nicht genau, warum sie die traurige Geschichte dieses traurigen Kunden ergründen will. Sie kommt sich dabei höchst unprofessionell vor. *Abstand halten. Sie bekommen deinen Körper, aber nicht deine Seele.* Ohne diese Distanz geht man im Gewerbe vor die Hunde. Sie weiß das alles, unzählige Gespräche mit ihren Freundinnen und Kolleginnen haben ihr das deutlich vor Augen geführt.

Lass die Kunden nicht in deinen Kopf, sperr sie aus. Meine Gedanken sind das Einzige, was sie nicht kaufen können, das Einzige. Sie sind meine eigene Biosphäre, die, die ich mir selbst bewahre.

Diese Gedanken schießen in ihren Kopf, durch ihn hindurch, von einer Hirnrindenwand zur anderen. Warum sie sich diesem Menschen auf einmal nahe fühlen will, ist ihr immer noch nicht klar. Vielleicht ist es deswegen, weil er nicht ihren Körper will, sondern Nähe. Ihre Nähe.

»Was meinst du?« Marco sieht sie ratlos an.

Seine Frage reißt Mara aus ihren Überlegungen und zwingt sie zum Nachdenken. Sie ordnet das Chaos in ihrem Kopf, baut ein Wort nach dem anderen auf, reiht sie hintereinander, wie auf einer Wäscheleine. Ein Windstoß nur, und die Wörter fallen in den Dreck. Nach einer Minute reagiert sie endlich.

»Was ist bloß mit dir passiert? Warum bist du, wie du bist? Warum kommst du hierher?«

Die Fragen sprudeln nur so aus ihr heraus.

»Meine Güte, ganz schön viele Fragen auf einmal«, weicht Marco aus.

»Hattest du eine schlimme Kindheit? Haben deine Eltern dich geschlagen?«

Marco fängt an zu lachen. Das entspannt Mara, sie sieht ihn gerne lachen.

»Du driftest in Klischees ab.«

»Das mag sein. Jetzt sag schon …«

»Ich muss gehen.«

Marco zieht seinen Mantel an und will Maras Zimmer verlassen.

»Wenn du jetzt gehst, wirst du es für immer bereuen.«

»Wieso sollte ich das bereuen?«

»Weil ich anscheinend der einzige Mensch bin, der dir helfen will.«

»Was weißt du schon über mich?«

»Genug, um dir zu sagen, dass du in diesem Moment hier bleiben solltest.«

Langsam geht sie auf ihn zu und öffnet leicht ihren Umhang. Nackt ragt sie vor ihm auf, und Marco schließt die Augen. Sie bleibt unbeweglich stehen, während er auf dem Bett verharrt. Langsam öffnet er wieder die Augen und betrachtet ihren Körper. Dieser Körper war ihm noch nie so nah, es ist fast, als sei dieser Körper kein bezahlter. Er scheint real zu sein. Reale Nähe. Mara streichelt ihm über das Gesicht, und er schließt erneut die Augen.

Dieses Mal braucht er nicht zu bezahlen.

Was weiß sie schon von mir? Was weiß ich denn selbst von mir? Ich weiß es nicht. Und in Maras Augen spiegeln sich meine Tränen.

Marco starrt wieder auf seinen Papierhaufen, der bald einzustürzen droht. Irgendwie kommt es ihm unheimlich vor, dass sich niemand darüber aufregt. Der Vorgesetzte ist immer unterwegs – offiziell auf Geschäftsreise oder bei dubiosen Kundenbesuchen –, die Kollegen haben selbst genug zu tun, und Kundenkontakte hatte Marco seit geraumer Zeit schon nicht mehr. Es ist Donnerstag, und er macht wie jede Woche früher Schluss. Er schaltet den Computer aus, stellt sein Telefon auf die Leitung eines Kollegen um, knipst das Licht in seinem Büro aus und schließt die Tür. Ein Windstoß fährt durch das geöffnete Fenster, und der gesamte Papierhaufen fällt in sich zusammen und landet auf dem Fußboden. Dubiose Fotos kommen darunter zum Vorschein.

Statt zu Mara geht Marco an diesem Donnerstagabend jedoch nach Hause. Er lässt sich ein Bad ein, will sich entspannen und versuchen, nicht an sie zu denken. Was er fühlt, ist neu und intensiv. Er kennt sie nun schon so lange, und plötzlich lodert da ein Interesse an seinem Leben in ihr auf. An seinem Leben, das kann Marco nicht verstehen. Er duckt sich immer, wenn es ums Auffallen geht. Lieber in Deckung bleiben, dann erwischt einen die Scheiße, die sich Leben nennt, nicht so schnell. Aber selbst wenn man sich vollkommen eingräbt, irgendwann kommt sie und holt einen. Dieses und Ähnliches denkt Marco. Und bleibt so lange in der Badewanne, bis das Wasser kalt geworden ist.

Was weiß ich schon von ihm? Einen Dreck weiß ich, und warum sollte es mich überhaupt interessieren?

An diesem Donnerstagabend wundert sich Mara über das Fernbleiben ihres Lieblingsfreiers. Und über die Gefühle, die da in ihr erwachen.

»Was kostet oral?«

»Hundert.«

»Meine Fresse, ganz schön teuer.«

»Kannst es ja lassen.«

Der fette Mann, vom Typ her ein Versicherungsvertreter, verzieht das Gesicht, holt die Scheine und sonst noch alles heraus. Mara kniet sich hin und wünschte, es wäre Marco.

Später sitzt sie an der kleinen Bar des Etablissements und unterhält sich mit ihrer Freundin Cora.

»Und? Wie war's?«

»Wie wohl? Beschissen. Ein ekelhafter, fetter Schleimer. Einer der Gründe, warum ich seit Jahren ans Aufhören denke.«

»Ach du Schreck, die alte Leier. Und was kommt danach? Oder glaubst du immer noch, dass dein Märchenprinz dich eines Tages aus der bösen Nuttenszene rettet?«

»Ja, ja, zieh mich ruhig auf. Aber der Marco, du weißt schon, der junge Donnerstagstyp, das ist schon immer ein kleiner Lichtblick.«

»Muss Liebe schön sein.«

»Unsinn – glaub ich zumindest …«

»Glaubst du?«

Die beiden Frauen schauen sich verdutzt an, dann lachen sie so laut wie lange nicht mehr. Die Bardame sieht kurz von ihrem Kreuzworträtsel auf, lächelt und vervollständigt dann ein weiteres Wort auf dem Weg zum Gewinn einer Reise nach Ibiza.

Plötzlich steht der dicke Versicherungsvertreter wieder in der Tür und geht auf die beiden Frauen zu.

Er lächelt Mara an, die jedoch angewidert wegschaut. Cora ahnt Böses und kommt dem Mann geschickt zuvor.

»Na, Dickerchen? Noch nicht genug für heute? Dann lass uns mal loslegen …«

»Äh, ja … aber ich …«

»Nichts da, Schätzchen, jetzt sind wir beide mal dran.«

Mara wirft Cora einen dankbaren Blick zu, doch diese wehrt ihn mit einem Lächeln ab.

»Dafür bezahlst du den nächsten Drink.«

»Geht klar.«

Mara lächelt, während Cora den verdutzten Mann eine Treppe hinaufschiebt. Das schwere Keuchen des Freiers hängt Mara noch minutenlang in den Ohren. Sie denkt an den nächsten Donnerstag und merkt, dass ihr diese ganze Geschichte aus den Fingern gleitet.

»In Biosphärenreservaten sollen – gemeinsam mit den hier lebenden und arbeitenden Menschen – beispielhafte Konzepte zum Schutz, der Pflege und Entwicklung erarbeitet und umgesetzt werden. Biosphärenreservate sollen zugleich der Erforschung von Mensch-Umwelt-Beziehungen, der ökologischen Umweltbeobachtung und der Umweltbildung dienen …«

Marco ist stolz, sein Wissen weitergeben zu können.

Mara ist genervt.

»Meine Güte, das hört ja nie mehr auf. Erzähl mir lieber, warum du so kaputt bist.«

»Bin ich das?«

Mara lacht.

»Nicht weniger als ich.«

»Da ist was Wahres dran. Nun, ich habe darüber nachgedacht: Es gibt wohl keinen Grund im klassischen Sinne. Du weißt schon, prügelnde Eltern, geschiedene Eltern oder Geschwister, die mein Spielzeug versteckt haben. So was ist es nicht. So was nicht.«

»Was ist es dann?«

Marco lächelt leicht.

»Warum bist du eigentlich so kaputt?«

Mara lächelt zurück.

»Ich weiß es nicht.«

»Dann sind wir quitt.«

Mara gibt ihre Fragerei auf. Sie sieht auch keinen Sinn mehr in diesem endlosen Spiel. Nach den Ereignissen der letzten Woche erscheinen ihr die Diskussionen mit einem Mal vollkommen überflüssig. Denn schließlich braucht man meistens nur ein wenig Geduld, und die Menschen erzählen von ganz allein, was sie bewegt. Mara hat viel Geduld. Sie steht von ihrem Bett auf, legt wie immer eine Kassette ein. Das erste Lied erklingt, und Mara singt leise mit:

You are hardcore, you make me hard,
You name the drama, I'll play the part,
It seems I see you in some teenage wet dream.

Sie senkt die Stimme und bricht ab. Der Sänger bringt das Lied allein zu Ende. Mara öffnet ihren Mantel, legt ihre Scham frei, stellt sich vor Marco hin, und das rote Licht der Tischlampe irritiert ihn, als er seine rechte Hand flach auf ihre rechte Brust legt.

Sie beugt sich zu ihm herunter und küsst ihn auf die Stirn.

»Ich liebe dich.«

Marco lächelt.

»Ich weiß.«

Das Lied ertrinkt in einer abwärts strebenden Soundkaskade aus Straßenlärm und zärtlich gehauchten Worten in der Nacht.

John Cleland

Die falsche Jungfrau

Während ich um die Früchte handelte, die ich haben wollte, sah ich, dass mir ein junger Gentleman gefolgt war, dessen reiche Kleidung meine Aufmerksamkeit auf sich zog. Er hatte sonst nichts Merkwürdiges an sich, außer dass er blass und dünn von Gestalt war und sich gleichsam auf den trägen Beinen nur wiegte. Es war leicht zu bemerken, dass er suchte, ohne dass ich es zu sein schien, die er suchte, weil er einen vollen Satz tat und seine Augen fest auf mich gerichtet hielt, bis er zu demselben Korb kam, vor dem ich stand, und einen Preis bot oder vielmehr den geforderten Preis zahlte, um sich mir zu nähern. Nun konnte ich gewiss nach meiner Kleidung für ein ehrliches Mädchen gelten. Ich hatte weder den Federhut noch den Duft einer schlechten Stadtjungfer: ein Strohhut, ein weißer Spenzer, reine Wäsche und über das alles eine natürliche und ungezwungene Miene der Unschuld (von der der Schein mich nie verließ, selbst wenn ich am meisten in der Ausübung gegen sie sündigte), das alles waren Zeichen, die ihm keine Veranlassung zu Vermutungen über meinen wahren Stand geben konnten. Er redete mich an, und da dies von einem Fremden geschah, so jagte er eine Röte in mir auf, die ihn noch weiter von der Wahrheit entfernte. Ich antwortete ihm mit einer Ungeschicktheit und Verwirrung, die zur Täuschung noch geschickter war, weil auch wirklich ein Schein des Wahren darin lag. Als er aber, nachdem einmal das Eis gebrochen war, sich weiter vorwagte, die Unterredung fortsetzte und auf tiefer eingehende Fragen kam, so legte ich so viel Unschuld, Einfalt und selbst Kindlichkeit in meine Antworten, dass ich wohl dafür einstehen wollte, er würde, zumal er mich einmal lieb gewonnen, schon deshalb auf meine Unschuld geschworen haben. Die Männer haben, wenn sie einmal angebissen haben, besonders in ihrem Gesicht einen Vorrat von Einfältigkeit, von der ihre Herrenweisheit sich wenig träumen lässt und durch die auch die scharfsinnigsten von uns hintergangen werden. Unter andern Fragen, die er an mich stellte, war auch die, ob ich verheiratet sei oder nicht. Ich antwortete, ich sei noch zu jung, um daran vor vielen Jahren zu denken. In meinem Alter, sagte ich und ließ ein Jahr von meinem Alter fallen, indem ich nur 17 angab, heiratet man noch nicht. Über meine Lebensart sagte ich weiter, dass ich bei einem Galanteriewarenhändler in Preston als Lehrmädchen gedient und einer Verwandten wegen in die Stadt gekommen wäre, die ich aber bei meiner Ankunft tot gefunden, und nun also als Tagearbeiterin bei einem Galanteriewarenhändler in der Stadt lebe. Der letzte Punkt war nicht sehr gut für das, wofür ich gelten wollte, aber es ging durch dank der Leidenschaft, die ich ihm eingeflößt hatte. Nachdem er gleich nach mir aus der Bude gegangen war, sehr geschickt, wie er glaubte, um mir zu folgen, und da ich nicht die Absicht hatte, so wenig meinen als meiner Frau Namen und den Ort meines Aufenthalts zurückzuhalten, so belud er mich mit Früchten, den rarsten, die er auffinden konnte, und schickte mich, so nachdenkend über die Folgen, die dieser Vorfall haben könnte, nach Hause.

Sobald ich zu Mrs. Cole zurückkam, erzählte ich ihr alles, was vorgegangen war, woraus sie sehr scharfsinnig den Schluss zog, dass, wenn er nicht hinter mir her käme, nichts verloren sei, und dass, wenn er es täte, sein Charakter und seine Absichten erst wohl geprüft werden müssten, um zu wissen, ob das Ding der Bemühung wert sei, dass aber in der Zwischenzeit nichts leichter als meine Rolle dabei sei, indem ich nichts brauchte, als nur ihrem Faden und Unterricht bis auf den letzten Akt hin zu folgen.

Den nächsten Morgen, nachdem er, wie wir später erfuhren, den Abend mit Nachforschungen in der Nachbarschaft über Mrs. Coles Charakter zugebracht hatte (der dadurch ihre Absichten auf ihn begünstigte), kam mein Gentleman mit seinem Wagen vor den Laden und fragte nach Mrs. Cole, indem er den Anfang der Bekanntschaft damit machte, dass er einige Galanteriesachen bestellte. Da ich mit niedergeschlagenen Augen dasaß und emsig an dem Saum einer Manschette fortnähte, bemerkte Mrs. Cole, dass meine auf ihn gemachten Eindrücke nicht Gefahr liefen, durch die von Louisa oder Emily vernichtet zu werden, die auch mit mir an ihrer Arbeit saßen. Nach vergeblichen Bemühungen, meinen Blicken zu begegnen, weil ich den Kopf geneigt hielt und eine Art von Bewusstsein der Schuld annahm, dass ich dadurch, dass ich zu ihm geredet hätte, ihm Mut und Aufforderung gegeben, mir nach Hause zu folgen, und nachdem ihm Mrs. Cole Anweisung gegeben, wann sie ihm die Sachen selbst ins Haus bringen würde, so ging er hinaus und nahm zugleich einige Waren mit, die er sehr freigebig bezahlte, um seiner Bekanntschaft eine desto bessere Farbe zu geben.

Die Mädchen merkten die ganze Zeit über auch nicht das Geringste von dieser neuen Bekanntschaft, aber Mrs. Cole versicherte mir, sobald wir allein waren, nach ihrer langen Erfahrung, dass für diesmal meine Reise ihr Ziel nicht verfehlt hätte, denn sie sei durch seine Heftigkeit, seine Manier, seine Blicke gewiss, dass er getroffen sei; der einzige Umstand wären noch sein Charakter und seine Verhältnisse, von denen sie nach ihrer Bekanntschaft in der Stadt noch hinlänglich Nachricht zu erhalten hoffte, um danach ihre Maßregeln zu treffen.

Und wirklich, in ein paar Stunden diente ihr ihre Bekanntschaft so gut, dass sie wusste, dieser neue Bekannte von mir sei Mr. Norbert, ein Gentleman von ererbtem großem Vermögen, mit einer Gesundheit, die nicht die beste sei und die er sehr verderbt hätte durch seine rasende Lust an den Lastern der Stadt, in deren Verfolgung er, nachdem er alle Arten von Ausschweifungen durchgemacht, endlich darauf gefallen sei, hinter jungen Mädchen herzulaufen. In dieser Jagd habe er eine Menge von Mädchen unglücklich gemacht, indem er keine Mühe sparte, zu seinem Ziele zu kommen, und sie so lange brauchte, bis er ihrer müde oder durch ihren Genuss abgekühlt oder ihm ein neues Gesicht aufgestoßen sei, wo er sich dann sehr ruhig von den alten losmachte und sie ihrem Schicksal überließe, da seine Wirkungssphäre nur da läge, wohin er mit Geld und Erkaufen kommen könne.

Aus diesen Erkundigungen zog Mrs. Cole den Schluss, dass ein solcher Charakter immer ein guter Kauf sein würde, dass es aber unsere Schuld wäre, wenn wir ihn nicht auf den höchsten Preis schraubten; sie glaubte aber, ein Mädchen wie ich sei für ihn um jeden Preis zu gut.

Sie ging dann zu der bestimmten Stunde in seine Wohnung, die in einem der Hofhotels lag und in einem Geschmack ausmöbliert war, der von allen Bequemlichkeiten des Luxus und Vergnügens sprach. Sie fand ihn da auf sie wartend, und nachdem ihr vorgebliches Geschäft erledigt war und ein langes Gerede über das Gewerbe, das, wie sie sagte, sehr schlecht sei, und über die Eigenschaften ihrer Lehrlinge, Mädchen, Tagearbeiterinnen gemacht war, fiel auch das Gespräch auf mich. Mrs. Cole, ganz in der Rolle einer guten, alten, geschwätzigen Gevatterin, die alles erfahren lässt, wenn einmal die Zunge in Bewegung ist, wärmte eine so wahrscheinliche Geschichte von mir auf und brachte dabei hin und wieder so meisterhafte Züge zum Lobe meiner Person und meines Temperaments an, wie nur nötig waren, um ihn recht hübsch zu dem gewünschten Ziele zu führen, und das alles mit einer Miene von Unschuld, die nicht besser hätte nachgemacht werden können. Als er aber nun erhitzt und dahin gebracht war, wohin sie ihn haben wollte, und er etwas von seinen Absichten auf mich fallen ließ und sie dann auch mit vieler Mühe und Verwirrung auf den Punkt hingebracht hatte (den sie so lange als möglich und gut nicht zu verstehen sich stellte), so blieb sie, ohne jetzt als eine Verfechterin der Tugend in jene heftigen und immer verdächtigen Leidenschaften zu geraten, mit wahrer Grazie bei dem Charakter einer simplen, ehrlichen, guten Art von Frau, die von nichts Bösem weiß und ihr Brot auf eine ehrliche Art verdient, aber von hinlänglich biegsamem Stoff ist und durch seine hohe Geschicklichkeit zu seinen Absichten aufgewunden werden kann.

Indessen spielte sie ihre Rolle so geschickt, dass sie drei oder vier Zusammenkünfte mit ihm hatte, ehe er die geringste Hoffnung auf ihren Beistand erhalten konnte, während welcher Zeit er durch eine Menge von fruchtloser Botschaften, Briefe und anderer direkten Versuche sich von meiner Gesinnung selbst überzeugt hatte, dass an mich nicht anzukommen sei, was alles zusammen beitrug, meinen Charakter und Preis vor ihm sehr zu erhöhen.

Aufmerksam indessen, die Schwierigkeiten nicht so weit zu treiben, dass er Zeit gewönne, Entdeckungen über meinen Charakter zu machen, oder sonst andere Zufälle sich zutragen möchten, die ihrem Plan zuwider wären, gab sie sich endlich durch seine Bitten, Versprechungen und, was alles übertraf, durch die verblendende Summe, zu deren Verschreibung sie ihn zu bringen gewusst hatte, überwunden, obgleich es jetzt eine besondere Kunst war, nicht den Schein zu erwecken, als wenn sie den Lockungen einer großen

Summe nachgäbe, sondern so zu handeln, dass er überredet wurde zu glauben, ihre tugendhaften Finger hätten niemals vorher in einer solchen Sache gerührt.

Auf die Art führte sie ihn durch alle Abschattierungen von Schwierigkeiten und Hindernissen hindurch, die nötig waren, den Preis dessen, wonach er strebte, zu erhöhen. Am Ende hatte das bisschen Schönheit, das ich besaß, so sehr seine Begierde gereizt, mich zu besitzen, dass er nicht einmal Ursache hatte, sich der geschickten Behandlung der Sache zu rühmen, sondern er plumpste von selbst in alles hinein, was man ihm vorspiegelte; nicht etwa, dass Mr. Norbert nicht in anderer Rücksicht gewitzt genug war, nicht die Stadt genug kannte und selbst die Art des Betrugs, die ihm jetzt gespielt wurde, sondern seine Leidenschaft begünstigte uns so sehr, machte ihn so begierig und blind, dass er eine Enthüllung des Betrugs für einen seinem Vergnügen geschehenen üblen Dienst gehalten haben würde. Indem er also selbst eilig auf den Punkt zulief, wohin ihn Mrs. Cole haben wollte, brachte sie ihn endlich dahin, mit Freuden einen wohlfeilen Kauf zu schließen, als den er den meines eingebildeten Juwels für nicht mehr als dreihundert Guineen für mich selbst betrachtete, nebst einhundert für die Unterhändlerin als eine geringe Belohnung für alle ihre Mühe und Gewissensgüte, die sie ihm jetzt zum ersten Mal in ihrem Leben aufopferte. Diese Summen sollten bar gezahlt werden bei Überlieferung meiner Person, ungerechnet einige nicht unansehnliche Geschenke während des Laufes der Unterhandlung, in welcher Zeit ich gelegentlich, aber sehr sparsam in seine Gesellschaft geführt worden war – zu schicklicher Zeit und Stunde, in denen ich mich unglaublich mühen musste, meine natürliche Züchtigkeit höher zu spannen, um sie bei ihm für die einer wahren Jungfrau passieren zu lassen. Alle meine Blicke und Gesten atmeten nichts als Unschuld, die

die Männer so hitzig zu keinem anderen Endzweck an uns suchen, als sich selbst mit ihrer Zerstörung zu bewirten, und worin sie doch mit aller ihrer Kunst so leicht hintergangen werden.

Nachdem die Artikel des Vertrages völlig geschlossen waren, die ausgemachte Summe gehörig gesichert und nun nichts mehr fehlte als die Ausführung der Hauptsache, die darauf hinauslief, dass meine Person seiner freien Bestimmung und Gebrauch übergeben würde, wusste Mrs. Cole ihre Entwürfe besonders bezüglich des Ortes so delikat zu behandeln, dass es sein eigener Gedanke und dringende Bitte wurde, dass diese Art Hochzeit in ihrem Hause vollzogen werden möchte. Nein, wirklich, sie könne sich mit so etwas in ihrem Hause nicht abgeben; sie wollte nicht für tausend Pfund, dass einer der Dienstboten oder ihrer Lehrlinge Wind davon bekäme, ihr kostbarer guter Name würde auf ewig verloren sein – und was der Entschuldigungen mehr waren; indessen auch gegen wichtigere Einwände, und indem sie sorgfältig nur solche machte, die behoben werden konnten, kam es endlich dahin, dass sie ihn dahin brachte, noch etwas mehr zu tun, wovon er schon so viel getan hatte.

Die Nacht wurde mit aller möglichen Rücksicht auf die Hitze seiner Begierde bestimmt. Mrs. Cole hatte indessen keine Anweisungen und keine Vorbereitungen gespart, dass ich in Ehren mit meiner Jungfernschaft durchkäme. Wegen der Engigkeit dieser Teile, die ich von Natur hatte, gebrauchte ich keine Hilfsmittel, da diese sie nur auf einige Augenblicke verschaffen, weil sie leicht durch ein warmes Bad entdeckt werden konnten. Statt der gewöhnlichen blutigen Zeichen der Entjungferung, die sie wenngleich nicht immer, so doch in den meisten Fällen begleiten, hatte mir Mrs. Cole eine ihrer eigenen Erfindungen mitgeteilt, die schwerlich ihren Endzweck verfehlen konnte.

Nachdem alles für Mr. Norberts Empfang in Bereitschaft gesetzt war, wurde er um elf Uhr nachts unter dem Geheimnis der Stille von Mrs. Cole selbst hereingelassen und in ihre Schlafkammer geführt, wo ich in ihrem altmodischen Bette ausgekleidet und zitternd lag, wenn auch zwar nicht in der Furcht einer wirklichen Jungfrau, so doch wenigstens in der vielleicht größeren einer verstellten. Das gab mir eine Miene voll Verwirrung und Einfalt, die man meiner Mädchenzüchtigkeit zur Ehre anrechnete und die selbst für wenige parteiische Augen als die meines Liebhabers von ihr kaum unterscheidbar war.

Sobald Mrs. Cole nach der Art, mit der alte Gevatterinnen bei solchen Gelegenheiten ein junges Mädchen Männern übergeben, aus dem Zimmer gegangen war, das, wie er vorher verlangt hatte, schön erleuchtet war, was mir eine genauere Untersuchung, als nachher erfolgte, zu bedeuten schien, sprang Mr. Norbert noch angekleidet ans Bett. Ich hatte meinen Kopf unter die Decke versteckt und wehrte mich lange, ehe er auch nur meine Lippen zum Kuss erreichen konnte. Es ist so wahr, dass eine falsche Tugend bei solchen Gelegenheiten mehr Lärm und Widerstand macht als die wahre! Von da stieg er zu meiner Brust herab, deren Befühlung ich ihm mit Händen und Füßen streitig machte, bis er ermüdet glaubte, er würde im Bette selbst besser mit mir fertig werden, und in einem Augenblick seine Kleider abwarf und hereinsprang.

Mittlerweile konnte ich durch verstohlene Blicke leicht entdecken, dass seine Person weit davon entfernt war, solche stürmischen Anfälle zu versprechen, als eine Jungfernschaft gewöhnlich nötig war. Eine zerbrechliche, ausgezehrte Figur gab ihm mehr das Ansehen eines Invaliden als das eines Freiwilligen in solchen Diensten.

Kaum dreißig Jahre alt, hatte er schon die Stärke seiner Begierde von erzwungenen Erweckungsmitteln abhängig gemacht, die nur sehr wenig durch die natürliche Kraft eines abwelkenden Körpers unterstützt wurden, den beständig fortgesetzte Überanstrengung im Vergnügen abgeschwächt und an ihm das getan hatten, was sonst sechzig Winter an der Springfeder des Lebens zu tun pflegen. Bei alledem war ihm aber alles Feuer und alle Hitze der Einbildungskraft eines Jünglings geblieben, die ihn zu gleicher Zeit quälte und den Abgrund hinunterjagte.

Sobald er im Bette war, warf er die Decke herunter, die er mit Gewalt aus meiner Hand winden musste, und jetzt lag, wie er nur wünschen konnte, nicht allein ich seinen Angriffen ausgesetzt, sondern auch die Betttücher seinen Untersuchungen, bei denen er unter den verschiedenen heftigen Bewegungen meines Körpers sich leicht versichern konnte, dass da weder Zubereitungen noch Blutflecken wären. Aber er war, um ihm Gerechtigkeit widerfahren zu lassen, ein weniger genauer Untersucher, als ich von einem so erfahrenen Praktikus befürchtet hatte. Hierauf riss er mein Hemd auf, weil ich zu viel Umstände damit machte, meine Brust sowohl als die noch wichtigere Anfahrt zu verwahren. Doch schritt er bei allem weiteren mit allen Zeichen der zärtlichsten Achtung gegen mich fort, während es die Kunst meiner Rolle war, keine gegen ihn zu verraten. Ich spielte sie mit allen den Feinheiten, Befürchtungen und Schrecken, die man in einem wirklich unschuldigen Mädchen voraussetzen darf, wenn sie eine so große Neuigkeit, als ihr ein nackter Mann im Bette sein musste, zum ersten Male fühlt. Er erhielt auch kaum einen anderen Kuss, als den er raubte; ich riss wohl zwanzig Mal seine Hand von meiner Brust weg, wo er sich dank ihrer Härte und Festigkeit versichert hatte, dass es noch unbetastete Ware sei. Als er aber nun ungeduldiger, nach der Hauptsache verlangend, sich über mich hinwarf und zuerst mit seinen Fingern versuchte, so fing ich an, mich bitterlich zu beklagen: Ich hätte gedacht, er würde einem Menschen nicht so begegnen. Ich wäre verloren. Ich wüsste nicht, was ich getan hätte. Ich wollte aufstehen, ja wahrhaftig, ich wollte. Ich presste sogleich meine Beine so fest aneinander, dass es für eine Kraft wie die seinige unmöglich war, sie zu öffnen oder sonst etwas auszurichten. Indem ich so meine Vorteile fand und sah, dass ich sowohl seine als meine Bewegungen in meiner Gewalt hatte, wurde mir es so leicht als irgendetwas in der Welt, ihn zu hintergehen. Mittlerweile war seine Maschine, die von der Form war, die aus und ein gehen kann, ohne dass man es merkt, steif gegen die Teile gerichtet, zu denen ihm der Zugang verwehrt war. Als er am Ende fand, dass er durch bloße körperliche Gewalt nichts ausrichtete, nahm er seine Zuflucht zu Bitten und Vorstellungen, worauf ich nur mit einem Ton von Blödigkeit und Furchtsamkeit antwortete, ich fühlte, dass es mich töten würde. Himmel! So sollte man mir nicht begegnen. So wäre man zeit meines Lebens nicht mit mir umgegangen. Ich würde mich wundern, dass er sich nicht selbst schämte, ich täte es. Ich sagte das auf eine so einfältige, kindische Art des Widerstrebens und Klagens, als ich für den Ausdruck erschrockener Unschuld für die beste hielt. Endlich, als wenn ich der Heftigkeit seiner Taten und Worte nachgäbe, öffnete ich meine Lenden gerade so, dass er kaum den gespaltenen Eingang mit der Spitze seines Instruments berühren konnte. Als er sich aber abarbeitete und abmühte, hineinzudringen, gab ich nicht allein meinem Körper eine Wendung, die seinem Einlass entgegenkam, sondern schüttelte ihn auch mit einem Schrei, als wenn er mir ins Herz gebohrt hätte, mit einer solchen Heftigkeit ab, dass er sich nicht im Sattel halten konnte. Beunruhigt, aber nicht missvergnügt über meine Sprödigkeit, hätte ich geschworen, dass er mich darum nur desto höher hielt und sich selbst wegen der Schwierigkeiten, die seinem Vergnügen Abbruch taten, schmeichelte. Jetzt aber, erhitzt auf eine Art, die ihm allen Verzug unerträglich machte, stieg er wieder auf und bat mich, Geduld zu haben, indem er mich streichelte und zu besänftigen suchte durch alle möglichen Schmeicheleien und Vorstellungen von dem, was er noch über das für mich tun wollte, wobei ich mich stellte, etwas besänftigter und nachlassender in meinem Zorn zu werden, und ihm zuließ, meine Lenden für einen neuen Versuch weiter zu öffnen; aber ich passte diesen Augenblick so gut ab, dass die Mündung nicht sobald ein wenig geöffnet war, als ich einen heftigen Satz tat, der von der Gewalt, die er mir zu tun schien, herkäme – einen Umstand, den ich nicht ermangelte, mit den gehörigen Gesten, Seufzern, Klagen zu begleiten, von denen die, dass er mir Schaden getan, mich tötete, ich umkommen müsste, die häufigsten Behauptungen waren. Nach wiederholten Versuchen, in denen er wenigstens für dieses Mal nicht im Geringsten weitergekommen war, stieg die Lust so hoch in ihm, dass er sich nicht länger halten konnte, und in der Kraft und Wut, die ihm die Annäherung des höchsten Augenblicks gab, tat er einen heftigen Stoß, der mich fast aus meinem Posten trieb, und brachte seine Maschine so tief hinein, dass ich den warmen Erguss gerade in der Mündung fühlte. Aber ich war grausam genug, es ihn nicht vollenden zu lassen, sondern warf ihn wieder ab, nicht ohne die lautesten und durchdringendsten Ausrufungen, als wenn die Pein mich ganz unachtsam darauf machte, ob ich gehört würde oder nicht. Man konnte leicht bemerken, dass er noch vergnügter über die vorgeblichen Ursachen seines gestörten Vergnügens wurde, als er selbst über die Vollendung desselben gewesen sein würde. Besänftigt und erleichtert indessen durch diese eine Ausleerung, fing er jetzt an, mich zu beruhigen, mutig zu machen und in gute Laune zu setzen, um geduldig einen neuen Angriff zu ertragen, zu dem er sich durch alle die Reizungen anschickte, die ihm Gesicht und Gefühl geben konnten, indem er jeden einzelnen Punkt meines Körpers untersuchte und sein Entzücken darüber durch Küsse, die er überallhin verschwendete, ausdrückte und keinen Teil an mir ohne die heißeste Berührung und Beschauung ließ. Seine Kraft kehrte indessen nicht so bald wieder zurück. Ich fühlte ihn mehr als einmal an die Tür klopfen, aber er war so wenig imstande, hereinzubrechen, dass ich zweifle, er würde hineingekommen sein, hätte ich sie auch noch so offen gehalten; aber er hielt mich für zu wenig bekannt mit der Natur der Dinge, um darüber unwillig oder verwirrt zu werden, und so blieb er, mich und sich abmattend, lange, bis sein Maschinchen die Steifigkeit wieder annahm, ohne die er seine Angriffe mit Hoffnung eines glücklichen Erfolges nicht fortsetzen konnte! Und dann machte ich ihn so warm und hielt ihn so lange auf, dass, ehe er noch sichtbare Fortschritte zum Eindringen hatte machen können, er in einen angenehmen Schweiß und völlige Mattigkeit geriet, so dass es schon tief in den Morgen hinein war, ehe er seinen zweiten Versuch gemacht hatte. Er tat halb den Weg etwa herein, wobei ich mich über seine fürchterliche Stärke beklagte und aufschrie, wie ich über die Unermesslichkeit des Dinges, das, wie ich fürchtete, mich aufspalten würde. Ermüdet endlich von dieser athletischen Pfuscherei, fing mein Ritter an, es aufzugeben und sich nach der erquickenden Ruhe zu sehnen. Nachdem er mich mit vieler Inbrunst geküsst und mir Ruhe empfohlen hatte, fiel er sogleich in tiefen Schlaf.

Sobald ich mich davon hinlänglich versichert hatte, führte ich ganz still, um ihn nicht zu erwecken, aber sicher und leicht genug Mrs. Coles Rat aus, den sie mir hinsichtlich der Zeichen der Jungfernschaft gegeben hatte.

In jedem der Bettpfosten am Kopfe des Bettes, gerade über der

Stelle, wo die Seitenbalken des Bettes eingefügt werden, war ein kleines Fach, das so künstlich in die Masse hineingearbeitet war, dass es auch der sorgfältigsten Untersuchung hätte entgehen können. Diese Schubfächer konnten durch eine Sprungfeder leicht geöffnet und verschlossen werden, und beide waren mit einer gläsernen Flasche voll flüssigen Bluts versehen, in denen ein Schwamm lag, den man nur herausnehmen und zwischen den Beinen sanft ausdrücken durfte, wodurch mehr Blut herausgepresst wurde, als zur Rettung der Ehre eines Mädchens nötig war; dann konnte man es wieder hineinlegen und durch Berührung der Sprungfeder jede Entdeckung, ja selbst den geringsten Argwohn unmöglich machen. Alles dies war das Werk von nicht dem vierten Teil einer Minute und gleich leicht auszuführen, auf welcher Seite man auch lag, weil jeder Pfosten damit versehen war. Es ist wahr, wäre er erwacht und hätte mich dabei ertappt, so würde er mich wenigstens in Scham und Verwirrung gebracht haben; aber dass er nicht erwachte, hatte bei der Vorsicht, die ich angewandt, tausend gegen eins für mich.

Jetzt ruhig und über alle Furcht irgendeines Zweifels oder Verdachts von seiner Seite aus hinaus, überließ ich mich in allem Ernste der Ruhe, fand aber keine, denn nach einer halben Stunde wachte mein Gentleman wieder auf und fand mich, als er sich zu mir hinwandte, in angeblich tiefem Schlaf, den er aber nicht lange achtete, sondern anfing, sich zu einem neuen Angriff zu rüsten, mich zu liebkosen, worüber ich denn tat, als wache ich eben auf, und zu klagen anfing über die Störung und den Schmerz, dem mich das bisschen Ruhe gerade entzogen hätte. Hitzig indessen auf das Vergnügen auf die Ehre des Triumphes der völligen Besiegung meiner Jungfernschaft sagte und tat er alles, was einen Widerstand aufheben und ihn meine Geduld bis ans Ende gewinnen konnte, was ich jetzt auch williger war, ihm zu gewähren, weil ich jetzt der blutigen Zeichen dieser siegreichen Gewalttätigkeit gewiss war, ob ich es gleich noch für klug hielt, ihn noch eine Zeit lang nicht hereinzulassen. Ich antwortete also nur auf seine Zudringlichkeiten in Seufzern und Klagen. Ich hätte so viel gelitten, dass ich's nicht ertragen könnte; ich wüsste gewiss, er hätte mir Leides getan, ja sicher, er wäre so ein böser Mann! Wie er hierauf die Decke niederzog und beim Schimmer des verlöschenden Lichts das Schlachtfeld erblickte, sah er deutlich meine Lenden, mein Hemd und die Betttücher voll Blut. Nichts glich nun seiner Entzückung. Die Täuschung war vollendet; keine andere Idee kam ihm in den Kopf, als dass er eine noch nie betretene Mine geöffnet. Das vermehrte seine Zärtlichkeit gegen mich zugleich mit der Begierde, sie völlig aufzuhauen. Er küsste mich daher mit dem äußersten Entzücken, tröstete mich und bat mich um der Schmerzen wegen, die er mir gemacht hätte, um Verzeihung, und setzte hinzu, es sei der gewöhnliche Lauf der Dinge; das Schlimmste aber sei vorbei, und ich würde mit ein wenig Geduld auch über alles hinwegkommen und niemals mehr etwas anderes als das größte Vergnügen erfahren. Immer mehr und mehr ließ ich mich denn bewegen, tat, als übergäbe ich ihm alles, und legte daher meine Beine weit auseinander, um ihm Eingang zu verschaffen. Als er sich nun dieses zu Nutze machte und ein wenig in mich hineindrang, spielte ich meine Rolle so gut, dass ich durch geschickte Wendungen und Krümmungen eine künstliche Schwierigkeit des Eingangs bewirkte, so dass er nur mit äußerster Anstrengung Zoll für Zoll seinen Posten gewinnen konnte, während ich immer noch bitter klagte, bis er endlich mit voller Macht und Kraft sich hineinwand und nun völlig hineinkam, so dass er, wie er glaubte, jetzt meiner Jungfernschaft den Gnadenstoß gab, wobei ich einen heftigen Schrei tat, während er als ein Hahn, der um seine niedergetretene Geliebte triumphierend die Flügel zusammenschlägt, jetzt sein Vergnügen verfolgte, das durch die Idee eines vollkommenen Sieges bei ihm zu einer Höhe stieg, die mir bald seine schmelzende Periode fühlbar machte. Unterdessen spielte ich das tief verwundete, atemlose, erschrockene, verlorene, nicht länger mehr leben bleiben wollende Mädchen.

Sie werden mich vielleicht fragen, ob ich die ganze Zeit über Vergnügen gefühlt habe. Ich versichere Ihnen, wenig oder nichts. Nur gegen Ende kam eine schwache Empfindung davon ganz mechanisch in mich durch das lange Befahren und Reiben dieses immer empfindlichen Teils; aber zuvor hatte ich auch nicht den geringsten Geschmack für den, dessen Umarmungen ich bloß des Eigennutzes wegen zugeben musste. Ich war auch durchaus mit der Rolle nicht zufrieden, die ich zu spielen hatte, was ich mir auch für Entschuldigungen dafür anführen mochte. Die Unempfindlichkeit gerade erhielt mich aber so sehr in vollem Bewusstsein meiner selbst, dass ich darum auch diese Täuschung die ganze Szene hindurch umso glücklicher ausführen konnte.

Nachdem er mich endlich durch zärtliche Tröstungen, Küsse und Umarmungen zum Leben zurückgebracht hatte, machte ich ihm Vorwürfe, und zwar in so natürlichen Ausdrücken, dass sie seine Zufriedenheit über das, was er getan, noch vermehrte. Als ich nach gewissen Beobachtungen vermutete, dass es ihm besser sein würde, sich zu schonen, und er trotz seiner Schwäche nach einiger Zeit einen neuen Anfall zu tun drohte, widersetzte ich mich dem mit Entschlossenheit unter einem Vorwande, der seiner Männlichkeit schmeichelte; ich sei so heftig verwundet, dass ich einen neuen Versuch nicht aushalten würde. Er gestand mir also gnädig eine Erholung zu. Als der Morgen tiefer hereinkam, wurde ich von seinen ferneren Zudringlichkeiten befreit. Bald nachher kam Mrs. Cole herein, gegen die er in Ausdrücke der größten Freude und Entzückung über den Triumph, den er über meine Tugend davongetragen, und den Todesstoß ausbrach, den er ihr in der Nacht gegeben hatte, wobei er noch hinzufügte, dass sie an den blutigen Zeichen in den Tüchern Beweis genug sehen würde.

Nina George

Wiener Blut

Sie

Ich kannte mal einen Mann, der am Heck eines Schiffes stand und rauchte. Dann schwang er sich über die Reling und sprang. In das kühle, dunkle Wasser, das gurgelnd und schmatzend nach ihm griff. Und er war ganz still dabei. Wie das kam?

Ich schwöre, ich habe nicht auf seine Hose gestarrt. Und wenn, sollte er froh darüber sein – wer wie er anscheinend auch in seiner innig geliebten Jeansjacke schläft, sollte sich überhaupt freuen, einen zweiten Blick geschenkt zu bekommen. Mein Typ war er ja nicht gerade, er war nicht mal schön. Allein wie er schon redete – Asam kam nämlich aus Wien. »Gnä' Frau, schauns' wieder fesch aus heut' Abend, küss die Hand, darf ich Sie belästigen oder zumindest mit Rosenstielen peitschen?«

Er war mir so lange nicht aufgefallen, bis er offenbar seinen ganzen Mut aufbrachte und mich kurz vor Mitternacht ansprach, um mit mir einen Absacker zu trinken. Ein Nein wollte er nicht akzeptieren, auch nicht zwei oder drei und auch nicht zehn, also ließ ich ihn stehen, mitten auf diesem Anlegesteg. Ein Bekannter legte ihm einen Arm um die Schultern, lallte betrunken: »Mach dir nix draus.« Doch Asam hörte nicht auf ihn und schlich hinter mir her, den ganzen Weg bis zu dieser Bar, in der meine Mitternachtsverabredung wartete. Niemals ertönte das Geklapper meiner Absätze allein, sein Echo folgte in 50 Metern Hygieneabstand. Die anderen, die sich den ganzen Abend zwischen ihn und mich geschoben hatten, zerstreuten sich in der Schwärze der Nacht.

Diese Mitternachtsverabredung war eine Frage des Geldes. Nun bin ich keine ausgewiesene Professionelle, sondern genieße es nur wie jede andere Frau, wenn man ihr in den Mantel hilft, die Tür aufhält oder im Bett den Vortritt lässt, und ich ziere mich auch nicht, wenn er die Rechnung übernehmen will. Mit dieser Verabredung war ich bisher nur zum Mantel und der Rechnung gekommen. Doch ich wusste, er hatte jedes Mal ein Zimmer reservieren lassen, in diesem Hotel gegenüber der Oper, für alle Fälle.

Und nun also der Wiener. Er war mir gefolgt, hielt sich an der Bar fest und knabberte Reisplätzchen, während er mich aus seinen blauen Augen beobachtete. Aus seinen klugen, blauen Augen. Wie ich mir einen Drink nach dem anderen bezahlen ließ und an den richtigen Stellen lachte.

Er

Zum Schluss sprang ich einfach. Das Wasser war so kalt, dass ich nicht einen Ton rausbrachte, kein »Ich liebe dich«, wie ich es mir vorgenommen hatte, um sie damit zu demütigen. Neben mir schwamm meine Zigarette, die ich eben noch geraucht hatte, und da oben stand sie, blickte starr nach unten. So, wie sie es die ganze Zeit gemacht hatte. Auf mich herabgeschaut. Wie das kam?

Ich schwöre, sie hat mir auf die Hose gestarrt. Es war auf diesem Schiff, ähnlich jenem, das gerade von mir wegfährt, während ich den Drang unterdrücke, mit den Beinen zu strampeln. Sie wird mich nicht retten, ich ahne es, aber eines weiß ich genau: dass sie diesen Blick hatte. Zwischen ihr und mir lag nichts in der Luft, die ganzen sechs Stunden nicht und die ganzen drei Monate vorher auch nicht, als ich mit ihr und den anderen Leuten auf dem Dampfer durch den Abend schaukelte. Ein Fest von zufällig zusammengeführten Kollegen. Ich kannte ihren Beruf, sonst wusste ich nichts von ihr. Dann ging sie an mir vorbei und musterte dabei den jungen Kellner, der ihren Körper mit Blicken streichelte, bevor er ihr einen Teller mit orientalischen Süßigkeiten reichte. Beim Zurückgehen streifte ihr Blick mich, doch anstatt den meinen festzuhalten, wanderte sie mit ihren Augen an meiner Wange hinab, verharrte auf meinen Lippen, um dann dort zu verschwinden, wo Er ruhte. Danach ruhte gar nichts mehr, und sie merkte es. Dann sah sie mir wieder ins Gesicht, lächelte aber nicht. Es war dieses Kosen ihrer Augen – und musste nicht jemand, der wusste, wie schnell man diesem Blick verfiel, darauf Acht geben, wem er galt?

Jedes Nein von ihr war eine Lüge. Angeblich hatte sie eine Verabredung. Ich ging ihr nach, beobachtete, wie ihr Schatten die Fassaden streifte und sie damit adelte.

In der Bar: schwarz gekleidete Menschen, bornierte Kellner, raschelndes Nylon, schwere, rote Vorhänge zur Straßenseite, Gläser voll mit crushed ice. Ich trank noch ein Bier. Ihre Verabredung war ein Prolet, getarnt mit grauem Anzug und einstudierten werbenden Gesten. Seine Hand hauchte an ihrem Nacken vorbei, als er ihr aus dem Mantel mit Pelzkragen half, und wenn sie lachte und dabei den Kopf zurückwarf, betrachtete er das Muttermal auf ihrem Brustansatz. Es war so klein wie ein Stecknadelköpfchen, lugte nur ab und zu hervor, wie zufällig. Sie sah mich an, schaute jedoch durch mich hindurch und schüttelte nur einmal ansatzweise den Kopf.

Als sie auf die Toilette ging, folgte ich ihr.

Der Mann beobachtete mich, aber was er auch dachte, es war mir gleich. Dass ich sie in Schwierigkeiten brachte, war mir nur recht.

Ich kann mich nicht konzentrieren, wenn mich einer quer durch den Raum hinweg anstarrt und auf alles achtet, was ich tue. Ich beginne dann, selbst darauf zu achten, was ich tue, und sogar das Zigarettenanzünden lassen gerät dabei zur Farce: Beine gekonnt übereinander schlagen, wie weit den Oberkörper beugen, über der Flamme in die Augen schauen oder nicht? Ziehen, kurz innehalten, ausatmen und dabei sanft zurückfallen lassen. Gespielt. Was war nur los mit dem Wiener? Meine Verabredung, ein bulliger Typ mit Stiernacken im maßgeschneiderten Anzug, machte Konversation, während ich permanent meinen Körper, meine Gesten, mein Gesicht zurechtrückte. Ich mag das wirklich nicht. Dem einen durch Natürlichkeit zu gefallen, während der andere offenkundig durchschaut, dass es nur ein Spiel ist, und jede falsche Bewegung registriert. Ich fühlte mich wie auf einer gnadenlos unterbezahlten Bühne, wie eine Elevin ohne Ausbildung. Vielleicht wäre ich heute mit dem Stier auf dieses Zimmer gegangen, vielleicht hätte ich an den Wiener gedacht, währenddessen – aber gewiss nicht, solange er dasitzt, herstarrt und dabei seine Jacke mit Reiskeksen voll krümelt.

Ich ging auf die Toilette, weil ich wusste, dass er mir folgen würde wie ein Schatten.

Dazu musste ich eine Wendeltreppe hinabsteigen, und als ich in der letzten Kurve ankam, hörte ich schon das Tarapp, tarapp seiner Budapester. Ich ging durch die Schwingtür und den Gang hinunter, Mädchen links, Jungs rechts, dazwischen Spiegel bis auf den Boden.

Ich blieb stehen, als er hinter mich trat und mich im Spiegel musterte.

»Gibt er dir Geld, damit du so zu ihm bist?«, fragte er. Ich drehte mich um und schlug ihn mit der flachen Hand ins Gesicht.

»Danke«, sagte er und ging vor mir auf die Knie. Wie ein Krieger vor seinem König, wie ein Schwertmann vor seinem Feind, um sich zu ergeben. Ich sah diesem Drama in den Spiegeln auf der gegenüberliegenden Seite zu und wusste nicht, ob mir gefiel, was ich erblickte. Ein Mann, der vor einer Frau kniete, den blanken Nacken dargeboten, sie hoch aufgerichtet in ihren Stiefeln, den Strümpfen die nur bis zur Mitte des Oberschenkels reichten, was er jedoch nicht sehen konnte, und dem engen Seidenrock, alles in schwarz. Er wartete immer noch.

»Kann es nicht anders sein?«, flüsterte ich.

Ich hätte es verkraftet, wenn ein Fremder hereingekommen und peinlich berührt an uns vorbeigeschlichen wäre, darum bemüht, bloß nicht zu genau hinzuschauen. Doch es war meine Mitternachtsverabredung, die uns so sah.

»Interessant«, sagte er nach einer Weile.

Er

Mit ihrem Schlag entblätterte sich meine Demut. Ich roch ihr Parfüm, noch ehe ihre Hand meine Wange berührte, und ging vor diesem Gefühl der gezähmten Lust in die Knie. Normalerweise mag ich es, einer Frau den Hof zu machen. Ihr Blumen zu schicken, sie mit Komplimenten zu verwöhnen – in wohl überlegten Dosen –, bei langen Spaziergängen zuzuhören, was sie bewegt, um sie so für mich einzunehmen. Ich mag es, zu sehen, wie sich ihr Widerstand aufhebt, in romantische Sehnsucht verwandelt, langsam, im Laufe der Zeit. Ich mag das Gefühl, nicht zu wissen, wann sie anruft, ich mag die Bedächtigkeit des Flirts. Ich schätze meine Rolle als Mann, als Werbender, der die Sache steuert. Der weiß, was eine Frau will, noch bevor sie es ahnt.

Dass sie die Regeln brach, weil ich die Grenze überschritten hatte mit meiner Frage, zerbrach auch etwas in mir. Eine Mauer der Zurückhaltung, die ich nie ganz aufgebe, wenn es um Frauen geht.

Als der Prolet im Anzug hereinkam, war es mir egal, mein Stolz hatte sich längst gewandelt in die Gewissheit, dass sie mich in Besitz genommen hatte.

»Soll ich gehen?«, fragte der Anzug, eine kultivierte Stimme, dazu ein Gesicht, wie mit dem Spaten gestochen, »oder darf ich zusehen?« Er hatte seine Worte sorgsam gewählt, als ob ihm die Idee nicht ganz fremd wäre.

Zusehen … bei was? Ich hatte mich schon immer gefragt, wie sich eine Frau fühlt, die etwas tut, weil man vorher das Finanzielle geregelt hat. Tat Eva es deshalb, oder weil sie es wirklich wollte? Sie griff in mein Haar und bog mir den Kopf zurück.

»Zusehen«, sagte sie, und kurz bevor der Schmerz so stark wurde, dass ich mich wehren musste, küsste sie mich. Ihre Augen blieben dabei offen.

Als wir zu dritt in den Fahrstuhl stiegen, hatte er längst bezahlt. Ihre Drinks, mein Bier. Er trug auch ihren Mantel über dem Arm. Ich bemerkte, wie er sie musterte, eingehend, aber ohne Regung. Ich fragte mich, was ich hier eigentlich tat.

»Zeig ihm, was du drunter anhast«, befahl er ihr unvermittelt, und sie schaute mich wieder nur an, als sie ihren Seidenrock hob. Die Strümpfe waren halterlos, ohne Spitze, der Slip war schwarz und lag eng an.

Er saß die ganze Zeit in einem Sessel und rauchte, während sie mit mir schlief. Er regte sich nicht einen Augenblick, auch dann nicht, als ich sie gegen den mannshohen Spiegel stieß, ihre Hände am Rahmen festhielt und ihr befahl, so stehen zu bleiben. Ich zog ihren Arsch nach hinten, spreizte ihre Beine, ließ sie in der Hüfte abknicken, umfasste ihre Brüste, die sich nach meinem Willen formten, und stieß zu. Sie sah mich im Spiegel unverwandt an, während in meinen Ohren das Blut rauschte, dazu ihr leises Stöhnen.

Sie

Ich fragte mich, was ich da tat. Asam hatte etwas an sich, das mich dazu brachte, ihn unterwerfen zu wollen. Er ließ sich so leicht überwältigen, er genoss es förmlich, und dieser Genuss brachte mich zur Raserei. Dass sich meine Mitternachtsverabredung als Initiator vorkam, war zusätzlicher Kitzel. Ich war nicht betrunken, als ich im Lift meinen Slip abstreifte, nachdem ich den Rock wieder hatte herunterrutschen lassen, bis fast zu den Knien. Ich zog ihn so aus, dass meine Scham bedeckt war. Meine Verabredung kaufte ihn mir ab, mit einem knisternden neuen Schein, er war grün. Der Kerl roch an dem Slip und steckte ihn ein.

In dem Zimmer brannte nur eine kleine Lampe auf dem Tisch. Wenig später lagen dort zwei Bündel Geldscheine. Eines gehörte mir, eines Asam. Je nachdem, was wir tun sollten, legte meine Verabredung mit dem Anzug einen Schein mehr hin. Für jeden unabsichtlichen, hungrigen Kuss auf den Mund nahm er einen weg, von beiden.

Als Asam das Spiel unvermittelt umkehrte, mich von sich stieß und zum Spiegel drängte, vergaß ich den Voyeur mit seiner Abneigung gegen Schecks, dort im Sessel. Meine Arschbacken an seinen Lenden, sie waren ganz warm, und ich ließ ihn in mir rasen, vergehen, schweben, gleiten, explodieren fast. Doch dann trat meine Mitternachtsverabredung von ihrem Posten zu mir, umschlang meinen Kopf mit einer Hand, drückte mich noch weiter nach unten, so dass ich im Spiegel nicht mehr in Asams kluge, blaue Augen sehen konnte.

»Er wird nicht in dir kommen«, flüsterte der Anzug, und gehorsam verströmte sich mein Wiener auf meinem Steiß. Dann strich er leicht über die Nässe, und hieß mich den Finger ablecken. Ich tat es.

Wir drei trafen uns seitdem jede Woche in diesem Hotel gegenüber der Oper. Nie wusste ich, ob einer der beiden nicht kam, aber sie waren immer da. Wir hatten uns keinmal abgesprochen, doch etwas schien uns dorthin zu treiben. Wenn ich Asam im echten, wirklichen Leben sah, schauten wir uns nur an. Er war ein Romantiker, das weiß ich, sonst hätte nicht jedes Mal ein Strauß Rosen auf mich gewartet, nach jeder Nacht, in der ich ihn nahm. Auf den geraunten Befehl, in welcher Position ich mich über ihn zu stülpen hatte. Und in der er mich nahm, auf Geheiß. Ich hätte ihn so gerne geküsst. Das Küssen fehlte mir, und Asams Hände wussten so genau, was sie tun sollten.

Es war wirklich ein Nehmen – er reagierte auf mich, er ließ sich fallen, er tat, was ich ihm sagte, doch wahrte höchsten Respekt, wenn ich nichts tat. Ich glaube, er steckte das ganze Geld in die Blumen.

Meine Mitternachtsverabredung hat nie versucht, mitzumachen oder Asam wegzuschicken. Ich weiß nicht, ob ich es für Geld mit ihm getan hätte. Ich denke nicht – denn so hätte ich ihm zu Willen sein müssen. Dann doch lieber das Wiener Blut. Er hatte einen sehnigen Körper, sehr hell, ich mag diese Farbe von Marmor. Sein Haar war schwarz, und wenn er schwitzte, glänzte es. Ich vermisste das Küssen.

Ich nahm mir vor, nicht wieder hinzugehen.

Sie hatte gestern Nacht neue Dessous. Ich durfte sie anschauen, sie stand einfach über mir, während ich sie ansah. Ich war süchtig nach diesen Nächten, und ich spürte ihren Mund überall an mir, doch niemals wieder auf meinen Lippen. Ich wollte mit ihr allein sein, doch hatte sie es auch gewollt? Meine Nachrichten an den Blumen ignorierte sie. Ob ich den Kerl hätte umbringen sollen? Er hat uns zusammengeführt, wachte über das, was wir taten. Einmal habe ich mit ihm gesprochen, als wir warteten und Eva nicht kam. Ich fragte ihn, ob er ahne, dass sie genug davon habe.

»Sie kommt«, sagte er nur, wieder in einem grauen Anzug und schwarzem Hemd, wie immer, und zündete sich eine Zigarette an. Dieses Schnappen des Zippos verfolgt mich manchmal bis in meine Träume, denn das war das Einzige, was ich von ihm hörte, wenn ich Eva vor seinen Augen liebte.

»Wieso schlafen Sie nicht mit ihr?«, fragte ich das Spatengesicht.

»Sie muss es freiwillig tun«, sagte er, und das brachte mich darauf, mich selbst zu verachten. Denn seit wann musste man eine Frau bezahlen, damit sie mit mir schlief? Seit einiger Zeit gab es da ein Mädchen, das so war wie die Frauen, die ich vorher hatte. Ein wenig spröde, ein wenig nachgiebig, eine Frau zum Verlieben, ganz normal, wie es die Leute eben machen, und nicht dieses kranke Verhältnis. Sie hieß Katharina.

Ich hätte nicht auf die Nächte mit Eva verzichten können. Das war das Problem. Das Geld war Nebensache. Ich kenne keinen Mann, der Geld dafür nimmt. Noch dazu von einem anderen Mann. Es war so erotisch, dass ich es kaum erwarten konnte, bis Eva endlich kam, und so fragte ich den Mann, ob er was dagegen habe, wenn ich ihm einige Küsse abkaufte. Ich musste sie einfach küssen. Er schaute mich an und sagte: »Lachhaft.« Dann nahm er mein Geld.

Sie

Ich bin dann doch wieder in das Hotel gegangen. Sie warteten auf mich in der Halle, wie immer, und standen ohne ein Wort gleichzeitig auf. Der eine, um mir den Mantel abzunehmen, der andere, um mir den obligatorischen Gin Tonic einzuschenken. Die beiden schienen vertraut miteinander geworden zu sein. Es gab da dieses Nicken. Unter Männern. So etwas mag ich nicht.

Asam hat mich geküsst in jener Nacht, als ob es das Letzte wäre, was er in seinem Leben tat. Kein Schein weniger deshalb.

Ich sagte Asams Namen, als ich kam. Meine Mitternachtsverabredung stand auf, legte sich neben mich und sah mir prüfend in die Augen, während mich noch die letzten Zuckungen eines Orgasmus überfluteten und hinwegtrugen.

Ich schlief nur noch mit Asam. Oft überlegte ich schon Tage vorher, was ich mit ihm machen würde, und wunderte mich über meine Dominanz, die erst durch meine Mitternachtsverabredung geweckt worden war. Er zahlte für diese dunkle Seite, den Schatten in mir, als stummer Zeuge. Ich ließ Asam niederknien, nackt, damit er sein Gesicht an meinen Schenkeln vergrub, sich durch die Netzstrümpfe und den kleinen Slip kämpfte, zwang ihn, so lange nicht aufzuhören, bis unserer beider Lippen verschmolzen. Ich zwang ihn, nach mir zu kommen. Ich fesselte ihn an allen Gelenken an den Hocker, bevor ich zu ihm kam. Ich verband ihm die Augen und ließ Wachs auf seinen Körper tropfen, bis er hilflos flehte, ganz leise, eigentlich nur mit den Augen. Sagen konnte er nichts. Ich knebelte ihn mit meinen Slip und hätte ihn doch am liebsten in meinen Armen wiegen wollen.

Vorher war ich es gewohnt, mit sanfter Konsequenz geführt zu werden, auch oder erst recht im Bett. Vorher. Vorher gab es auch Beziehungen, in denen weder Geld noch Macht eine Rolle spielten. Es ging immer nur darum, wer zuerst das Wort »Liebe« aussprach und damit der Unterlegene war.

War ich verliebt? Ich wusste nichts über den Wiener. Ab und an sah ich ihn mittags mit einer jungen blonden Frau, Katja oder Katharina oder so ähnlich, einmal setzte ich mich in dem Café am Rathaus neben sie. Sie zierte und sträubte sich, dazu das ganze Rumgeflirte, das alte Spiel von Jagd und Beute. Am liebsten wäre ich aufgestanden und zu ihr gegangen, hätte zu ihr gesagt: »Hör zu, sag ihm, wie du es gerne hast, da steht er drauf.« Stattdessen bin ich zu ihm rüber, als sie sich »mal eben frisch machen« ging, und befahl ihm, es sich selbst zu besorgen. Er wollte aufstehen, sobald sie zurückkam, sich kurz entschuldigen und auf die Toilette verschwinden. Er tat es auch. Ich zahlte dafür die Rechnung für beide Tische.

In der darauf folgenden Nacht ging ich so wütend mit ihm um, dass er fast schrie. Ich hätte nie gedacht, dass meine Hand so brennen könnte vor Schlägen. Dann nahm ich seinen Gürtel. Meine Mitternachtsverabredung vergaß das Rauchen und ergoss sich in die Hose.

Das musste aufhören, alles.

Er

Sie hatte mich voll im Griff. Nach der Sache in dem Café wusste ich, dass ich nicht von ihr loskommen konnte. Ich schickte ihr weiterhin Blumen. Ich schlief mit ihr jeden Donnerstag. Ich trug ihre Bisse, ihre Kratzer, ihre Spuren in der Sauna zur Schau wie Male der Tapferkeit. Sie liebte mich nicht, aber ich liebte sie. Wenn das der einzige Weg war, sie zu bekommen, dann musste ich ihn einschlagen.

Katharina wusste nicht, was los war. Ich fing an, mit ihr auszugehen, doch es war nicht dasselbe. Als ob es ohne Publikum, wenn möglich zahlend, nicht mehr funktionierte. Händchen halten einen Zehner, in den Hals beißen auch, es ihr mit der Zunge machen 50, ihre kleine Hand klatschend in meinem Gesicht 100. Katharina wäre entsetzt gewesen.

»Du bist so männlich«, flüsterte sie mir mal ins Ohr, im Kino, und ich dachte: Kleines Mädchen, du hast ja keine Ahnung, was ich wirklich bin.

Am Nachmittag wollte ich zu Eva gehen und sie um ein Date bitten. Ich wollte, dass wir nachholten, was wir übersprungen hatten. Ich wollte, dass sie mich begehrte.

Sie war nicht da. »Kommt doch nur dreimal die Woche, Asam, wusstest du das nicht? Wir sind nicht ihre einzigen Kunden!«

Nein, das wusste ich nicht. Ich wusste gar nichts über sie, nicht einmal, ob sie Kaffee zum Frühstück trank, denn wir wachten niemals gemeinsam auf. Ob sie laut atmete, wenn sie schlief, weil ich sie nie halten durfte, hinterher. Ob sie über Komödien lachte oder lieber bei Dramen weinte, ob sie beim Autofahren sang oder lieber duschte als badete. Sie duschte dort nie. Sie nahm den Duft des Zimmers und meiner Haut so mit nach Hause. Ich duschte immer dort, sonst hätte ich die ganze Nacht nicht schlafen können. Wenn ich aus dem Bad kam, im Hotel, waren beide schon längst weg – er, und Eva auch. Nur das Geld, das lag da noch.

Einmal vergaß sie ihren BH. Es war einer, in dem die Brüste nur auf einer Art Balkon ruhen, er umschloss sie nicht ganz. Ich nahm ihn mit nach Hause.

Eines Donnerstags war ich spät dran. Eigentlich wollte ich gar nicht mehr kommen. Eva saß allein in der Halle.

»Wo ist er?«, hörte ich mich fragen.

»Brauchen wir ihn?«, fragte sie zurück und nahm mich bei der Hand.

Sie

Es war seltsam, mit dem Wiener allein. Wir nestelten aneinander herum, ich befahl ihm, sich auszuziehen, während ich meinen Mantel anbehielt. Er war bereit, doch ich vermisste die geflüsterten Aufforderungen meiner Mitternachtsverabredung. Konnte ich nicht mehr ohne? Es war verrückt – ich hätte mit Asam machen können, was immer ich wollte; aber was genau wollte ich, verdammt?

Asam bemerkte mein Zögern, kam auf mich zu. Er umarmte mich fest und begann, mich zärtlich zu küssen, so zärtlich, wie er es noch nie getan hatte. Fast hätte ich geweint, weil die Zartheit mein Herz rührte wie Schmetterlinge auf meiner Seele, weil es sich richtig anfühlte und weil wir es so falsch angefangen hatten.

Dann klopfte es. Er war endlich da, schloss nach dem eher rhetorischen Klopfen die Tür auf, mit einer Zweitkarte, und Asam schob mich hastig von sich weg, wie ertappt.

»Habe ich was verpasst?«, fragte der Anzug. Er holte seine Geldbündel heraus und warf sie aufs Bett. »Abschiedsvorstellung«, sagte er anschließend.

Mittendrin gab Asam auf. Seine Lust schien wie verflogen. »Liebst du mich nicht mehr?«, flüsterte ich ihm ins Ohr, dann stand er auf und verschwand ohne eine Antwort.

Ich blieb, denn die Antwort wäre der Halt gewesen, der mich vor dem Sturz hätte bewahren können, so aber ergab ich mich dem Anzugträger. Er sah ohne Kleider anders aus als gedacht, nicht so sehnig wie Asam, sondern bullig und breit, und seine Art zu lieben fühlte sich an, als wollte er mich in Besitz nehmen.

»Sieh mich an«, raunte er immer wieder, als er mich wie Asam das erste Mal vor den Spiegel stellte. »Sieh mich endlich an!« Ich hielt den Blick gesenkt. Danach bin ich donnerstags immer zu Hause geblieben.

Manchmal frage ich mich, wie Asam wirklich war. So ohne Zuschauer.

Er

Ob ich sie nicht mehr liebte, wollte sie wissen. Ha! Dabei blieb sie noch drei Stunden mit ihm da oben, während ich gegenüber in meinem Wagen saß und wartete. Wäre sie mitgekommen, hätte ich sie nie mehr gehen lassen.

Am darauf folgenden Donnerstag war sie nicht mehr da, der Anzugträger auch nicht. Hatten sie sich wohl endlich gefunden.

Gott, wie ich sie vermisste! Wenn ich sie bei uns im Büro traf, tat sie alles, um ja nicht mit mir allein zu sein.

Nach nur drei Monaten war es vorbei.

Und es stand schon wieder so ein merkwürdiges Betriebsfest an; manchmal ist es schlimm, in einer wohlhabenden Agentur zu arbeiten, die ihre Leute permanent bei Laune hält. Sie war auch eingeladen, ich wusste es und dachte, hoffentlich werden sich genug Leute zwischen uns schieben, so dass ich sie nicht ansehen muss. Wenn Eva lacht, ist es ein bisschen so, als ob sie kommt. Es ist die gleiche Kopfbewegung, sie schließt kurz die Augen, bevor es aus ihr herausbricht. Dann klappt sie nach vorne, wie erschöpft.

Ich hörte sie nur noch selten lachen, und Katharina war bald darauf mit jemandem aus der Grafik liiert.

Es war wieder mal wie auf einem verdammten Schiff. Ich ging nach einigen Stunden, in denen ich nur etwa ein dutzend Mal zu Eva hinübergesehen hatte, nach hinten aufs Deck, um eine zu rauchen. Ich benutzte ein Zippo.

Sie kam mir hinterher. Lehnte sich neben mich an die Reling, legte behutsam ihren Kopf an meine Schulter. Ich strich ihr übers Haar, rauchte weiter.

»Muss ich dir Geld geben, damit du weiter so zu mir bist?«, stellte sie die falsche Frage.

Und dann bin ich einfach gesprungen, sie stand nur reglos da und schaute auf mich herab, wie sie es immer getan hatte.

Der Dampfer fährt weiter, während ich gegen meinen Überlebenswillen ankämpfe, denn eigentlich will ich nicht mehr. Ich will mich ergeben, aus eigenem Willen. Stark genug, um schwach zu sein?

Ach, Eva, sag mir doch, was ich tun soll, und wenn mir der Anzug über den Weg läuft, schlage ich ihn tot.

Sie

Ich stellte ihm die falscheste aller Fragen, doch eigentlich nur, weil ich nicht wusste, wie ich mit ihm darüber reden sollte, dass ich ihn wieder sehen wollte. Ja, er war nicht schön, er war nicht mal mein Typ, aber musste er denn gleich springen?

Seufzend ziehe ich die teuren Schuhe aus, solche, die man sich nur leisten kann, wenn man einen lukrativen Nebenjob in Hotels gegenüber der Oper hat, genauso wie das Jäckchen mit Echtfellbesatz, und springe ihm hinterher, in voller Fahrt.

Das Wasser ist kalt, und er schaut mich aus seinen blauen, klugen Augen an, bevor er sich mir entgegenstreckt.

Er

Wie wir dann in dieser Änderungsschneiderei sitzen an dem bulligen Öfchen und ich sie halte, während sie friert, fragt der Großvater dort, ob wir uns schon länger kennen.

»Nein«, sage ich, »wir haben uns eben erst getroffen. Beim Schwimmen.«

Petra Dubé

Das Mädchen mit den Zündholzern

Jan und ich sind seit fast einem Jahr verheiratet. Es war Liebe auf den ersten Blick. Ich weiß, dass Sie mir das kaum glauben, aber das war es wirklich! *Der ist was Besonderes!,* wusste ich sofort. Nicht wie die anderen. Dabei hat er sich rein äußerlich nicht im Geringsten von den Geschäftsmännern unterschieden, mit denen ich sonst zu tun hatte: dunkler Anzug, am Abend ohne Weste, aber immer noch mit Schlips. Weißes oder hellblaues Hemd, ich weiß es nicht mehr, vielleicht ein feiner Streifen, aber sonst keinerlei Schnickschnack. Donald Duck oder die Wallstreet-Kurve auf einer Krawatte? Nicht bei meinen Männern.

Was an Jan anders war?

… Vielleicht lag es an seinem Blick. Ach, das hört sich so verdammt kitschig an! Aber es stimmt: Obwohl er an diesem Tag eine wichtige Verhandlung erfolgreich geführt hatte – das hat er mir später erzählt –, lag in seinen Augen nichts Großspuriges. Kein Funke von »Ich kann alles haben, wenn ich nur will«, kein Quäntchen Großwildjäger. Er sah höchstens ein bisschen müde aus, aber auf eine stille Art auch zufrieden. Zufrieden in einer Welt der chronisch Unzufriedenen. Sie müssen zugeben, dass schon das allein etwas Besonderes ist, nicht wahr?

Wie die Männer auf mich wirkten, die geschäftlich weniger erfolgreich waren? Welch eine Frage!

Man sah ihnen den geprügelten Hund an. Bei denen lief die Nummer eben anders ab.

Wie? Du meine Güte, ich dachte, Sie wollen hören, wie es zu gestern Abend kam?

Na gut. Die Zauberworte bei den Versagern waren Trost und Verständnis – geteiltes Leid eben. Oder geteilte Wut wegen all der Ungerechtigkeiten ihrer Welt. Und Hoffnung auf einen besseren nächsten Tag. Den hatten sie nach einer Nacht mit mir meistens auch, glauben Sie mir!

Das war übrigens etwas, was mich lange Zeit fassungslos gemacht hat: die Einsamkeit dieser Männer, die sich niemandem anvertrauen – nicht einmal ihren Ehefrauen –, aus Angst, dass ihnen das als Schwäche ausgelegt werden könnte. Viele haben längst verlernt, über ihre Gefühle zu sprechen. Sie glauben nur, dass sie es tun. Ich habe mich oft gefragt, was diese High-Player mehr genossen: einen ausgezeichneten Fick oder die Tatsache, dass sie mit mir reden konnten.

Über was die Männer sich mit mir unterhielten? Wollen Sie herausfinden, ob ich außerdem noch in irgendwelche Insidergeschäfte verwickelt war? Hahaha. Gut, den einen oder anderen Tipp gab es schon, und manchmal bin ich tatsächlich gleich am nächsten Morgen zur Bank gerannt und habe meinen Depotmanager angewiesen, dies zu kaufen oder jenes zu verkaufen. Nichts Verbotenes, hat meinem Konto gut getan. Aber die meiste Zeit faselten sie von ihrer Frau. Doch, wirklich! Wie fett sie geworden sei, oder dass die Alte sich nur noch um die Kinder und nicht mehr um sie kümmern würde. Dass das Wort ihres Aerobic-Coaches mehr gelte als ihres, dass sie vor lauter Stress – welcher Stress?, fragten die Männer dann immer – zu verkrampft sei, mit ihnen ins Bett zu gehen. Sie beklagten sich auch darüber, dass ihre Frauen kein Verständnis für die vielen Überstunden hätten, gleichzeitig aber das Geld, das reinkam, mit beiden Händen ausgaben. Und so weiter und so weiter. Wie eine alte Schallplatte, ewig dieselbe Leier. Ich habe trotzdem viel gelernt bei diesen Gesprächen. Darüber, was Männer mögen und was sie hassen.

Jan. Gut, kommen wir zurück zu Jan.

Er betrat das Restaurant, eine Aktenmappe unter dem Arm, darüber den Mantel. Im Türrahmen blieb er kurz stehen, schaute sich um, dann steuerte er einen der Vierertische am Fenster an. Als er an meinem Tisch vorbeiging – in diesem Restaurant setzte ich mich immer an einen Tisch und nicht an die Bar –, verhedderte sich sein Mantel an einem Stuhl und warf ihn um. Wir bückten uns gleichzeitig, um ihn aufzuheben, und dabei trafen sich unsere Blicke. Er hatte bläuliche Schatten unter den Augen. Für einen winzigen Augenblick hatte ich das Gefühl, in seine Seele gucken zu können – verrückt! Ich wollte ihn auf der Stelle küssen – so etwas ist mir noch nie passiert. Ich küsse nämlich nicht. Niemals. Er entschuldigte sich für seine Schusseligkeit, und ich lud ihn an meinen Tisch ein. Das war's.

Nein, Jan wusste nicht, welchen Beruf ich ausübe. Er ahnte auch nichts. Woher auch? Für ihn war ich eine ganz normale Geschäftsfrau. Ich habe mich stets so gestylt, dass ich auch als Chefsekretärin oder Managerin hätte durchgehen können. Die meisten hielten mich jedoch für ein Fotomodell, und ich habe sie in diesem Glauben gelassen. Ein schlichtes Kostüm, nichts von C&A! Dolce und Gabbana hatte ich schon damals ganz gern. Oder auch mal etwas von Gabriele Strehle. Dazu eine Seidenbluse, ganz dünner Stoff, der BH eine durchsichtige Faser, so dass man, wenn ich meinen Blazer öffnete, die Brustwarzen sehen konnte. Rein zufällig. Männer stehen nicht auf Spitzenunterwäsche, das bilden sich die meisten Frauen nur ein, haha! Dazu echte Seidenstrümpfe – nicht die für 1,99 aus dem Supermarkt. Und Pumps. Sie glauben gar nicht, wie Männer auf Pumps abfahren in einem Zeitalter, in dem sich die meisten Frauen Gummireifen unter die Füße nageln. Natürlich keine ordinären, hochhackigen Dinger, nur die superedlen von Manolo Blahnik. Wer … Manolo …? … ist doch egal! Und dazu die langen Haare immer offen, keine neckischen Spangen, keine praktische Hochsteckfrisur.

Das war doch der besondere Kick für die Männer, ha! Statt sich irgendein Mäuschen aus dem eigenen Laden zu schnappen, haben sie mich gewählt. Dass ich weder billig aussah noch billig zu haben war, hat sie erst richtig angetörnt. Eine attraktive Frau, die zuhören konnte und Dinge im Bett tat, von denen die meisten noch nicht einmal gehört hatten … ich war der lebende Beweis für ihre Macht. Wenn sie mit mir zusammen waren, wussten sie, wofür sie sich Tag für Tag abrackerten.

Wann ich die Idee hatte, mit dieser Art von Männern ins Geschäft zu kommen? Ins Geschäft kommen – wie vornehm … Ich befürchte, meine banale Antwort wird Sie enttäuschen.

Es war ein Film über Las Vegas, den ich vor langer Zeit einmal gesehen habe. Damals war ich noch im Heim, ich muss also so um die 17 gewesen sein. Er handelte von einem dieser Luxus-Casinos, Sie wissen schon: Golden Nuggets, Cesar's Palace oder so. Eine breite Treppe, jede Stufe mit integrierten Strahlern beleuchtet, führte hinein in dieses Spielerparadies. Und neben den Familien mit ihren glotzenden Bälgern schwebten ein paar wunderschöne, elegante Frauen jene Treppe empor ins Disneyland für Erwachsene. »Das sind Edelhuren«, flüsterte eines von den Mädchen, die auch im Fernsehraum waren. Fragen Sie mich nicht, woher die Kleine das wusste. »Wenn so eine die Beine breit macht, bekommt sie dafür mindestens tausend Dollar.«

Tausend Dollar? Das hat mich ungeheuerlich beeindruckt. Als die Kamera im nächsten Moment auf die einarmigen Banditen und Black-Jack-Tische schwenkte, war ich schon aufgestanden und gegangen. Ich wollte allein sein und nachdenken über diese schönen Frauen und ihre Tausend-Dollar-Nächte.

Das war's. So einfach war das.

Ja, verdammt! Ich wusste schon damals, dass ich eine Edelhure werden wollte! Was ist daran so verwerflich? Andere wissen in dem Alter doch auch schon, dass sie eine Banklehre beginnen oder sich als Floristin die Finger von Dornen zerstechen lassen wollen.

Was erwarten Sie von mir? Dass ich bei jedem Satz in Tränen ausbreche? Sorry, aber damit kann ich nicht dienen. »Wer in einen Zug nach Hamburg einsteigt, muss damit rechnen, dass er irgendwann auch dort ankommt« – das war schon immer meine Devise. Und ist es heute noch. Ich wusste zu jedem Zeitpunkt, was ich tat. … oder sagen wir mal, zu fast jedem.

Also gut, kommen wir zu Jan zurück.

An jenem Abend zog ich zum ersten Mal seit, ich weiß nicht wann, meine übliche Nummer nicht ab.

Wie die ablief? Das tut doch jetzt nichts zur Sache, oder?

Natürlich macht es mir nichts aus, darüber zu reden! Ich rede doch mit Ihnen, Sie können weiß Gott nicht sagen, dass ich nicht mit Ihnen rede. Aber ich will nicht bis zum Sankt Nimmerleinstag hier sitzen und reden!

Was geschehen ist, ist geschehen. Ich streite nichts ab und bekenne mich schuldig. So einfach ist das. Bringen wir es also hinter uns.

Mich verstehen wollen! O bitte nicht diese Nummer!

»Wie kommt ein so intelligentes und schönes Mädchen wie du dazu, auf diese Art sein Geld zu verdienen?« – Wie ich diese Frage gehasst habe! Immer und immer wieder wurde ich auf dieselbe Art angequatscht. Habe ich die Männer vielleicht gefragt, wie sie zum Vorstandsvorsitzenden wurden? Oder zum Exportmanager? Zum Art-Director?

Keiner wird zufällig das, was er ist. Alles ist geplant, wenn nicht von einem selbst, dann von … irgendwelchen höheren Mächten. Oder von Ehefrauen, hahaha!

Nein, ich finde es absolut nicht ungewöhnlich, sich für diesen Beruf zu entscheiden – *Sie* haben ein Problem damit! Hure, sagen Sie einfach Hure! Und nicht Prostituierte, weil Sie sich einbilden, das klänge irgendwie weniger … abfällig. Für mich ist das ein ehrenwerter Beruf. Die Liebe von Huren gilt als Arbeit. Sagt sogar der Gesetzgeber: IG Sex mit Sozialversicherung und Anspruch auf Weihnachtsgeld – ist das nicht zum Schreien? Außerdem … ich war ja keine von denen, die sich auf die Straße gestellt haben! Zu denen gehörte ich nie.

Kann ich etwas zu trinken haben? Nein, kein Wasser. Eine Cola Light, wenn es geht. Und ein Glas bitte.

Warum ich Jan nichts von meinem Beruf erzählt habe?

Es hat sich einfach anders zwischen uns entwickelt. Es war nicht eines dieser üblichen Gespräche, in denen die Männer protzten und ich mit großen Augen dasaß und lobte. Oder tröstete, je nachdem. Zwischen uns gab es auch nicht dieses Augengezwinkere und diese zweideutigen Bemerkungen. Es war, als ob wir beide tief in uns beschlossen hätten, auf so etwas keine Lust zu haben. Mich interessierte der Mensch, und ihm ging es ebenso.

Ich glaube, ich habe noch nie jemanden so nah an mich herangelassen wie Jan in dieser Nacht. Vielleicht auch seither nie mehr.

Wir redeten über Gott und die Welt. Kamen vom Hundertsten ins Tausendste. Sie kennen doch diese Gespräche, in denen man wie eine Gazelle von einem Stein zum anderen springt. Wir konnten beide Schritt halten, haben nie den Faden verloren. Bevor Sie fragen: Es ging um Ehrlichkeit. Um Träume. Verlorene Träume und gelebte Träume. Es war auch sehr lustig. Wir haben immer mehr Parallelen festgestellt, es war verrückt! Jan ist auch im Heim aufgewachsen. Er hat auch mit acht Jahren sein Köfferchen gepackt und wollte losziehen, seine Eltern zu suchen. Er ist damals nur eine Straße weit gekommen, ich habe es immerhin bis zum Bahnhof geschafft, bevor sie mich aufgegabelt haben. Dann die Sache mit dem IQ! Wir wurden beide vor 20 Jahren zum selben Kinderpsychologen in München geschleppt, weil sie mit uns nicht mehr zurechtkamen. Ich von einer Lehrerin und Jan von einem Betreuer seines Heims. Wir mussten beide dieselben Tests machen, und dann wurde festgestellt, dass wir »hochbegabt« sind, können Sie das glauben? 136 bei mir und bei Jan 130. Interessiert hat das natürlich niemanden. Eine besondere Förderung oder so gab es damals ja noch nicht, also lief alles weiter wie bisher, nur schauten mich die Lehrer manchmal etwas seltsam an. Trotzdem, mir hat dieser Besuch viel gebracht. Endlich war mir klar geworden: Es lag nicht nur an meinem Aussehen, dass die andern Mädchen nichts mit mir zu tun haben wollten. Das war nicht nur der Neid auf meine langen Haare, die immer glänzten, ohne dass ich etwas dafür tun musste. Oder auf meine reine Haut, während bei anderen die Pickel sprossen. Ich war denen schlicht und einfach unheimlich. Ich musste ja auch nie lernen. Mir ist immer alles in den Schoß gefallen, ehrlich. Jan ging es ebenso.

Es war ein schöner Abend. Wie verzaubert. Der Anfang eines Märchens … nur haben die meist ein Happy End, nicht wahr?

Apropos Märchen … An jenem Abend habe ich ihm das Märchen vom Mädchen mit den Zündhölzern erzählt. Sie wissen schon, die Kleine, die keinen Menschen auf der Welt hat und nachts allein durch die Straßen irrt. Ich glaube, es ist Weihnachtszeit und sie schaut in die Fenster der glücklichen Familien, hinter denen Weihnachtsbäume funkeln und das Licht glitzert. Und sie … hat nur drei Zündhölzer. Als Kind habe ich dieses Märchen geliebt! Wenn Vorlesestunde war, wollte ich kein anderes hören. Die anderen Kinder fanden es schrecklich und mussten dabei weinen, also wurde meistens etwas anderes vorgelesen. Die wollten lieber hören, wie Dornröschen tausend Jahre auf einem blöden, kalten Felsen herumliegt und auf den Prinzen wartet, der sie wachküsst.

Aber ich fand die Geschichte gar nicht traurig, ganz im Gegenteil. Das Mädchen hatte doch die Zündhölzer! Wenn es dann eines angemacht hat, hatte es für einen Augenblick auch Wärme und Licht und ein Funkeln. »Es ist wichtig, immer genügend Zündhölzer zu haben!« – das war die Lehre, die ich aus der Geschichte gezogen habe.

So fing's an. Jetzt wissen Sie das auch.

Jan habe ich das nicht erzählt, das sagte ich doch schon! Nein, das ist für mich kein Widerspruch. Ich *war* ehrlich zu Jan, ich habe ihm gesagt, dass ich selbstständig sei, auf eigene Rechnung arbeite, als Beraterin. Damit lag ich ja nicht ganz daneben. Alles andere … hätte einfach nicht mehr gepasst. Wenn Sie mich so nennen wollen, bitte, vielleicht war ich feige!

Aber ich war einfach auch verliebt.

Eine verliebte Hure. Kann es etwas Schlimmeres geben?

Bevor Sie fragen: Wir gingen an jenem Abend miteinander ins Bett. Obwohl ich davor Angst hatte, können Sie das nachvollziehen? Ich verstand mich selbst nicht. Immerhin war ich eine Hure, ein Profi, also was sollte mir Angst machen?

Aber wir hatten unsere Seelen geöffnet. Mehr als nur einen Spalt. Und ich hatte Angst davor, dass der Sex dem, was vorangegangen war, nicht standhalten könnte. Dass ich irgendwie auf Autopilot schaltete: Ein bisschen streicheln hier, ein bißchen fester zupacken da, die Beine öffnen, aber nicht gleich und nicht zu weit – Männer wollen erobern. Dazu etwas Gymnastik und die entsprechenden Geräusche. Kein billiges Stöhnen. Nicht von mir! Eher ein erstauntes, glückseliges … Juchzen, haha! Und natürlich Dirty Talk. Die Zutaten waren immer dieselben, nur das Mischungsverhältnis war bei jedem Mann ein anderes, das muss man einfach wissen, wer was am meisten schätzt. Autopilot eben. Aber an jenem Abend war ich so verkrampft! Völlig unbeholfen. Wollte alles anders machen als die hundert Male zuvor. Nur – wie? Es hätte nicht viel gefehlt und ich hätte die ganze Sache abgebrochen.

Jan hat dann die Zügel in die Hand genommen. Er … hat die Härte in mir irgendwie gespürt und wusste, dass er an ihr nicht vorbeikommen würde.

»Du musst nicht immerzu die Starke sein«, sagte er zu mir. »Nicht bei mir. Ich bin für dich stark, damit du schwach sein kannst.«

So etwas hat noch keiner zu mir gesagt, verstehen Sie? Mit diesem Satz hat er mich, wie soll ich sagen?, »geknackt«. Als wir uns küssten, habe ich auf seiner Zunge den Kaffee geschmeckt, den er zuletzt getrunken hatte. Und als ich meine Beine für ihn öffnete, war ich so eng und verkrampft wie eine Jungfrau. Ich … fühlte mich … keusch, verrückt, nicht wahr? Mir war meine eigene Lust, die nass zwischen meinen Beinen glänzte, so fremd, so schön, so … ich weiß nicht was! Ja, ja, für eine Hure ist mein Wortschatz ziemlich begrenzt, wenn es sich um meine eigenen Gefühle dreht!

Danach ging es eigentlich ziemlich schnell: Wann immer Jan in der Stadt war, trafen wir uns. Ich lud ihn auch in meine Wohnung ein, das habe ich noch keinem Mann erlaubt. Habe für ihn gekocht. Lasagne, ha! Und viele Salate gemacht, weil er doch so ein Vitamin-Freak ist. An den anderen Tagen ging ich weiter arbeiten, was hätte ich sonst tun sollen? Den ganzen Tag herumsitzen?

Es war letztes Weihnachten. Da er keine Familie hat und ich auch nicht, beschlossen wir, gemeinsam zu feiern. Jan kam zu mir, und ich kochte, was das Zeug hielt. Das meiste davon landete allerdings unberührt im Mülleimer. Wir kamen nämlich kaum aus dem Bett heraus. Ich erlaubte mir immer öfter, schwach zu sein.

An Silvester bat Jan mich, seine Frau zu werden. Ja, genau so gestelzt hat er es gesagt. Mit drei Wunderkerzen in jeder Hand.

Diese verdammten Wunderkerzen!

Sie waren noch nicht abgebrannt, da hatte ich Ja gesagt. Und geheult hab ich wie ein Schlosshund.

Ich wollte nicht mehr draußen stehen, ganz gleich, wie viele Zündhölzer ich hatte! Ich wollte drinnen sein, da, wo es warm und geborgen war. Bei Jan.

Und es war warm! So wunderbar warm.

Bis gestern.

Nein, es geht schon. Alles in Ordnung. Beruhigen *Sie* sich, Himmelherrgott!

Dieses verdammte Erntedank-Essen. Warum habe ich mich nur darauf eingelassen? »Alle Ehefrauen gehen mit, das ist Tradition. Ich kann es kaum erwarten, mit dir angeben zu können!«

Jan hatte sich gefreut wie ein Kind.

Ich hatte keine Kunden aus Straubing! Als ich zu Jan zog, war ich mir ziemlich sicher, keinem meiner alten »Bekannten« zu begegnen. Straubing – wer wohnt denn schon in Straubing? Entschuldigen Sie meine Ausdrucksweise, aber für mich war das am Arsch der

Welt. Köln, Berlin, Frankfurt – dort saßen die High-Player! Die Gefahr, einem von ihnen auf dem Straubinger Marktplatz zu begegnen, schätzte ich als äußerst gering ein. Ich schloss sie jedoch auch nicht völlig aus, so blauäugig war ich nicht. Nur nahm ich an, dass, sollte jemals dieser Fall eintreten, so ein Zusammentreffen nicht nur für mich, sondern auch für den betreffenden Mann peinlich werden könnte und er in *seinem* Interesse – wenn schon nicht in meinem – den Mund halten würde!

Dass es ausgerechnet Jans Chef sein sollte …

Ich erkannte ihn sofort. Diese ledrige Haut wie bei einem toten Elefanten! Dieser selbstgerechte Blick. Der Hirte, der seine Schäflein nicht aus den Augen lässt. Der seine Hunde loshetzt, wenn sich eines von der Herde zu lösen wagt. Schwarze Schafe? Nicht bei ihm. Denen zieht er das Fell ab und gräbt es tief in die Erde ein.

Einen Drink in der Hand, ein paar Untertanen um sich geschart, das kalte Büfett im Rücken, als wollte er den gefüllten Truthahn und die Salatschüsseln höchstpersönlich bewachen – so stand er da.

Tu so, als ob dir plötzlich schlecht geworden wäre, renn weg! – Dieser Gedanke füllte meinen Kopf aus, so dass er sich anfühlte wie ein aufgeblasener Ballon. Doch bevor ich meine Hand von Jans lösen konnte, hatte er seinen Chef auf der anderen Seite des Restaurants entdeckt, und sein Griff wurde fester. »Da ist Doktor Neumann, komm, ich werde euch miteinander bekannt machen.«

Doktor Neumann – der Name sagte mir nichts. Aber an seine Visage konnte ich mich erinnern, als wäre ich ihm erst am Tag zuvor begegnet: ich in der Bar des Hotel Europe, wie jeden Mittwochabend. Er allein an der Ecke der Bar, ein Bier vor sich. Eine dermaßen schlechte Ausstrahlung, dass ich mich gefragt hatte, ob ich mir das überhaupt antun sollte, aber die Auswahl an diesem Abend war mager. Entweder er oder irgendein Vertreter für Hygieneartikel oder so'n Scheiß. Also setzte ich mein bestes Lächeln auf und ging auf ihn zu. Kapitaler Fehler: Tue nie etwas, wenn dein Bauch dir zuschreit, dass du es lassen sollst!

Auf dem Weg zu seinem Chef hielt Jan ein paar Mal an, um mich mit einigen seiner Kollegen bekannt zu machen. Ich schätze, ich lächelte und nickte und sagte die richtigen Dinge, denn keiner glotzte mich merkwürdig an. Dabei konnte ich kaum mehr geradeaus denken. Das Atmen fiel mir schwer, ich schnaufte nur noch ganz flach, wie gelähmt war ich vor lauter Angst. Ich spürte auch meine Beine nicht mehr, eigentlich gar nichts von meinem Kopf abwärts. Es war, als ob sich mein Körper von meinem aufgeblasenen Kopf verabschiedet hätte.

Verdammt noch mal, warum habe ich mich nicht einfach umgedreht und bin aus dem Raum gerannt? Weil ich es nicht konnte. Ganz einfach.

Er hob plötzlich den Kopf. Doktor Neumann. Wie ein Raubtier, das eine Witterung aufnimmt. Stellte sein Weinglas auf dem Rand des Büfetts ab, blickte sich um, sah dann auf mich. Er starrte mich an, und ich konnte nichts dagegen tun. Ich bemerkte den Funken des Erkennens in seinen Augen. Auch er erinnerte sich.

Ich hatte mich auf den Barhocker neben ihn gesetzt und mir eine Weißweinschorle bestellt. Nie einen Champagner oder so etwas, das habe ich immer als zu offensichtlich empfunden. Wir kamen dann ins Gespräch, aber fragen Sie mich nicht, worum es ging. Ich hatte Mühe, den Blickkontakt aufrechtzuerhalten, das weiß ich noch. Er war mir unsympathisch, aber das waren mir damals viele. Ich war schließlich ein Profi. Bildete ich mir ein. Ha, ein echter Profi hätte so ein bigottes Arschloch gleich erkannt und die Finger von ihm gelassen.

Lange Rede, kurzer Sinn: Als ich ihm vorschlug, ihn auf sein Zimmer zu begleiten, hat er gelächelt. Seine ledrige Haut hatte sich in tiefe Falten gelegt, aber sein Lächeln war nicht bis in seine Augen gekrochen. Er hat sich dann entschuldigt, ist aufgestanden und meinte, er sei gleich wieder da. Nichts Ungewöhnliches – viele Männer wollen vorher noch einmal auf die Toilette. Ich saß also da, dachte mir nichts dabei und zog mir die Lippen nach, als er in Begleitung eines Herrn zurückkam. Es war der Nachtmanager des Hotels. Zu ihm sagte er: »Diese Frau ist eine Hure. Bitte entfernen Sie sie aus Ihrem Etablissement, sonst sehe ich mich augenblicklich gezwungen, die Polizei zu rufen.« Sein Ton war so beiläufig gewesen, als ob er sich über ein nicht ganz sauberes Glas beschweren wollte. Oder über einen verwässerten Gin Tonic.

Der Nachtmanager hatte nicht so recht gewusst, wie er reagieren sollte. Hatte von einem zum anderen geschaut, etwas von einem Missverständnis gemurmelt, während er mich unentwegt taxierte, so als wollte er nicht glauben, was der Gast da sagte. Ich habe einen Schein auf die Theke gelegt, bin dann aufgestanden und gegangen, ohne mich noch einmal umzudrehen. Kommentarlos, das war das Einzige, was ich noch tun konnte. Im Hotel Europe brauchte ich mich von da an nicht mehr blicken zu lassen. Ein paar Zündhölzer weniger.

Sie haben Recht, natürlich habe ich stets damit rechnen müssen, dass einer mal keine Lust hatte. Was allerdings selten genug der Fall war. Und wenn – dann hatte ich kein Problem damit.

Aber Neumann … das war etwas anderes. Der hatte sehr wohl Lust. Lust, einen anderen Menschen fertig zu machen. Schaden zuzufügen aus lauter Bösartigkeit. Bei uns im Heim gab es einen Jungen, der hat eines Tages einem Hasen die Ohren abgeschnitten. Einfach so. »Warum hast du das getan?«, habe ich ihn angeschrien und bin mit den Fäusten auf ihn losgegangen. Da hat er nur grinsend geantwortet: »Weil er so lange Ohren hatte.«

So war auch dieser Neumann. Was bleibt einer Hure, wenn man ihren Stolz bricht? Bei den Neumanns dieser Welt zahlen immer nur die anderen.

Ich sehe Ihnen an, dass Sie sich fragen, ob man es nicht auch Hochmut nennen könnte – nicht wahr? Machen Sie mir doch nichts vor! Sie können mich nicht einordnen. In Ihren Registraturschränken fehlt die Schublade, in die Sie mich hineinstecken können. Und das ärgert Sie.

Wie es weiterging gestern Abend? Von mir aus, Sie sind der Boss! Erzähle ich Ihnen also den Rest, viel ist es sowieso nicht mehr:

Wir waren also bei Doktor Neumann angelangt. Ich war fassungslos, dass ich noch immer an Jans Seite stand. Dass es mir nicht gelungen war, mich aus dieser Situation zu befreien. Jan plapperte irgendwas davon, wie glücklich er sei, mich vorstellen zu dürfen. Er merkte gar nicht, wie erwartungsfroh Neumann dreinschaute. Aber ich sah, wie sich die Gedanken hinter Neumanns Stirn formierten. »Diese Frau ist eine Hure! Werfen Sie sie hinaus. Sie hat hier nichts verloren!«

Nein, das hat er nicht gesagt. Aber er hätte es getan. Warum hätte er sich um seinen Höhepunkt bringen sollen?

Deshalb habe ich zugestochen.

Mit dem Truthahnmesser.

So einfach war das.

Alison Fell

Bambussprossen

Zur Zeit der Herrschaft des Kaisers Reizei lebte am Hof ein Minister im dritten Hofrang, der bei den Damen trotz seiner überheblichen Art und obwohl er ständig gegen die Etikette verstieß, sehr begehrt war. In seinen erotischen Beziehungen war er geradezu gewissenlos. Während er sofort mit einer Kurtisane brach, die er im Verdacht hatte, einen anderen Liebhaber zu haben, zeigte er seinerseits weder Geduld noch Verständnis für die zarteren Gefühle seiner drei Konkubinen, noch versuchte er, in irgendeiner Weise zwischen den Rivalinnen zu vermitteln. Von allen Seiten wurde er mit Ratschlägen bedrängt, und sogar der Kaiser persönlich – ein Mann, dem Probleme solcher Art durchaus nicht unbekannt waren – nahm den Minister zur Seite und erklärte ihm, wie böses Blut sich durch Charakterstärke, Höflichkeit und genaue Verteilung der Aufmerksamkeiten vielfach vermeiden ließe.

Zu guter Letzt beschloss der Minister, ungehalten über jene wenn auch wohlgemeinte Einmischung und verärgert über die Beschwerden, Wutausbrüche und Kälte seiner drei Konkubinen, die Angelegenheit selbst in die Hand zu nehmen. Seiner Ansicht nach wurde den Empfindlichkeiten aristokratischer Damen zu viel Beachtung geschenkt, und diesen nachzugeben war keine angemessene Beschäftigung für einen Mann, der an Staatsgeschäfte zu denken hatte.

Eines Abends entließ der Minister, kaum dass er bei den Gemächern seiner ersten Konkubine angelangt war, die Dienerinnen der

Dame und schickte einen Boten zu den Häusern seiner zweiten und dritten Konkubine – mit dem Befehl, sich unverzüglich bei ihm einzufinden.

Die erste Konkubine des Ministers, die wir Y. nennen wollen, war eine hoch gewachsene und stattliche Dame von etwa dreißig Jahren, deren fülliges Haar sanftbraun schimmerte und die mehr Witz und Verstand hatte, als der Minister ohne weiteres vertrug. Als die Dame Y. seine Befehle vernahm, verneigte sie sich tief, doch ein zorniges Funkeln war in ihren Augen, als sie, ihrer Dienerinnen beraubt, die Schlafmatten auf dem Podest ausrollte, und *tsuitate* entfaltete und auch die übrigen Anweisungen des Ministers befolgte.

Bald darauf traf in einer Kutsche mit Schilfdach und vergoldeten Rädern die zweite Konkubine ein und musste ebenfalls die Schmach erdulden, dass der Minister ihre Zofe ohne Umschweife wegschickte. Ich gedenke, den Damen selbst aufzuwarten, erklärte der Minister dem verblüfften Mädchen, das zurück ins Haus seiner Herrin floh und augenblicklich den Skandal verbreitete. Die zweite Konkubine, die wir K. nennen wollen, war eine junge Adlige, deren Familie in unvorhergesehene Schwierigkeiten geraten und daher gezwungen war, ihre Tochter in Verhältnissen unterzubringen, die sie sonst niemals in Erwägung gezogen hätte.

Hätte der Minister noch irgendwelche Zweifel an seinem Plan gehabt, ein Blick auf die hochmütig geblähten Nasenflügel der stolzen K. hatte sie zweifelsohne zerstreut. Er zügelte seinen Zorn und hieß die Dame, sich auf die Kissen neben ihre Rivalin Y. zu setzen, und so erwarteten sie die letzte und jüngste Konkubine, die Dame S., ein unerschrockenes Mädchen von sechzehn Jahren mit dem lieblichsten Nacken in der ganzen Hauptstadt.

Diese Dame wurde nicht aufgefordert, auf den Kissen bei ihren Rivalinnen Platz zu nehmen, sondern erhielt stattdessen die Anweisung, in die Küche zu gehen und Reiswein und Wasserkastanien zu servieren. Nachdem das erledigt war – und zwar mit eisig abgewandtem Blick –, hielt der Minister eine kurze, aber wohlgesetzte Rede, in der er seinen Damen verkündete, dass ihre Eifersucht und ihr Kleinmut nicht nur unerträglich seien, sondern außerdem einem zutiefst unbescheidenen Charakter entsprängen, was er zu beweisen gedenke, indem er ihnen die Gegenstände ihrer hitzigen und ausschweifenden Fantasien in der Wirklichkeit vor Augen führe. Die Gedanken einer Frau, sprach er zu den dreien, hätten sich nicht jenseits der Grenzen ihrer Gemächer zu verirren, und was ihr Herr außerhalb ihrer Gemächer für sein Wohlergehen und seine Zerstreuung gutheiße, sei nie ihre Angelegenheit gewesen und werde es niemals sein. »Aber da eure schäbige Eifersucht euch dazu verleitet«, fuhr er fort, »erfülle ich euch diesen Wunsch, und indem ich euch hier zusammenbringe, will ich es nur leichter für euch machen, ganz in ihm aufzugehen.«

Bei diesen Worten erhob sich die Dame K. und wäre davongestürmt, aber der Minister hielt sie ohne Mühe zurück. »Zur Strafe für Euren Ungehorsam werdet Ihr als Letzte meine Zuwendung erhalten, denn ich gedenke, euch eine nach der anderen zu nehmen.«

Darauf holte der Minister aus dem Vorzimmer einen niedrigen hölzernen Schwertständer mit Lackmalereien und Perlmuttintarsien, auf dem zwei Schwerter in ihren mit Ornamenten verzierten Scheiden lagen. Er nahm die Dame Y. bei der Hand, öffnete ihre Gewänder und befahl ihr, sich über den Schwertständer zu beugen wie ein Schuljunge, der seine Züchtigung erwartet.

Die Dame K. und die Dame S. verbargen gedemütigt ihr Antlitz, als sie sahen, wie weiß die Glieder der Dame Y. waren, die sich nun vollkommen entblößt ihren Blicken darboten, und wie rot schimmernd die Haarringel, die zwischen diesen Gliedern hervorschauten, und wie vollkommen die zarten Öffnungen, die sich enthüllten, gekräuselt wie Chrysanthemenblätter und in allen Farbtönen schimmernd, von einem taufrischen Rosa bis zu metallen glänzendem Purpur. Und sie wussten nicht, wen sie mehr hassen sollten – den Minister, dessen geübte, mit Mandelöl befeuchtete Finger zur offensichtlichen Erniedrigung seiner Geliebten behutsam erst die eine und dann die andere Spalte untersuchten – oder die Dame Y. selbst, die (dachten sie verstimmt) ohne Zweifel die begehrenswerteste Frau in der ganzen Hauptstadt war: geübter, verführerischer, leidenschaftlicher, als sie jemals zu sein hoffen konnten.

Der Minister zog nun sein Gewand auseinander, nahm sein Glied in die Hand und ließ es zuerst in die eine, dann in die andere Öffnung gleiten. Seine Finger setzten dabei ihr geschicktes Spiel fort, und die entsetzten Zuschauerinnen mussten mit ansehen, wie die Dame Y. geschmeidig zu antworten begann, sie hörten ihr lustvolles Stöhnen und sahen, wie sich Röte über ihre Hüften zog. Und die ganze Zeit liebkoste der Minister mit den schamlosesten und zärtlichsten Worten ihre Schultern, ihr glattes Haar, ihren schmalen Rücken, so dass die Damen gegen ihren Willen die Hälse reckten und angestrengt zuhörten und unter ihren Gewändern heiß und wild vor Verlangen wurden. Der Minister pflügte nun gleichmäßig, während die Dame Y. sich unter ihm wand und ihr weißer Rücken wogte, bis endlich ihr Stöhnen in einem einzigen langen, zitternden Schrei aufging und der Minister mit schweißgerötetem Gesicht einen schrillen Laut ausstieß und zuckend niedersank.

Ohne sich einen Moment zu gönnen, um das Nachbeben der Lust zu genießen, sprang der Minister auf und geleitete die ergebene und zitternde Dame zurück auf die Kissen. Die Dame S. konnte nicht umhin, die schweren Lider der Dame Y. und ihr von

Erfüllung schläfriges Antlitz zu bemerken, während die Dame K., unfähig, ihren inneren Aufruhr zu bezähmen, geradeaus starrte und sich zwang, an den kühlen Himmel in der Provinz ihres Vaters zu denken und an die Eiszapfen, die wie Bärte von den Ahornbäumen herabhingen, und sich anstrengte, nichts zu empfinden.

Mit einer Verbeugung nahm der Minister die Dame S. bei der Hand. Statt zum Schwertständer führte er seine jüngste Geliebte zu dem Podest, auf dem die Schlafmatten ausgerollt waren, lehnte sie gegen die Wand und breitete ihre Gewänder auseinander, so dass die anderen Damen sich am Anblick ihrer üppigen und jugendlichen Reize erfreuen konnten.

Die Dame Y. starrte das Mädchen an, und in ihre Bewunderung hätte sich wohl Neid gemischt, wäre sie nicht noch so erschöpft von ihrer gerade erst abgeklungenen Lust gewesen. Die Schultern waren weiß wie Schnee, die Brüste makellose Granatäpfel, der Bauch gerundet, die Haut der Schenkel straff und von blühender Gesundheit. Zweifellos war die Dame S. die schönste und begehrenswerteste Konkubine in der ganzen Hauptstadt!

Die Dame K. hielt den Blick abgewandt und sah daher nicht, wie die Dame S. auf dem Podest ausgestellt war; sie hörte nur das fröhliche und schelmische Lachen, das ihr in vielen langen Nächten, die sie allein auf ihren Ruhekissen verbracht hatte, in den eifersüchtigen Ohren geklungen hatte.

Im Gegensatz zu ihren Gefährtinnen hatte die Dame S. vom Reiswein getrunken, und der Minister, der zwischen ihren Schenkeln lag, war zu leidenschaftlich mit der Zunge vorgeschnellt, so dass das unverbesserliche Mädchen, dessen ganzes Wesen kitzlig war, protestierend kicherte.

Die Dame K. und die Dame Y. blickten einander an, und die Dame Y., die sich bewusst wurde, dass ihre eigenen Lustschreie sie ebenso verraten hatten wie diese ihr mädchenhaftes Kichern, verschränkte die Zehen in ihren Socken und verbarg das Gesicht im Ärmel. Dennoch konnte sie nicht widerstehen und warf durch die Finger einen verstohlenen Blick auf die perlmuttfarbene Rundlichkeit der Dame S. und die kleinen, weißen Zähne, die sichtbar wurden, als der Minister sich aufsetzte und sie auf seinen Schoß nahm. Er drehte das Mädchen herum, so dass die Damen weiterhin das Schauspiel genießen konnten, und schob sein Glied von unten hinein. Der Minister legte ihre Finger auf ihre rosigen Brustwarzen, doch die Dame S. brauchte derlei Anleitung nicht, sondern begann, sie bereitwillig zu kneten und zu ziehen, und wand sich dabei wie ein zufriedener Welpe, während die beharrlichen Finger des Ministers die Arbeit zwischen ihren schwellenden Schamlippen aufnahmen. All dies geschah unverhüllt vor den Augen der Rivalinnen, die nicht umhinkonnten, sich einzugestehen, dass die Dame S. in ihrer unverstellten Erregbarkeit verführerischer war als die schicksten und elegantesten Kurtisanen der ganzen Hauptstadt.

Recht schnell erlosch die Dame S. in kleinen kichernden Schreien und wurde von ihrem Geliebten, der ihr anerkennend auf den Schenkel klapste, zurück zu den Sitzkissen geführt, wo sie sich schuldbewusst anstrengte, eine schwesterlich ernste Miene aufzusetzen.

Die Dame K. war außer sich. Dies mag für unerfahrene Jugend angehen, dachte sie. Wenn das Gefühl alles andere beherrscht, verzichtet man leicht auf höhere Werte! Sie versteifte sich, als der Minister seine Hand ausstreckte, um sie zum Podest zu führen, und heftete die Augen auf den Eckschrein, in dem eine Statue des Gottes Fudo mit einem Seil in der einen und einem Schwert in der anderen Hand saß, um die Lasterhaftigkeit zu binden und zu töten.

Als der Minister sie bat, ihren *obi* zu lösen und die Lagen ihres

Gewandes beiseite zu schieben, weigerte sich die Dame eisig. Da löste der Minister selbst ihre Schärpe und band ihre Hände damit; dann streckte er sich auf der Schlafmatte aus, legte seinen Kopf auf eine der glasierten Keramikkopfstützen und zog die Dame mit einer raschen Bewegung über sich. In ihrer Verwirrung wusste die Dame nicht mehr, was sie am meisten erzürnte – ihre Rivalinnen, die sanftmütig und befriedigt vor ihr saßen und gleichzeitig darauf lauerten, ihre Weiblichkeit zu beurteilen, oder der Minister, den sie zu lieben geglaubt hatte. Ihr Wille rebellierte gegen alle drei, als die suchenden Finger des Ministers sie auf das kräftige Glied vorbereiteten, das, geschmeidig vom Mandelöl, bald darauf folgen sollte.

Der Raum wurde dämmrig und die Luft schwül, denn draußen zog ein Gewitter auf. Das Antlitz der Dame K. verfärbte sich scharlachrot von der Anstrengung des Widerstands, denn der Minister war kunstvoll und mit Geschick in sie eingedrungen, und sein Ungestüm drohte sie mehr zu entzücken, als ihr Stolz erlaubte. Die weibliche Stimme in ihr mahnte sie, sich mit Leib und Seele hinzugeben und so ihre Rivalinnen auszustechen, aber ihr eiserner Wille war stärker.

Die Dame S. sah voller Erstaunen, wie der Minister mit ganzer Kraft Finger und Glied gebrauchte, und je mehr Zeit verging, desto klarer erkannten sie und die Dame Y., dass sie noch nie zuvor solche Zeichen von Erregung gesehen hatten, solch geschwollene Lippen, solch schlüpfrige, geschmolzene Falten, solch pulsierende Öffnungen.

Doch noch immer tobte der Kampf im Innern der Dame K., noch immer wollte sie nicht nachgeben. Der Raum war mittlerweile grünlich dunkel, und die ersten Donnerschläge krachten über der Hauptstadt. Unter sich fühlte die Dame K. ein Zögern in dem erschöpften Minister, ein Schwanken, das ihr verriet, dass ihr überlegener Wille den Sieg davongetragen hatte. Sie wurde von wilder Freude erfüllt und entspannte für einen Moment die fest bezwungenen Sinne.

Aber just in diesem unachtsamen Moment schien ein gieriger weiblicher Dämon von ihr Besitz zu ergreifen, ein Dämon, der hungrig und zornig zugleich war. Blitze zuckten, und der Regen peitschte wütend gegen die Balkonjalousien, als sich der Dämon in der Dame K. mit den wilden und kraftvollen Bewegungen eines brünstigen Hirsches aufrichtete, schwor, auf seine Kosten zu kommen, bevor des Ministers Potenz nachlasse, und unter anhaltendem, Furcht erregendem Schreien und Stöhnen Rache an dem schwächer werdenden Minister nahm.

Der Minister wurde bleich vor Angst, als dieser *tengu* über ihm donnerte. Sein Glied jedoch, das ein Eigenleben führte und seine eigenen Absichten verfolgte, kämpfte sich durch die Welle seines Schreckens hindurch und ergab sich in die Verheerungen einer Leidenschaft, die er sich nie erträumt hatte. Der Raum hallte von den tierischen Lauten der Liebenden wider, und das Podest, auf dem sie rangen, schlingerte und bebte, bis zuletzt der Kampf in einem todesähnlichen Schrei der Vereinigung verklang.

Die beiden anderen Damen rückten auf den Sitzkissen eng aneinander, verbargen ängstlich ihr Antlitz und hielten sich angesichts dieser Kakophonie der Donnergötter und Menschen die Ohren zu.

Nun lass sie entscheiden, wer hier die Siegerin ist, dachte die Dame K. mit heimlicher Genugtuung, denn ihr Zorn hatte sich trotz sinnlicher Befriedigung nicht gelegt. Der Minister lag unter ihr, mit den rosigen Gesichtszügen eines vertrauensseligen Säuglings, denn wie so vielen seines Geschlechts fehlte es ihm an Vorstellungsvermögen dafür, dass sexuelle Sättigung nicht alle Verletzungen heilt und nicht jede Unzufriedenheit besänftigt.

Mühsam erhob sich der Minister, band die Hände der Dame los und befahl der Dame Y., Erfrischungen zu reichen. Der Sturm hatte sich inzwischen gelegt, und die Damen, die dem fremdartigen Liebesakt zugeschaut hatten, waren hin- und hergerissen zwischen Neid auf die donnergewaltige Vorführung der Dame K. und Erleichterung darüber, dass sie sich vor ihrem Herrn nicht durch solch unweibliche Raserei eine Blöße gegeben hatten.

Als auf Tabletts als Aloeholz die Köstlichkeiten vor ihnen angerichtet waren und der Wein in die Jadeschalen floss, lehnte sich der Minister in die Kissen zurück und kam allmählich wieder zu sich. Die Damen hatten sich unterdessen wieder zurechtgemacht und knieten nun in einem Halbkreis auf der *tatami*-Matte zu seinen Füßen. Mit gesenktem Blick spielten sie mit dem warmen Würzkäse, der Muschelsuppe mit Klößen und den Lotossamentörtchen herum, jede in ihre Träumereien versunken.

Der Minister hänselte sie. Warum so still, stichelte er. Wollten sie ihm nicht ehrlich sagen, was sie jetzt fühlten? Sollten sie ihm nicht beipflichten, dass Eifersucht ein ordinäres Gefühl sei, das sich allenfalls für Küchenmägde ziemte?

Die Damen gaben keine Antwort, und der Minister lachte finster. »Was soll ich mit euch machen? Könnt ihr mir das verraten?« Er wühlte in den Lagen seines Gewandes und holte sein Glied hervor, das ausnahmsweise schläfrig in seiner Hand ruhte. Dann kniete er sich auf die Matte zwischen seine Konkubinen und legte es auf das Tablett aus Aloeholz neben die anderen Leckereien. »Wie ihr seht, habe ich davon nur einen, von euch aber drei, was um Himmels willen soll Seine Exzellenz also tun?«, sagte er und zeigte selbstgefällig auf den ungehörigen Leckerbissen.

Die Dame K. antwortete in einem so ungewöhnlich ergebenen Ton, dass die anderen Damen sie voller Erstaunen anstarrten:

»Eure Exzellenz, Konkubinen müssen lernen zu teilen, und gerecht zu teilen.«

»Ganz recht!«, rief der Minister aus. »Hier seht ihr eine Frau, die zur Vernunft gekommen ist!« Daraufhin verlangte er nach Umhang und Schwert und erklärte die Angelegenheit für erledigt.

Die drei Damen neigten gehorsam die Köpfe, wie es sich gehörte. Die Dame Y. brachte des Ministers Zobelumhang, und die Dame K. holte sein großes Krummschwert vom Schwertständer. Die Dame S. schob derweilen zärtlich seine Füße in die Sandalen.

Doch einen Augenblick später war das Schwert blankgezogen, und die glänzende Klinge stieß ein-, zwei-, dreimal hinab auf das anmaßend entblößte Glied des Ministers und fuhr mit einer Leichtigkeit hindurch, als sei es ein junger Bambusspross.

Unter den Schreien des unglücklichen Ministers reichte die Dame K. eine Scheibe der Dame S., eine der Dame Y. und sagte ruhig, während sie die letzte Scheibe in ihren weiten Ärmel steckte: »Sagt, könnte eine noch gerechtere Verteilung ersonnen werden?«

Ralf Kratzert

Tejo

Ich fühle mich seit jeher angezogen vom Milieu. Ob in Paris, Salvador de Bahia, Buenos Aires, Mexiko City, Guatemala City, Bangkok oder in Hamburg, in jeder großen Stadt auf der Welt, die ich bisher bereiste, musste ich mir auch das Rotlichtviertel ansehen, das Viertel der Laternen.

Rotlicht reizt mich. Das Verruchte, das Schlechte, der Schweiß, die Drogen, die kompromisslose Käuflichkeit. Ebenso die schwelende Gefahr, die in Kneipen in der Luft liegt, in denen sich nur zwielichtige Luden, abgetakelte Nutten und feiste Freier aneinander reiben. Dort fühle ich mich wohl, dort, wo der Bodensatz Wurzeln schlägt, dort, wo ein Blick oder die Art, wie du deine Bierflasche hältst, darüber entscheidet, ob du eins auf die Fresse bekommst oder der andere. Ich stehe gerne mittendrin und atme diese Atmosphäre. In den vielen Jahren habe ich gelernt, wie man im Milieu nicht mehr auffällt, so dass man nicht mehr von den Mädchen angesprochen wird, sondern von den Luden. Und ich habe inzwischen einige gute Aufschneider-Geschichten parat.

Etwa von dem Mann in Rezife, der nicht zahlen wollte und den kleinen Finger seiner rechten Hand auf dem Tresen lassen musste. Oder von der Dame in Amsterdam, die auf der Bühne einen Baseballschläger nahm; von dem Springmesser, das in einem Puff in Mexiko zehn Zentimeter neben meinem Kopf in die Wand raste; oder die Geschichte von dem 16-jährigen Fixer, der mir in Honduras die Kehle zudrückte und »*dame las monetas*« keuchte.

Bevor wir in den Flieger einstiegen, hatten wir eine Flasche Valdiobaddene getrunken. Dazu kamen während des Fluges mehrere Gin Tonics, und als wir in Lissabon aus der klimatisierten Ankunftshalle in die gleißende Hitze traten, waren wir sturzbetrunken. Zwei ruhige, entspannte Wochen lagen vor uns, und die fingen an, wie ein Urlaub mit einem guten Freund, den man lange nicht gesehen hat, anfangen sollte: mit einem Rausch.

Auf dem Weg in die Stadt erzählten wir von unseren Freundinnen, denn wir hatten uns beide kurz vor der Reise verliebt. Dennoch freuten wir uns königlich, dass wir jetzt zusammen in einem Taxi saßen, das uns ins traumhafte Lissabon fuhr. In die schönste Stadt der Welt, die traurigste Stadt der Welt. Die Stadt auf den sieben Hügeln. Die Stadt am Tejo. Perfekt für frisch Verliebte, Müßiggänger und beste Freunde. Ich war glücklich und kurbelte das Fenster hinunter, damit ich riechen konnte, was ich sah. Es duftete nach Milchkaffee und Frühling, nach dem nahen Tejo, schüchternen ersten Küssen, Freiheit und Fado. Ein Hoch auf die Stadt, die eine Revolution mit Nelken gewinnen konnte, auf eine Stadt, in der Kultur im Kaffeehaus gemacht wird und die sich der Tristesse im Fado so selbstbewusst hingibt, wie sonst nur noch Buenos Aires der Melancholie im Tango.

Ich lehnte mich zurück und schloss die Augen. Ich war berauscht, glücklich und betrunken. Vor mir lagen zwei Wochen mit einem Menschen, mit dem man besser schweigen konnte als mit jedem anderen auf der Welt. Mit einem Menschen, der bei Tom Waits' großartigem »Closing Time« auch feuchte Augen bekam. Mit einem, der genauso viele Biere trinken konnte wie ich.

Wir nahmen uns ein Zimmer in der Rua Garret, nahe dem legendären Café A Brasileira, in dem Fernando Pessoa und seine Genossen die ästhetische Moderne Portugals bei Bica und Portwein schufen. Dort tranken wir erst ein paar Sagres und fielen dann in ein Koma, aus dem uns kein Dritter Weltkrieg hätte holen können.

Nachdem wir wieder zu uns gekommen waren, dämmerte es bereits. Wir rasierten uns und machten uns auf den Weg. Als wir dem Taxifahrer sagten, wohin wir wollten, meinte er, da würde er nicht hinfahren. Also gingen wir zu Fuß. Es war Mai, und uns erwartete eine junge Nacht, die gefüllt werden wollte. Mit Lachen, mit haarsträubenden Geschichten, mit Frauen, mit Bier und mit Leben, das man sich ausleihen konnte, ohne dafür bezahlen zu müssen.

Wir entschieden uns für einen kleinen Umweg über die Neustadt, die Baixa, dann schlenderten wir weiter entlang des Tejo, vorbei an den Anlegestellen zum Mercado da Ribeira, dem Fischmarkt, und schließlich hoch ins Viertel der Laternen. Im Bairro Alto bestiegen wir den wundervollen alten Aufzug, den Elevador Santa Justa, der uns hinunter in die Baixa brachte. Als wir die dunkel gebeizte Kabine betraten, gelobten wir noch schnell, uns gegenseitig vor dem Fremdgehen zu beschützen. Dann setzte sich der Aufzug ächzend in Bewegung. Neben uns schnatterte eine bärtige Alte mit einem verwahrlosten Kind, das rote Rosen verkaufte. Zwei junge Frauen standen gleich daneben keusch in der Ecke und schauten kichernd und tuschelnd zu uns herüber. Kurze Röcke, braun gebrannte Beine, stolze Schultern, weiße Blusen, Spitzen-BHs. Und dazu diese Augen.

Wir schwiegen. Als der Aufzug ruckelnd zum Stehen kam, sah Rainer aus, als würde er mit den Schultern zucken. Er grinste und zwinkerte mir zu. »Wo genau fängt Fremdgehen eigentlich an?«, fragte er. Wir umarmten uns und lachten. Nein, wir würden nicht fremdgehen.

Wir spazierten durch das Viertel der Laternen und fühlten uns großartig. Im ersten Schuppen erzählten wir einem Luden, dass wir aus Deutschland kämen, dass wir neu hier wären und uns umsehen wollten. Rainer legte sein Messer auf den Tresen und bestellte Bier, auch für den Luden.

Wir tranken und erzählten wunderbare Räuberpistolen, die wir angeblich erlebt hatten. Dabei fühlten wir uns stark und unverwundbar, denn wir waren groß und konnten trinken. Nach ein paar Gläsern mit dem Zuhälter wechselten wir den Laden. Einige Mädchen lächelten uns an und grüßten. Wir lächelten zurück und luden Gott und seine schlechte Welt auf unzählige Sagres ein. Schließlich summten wir einen bekannten Fado mit, der irgendwo gespielt wurde, und lagen uns mit dem hiesigen Revierluden und seinen Mädchen in den Armen. Dann wurde Rainer schlecht und er wollte gehen. Ich nicht. Also trennten wir uns.

Der Lude hatte inzwischen mächtig einen in der Krone und bestellte jetzt Blow Jobs für die Runde. Ich fühlte mich unendlich wohl, auch ohne Rainer. Ich trank mit einem Luden, um mich saßen seine Mädchen, die mir ihre feuchten Schlüpfer zeigten und mich grinsend fragten, wie groß ich sei.

Eines der Mädchen beugte sich so weit herüber, bis sein Gesicht nur wenige Zentimeter vor meinem war. Die junge Hure hauchte mir ihren spermageschwängerten Atem zuerst ins Gesicht und dann direkt zwischen meine Schenkel. Ich lachte. Das wollte ich, genau das. Such dir eine aus, sagte der Lude und machte eine einladende Geste.

Ich trank meinen Blow Job auf ex und klopfte dem Kerl auf die Schulter. Er fragte mich, ob er mir sein Etablissement zeigen dürfe. Natürlich.

Ich folgte ihm an den Toiletten vorbei zu einer kleinen Tür, auf der »Privado« stand. Dahinter führte eine steile, schmutzige Holztreppe nach oben und mündete in einen langen Flur. An der Decke hingen von Nikotin und Staub verdreckte Neonröhren. Die Wände waren in sündigem Bordeaux gestrichen, doch der Putz bröckelte längst an mehreren Stellen ab. Der Lärm der Kneipe war hier Vergangenheit, stattdessen hörte ich Betten ächzen und Mädchen stöhnen. Jedes Stöhnen sagte: »Komm endlich – und hau ab!«

Alle paar Meter passierten wir eine mit blauem, verfilztem Plüsch beschlagene Tür. Am Ende des Gangs sperrte der Lude eine von ihnen auf. Dann standen wir in einer Art Büro. Ein alter Rechner auf einem Tapeziertisch, daneben ein Telefon, unendlich viele Papierzettel, auf denen Telefonnummern und Namen standen, eine nackte Glühbirne, die an einem Kabel von der Decke hing. Auf dem Boden Pizzakartons, in denen noch die abgenagten, harten Randstücke lagen. Dazwischen Kakerlaken. Es stank nach feuchtem Teppich, Nikotin und Illegalität. Der Lude drehte sich um und zwinkerte. Dann schob er einen Schrank auf die Seite, und eine weitere Tür kam zum Vorschein. Er sprach jetzt nicht mehr, machte mit der rechten Hand nur dieses »Sei-dein-Mund-für-immer-verschlossen-Zeichen«. Ich nickte.

Das Erste, was ich dann sah, war ein Video-Schnittplatz an der hinteren Wand des Raumes, dann den ersten TV-Schirm an der Wand, den zweiten, den dritten – es waren insgesamt sechs, für jedes Zimmer auf dem Gang einer. Die Wände waren frisch gestrichen, dazu Parkettboden, rechts eine Ledercouch, TV-Schirme an den Wänden und die Apple G4s in einer verglasten Kühlstellage. Kistenweise Videobänder lagerten hinter der Tür. Stahlhart, dachte ich mir und nickte dem Luden anerkennend zu, der die Arme hob und sich stolz im Kreis drehte.

Dann zeigte er mir, wie man am Schnittplatz die Kameraposition in den einzelnen Zimmern verändern konnte. Er hatte in jedem Raum drei Kameras installiert. Vier der sechs Zimmer waren belegt.

Im ersten saß ein sehr junger Mann auf der Bettkante und schaute auf seine Zehen, daneben eine ältere Prostituierte im Negligé. Sie rauchte und strich dem Jungen über die Haare. Er weinte.

Im nächsten Zimmer zoomte die Kamera auf den behaarten Rücken eines dicken Mannes, der gerade eine Frau von hinten nahm. Ich drehte den Ton an und konnte sie stöhnen hören: Komm schon! Er wurde schneller und schneller, schließlich hielt er inne, streckte seinen wulstigen Hals und grunzte. Als er von ihr herunterrutschte, gab sie ihm ein Tuch. Während er sich den Schwanz abwischte, zündete sie sich eine Zigarette an und starrte auf die Tür. Dann sagte sie etwas auf Portugiesisch, das ich nicht verstand.

Der Junge in Zimmer eins weinte immer noch, während die Prostituierte ihm nach wie vor über das schwarze, glatte Haar strich. Ich sah seine Schultern zucken.

In Zimmer drei saß eine sehr junge und hübsche dunkelhäutige Frau auf einem Mann. Von ihm sah ich erst nur seine behaarten, kräftigen Beine. Dann seine Hände, mit denen er langsam ihren schwarzen String suchte und schließlich auch fand. Mit der rechten Hand glitt er über das obere V und griff zu. Nun zog er ihr den String bis in den Rücken, woraufhin sie sich nach vorne beugte. Seine andere Hand fuhr ihr von hinten zwischen die Beine, schob den Stoff zur Seite und legte sich auf ihre Muschi.

Währenddessen nahm in Zimmer vier ein ziemlich großer Schwarzer eine wahrhaft mächtige Blondine. Bei jedem Stoß bewegten sich ihre riesigen, wundervollen Brüste, ihre Schenkel, ihr Hintern. Ich konnte es klatschen hören. Gebannt verfolgte ich, wie sein Schwanz in ihr verschwand und wieder zum Vorschein kam. Er hatte einen riesigen Schwanz. Dann drehte sie sich um und machte es ihm mit dem Mund. Erst leckte sie seine Eichel, schließlich nahm sie ihn in den Mund. Tiefer und tiefer, ich konnte gar nicht glauben, wie tief sie diesen Schwanz nahm. Mit der Hand wichste sie ihn dazu, diesen riesigen schwarzen Schwanz.

Zur gleichen Zeit streichelte der Mann mit den behaarten Oberschenkeln in Zimmer drei immer noch die Muschi der Dunkelhäutigen. Ich konnte das alles nicht wirklich fassen und zündete mir eine Zigarette an. Starker Tobak.

Ich blickte zu dem Luden, der stolz neben mir stand, und deutete auf die Kameraeinstellungen auf der Schalttafel vor mir. Er nickte, und ich wechselte die Einstellung.

Jetzt sah ich die hübsche Dunkelhäutige von der Seite. Sie öffnete die Hose des großen Mannes, holte seinen Schwanz heraus und zog die Vorhaut zurück. Sie leckte sich den Zeigefinger der rechten Hand und strich dann langsam um die Eichel, erst links, danach rechts herum. Anschließend massierte sie die Spitze. Kurz darauf packte der Kerl sie bei den Haaren und zog sie wenig zärtlich hinunter. Sie protestierte, aber er schien ihr gut zuzureden, und schließlich nahm sie seinen Schwanz in ihren Mund.

Ich blickte zurück zum ersten Schirm. Der Junge saß immer noch auf dem Bett, nur dass er jetzt eine Zigarette rauchte. Ab und zu schüttelte er den Kopf. Die alte Hure war nicht mehr zu sehen.

Auf einmal hörte ich im Zimmer daneben den schwarzen Mann mit dem Riesending schreien; als er kam, drehte die Frau den Kopf weg und wichste ihn weiter, während er auf das Bett spritzte.

Der Dicke aus Zimmer zwei hatte gerade Geldscheine in der Hand und eine hässliche, weiße Unterhose an. Er stritt sich mit der Prostituierten und wedelte mit den Geldscheinen vor ihrem Gesicht herum. Sie schrie zurück und bedeutete ihm mit den Fingern: Das macht drei Scheine, Junge!

Die dunkle Schöne in Zimmer drei blies schneller, und ich sah, wie sich die Oberschenkelmuskeln des Mannes spannten. Still zog er eine Grimasse, sie hielt inne, und sein Schwanz platschte schwer auf seinen Bauch. Dann öffnete sie langsam den Mund, und sein Sperma tropfte zwischen seine Beine.

Der traurige Junge aus Zimmer eins hielt nun der Prostituierten Geldscheine hin. Sie lächelte und schüttelte den Kopf. Während alle anderen kamen, ging er mit hängendem Kopf zur Tür.

Ich schluckte. Meine Zigarette war im Aschenbecher heruntergebrannt, ohne dass ich einen Zug getan hätte, und erst beim Aufstehen spürte ich meinen Ständer. Der Lude merkte es auch und grinste. Wir lachten und gingen zurück in die Bar. Dort stellte sich eine hübsche Frau neben mich an die Theke und warf mir einen Blick zu. Sie lächelte freundlich und nickte, als der Barkeeper ihr einen White Russian brachte.

Wieder streiften mich ihre Augen, dann nahm sie ihr Getränk und verschwand. Erst als sie ging, merkte ich, dass sie sich auf einen Gehstock stützte und ein Bein leicht nachzog. Ich hatte das Gefühl, aus diesem Laden alles herausgeholt zu haben, und ging.

In der nächsten Kneipe erzählte ich einem Typen an der Bar, dass mein Thorens-Feuerzeug von 1947 die Nachbildung des Gefechtsturmes eines U-Bootes wäre. Genauer gesagt, die Nachbildung des Gefechtsturms (mit Lochblech für die Flugabwehr-Flaks) der U-23 aus der Schweizer U-Boot-Staffel des Zweiten Weltkriegs. Die Übungsfahrten hätten die Eidgenossen dann im Genfer See absolviert, bevor sie alle elf U-Boote 1941 über den Route-Napoleon-Pass nach Grasse und bei Cape d'Antibe ins Mittelmeer schafften, um dort auf die Engländer zu schießen. Er lobte mich für mein Wissen und zündete sich mit meinem Thorens eine Zigarette an.

Ich lachte, und wir tranken mehrere Biere. Inzwischen hatte ich bereits anständig Schlagseite und erzählte von meinen 13 Mädchen in Hamburg, er von seinen vier hier in Lissabon. Irgendwann war er weg, und ich merkte nicht einmal, dass er ging und nicht wieder kam.

Eine Prostituierte in einem pinkfarbenen Mini drückte sich an mich und setzte sich auf meinen rechten Oberschenkel. Lasziv hauchte sie mir Schweinereien auf Englisch zu. Auf einmal spürte ich ihre Zunge in meinem Ohr und bekam wieder einen Ständer. Es war höchste Zeit zu gehen, denn ich war stockbesoffen. Also schob ich sie weg – auf meinem Oberschenkel blieb ein feuchter Fleck zurück. Ich musste lachen und fiel dabei um. Dann wurde mir furchtbar schwindelig. Raus hier, dachte ich beim Aufstehen, raus, ins Hotelzimmer und neben Rainer friedlich wie ein rosaroter Babyarsch ins Bett fallen. Mehr wollte ich nicht mehr.

Als ich auf die Straße trat, hatte ich nicht die geringste Ahnung, wo ich war. Also schlug ich einfach eine Richtung ein, in die ich so lange gehen wollte, bis ich mich wieder auskannte. Es war halb fünf Uhr morgens und die meisten Läden waren schon lange geschlossen. Nur noch Menschen, die es nötig hatten, waren unterwegs. Im Milieu sind das die seichten Stunden am frühen Morgen, in denen nur diejenigen anschaffen, die ihr Soll noch nicht erfüllt haben. Das waren die Schlimmsten.

In einem Hauseingang sah ich eine Prostituierte, die einem Freier einen blies. Er stöhnte leise und rhythmisch, und ich hörte ihr Schmatzen. Der Lude wartete derweil an der Ecke und rauchte. Ein paar Meter weiter stand vor einer geschlossenen Kneipe ein Ladyboy und stritt sich mit einem Anzugträger, der immer »Pssst« machte.

Ich wusste nicht, wie lange ich schon gegangen war. Plötzlich war es stockdunkel um mich herum, und noch immer schien mir die Gegend unbekannt. Ich drehte mich um und sah einen Typen auf mich zukommen. Dann erkannte ich ihn. Es war der Idiot, dem ich die Geschichte von meinem Feuerzeug und der Schweizer U-Boot-Staffel erzählt hatte. Ein Glück, fuhr es mir durch den Kopf, und ich fragte ihn, wie ich nach Bairro Alto käme. Aber er stand einfach vor mir und starrte mich an.

»Hello«, sagte ich erneut und mit Nachdruck. *»Which direction is Bairro Alto?«*

Es ging schnell, viel zu schnell für mich. Er kam einen Schritt näher, zog eine Pistole und drückte sie an meinen Bauch: *»Switzerland never had submarines. Switzerland never joined the Second World War. Switzerland was and still is neutral.«*

Ich spürte die Pistole und dachte an die Schweiz, an verschiedene Kameraeinstellungen und an meinen Bauch. Irgendetwas in mir machte Klick und öffnete einen Boden unter mir, von dem ich nicht einmal wusste, dass er existierte. Ich fiel. Und vor mir stand dieser Typ mit seinen vier Mädchen in Lissabon und drückte eine kleinkalibrige Waffe in meinen Bauch voller Sagres.

Stille. Er starrte mich an. Ich hörte irgendjemanden kotzen und hätte das in diesem Moment auch gerne getan. Alles hätte ich gerne getan: Kotzen, Weihnachtslieder singen oder Zündkerzen wechseln. Alles.

Mein Kopf war vollkommen leer, wie ausgebrannt. Keine philosophischen Gedanken um die Vergänglichkeit des Menschen, keine schlaue Story, kein einziges Wort. Ich hatte nichts von alledem, was Hollywoodhelden in solchen Momenten haben. Ich hatte nur diese Scheißangst, die alles andere auffraß.

Den Schrei, den ich hörte, konnte ich nicht mehr zuordnen. Ich sah nur noch den Stock, der dem Typen von links hinten in die

Seite fuhr. Stöhnend knickte er ein und lag dann wimmernd neben mir auf dem Boden. Die Pistole war zwischen meinen Beinen gelandet. Ich hob sie auf. Es war eine 9-Millimeter-Beretta. Ich hielt die Waffe in der Hand und starrte sie einfach an.

»He's such an asshole«, hörte ich hinter meinem Rücken und hob den Kopf. Vor mir stand die hübsche Frau aus dem Video-Puff. Sie stützte sich auf den Gehstock, mit dem sie gerade den Pistolenmann ausgeknockt hatte, und hustete. Der Typ lag immer noch wimmernd im Dreck. Dann trat sie ihm noch ein paar Mal in die Rippen, bis er aus dem Mund blutete und still war.

Ich torkelte einige Meter weiter, ließ die Waffe fallen, lehnte mich an eine Hauswand und kotzte. Alles kotzte ich aus mir hinaus, die vielen Biere, meine ganze verfickte Arroganz, meine Angebertour, alles, bis nur noch bittere Galle kam.

»You okay?«, fragte sie nach einer Weile und lächelte.

»Danke«, war alles, was ich herausbrachte.

Wir gingen schweigend zum Fischmarkt am Tejo, tranken schweigend einen Kaffee und rauchten schweigend einen Joint, den ich noch in meiner Tasche gefunden hatte. Während der ganzen Zeit nahm sich mein Hirn eine absolute Auszeit.

Ich fand keine Worte, keine Gedanken; da war einfach nichts, was ich in diese Situation hätte hineinwerfen können, das annähernd das erklärt hätte, was mein Gefühlshaushalt in diesem Moment erbrach. Ich funktionierte nur und schluckte meinen Kaffee hinunter. Dann brachte ich sie zu den Anlegestellen am Tejo, wo die Boote zur Überfahrt ans andere Ufer ablegten. Mit zwei Bechern Kaffee schlenderten wir auf eine Wiese, um auf das erste Schiff zu warten, das sie hinüberbringen sollte.

»Danke noch mal«, sagte ich unbeholfen.

»No problem. He really is an asshole«, ächzte sie, legte ihren Geh-

stock auf das Gras und setzte sich mit schmerzverzerrtem Gesicht neben mich. So saßen wir da, tranken Kaffee und rauchten Zigaretten. Und ich wusste immer noch nicht, was ich sagen sollte.

Sie schwieg mit mir, aber irgendwann fing sie an zu reden. Ihr Name war Flores, und ein Arschloch von Freier hatte ihr mit einem Stuhlbein die Hüfte zertrümmert. Deswegen brauchte sie den Gehstock. »*That's bad for business*«, lachte sie bitter. Ich sah ihr in die Augen, verstand ihre Worte nicht, und dann hatte ich im nächsten Moment ihre Zunge in meinem Mund. Es war wundervoll. Wir küssten uns lange, und schließlich lud sie mich ein, mit ihr über den Fluss zu fahren.

Als wir das Horn der ersten Fähre hörten, küssten wir uns ein letztes Mal, und ich gab ihr all mein Geld. Sie stand auf, nahm ihren Gehstock und ging ohne ein Wort. Ich saß auf der Wiese vor den Anlegestellen und schaute ihr nach, wie sie auf das Schiff humpelte und sich als Einzige auf das offene Deck setzte, während alle anderen Fahrgäste in den windgeschützten Innenraum der Fähre verschwanden.

Peter Thomas

Die Gelegenheit

»Komm jetzt! Ja! Du bist gut!«

Und David kam schnell. Zu schnell. Die samtroten Vorhänge sahen abgenutzt aus. Mit einem enttäuschten Stöhnen hielt David das Kondom fest, während er sich zur Seite rollte. Ihm war kalt. Der gläserne Ventilator über ihnen drehte sich mechanisch. Der junge Mann stand wankend auf.

Der Abend hatte seine Spuren hinterlassen. Vier Whiskey Sour und drei Wodka-Red-Bull. Diese Geschäftsessen hatten es wahrlich in sich. Trumbone konnte zufrieden mit ihm sein, er gab auf jeden Fall immer sein Bestes. Hatte dieser Conway jetzt eigentlich unterschrieben? Er konnte sich nicht mehr daran erinnern. Egal, er würde ihn ja morgen … David schaute auf die Designeruhr, die über der Eingangstür hing … vielmehr in ein paar Stunden im Hotel treffen.

Die Blonde legte ein frisches weißes Laken aufs Bett und zog ihre Strapse zurecht. Dann verschwanden ihre langen Beine in einer pinkfarbenen, hautengen Lederhose.

Er schaute sie abwesend an. »Du siehst meiner Exfrau unglaublich ähnlich. Weißt du das?«

»Komm einfach wieder vorbei, wenn du an sie denkst. Aber du musst jetzt gehen. Ich hab noch zu arbeiten.«

Das Brummen der Neonreklame empfing ihn vor der Tür. Die Regentropfen sahen im gelben Licht der Laterne wie kleine Leuchtkugeln aus. Jede Stadt riecht gleich dreckig, dachte David noch. Er wollte nur noch eins, ins Hotel und schlafen. Der Taxifahrer war gesprächig, zu gesprächig für Davids Laune um diese Uhrzeit.

»Na, Spaß gehabt?« Der Mann stieß ein heiseres Lachen aus.

»Ist es nicht immer dasselbe?«, erwiderte der Fahrgast gereizt.

Er war noch betrunken und spürte, wie er sich selbst anwiderte. Es war wie jedes Mal, wenn er auf Geschäftsreise war. Seit acht Jahren ging das schon so. Zu viel Alkohol und dann ein Abstecher ins städtische Bordell. Eigentlich ekelte es ihn an. Er interessierte sich sowieso immer nur für die blonden Langbeinigen, und die enttäuschten ihn jedes Mal. Er dachte an Lucia. Sie war anders. Sie hatte ihn nie enttäuscht. Nie – bis auf das eine Mal. Damals hatte er einen seiner besten Verträge abgeschlossen, hatte eine Villa mit weiten Ländereien im Süden der Stadt verkauft. Er fand die Wohnung fast leer vor. Sie hatte nur den alten Fernseher, das abgenutzte Zweiersofa und seine Football-Pokale aus der College-Zeit dagelassen. Noch nicht einmal einen Abschiedsbrief. Ja, vielleicht hätte er öfter für sie da sein müssen. Ihm war übel.

»Da wären wir. Das macht elf Dollar, bitte.«

David schaffte es gerade noch, dem Fahrer eine 20-Dollar-Note in die Hand zu drücken und die Tür zu schließen. Als er sich kniend übergab, sah er eine ältere blonde Dame, die kopfschüttelnd vorbeiging.

»Möchten Sie noch einen Cocktail?«

David schaute auf seinen noch halb vollen Whiskey Sour.

»Ja, warum nicht? Gerne!«

Interessiert betrachtete David die langen Beine der Bedienung. Geschmeidig und selbstbewusst wiegten sich ihre Hüften. Die anderen Hotelgäste stierten gelangweilt auf die Flaschen, die im kühlen Licht der Bar fast bedrohlich wirkten. David verspürte keine Lust auf fade Gespräche. Schließlich hatte er schon genug mit Conway geplappert. Er wandte sich wieder seinem Sour zu und trank ihn in einem Zug aus. »Hartes Stück Arbeit, der Kerl«, murmelte er grinsend vor sich hin. Trumbone würde ihn lieben, wenn er ihm morgen von dem Vertrag erzählte.

Ihm war nicht aufgefallen, dass er inzwischen allein an der Bar saß. Die langbeinige Bedienung schaute ihn an.

»Kann ich Ihnen noch einen letzten Drink geben? Ich muss jetzt leider Feierabend machen.«

David war schon betrunken. Er musterte sie langsam.

»Wieso finde ich keinen Gefallen mehr daran? Können Sie mir einen Rat geben?«

Sie schaute ihn fragend an.

»Woran finden Sie nichts mehr?«

»Sex. Es ist immer dasselbe. Ich bezahle dafür, suche den Kick, die Spannung und finde doch nur Enttäuschung. Es widert mich an. Nein, ich widere mich an.« David umfasste das Glas und hielt es gegen das bläulich schimmernde Licht. »Leblos. Ja, leblos und sinnlos.« Er schüttelte den Kopf.

»Vielleicht haben Sie nur noch nicht alles ausprobiert?«

Er setzte das Glas langsam ab und schaute hoch. Trotz seines Zustandes schien es ihm, als hätte er ein kurzes Funkeln in ihren Augen bemerkt.

»Können Sie mir etwas empfehlen? Etwas anderes?«

Sie blickte ihn fast triumphierend an und nickte leicht. »O ja. Viele Gäste fragen mich nach solchen … Gelegenheiten.«

»Wie komme ich zu einer solchen … Gelegenheit?«

»Das kann ich gerne für Sie arrangieren. Wäre Ihnen morgen Abend recht?«

»Sicher, warum nicht?«

Sie lächelte.

»Die Agentur hat allerdings feste Regeln. Den Preis setzen Sie dann selbst fest. Das Geld hinterlegen Sie an der Rezeption in Ihrem Fach. Wir händigen es dann aus.«

»Wenn das alles ist …« David stand auf und wollte gehen.

»Warten Sie, es gibt noch eine Regel …«

David hatte lange wach gelegen und nachgedacht. Alles kam ihm eigenartig und fast lächerlich vor. Andererseits war er zu neugierig, als dass er sich diese Gelegenheit entgehen lassen wollte. Erwartungsvoll und übermüdet schlief David schließlich ein.

Draußen war es laut, das Fenster stand offen. David fröstelte leicht. Er roch noch den Teer, den die Arbeiter heute vor dem Hotel verteilt hatten. Als er sich gerade das Kissen in den Nacken schob, klopfte es. Einmal.

»Es ist offen!«, rief der Hotelgast etwas unsicher.

Er hörte das leise Quietschen der Tür. Dann fiel sie wieder ins Schloss. Die Trennvorhänge raschelten sanft. David war nervös. Er versuchte unter seiner Augenbinde hindurchzusehen. Vergeblich. Alles blieb schwarz. Hätte er sich das Ding doch bloß nicht so fest gezogen. Aber es gab ja Regeln. Und David war schon als Kind ein fairer Spieler gewesen, der sich immer an die Regeln hielt. Vielleicht zu oft.

Es war still. David atmete lauter.

Ist überhaupt jemand gekommen?, dachte er.

Erschreckt fuhr David hoch, als ein lautes Geräusch erklang. Der Teergeruch war verschwunden. Jemand musste das Fenster geschlossen haben.

Irgendwie spürte David, dass ihn jemand beobachtete. Er wurde unsicher, ob seine Entscheidung richtig war.

»Okay, Schätzchen. Was kommt jetzt? Ich bin echt gespannt. Wenn mir das hier aber zu blöd wird, zieh ich die Binde aus, klar?« Seine Stimme klang etwas brüchig. Er ärgerte sich darüber.

Wieder hörte David das Rascheln von Stoff. Es klang leicht und luftig. Seine Gedanken fingen an zu kreisen.

Die feinen metallischen Geräusche konnte David allerdings nicht deuten. Sie machten ihm etwas Angst. Als er seine Augenbinde lüften wollte, merkte der junge Mann, dass er seine Arme nicht mehr bewegen konnte. Auch seine Beine waren starr. David erschrak. Es war ein warmes, keineswegs unangenehmes Gefühl, aber die Situation ängstigte ihn. Er wollte losschreien, merkte jedoch erstaunt, dass nur ein lautes Stöhnen aus seinem Mund kam.

Eine sanfte Berührung ließ ihn zusammenzucken. Langsam streichelte etwas über seine Brust. Es fühlte sich an wie ein Stück Fell, sehr haarig und weich. David entspannte sich zunehmend. Vielleicht lag es daran, dass er die Angst verlor. Er konnte seine Arme und Beine zwar nicht bewegen, aber sie waren da, er fühlte sie und spürte das Blut in ihnen. Er fing an, die zarten, weichen Bewegungen zu genießen, die inzwischen seine Schenkel streichelten.

Unvermittelt sehnte er sich nach einer Hand, die ihn anfasste, der er sich entgegenstrecken konnte. David stöhnte lustvoll und atmete schwer. Er wollte sie anfassen, berühren, zu sich heranziehen. Es war unmöglich – er gab auf, seine Arme rührten sich keinen Zentimeter. Da tropfte etwas feucht und warm auf sein Gesicht. Es benetzte seine trockenen Lippen, lief seinen Hals hinunter. Gierig streckte er die Zunge aus und bekam ein paar Tropfen ab. Ein süßlicher Geschmack, wie Erdbeersoße. Sie verteilte sich langsam über seinen Körper, sammelte sich kurz im Bauchnabel, um dann weiter abwärts zu fließen. Er fühlte, wie das Blut in seinem Penis pochte. Als sein heißer Penis gerade die klebrige Flüssigkeit erwartete, wurden die Erdbeerströme gestoppt. David spürte eine feuchte und raue Zunge, die in schnellen fordernden Bewegungen die Soße in seinem Schoß verteilte.

»Ja, bitte, fass ihn an«, stöhnte David laut.

Er fühlte, wie die Unbekannte langsam an seinen Brustwarzen saugte und leckte. Er spürte ihren warmen Atem und die Haare auf seinem Körper, es mussten lange Haare sein. Bestimmt blonde. Er stellte sich ihre langen Beine vor und war wie benommen. Ja, er genoss es. Sein Körper streckte sich ihr wollüstig entgegen. Als eine Hand seinen Penis umfasste, gab er ein erleichtertes »Ja« von sich.

Ihre Hand massierte seinen Penis leicht, feucht kam ihre Zunge hinzu. Davids Blut pulsierte immer stärker. Er bewegte sich im Rhythmus ihrer kreisenden Hand. Als sie ihn schließlich in den Mund nahm, konnte er fast nicht mehr an sich halten. Dann saugte sie stärker und massierte dabei seinen Damm.

Er wollte sie. Jetzt. Ganz und gar. In sie eindringen. Sie penetrieren. Er wollte sie anfassen und verfluchte seine Bewegungslosigkeit. Wie kam das nur? Egal, in diesem Moment konnte er nur an diese feuchte warme Öffnung denken, die ihm so nah war. David fühlte, wie sie ihm langsam ein Kondom überrollte. Sein Atem ging in ein lautes Hecheln über.

Er versuchte sie mit seiner Zunge zu erreichen und stöhnte lustvoll auf, als er eine Brustwarze der Unbekannten erwischte. David nahm sie zärtlich auf und ließ sie sanft seine Zähne spüren. Sie war steinhart. Jetzt hörte er zum ersten Mal auch die Unbekannte stöhnen. Es war ein tiefer, fast animalischer Laut. Wenn er nicht so erregt gewesen wäre, hätte es ihn fast geschaudert. Ihre pralle Brust drückte sich ihm entgegen. Er wollte mehr, öffnete den Mund, so weit er konnte, und ließ sie ihre Brust tiefer hineindrücken. Ihre Haut fühlte sich kühl und glatt an. Sein Penis tat weh. Das Blut pochte ihm bis zum Hals.

Als sie sich ohne Vorwarnung auf ihn setzte, schrie er laut auf. Es kam unerwartet. Sie war naß und stieß seinen Penis tief in sich hinein. Sie atmete jetzt schwer. Er streckte ihr sein Becken entgegen und wollte mehr, als plötzlich eine Hand seinen Penis an der Wurzel umschloss und seinen Schoß langsam zurück aufs Bett drückte. David röchelte lustvoll. Sie begann, sich auf ihm zu bewegen. Willig folgte er ihrem Rhythmus, während ihr Stöhnen immer heißer auf seine Haut perlte. Sein Atem ging jetzt auch schneller.

Sie war gut. Sie war verdammt gut. Er dachte an Lucia, die sich auch immer am liebsten auf ihn gesetzt hatte. Nur dabei konnte er immer ihren kleinen süßen Hintern umfassen und sie zu sich heranziehen. Hier fühlte er sich so machtlos, so ergeben. Fast willenlos. Aber vielleicht brachte gerade das sein Blut derart zum Kochen. Er spürte, wie ihre Muskeln an seinem Penis vibrierten, und fühlte sich eins mit ihr. Dann stellte er sich vor, wie er in ihre geweiteten Pupillen sah, ihre harten Brüste streichelte und sie schließlich herumwarf, um tief in sie einzudringen.

»Bitte, nimm mir die Binde ab«, flüsterte er. »Ich zahl auch das Doppelte.«

Keine Antwort. Nur lautes Stöhnen. Ihre Muskeln umschlossen seinen Penis immer wieder.

David bäumte sich noch einmal auf, sein schweißnasser Körper zuckte unter der Unbekannten. Sehnsüchtig und demütig zugleich gehorchte er ihrem wilden Rhythmus. Er kam schnell. Reckte sich ihr mit einem heftigen Ruck entgegen. Seine heißen Ströme ergossen sich in das Kondom. Er spürte, wie sein Gesicht feucht wurde.

Mit schnellen Fingern umspielte ihre Hand seinen Mund. Erneut öffnete David ihn weit und versuchte wenigstens einen Finger von ihr zu erwischen. Endlich. Er sog ihn tief ein. Es schmeckte bitter. Seltsam.

Er kam nicht dazu, über das Geschehene nachzudenken. Es war wie eine Explosion. Er fühlte, wie eine heiße Welle seinen Körper durchjagte und schrie, halb vor Lust und halb vor Angst. Wie durch Nebel hörte er ein dumpfes Lachen. Farben spielten vor seinen Augen. Er sah, wie eine Frau mit blonden Haaren ihm gegenüberstand. Sie war nackt. Plötzlich wurden ihre Beine lang, immer länger. Sie wuchs über ihn hinaus. Er schaute nach oben. Ihre Brüste schwankten über ihm. Er wollte sie anfassen, sie berühren, doch sie war verschwunden.

Nun schaute er auf seinen Penis, der inzwischen zu ungeheurer Größe angewachsen war. »Lucia. Bitte komm zurück.«

Er hörte ihre Stimme. Sie saß auf einem riesengroßen Ventilator über ihm und kreiste langsam über seinem Kopf. »Niemals.« Ihre Stimme klang monoton dunkel und verzerrt. »Du hast das schlimmste Verbrechen begangen, das ein Mensch je begehen kann. Du hast dein Leben vergeudet.« Ihre Stimme hallte in seinem Kopf, wieder und immer wieder. Er schloss die Augen.

Als das Telefon klingelte, schreckte David hoch. Zu schnell. Sein Kopf fühlte sich an wie eine überreife Tomate, kurz vor dem Platzen. Er sackte wieder zurück aufs Kissen.

Verdammt, diese Drinks bringen mich noch mal um, dachte er. Es klingelte noch einmal.

Er konnte nur ein kurzes »Ja?« in den Hörer stöhnen.

»Guten Morgen. Es ist 9 Uhr 30. Sie wollten geweckt werden.«

Es war kühl. Er sah das offene Fenster und hörte den Straßenlärm vor dem Hotel.

Was war bloß geschehen? Davids Kopf erlaubte noch keine großen Sprünge. Seine Gedanken waberten darin umher wie eine Masse zähflüssiges Kaugummi.

Als das warme Wasser auf seiner Haut prickelte, wurde David langsam wach. Er riss den Duschvorhang ruckartig zurück und spürte einen Schmerz im Arm. Es tat höllisch weh. Mit dem Schmerz kam auch die Erinnerung an seinen Traum zurück. Er bekam direkt wieder einen Morgenständer, als er daran dachte. War es überhaupt ein Traum? David wurde unsicher. Er konnte sich nur noch an die Drinks erinnern. Alles, was vorher oder nachher passiert war, schien unendlich weit weg zu sein.

Er schaute in den Spiegel. Nichts. Er betrachtete seinen Penis und konnte ebenfalls nichts Beunruhigendes feststellen. Im Bett fanden sich auch keine Spuren. Etwas enttäuscht, aber zugleich auch erleichtert, zog David sich an.

Seine Hände zitterten, als er den Krawattenknoten festzog. Da fiel sein Blick auf zwei kleine Puppen auf dem Wohnzimmertisch, die sich an den Händen hielten. Erneut war David verunsichert. Als er eine der beiden in die Hand nahm, verspürte er einen schmerzhaften Stich. Mit gläsernen Augen betrachtete er, wie der Blutstropfen langsam an seinem Finger hinunterlief. Er verspürte ein flaues Gefühl im Magen, seine Beine gaben nach. Die Puppe war voller Nadeln. Allerdings nur in Armen und Beinen. Was aber noch viel schlimmer war: Sie sah aus wie … er, David. Sein Kopf schmerzte, ihm war übel. Als er die zweite Puppe näher betrachtete, wurde er aschfahl: Sie hatte blonde Haare und lange Beine …

Josephine Mutzenbacher

Ein durch und durch nobles Ross

Der Rudolf war mit mir in der Zeit öfter aus, puderte mich und verschaffte mir Herren. Gleich am zweiten Tag, nachdem er es mir versprochen hatte, war er mit mir in Freudenau, beim Rennen. Der kleine, schicke Kerl hatte sich fein gemacht, trug einen kurzen, hellen Überzieher und sogar einen Riesenoperngucker umgehängt. Dem Franz hatte der Rudolf erzählt, er bringe mich zu einem g'spaßigen Sonderling, der sich immer die Mädeln ins Haus führen lasse.

Es war ein wunderschöner Tag, die vielen geputzten, feinen Leute waren so interessant, und die Damen hatte manche Toiletten, dass man grün vor Neid werden konnte. Ich drängte mich ganz nach vorn ans Geländer, mir gefiel es riesig, wie die schönen braunen Pferde, mit den winzigen Jockeys darauf, so über das Feld hinflogen und die Leute ihnen zuriefen. Ich schrie rein aus Vergnügen mit, und der Rudolf, der gewettet hatte, stand hinter mir und rechnete in einem kleinen Büchl.

Plötzlich hörte ich ihn hinter meinem Rücken in ganz unterwürfigem Ton sagen: »Meine Verehrung, Herr Baron! Auch hier? Gestatten, meine Cousine, verwitwete Frau von Winkler!« Ich fuhr herum, und da stand ein sehr großer, dicker Herr, der seinen komischen grauen Zylinder ehrerbietig vor mir zog. Ich machte ein sehr kühles Gesicht; wenn der Rudolf mich als ›Frau von Winkler‹

vorstellte, hatte das schon einen Grund, und es schaute Geld heraus. Ich ließ mir die Hand küssen wie eine Gräfin, und der Baron sagte sehr liebenswürdig: »Gestatten Gnädigste, dass ich Sie zu meinem Platz geleite? Wir können von dort den nächsten Start viel besser beobachten.«

Der Rudolf machte ein untertäniges Buckerl, er hatte nichts dagegen, und der große Herr Baron führte mich, noch immer seinen Zylinder in der Hand, auf seinen schönen Tribünensitz. Dort stellte er mir einen Sessel hin und half mir hinauf; jetzt konnte ich alles wundervoll sehen, er erklärte mir alles und sagte mir die Namen der Pferde. »Gnädigste spielen gar nicht?« Was hätte ich ihm antworten sollen? Geld hatte ich ja keins, und meine Rolle durfte ich nicht so bald aufgeben. »Dann gestatten Gnädigste vielleicht, dass ich auch für Sie eine kleine Summe auf ›Sonnenblume‹ setze?« Ich nickte so recht von oben herab, aber dann war ich doch sehr aufgeregt, wie die Pferde zu laufen begannen. Schrecklich aus dem Häusl war ich! ›Sonnenblume‹, unser Pferd, hatte einen Jockey mit einer grasgrünen Bluse, und als die Pferde bei uns vorüberrannten, war wirklich die ›Sonnenblume‹ das erste Pferd. Ich schrie und klatschte vor Vergnügen in die Hände und war gleich darauf riesig erschrocken, denn eine wirkliche Dame benimmt sich doch nicht so aufgeregt.

Der Baron schmunzelte bloß. Er hatte den Arm um die Lehne meines Sessels gelegt, damit ich nicht samt dem Sessel hinfalle, und betrachtete verstohlen meine festen, runden, schön geschwungenen Wadeln, die man durch den leichten, hellen Sommerrock ganz schön durchschimmern sah. Ich machte mich nichts wissen und freute mich über die noble Bekanntschaft. ›Sonnenblume‹ gewann wirklich, und ich war vor Freude ganz außer mir. Der Baron entschuldigte sich lachend für eine Minute und ging zum Schalter, um unsern Gewinn zu holen, da tuschelte es auf einmal hinter mir:

»Gratulier, Frau von Winkler! No, schaut der alte Rudolf auf Ihnen? Alsdann, bin ich ja jetzt überflüssig! Abrechnung morgen!« Ich machte einen ganz kleinen Mund und sagte, spaßig von oben herunter: »Es ist gut! Sie können jetzt nach Hause fahren, Rudolf!« Rudolf, der alte Gauner, verzog sich grinsend, und der Baron kam zurück und gab mir mit einer tiefen Verbeugung fünf nagelneue Zehnguldenzettel. »Jessas, das hab alles ich allein gewonnen? Ja, jetzt müssen Sie mir aber sagen, wie viel Sie mir geborgt haben!« Der Baron machte ein beleidigtes Gesicht, und ich sah ganz verzweifelt, dass ich schon wieder einen Blödsinn gemacht hatte.

Nach dem Rennen ging er mit mir Eis essen, machte mir hinten und vorn den Hof wie einer Fürstin und brachte mich endlich in so einem ganz komischen, ganz hohen und schmalen Wagerl, wo nur zwei auf dem Bock sitzen konnten, nach Hause.

Er kutschierte ausgezeichnet und sprach die ganze Zeit über von Pferden: Ich verstand kein Wort, sagte aber brav auf alles ›Ja‹. Einmal sagte er auch: »Aber der schönste Traum, Allergnädigste, wären weibliche Jockeys. Lauter wunderbare, splitternackte Frauen, auf pechschwarzen Pferden dahinjagend! Blondinen, wie Sie eine sind!« – »Aber Herr Baron!« Ich verdeckte die Augen mit der Hand und lachte darunter; der alte Esel glaubte, ich schäme mich wirklich, und entschuldigte sich tausend Mal. »Wenn Sie mir vergeben könnten, Gnädigste, so schenken Sie mir die Ehre Ihres Besuches! Ich würde Ihnen mit unendlicher Freude meine Rennpreise zeigen, Sie verstehen sich von Natur aus aufs Reiten!«

No, jetzt wusste ich, wie viel es geschlagen hatte, nickte aber nur recht hochmütig und sagte: »Ich werde sehen.« Er sprang vom Bock, küsste mir die Hand bis zum Ellbogen hinauf, und im Haustor musste ich wieder einmal den Kopf schütteln über die Dummheit der Männer.

Am nächsten Nachmittag bin ich zu ihm hin. Er hatte eine hochnoble, sehr stille und kühle Junggesellenwohnung auf der Wieden, voller Teppiche und Vorhänge, alles zugezogen, fast ganz dunkel. Ich bekam eine feine Jause und nachher ein scharfes englisches Getränk. ›Whisky‹, sagte er. Es schmeckte wie Abwaschwasser von einem Tannenholzstockerl, und ich verkutzte mich dran. Dann zeigte er mir eine Menge goldene und silberne Schalen, Krügeln und Becher und so; allerhand Namen waren darauf eingraviert. Ich schlug die Hände zusammen, sagte ›Ah‹ und ›Oh‹ und tat, wie wenn ich vor lauter Staunen ganz weg wär. Dabei war mir saufad, und ich wünschte, es solle schon zum Vögeln kommen, damit ich es hinter mir hab.

Endlich fragte er mich: »Würden Gnädigste mich zum glücklichsten Sterblichen machen wollen?« – »Wie meinen Sie das?« – »Ich erbitte die Gnade, Ihr Pferd zu sein!« – »Ich hab's noch nie probiert, aber auf einen feschen Baron möchte ich für mein Leben gern einmal reiten!« – »Ich bin kein Baron, süße Reiterin, ich bin ein Hengst, Ihrer Hoheit Hengst, und heiße Schwarzfleck!« Und er fing an zu wiehern, ganz natürlich und wirklich wie ein Ross; ich hielt mit Mühe das Lachen zurück.

Er ging mit todernstem Gesicht hinter einen Wandschirm, zog sich dort aus und sagte alle Augenblicke: »Hihaha! Hihaha!« Man hörte auch so ein Wetzen, wahrscheinlich geilte er seinen Schwanz auf. »Leg deinen göttlichen Rock ab, kleine Herrin!« Belustigt streifte ich meinen Rock ab und stand im weißen Spitzenhoserl da. Ich trug an dem Tag Schuhe aus schwarzem Lackleder und mit sehr hohen Absätzen. Das schien ihn ganz besonders aufzuregen, denn wie er jetzt ganz nackt herauskam, warf er einen Blick auf meine Füße, und sein halbsteifer Schwanz begann sich zu heben.

Mein Baron war so weit ein ganz fescher Kerl, nur einen Bauch hatte er. Sein kerzengerader Schwanz hatte eine bläuliche Eichel, und Hoden hatte er wirklich wie ein Hengst, so dick bis fast zum halben Schenkel hinunter, einen langen, dicken Sack. Er kniete vor mir nieder, leckte mir die Spitzen meiner Schuherln ab und grunzte: »Hihaha! In den Sattel, Fräulein Jockey! Sogleich beginnt das große Liebesrennen! Ihaha! Ihahah.«

Ich hatte schnell begriffen und saß mit einem Schwung auf seinem Kreuz. Ich presste seine Rippen fest zwischen meine kräftigen Schenkel, gab ihm mit der flachen Hand einen ordentlichen Klaps auf den Popo und hielt mich mit der andern an seinen Haaren fest. Und jetzt kroch er schnell zwei-, dreimal um das ganze Zimmer herum, auf einem dicken, dunkelroten Teppich. »Dir fehlt die Peitsche, kleine Herrin!« – »Brauch keine. Meine Hand spürt der Hengst auch.« Und pitsch, patsch, klatsch, klatsch haute ich ihn auf seinen großen, harten Hintern, das hat er sicher gespürt! Er war ganz kindisch, stöhnte, gurgelte und wieherte und lief jetzt so schnell auf aller vieren, dass ich fast gefallen wär. Um mir Halt zu geben, schlang ich die Beine fester um seinen Bauch und verschränkte unten die Füße. Da kam mit grad sein kerniger Schweif zwischen die Knöchel. Jetzt hatte ich was Hübsches für ihn gefunden, durch das weiche, dünne Leder fühlte ich seine Reitgerte pulsieren und nahm seinen Schweif zwischen meine Sohlen und begann ihm unter seinem Bauch mit den Füßen langsam einen herunterzuwichsen. Sein Wiehern wurde ganz tief vor lauter Geilheit: »Hühöhööö! Hüühööhööö! Hüaaa …«

Ich hatte, während er, langsamer und sich hin und her werfend, weiterlief, genug zu tun, feuerte ihn durch Zurufe an, haute ihn auf den Popo und fuhr auch manchmal mit dem Zeigefinger in sein Popoloch, das sich jedes Mal zusammenzog. Dann warf er den Kopf zurück, verdrehte die Augen, und der Speichel tropfte ihm herunter – meiner Seel, ein wirkliches Ross hätt nicht schöner schäumen können! Dabei vergaß ich auch den Schweif von meinem Hengst nicht; unablässig, aber zart fuhren meine verschränkten Füße von der Eichel bis zur Schwanzwurzel, rein aus dem Gefühl machte ich das, zu so was hab ich nie sehen müssen. »Hühaha ... huhaha ... jetzt ... kommt ... das ... Finish ... göttlicher ... Jockey ... hüaüüü ...« Dabei klatschte es in schweren Tropfen auf den Teppich, er ließ sich mit einem befreiten Grunzen unter mir zusammenfallen, spreizte alle viere und lag keuchend auf dem Bauch. Ich stand breitbeinig über ihm, meine Schuherl hatten graue Spritzer von seinem Samen – ich hatte brav gearbeitet!

Während er sich ein paar Minuten auf dem Teppich verschnaufte, ging ich im Zimmer herum und aß kleine belegte Brote; das Reiten macht Appetit! Seine trüben Blicke folgten mir überall hin, speziell meinen Waden, die durch das enge Schnüren ein bisserl über die Schuhschäfte quollen. »Würde die süße Reiterin für einen Augenblick ihre Reitstiefelchen ablegen?« – »Aber ja, Herr Baron ...« Ich ließ mir von ihm die Schuhe ausziehen, und er leckte mir die Waden bis zu den Knien hinauf, ein g'spaßiger Geschmack! Dann wälzte er sich langsam über den Teppich, bis er vor einem kleinen, runden Tischerl auf dem Rücken lag. »Würde die Göttin die Gnade haben, hochdero untertänigsten Gaul noch einmal mit den Füßchen zu beglücken?« – »Gehen S', Herr Baron, das sagen S' mir no amal auf Deutsch!« Da spreizte er bloß die dicken Schenkel und wieherte, sein Glied stellte sich langsam noch einmal auf und sah mir direkt ins Gesicht, wie wenn es was haben wollt.

No, ich war nicht aus Stein, setzte mich auf den Rand des Tischerls, zog die Hose auseinander und zeigte meinem Gaul unten mein Fummerl, und er keuchte und wurde noch geiler. Dann nahm ich noch einmal sein Glied zwischen meine Sohlen, diesmal hatte ich es viel besser im Gefühl, weil ich nur die Strümpfe anhatte. Er bäumte sich auf, dass sein großer, starker Körper wie ein Bogen war, wieherte, und sein Schweif wurde zwischen meinen sanft auf und abgleitenden Füßen immer röter und größer, und endlich spritzte mir ein langer Strahl von unten herauf bis an die Knie, über die ganzen Strümpfe – so konnte der spritzen!

Jetzt warf er sich, schweißgebadet, herum und brüllte ganz heiser: »Und nun reitet die Göttin den Schlussgalopp!« Ja, den Schlussgalopp konnte ich schon brauchen, bestieg also noch einmal meinen Hengst, aber schön weit vorn, die Rippen presste ich ihm, dass es krachte, und steckte den Zeigefinger ganz tief in sein hinteres Loch, wobei ich fest hin und her fuhr. Mit seiner letzten Kraft galoppierte er auf allen vieren durch eine Portiere ins Nebenzimmer, dort war ein Fünfzigguldenschein mit einer Stecknadel an die Wand gespießt, und er schrie heiser: »Erster Preis der göttlichen Josefine!« Ich nahm mir meinen ersten Preis – meiner Seel, redlich verdient! –, der Baron zog mir die Schuhe an, half mir in mein Kleid und küsste mich auf den Popo dabei, und unterwürfig und ganz verschwitzt begleitete er mich zur Tür.

Stefan Maiwald

Hanteltraining mit Huren

Sie schwitzte stark. Kein Wunder, sie befand sich ja auch schon seit 20 Minuten auf dem Ding. Sie gefiel mir. Ihr Zopf wippte mit jedem Tritt in die Pedale auf und ab, und immer wieder sammelte sich an ihrer Nasenspitze Schweiß und tropfte auf das Gerät. Sie saß auf dem Rad und schaute dabei fern; das Studio hatte nämlich nur die modernsten Geräte.

Dreimal pro Woche trainierte ich im »Fitnessstudio Smetlana« draußen in der Vorstadt. Das Studio war vor gut 30 Jahren von Edgar Smetlana gegründet worden. Jener hatte leider das Pech gehabt, knapp vor dem Boom des Körperkults gewirkt zu haben, also zu einer Zeit, in der die Wahl zum Mister Universum noch keine B-Stars für Hollywood hervorbrachte, sondern allenfalls eine kuriose Rummelveranstaltung für homophile Frührentner war, die mit ihrer Kleinbildkamera ein paar Fotos für das Privatalbum schossen. An der Wand hingen Farb- und Schwarzweißfotos von Smetlana mit einer höchst komplizierten Frisur, dicken Koteletten, einem Schnauzbart und einer albernen Badehose. Smetlana gab es schon lange nicht mehr: Er hatte sich nach seiner aktiven Zeit zunächst als Videothekenbesitzer, bald aber als erfolgloser Kleinkrimineller verdingt (Hehlerei, Betrugsdelikte, Verkauf von Anabolika). Dann begann er zu saufen, und schließlich hatte eine deutsche Eiche seinen hellgrünen Ford Capri in nur zwei Sekunden von 120 auf null Stundenkilometer heruntergebremst.

Der Name des Studios blieb jedoch, obwohl inzwischen bereits der fünfte oder sechste Pächter nach Smetlana die Leitung übernommen hatte. Der Aktuelle hieß »einfach nur Carsten« und trug seine weißen Socken über der Trainingshose.

Das Fitnessstudio lag in einem Industriegebiet, und zwar nicht in einem dieser bunten neuen Biotech-Parks mit gewagter Glasarchitektur und Sushi-Services, sondern in einem guten alten Industriegebiet, mit Schrotthändlern, stillgelegten Tankstellen, haushohen Reifenstapeln und einem Döner-Imbisswagen (»Ali's gute Döner«), bei dem ich ab und an zuschlug, wenn ich vom Training kam. Ali hieß in Wirklichkeit Muhlis, aber ihm gefiel Ali besser, gewissermaßen als Künstlername. Ich fand, er hatte Recht.

Und ich? Oh, ich war nur der typische, desillusionierte New-Economy-Hotshot, der sich jetzt, zwischen zwei Jobs, wenigstens körperlich fit hielt, wenn es finanziell schon mies aussah.

Mein Workout ähnelte dabei einem Trainingsprogramm von *Fit for fun* aus dem Jahre 1920: *Nehmen Sie die schwerste Hantel, die Sie gerade so eben noch heben können, und machen Sie dann, unterstützt von schädlicher Pressatmung, viel zu viele und möglichst falsch ausgeführte Wiederholungen.* Das Ergebnis: Ich hatte einen mächtigen Bizeps, aber ständig Rückenschmerzen.

Dieses Fitnessstudio hatte ich mir extra ausgesucht, denn ich wollte meine Ruhe haben und einfach nur trainieren. Ich hatte kein Interesse daran, mit PR-Mäuschen zu flirten, mit Prozac-Poppern um die Wette zu lächeln oder mir Sorgen über meine Kleidung machen zu müssen. Dafür fuhr ich auch gern etwas weiter. Alles war besser, als in das Fitnessstudio bei mir um die Ecke zu gehen, an dessen schwarzem Brett die Setcards der Models hingen, die dort trainierten. Nein, dann lieber tot.

Außer mir, »Ali« und den Reifenstapeln beherbergte das Industriegebiet auch noch zwei Bordelle, die »Red Light Zone« und das

»Haus der hundert Freuden«. Die Huren trainierten allesamt im »Smetlana«.

Hanteltraining mit Huren, überschrieb die örtliche Zeitung einmal einen Artikel über dieses Fitnessstudio, und irgendwann war auch einmal RTL II da gewesen, natürlich.

Also bitte, Schluss mit der Romantik. Wer glaubt denn noch, dass Huren mondäne vollbusige Frauen wären, die sich faul auf roten Ledersofas räkelten und Champagner tranken? Dazu war der Konkurrenzdruck zu groß, die Freier wollten etwas für ihr Geld, und sie hatten inzwischen auch schon genug nackte Frauen gesehen, als dass sie sich von einer labbrigen Figur antörnen ließen.

»Hallo.«

»Hallo.«

So lief unser Dialog, monatelang. Sie war klein und drall – das klassische Playmate sozusagen. Ihre Augen waren groß und grün, die Haare blondiert. Nach und nach fand ich ein bisschen über sie heraus. Sie hieß Clarissa und behauptete, sie sei Italienerin. Allerdings sagten das alle Rumäninnen. Sie verlangte 40 Euro für den Blow Job, 90 für den Big Job. Ich bildete mir ein, dass sie mir einen Spezialpreis machte, also je zehn Euro Ermäßigung, aber genau wusste ich das nicht.

Und dann kam es, wie es kommen musste: Ich verliebte mich in sie, stimmte mein Trainingsprogramm auf sie ab – sie trainierte montags, mittwochs und samstags, und ich fortan auch. Ich wollte sie nicht immer nur in der »Red Light Zone« sehen, in ihrem Zimmer Nummer 23, wortlos und so gut wie nackt auf ihrem Futonbett aus Fichtenholz; der Raum, ausgestattet mit Deckenflutern, die orangerotes Licht nach oben warfen, und einem Kassettenrecorder, der »Kuschelrock III« in diesem Ikea-Ambiente verströmte. Ich zog mich gut an. Ich trainierte hart und immer in ihrer Nähe.

»Hallo, Clarissa.«

»Hallo.«

Immerhin: Ein Fortschritt.

Im »Smetlana« gab es natürlich auch eine Sauna, und eines Samstags ging ich dort hin, wie jede Woche. Im Nachhinein hätte ich schwören können, dass ich alles schon vorher geahnt hatte – dass ich spürte, wie viel dieser Tag verändern würde. Vielleicht war das Unsinn, aber jeder von uns hält sich ja für wahnsinnig sensibel. Wahrscheinlich roch ich nur dieses billige Lindenblütenaroma, das immer da war, und sonst nichts.

Die Sauna war leer, also setzte ich mich hinein und freute mich. Denn leere Saunen sind die besten. In vollen Saunen mit Menschen Gespräche zu führen, die man nicht einmal angezogen in seiner Nähe haben will – das ist für mich einfach unerträglich. Ich lag da, schwitzte und war bereits in so einer Art Lindenblüten-Nirwana, da ging die Tür auf, und natürlich war sie es.

Clarissa.

Mit großen grünen Augen.

Und dem Zopf.

Nackt.

Ihr Busen war perfekt, das wusste ich. Ihre Füße mit den weiß lackierten Zehennägeln auch, das wusste ich bis jetzt nicht. Sie trug ja immer komische Pumps, wenn ich sie besuchte, und legte sie auch beim Sex nicht ab. Als wäre die Entblößung ihrer Füße die Preisgabe ihrer Seele. So ein Blödsinn.

Ansonsten vermieden wir übrigens Blicke. Wir waren schließlich in der Sauna.

»Hallo, Clarissa«, sagte ich. Mehr brachte ich einfach nicht heraus.

»Hallo, Marrrkus«, sagte sie zu meiner Überraschung. Woher

kannte sie meinen Namen? In der »Red Light Zone« verständigten wir uns ohne sie.

Sauna nach dem Workout: Der Körper ist warm und weich, gereinigt und geschmeidig; die Muskeln sind aufgepumpt und elastisch. Das ist wie eine Startrampe zu gutem Sex. Fand ich. Und musterte Clarissa eingehend, statt wegzusehen. Ihre Brüste. Ihren Bauchnabel, in dem sich schon ein wenig Schweiß gesammelt hatte. Den Haaransatz über ihrer Möse. Sie merkte, dass ich sie beobachtete. Strich sich über den Bauch und verrieb ihren Schweiß. Spreizte die Beine, ein bisschen nur, und schloss sie gleich wieder. Sie zwinkerte mir zu, das Spiel gefiel ihr. Innerhalb weniger Sekunden hatte ich eine Erektion. Manchmal ist das Leben so simpel: Sie lächelte, drehte sich zu mir und spreizte ihre Beine, diesmal ganz weit, und mit den Fingern ihrer rechten Hand zog sie ihre Schamlippen auseinander. Ich vergrub meinen Kopf zwischen ihren Schenkeln. Das war jetzt wirklich ein Spezialpreis. Bald war ich in einem anderen Nirwana, fern aller Lindenblüten.

Am folgenden Montag, einem kühlen klaren Wintertag, kam ich wieder ins Fitnessstudio und ging sofort in den Umkleideraum. Und dann traf mich plötzlich und unvorbereitet der Schlag ins Gesicht.

Wie bereits erwähnt: Ich war ein kräftiger Kerl. Mächtige Arme und so weiter, außerdem 1,90 Meter groß. Aber diese Zuhälter waren einfach eine Spur verschlagener. Sehniger. Und wer zuerst zuschlägt, gewinnt nun einmal.

Das »Smetlana« wurde nämlich nicht nur von Huren, sondern auch von den dazugehörenden Luden frequentiert. Ist ja auch verständlich, wo doch das Fitnessstudio so nahe ist. Aber diese Luden verstanden keinen Spaß, wenn man ihre Ladys befummelte. Clarissas Zuhälter Sven war ein besonders übler Typ: hager, brutal, mit spitzen Knochen. Die blonden Haare kurz geschoren. Wasserblaue Augen, nahe am absoluten Nullpunkt. Insgesamt so dumm, dass es wehtat.

Also bitte, Schluss mit der Romantik. Wer glaubt denn noch, dass Zuhälter Zigarre rauchende, schmerbauchige Typen seien, die nichts anderes täten, als ihr Geld in nächtlichen Pokerrunden zu verprassen? Nein, die Luden von heute sind jung, mager und zäh. Die Albaner und Russen sind es bekanntlich auch.

Ich drückte jedenfalls die Glastür zur Männer-Umkleide auf, da stand Sven vor mir und schlug einfach zu. Seine Faust erschien vor meinem Gesicht und schwebte vor mir wie ein großes, fleischfarbenes Bonbon. Nachdem ich meine Sinne wieder geordnet hatte, bemerkte ich, dass ich auf dem Boden saß, den Rücken an einen Spind gelehnt. Mein Gesicht fühlte sich irgendwie aufgeweicht an. Als sich meine Sicht schärfte, sah ich Sven über mir stehen.

»Versau sie nicht.«

»Wen? Was?«

»Clarissa. Ohne Geld – das ist ...«

»Was geht dich das an?«

»... das ist, als hättest du sie vergewaltigt.«

Ich fing mir noch eine ein.

Danach blieb ich einfach sitzen, und Sven verschwand zum Training. Wenn ich mich richtig erinnerte, dann hatte er ein paar Blutspritzer auf seinem hellblauen Adidas-Shirt abbekommen. Doch das machte ihm nichts aus, vielleicht gab es ihm sogar eine gewisse Credibility.

Ich ging mit wackligen Beinen zum Waschbecken und wusch mir das Blut aus dem Gesicht. Sven hatte vielleicht Blut (*mein* Blut) auf dem Adidas-Shirt; ich hingegen hatte ein wahrhaft rot durchtränktes Lacoste-Shirt am Leib.

Der Lude war ein ganz Witziger; er ließ sich immer die Schlüssel zum Spind Nummer 69 geben. Weil ich ziemlich frustriert war und meine Nase immer mehr pochte (War das Nasenbein gebrochen? Würde ich bald aussehen wie ein erfolgloser polnischer Zuhälter?), ging ich zu seinem Spind und trat kräftig zu. Und der Spind, aus dünnem Blech gefertigt, knickte ein.

Aber ich wäre ein zu guter Verlierer gewesen, wenn ich nicht auch noch ein bisschen geschnüffelt hätte. Unten im Spind lag eine ausgewaschene Karottenjeans, ordentlich gefaltet. Obendrauf stand eine schwarze Nike-Sporttasche. Nicht einmal markentreu war Sven. Auf einem Bügel hing eine Lederjacke mit – tatsächlich – Fransen, aber immerhin von Prada. In ihren Taschen entdeckte ich einen Schlüsselbund, schwer und kühl. Er lag ganz gut in meiner Hand, und einen Moment lang spielte ich mit dem Gedanken, ins Studio zu gehen und Sven damit das Gesicht zu putzen. Doch dann entdeckte ich am Bund den Porscheschlüssel.

Nun ja.

Ein älterer Mann kam in den Umkleideraum, starrte mich kurz seltsam an (mein Blut), sah dann aber schnell wieder weg (mein Bizeps), beeilte sich mit dem Anziehen und verschwand. Vermutlich mit dem festen Vorsatz, das Fitnessstudio schleunigst zu wechseln. Ich blickte unverwandt auf diesen magischen Schlüssel. Auf einmal war alles klar. Ich steckte ihn in meine Trainingshose, ging noch einmal zum Waschbecken und richtete mich halbwegs her (die Nase blutete immer noch, und mein linkes Auge schwoll langsam an). Dann verließ ich die Umkleide.

Und weil unser Leben aus einer Abfolge von Zufällen besteht, kam es, wie es kommen musste: Clarissa stand vor mir. In ein Handtuch gehüllt. Sie wollte wieder in die Sauna gehen.

»Hallo, Clarissa«, sagte ich nonchalant.

»Was ist los? Was ist passierrrt?«

»Mir geht's nicht so gut.«

»Sehe ich.«

»Begleitest du mich?«

»Natürrrlich. Ich ...«

»Gut.«

»... ziehe mich nur um. Äh, an.«

Ich wartete auf dem Gang zwischen Männer- und Frauenumkleide. Mit dem blutverschmierten Poloshirt am Leib, einer blutenden Wunde im Gesicht und dem Porscheschlüssel eines gemeingefährlichen Zuhälters in der Hand. Clarissa aber beeilte sich; sie war eine gute Frau.

Auf der Straße fragte sie mich: »Soll ich dich ins Krrrankenhaus brrringen?«

»Nein. Ich fahre.« Ich drückte auf den Infrarot-Öffner, und direkt vor dem Eingang des Fitnessstudios blinkte der schwarze Porsche 911 zur Begrüßung kurz auf. (Warum kriegen Porschefahrer immer gute Parkplätze, während Golffahrer beispielsweise immer suchen müssen?)

»Das ist ja Svens Auto.«

»Der Porsche?«

»Der Porrrsche, ja.«

»Ich weiß.«

»Warrrum hast du den Schlüssel?«

»Er hat ihn mir geliehen.«

Clarissa überlegte. Sie überlegte geradezu physisch – sie nagte an ihrer wolllüstig geschwungenen Unterlippe, spielte an ihrem Zopf, verlagerte ihr Gewicht von einem Bein aufs andere. Dann hatte sie einen Entschluss gefasst. »Okay«, sagte sie, ging zur Beifahrertür und machte es sich bequem. Der Sitz war aus schwarzem Leder.

Der CD-Player sah aus wie ein Bordinstrument von der Kommandobrücke der *Enterprise.* Drinnen steckte die CD »Best of Scorpions«. Es war ein Jammer.

Wir fuhren die Ausfallstraße entlang. Allerdings nicht in Richtung Stadt, sondern in die entgegengesetzte Richtung. Wir beide wussten nicht, wo die Straße endete, wir waren sie immer nur in die Stadt hinein gefahren. Überhaupt kam ich mir vor wie der erste Mensch, der das Ende dieses Wegs austestete.

Es war der reine Wahnsinn: Ich fuhr einen Porsche, auf dem Beifahrersitz saß eine dralle Blondine, die, quasi von Amts wegen, allen sexuellen Spielarten gegenüber aufgeschlossen schien – innerhalb weniger Minuten war ich der Protagonist der abgeschmacktesten aller Männerfantasien. Wenn man von der gebrochenen Nase absah.

Clarissa öffnete ihren Zopf. Ich spürte, wie sie mich anblickte, während ich die Straße im Auge behielt. Schließlich war ich auf der Suche nach einem Ziel.

»Sven hat die Nase kaputtgemacht?«

»Ja.«

»Warrrum?«

»Muss wohl was gehört haben von uns beiden. Von der Sauna-Nummer, meine ich.«

»Oh.« Und nach einer Pause: »Ich habe ihm nichts gesagt.«

Ich glaubte ihr und ihren großen grünen Augen.

Die Straße führte schnurgerade aus der Vorstadt hinaus und immer tiefer in die Industriebrache hinein. Schlammige Baugruben, halb fertige Hallen, Schutthaufen – die Gegend würde wohl nie das Vorzeigeobjekt des Stadtplanungsdezernats werden. Aber, he, ich fuhr einen Porsche, und Clarissa war bei mir. Die *Promenade des Anglais* in Nizza hätte nicht aufregender sein können.

Plötzlich hörte die Straße auf, einfach so, wie ein Theaterstück, bei dem der Vorhang fällt. Da standen wir nun, mit laufendem Motor, und blickten uns an. Clarissa sprach kein Wort. Dabei hätte sie ja zum Beispiel sagen können: »Ich sitze hier neben einem, der vor einigen Minuten von meinem Luden die Nase gebrochen bekam, daraufhin seinen Porsche klaute und nun irgendwohin fährt und selber keine Ahnung hat, wie es weitergehen soll, und der froh sein kann, wenn ihm mein Lude, falls er ihn erwischt – und er wird ihn erwischen –, nicht sämtliche Schneidezähne mit einer Raspel abfeilt. *Was, um alles in der Welt, tue ich also hier?*« Aber sie blieb stumm.

Links von mir funkelte eine Art Baggersee verführerisch inmitten der trostlosen Brache. Wahrscheinlich sollte das einmal eine Parkgarage für einen dieser New-Economy-Träume werden, der dann schon zwei Monate nach dem Börsengang geplatzt war. Durch den tiefen Morast steuerte ich den Porsche so nahe wie möglich ans Ufer und zog die Handbremse an.

Der Baggersee glänzte im Sonnenuntergang wie frisch poliertes Silber. Die serienmäßigen Schalensitze der Porsche AG sind nicht gerade geschaffen für guten Sex, aber Clarissa war schließlich keine Anfängerin. »Tut die Nase noch weh?«, fragte sie, als sie meine Hose aufknöpfte. Die Frage, kombiniert mit ihrem Tun, überraschte mich ein wenig. Ich grummelte etwas Undefinierbares, und dann gab ich mich ihr hin. Mit meinem letzten Funken Verstand konnte ich mich nur noch fragen, wie sie es bloß schaffte, gleichzeitig zu lecken und zu saugen.

Nachdem ich wieder bei Besinnung war, wollte ich mich revanchieren, aber Clarissa sagte nur: »Später«, was ich als recht verheißungsvoll empfand. Nun aber war noch etwas anderes zu erledigen.

Wir stiegen aus und blickten uns an. Wir waren uns einig, ohne ein Wort verlieren zu müssen. Ich löste die Handbremse. Es dauerte schließlich eine Weile, bis das passierte, was wir uns wünschten. Dann aber geschah es, erst langsam, dann stetig schneller werdend. Der Porsche rutschte mehr, als dass er rollte. Ein etwas unbeholfener Abgang für einen 70000-Euro-Wagen. Zuerst sanken die Vorderreifen ein, dann die Stoßstange und die Kotflügel, schließlich kippte er leicht auf die Fahrerseite. Wir hielten uns an der Hand und schauten zu, wie der Porsche seine letzten Atemzüge tat und einen langen, finalen Seufzer von sich gab.

Die Sonne war fast verschwunden. Es war zwar nicht gerade wie der Sonnenuntergang in der Bucht von San Francisco. Aber dafür gingen wir, wie ein Liebespaar in einem Hollywoodfilm, Hand in Hand durch den Schlamm, immer weiter und weiter – dorthin, wo die Sonne den Boden küsste.

Anne West

Schwalbenschauer

Ich war 17, als ich das erste Mal auf der Straße stand und von einem Freier angesprochen wurde. Ich trug eine enge Lee-Röhrenjeans, die mal einem Lover von mir gehört hatte; dazu ein weißes Smokinghemd meines Vaters, das bei Regen sofort so blickdurchlässig wie ein Gazestreifen wurde, und eine alte schwarze Kellnerweste, die ich unserem Chef de Service aus dem Spind gestohlen hatte. Genauso wie das abgegriffene Kellnerportemonnaie, das zwischen Hosenbund und Rücken steckte. Mit meinem zurückgegelten Haar sah ich aus wie mein kesser Vater, und als ich gerade mit dem ersten Döner meines Lebens kämpfte, hielt der Strich-Achter-Mercedes – eins von diesen Exemplaren in Dunkelblau mit braunen Ledersitzen, die im Wageninnern bestimmt nach Schäferhund riechen – an der Bordsteinkante.

»Ist das nicht schlecht fürs Geschäft?«, säuselte mich der Hurenbock an, doch im selben Augenblick begann es zu regnen, und mit jedem Tropfen wurden seine Augen größer, das Hemd durchsichtiger. Schließlich sagte er: »Ich komm später noch mal vorbei, wenn du fertig bist.«

Völlig verstört flüchtete ich in das nächste Café, ließ mir erst einen Schnaps und dann ein Taxi kommen, obwohl man mit 17 weder Geld für Taxen noch für Psychotherapeuten hat. Ich hatte gerade erst zwei Männer in meinem Leben gehabt, seit ich als 14-Jährige mit Sex und dem ganzen Rest angefangen hatte. So unvermittelt auf der Langen Reihe im Hamburger Viertel St. Georg für eine Käufliche gehalten und dann im Regen stehen gelassen zu werden, war nicht das, was ich mir unter Romantik oder Großstadtabenteuer so vorstellte.

Dreizehn Jahre später stehe ich wieder an einer Straße, habe inzwischen mehrere Döner, aber entschieden mehr Männer niedergekämpft und nur mühsam vergessen. Ob für eine Nacht oder vier Jahre – die Armee ihrer Gesichter marschiert an meinem inneren Auge meist dann vorbei, wenn ich kurz vor dem endgültigen Einschlafen bin. Im Zwielicht des Schlafes wabern sie hoch und erinnern mich daran, dass meine Sehnsucht immer noch nicht gestillt ist. Die Sehnsucht ist unbestimmt, ähnlich dem Gefühl, man müsse nur weit genug wegfahren, um genau das zu finden, von dem man gar nicht weiß, dass man es sucht. Was mich nicht daran hindert, mich jedes Mal wieder kopfüber in eine Verliebtheit zu stürzen, wenn meine Seele ihr schwarzes Tuch abnimmt und beschließt, gefälligst etwas zum Bereuen zu brauchen, um sich lebendig zu fühlen.

»Ich schicke dir jemanden«, hatte er vorhin am Telefon gesagt. »Ich kann hier grad' nicht weg.«

Ja, ja, schicke mir deine Lakaien in einer nachtblauen Kutsche mit Geisterrössern, dachte ich mir. Wenn sie kämen, mich zu holen, würde ich mich in einen Pelz hüllen, mit nichts als meiner Liebe darunter.

Oder so ähnlich. Stattdessen zog ich mir nur den Mantel über das Kleid, von dem Victor wahrscheinlich hoffte, dass ich es heute trug, zusammen mit den hauchzarten Dessous, die ich mir aus Genf mitgebracht hatte; für den Fall, dass mir danach war, zum Verführen zu verführen. Heute war so ein Fall, denn Victor und ich hatten unser drittes Date. Es lag an mir, den nächsten Zug zu machen:

Entweder ließ ich ihn, oder wir ließen es. Ich mag diese Dreier-Methode. Wenigstens etwas, bei dem man sich im Krieg der Geschlechter ansatzweise orientieren kann. Wer das für albern hält, hat noch nie die Köstlichkeit des eigenen »Neins« genossen.

Ich ging nach unten, dann die Gasse entlang bis zur großen Querstraße, da ich nicht von einem Türklingeln in meiner Stimmung gestört werden wollte. Ich finde es romantischer, an der Straße zu stehen, auf und ab zu gehen und den Blick zu senken, wenn jemand vorbeikommt.

So stehe ich hier also auf der Straße herum und warte. Zehn Minuten später hält eine schwarze Limousine.

»Warten Sie auf mich?«, fragt der Mann im Fond; der Chauffeur blickt starr nach vorne ins Nichts, während sich das Scheinwerferlicht der entgegenkommenden Autos im Nieselregen auf seiner Iris bricht.

»Wurden Sie geschickt?«, frage ich zurück, woraufhin er nickt und mit melodischer Stimme sogleich den Chauffeur durch ein höfliches »Henry« auffordert, auszusteigen und mir die Wagentür zu öffnen.

»Wie geht es Ihnen heute?«, fragt der Mann, als ich im Fond sitze und Henry die Limousine sicher durch die Straßen der Stadt steuert.

»Ich bin leicht … angespannt«, gebe ich zu.

»Vielleicht sollten wir erst etwas essen gehen?«, schlägt er vor und legt Henry die Hand auf die Schulter. »Ins *Au Quai«,* befiehlt er dann, und der Chauffeur fährt zum Hafen.

»Ich mag, was Sie tragen«, sagt Andreji, so heißt er. Er stellt sich kurz vor zwischen Glacischaussee und Landungsbrücken und hilft mir anschließend im *Au Quai* aus dem Mantel. Wir haben uns während der Fahrt ein bisschen unterhalten, und er hat sich bemüht, mir zu gefallen, was ich nett, aber unnötig finde: Ich mag ihn sowieso. Als Victors Lakai kommt er mir sehr professionell vor.

Nur, dass sich während des Essens, bei dem ich immer wieder darauf lauere, Victor durch die Tür treten zu sehen, merkwürdige Dialoge abseits unseres Smalltalks abspulen.

»Mögen Sie eigentlich Sex?«, fragt er unvermittelt, nachdem wir herzlich gelacht haben über den Verriss eines deutschen Jungschriftstellers.

»Meistens«, erwidere ich. »Und Sie?«

»Ich brauche ihn zum Leben wie eine Katze ihren Schlaf«, sagt er ernst und beginnt nach einer kurzen Denkpause zu erläutern, warum seines Erachtens die Franzosen bessere Filme machen als die Schweden. Dem kann ich allerdings nicht ganz folgen, weil ich noch darüber nachsinniere, ob ich Sex wirklich meistens mag. Oder doch nur die Vorstellung davon.

Der Hauptgang kommt, aber kein Victor. Ich bitte den Kellner, beim Dessert auf Milch oder Sahne zu verzichten – ich bin allergisch. Das Dessert kommt, aber kein Victor. Und wieder so eine Bemerkung Andrejis: »Sie sind ganz anders als die anderen.« Auch das finde ich reizend, aber unnötig, denn welche Frau hat den Spruch noch nicht gehört?

Er zahlt mit seiner Platin-Amex, und der Kellner bedankt sich höflich bei Monsieur Andreji Pascal. Da höre ich erstmals seinen Nachnamen. Er nickt irritiert und lässt meinen Mantel holen. »Wollen wir?«, fragt er, und ich nicke. Wahrscheinlich bringt er mich jetzt zu Victor?

Henry lenkt den Wagen am Hafen entlang bis zur Neustadt und bremst schließlich sanft ab – vor dem Steigenberger.

»Henry wird mit Ihnen das Geschäftliche regeln«, sagt Andreji beim Aussteigen, als ich ihm folgen will, und wirft die Tür zu. Ein satter Klang.

Pardon?

Der Chauffeur dreht sich um. »Es waren 500 ausgemacht. Bleibt es dabei, oder wollen Sie mehr? In Dollar, Euro, Scheck oder bar?« Mit seinen kühlen, chauffeursuniformgrauen Augen blickt er mich an. Ich spüre, wie die Röte meinen Hals emporkriecht.

Fünfhundert. Das ist für den Anfang nicht schlecht. Ich spiele mit dem Gedanken wie früher mit dem Jojo; Andreji gefällt mir, er besitzt warme braune Augen, einen teuren Haarschnitt, saubere Schuhe und trägt Givenchy, was mir immer schon Herzklopfen verursachte. Er hat mich wie eine Lady behandelt, und ... habe ich eigentlich noch alle Muscheln im Sand?

»Da liegt wohl eine Verwechslung vor«, flüstere ich und steige aus, ohne die Tür zuzumachen.

Henry lässt die Scheibe heruntersurren. »Verzeihung. Ich wollte nicht handeln. Tausend?«

Ich bleibe stehen, drehe mich um, sehe ihm direkt ins Gesicht. »Sie haben wohl nicht begriffen«, sage ich, »es gibt kein Geschäft.«

»Soll ich Sie nach Hause fahren?«, fragt der Chauffeur. Er scheint rasch geschaltet zu haben, macht so was wahrscheinlich öfter und hat früher als sein Boss erkannt, dass ich alles andere als eine Bordsteinschwalbe bin. Nicht mal eine Edelhure oder welche rechtfertigenden Begrifflichkeiten noch so kursieren; obgleich die Wörter Edel und Hure in einem ein Paradoxum sind.

»Nein, danke«, lasse ich ihn hoheitsvoll wissen und komme nicht umhin, mir vorzustellen, wie Andreji erst meine Genfer Dessous bewundert, mich dann mit seinen Augen umarmt und einfach beschläft. Wie ein Freier seine frisch erstandende Nutte. Zählt das zu den Dingen, von denen ich nicht weiß, dass ich sie suche? Die

Gewissheit eines Mannes, zu tun, was immer er will? Zu wissen, was er tut? Hatten sie nicht zu oft alle *nicht* gewusst, was sie tun sollten, und stattdessen willenlos herumgestochert, wie Generationen von Männern auf der Suche nach dem G-Punkt?

All das, ein vages Bedauern, eine flatternde Unsicherheit, ein wilder Stolz, lassen mich wütend über den Vorplatz des Steigenberger stapfen, direkt in das *Rialto* hinein. Die Bar vor dem Restaurantsalon hat augenblicklich die erhoffte Wirkung auf mich; das graue Leder ist einladend, aber distanziert genug, auf dem Fleet vor dem Fenster tanzen Lichter, und mit einem Gin Tonic begieße ich die verpasste Chance.

Zum ersten Mal an diesem Abend denke ich wehmütig an Victor.

Später, als ich voll des süßen Gins das Türschloss zirka achtmal verfehle und das Holz daneben zerkratze, falle ich auch noch über einen Strauß Rosen vor meiner Wohnungstür. Auf der beiliegenden Karte erhofft sich Vickischatzi Vergebung meinerseits, weil er mich nicht persönlich hatte abholen können. Zumal er vollstes Verständnis dafür hat, falls ich dem von ihm engagierten, schmierigen libanesischen Taxifahrer mit rudimentären Straßenkenntnissen und fehlendem Schneidezahn nicht Leib und Leben anvertraut habe – hätte er nämlich auch nicht.

Mit Verlaub, mein lieber Victor, ich habe überhaupt nichts gegen zahnarztbedürftige libanesische Droschkenfahrer, denke ich. Ich hab einen Mund und kann ihm sagen, wie er fahren soll. Taxi! Ausgerechnet mit 'nem Taxi hätte mich der Lump ankarren lassen. Wie absolut ungalant. Monsieur Pascal hätte wenigstens »Enrie« mit der dicken Limo geschickt und vorher das Geschäftliche erledigt, anstatt wie Victor mit Operneinladungen zu winken oder Mitleid heischende Geschichten aus seiner Kindheit zu erzählen, auf dass ich vor lauter mütterlicher Rührung mit ihm in die Kiste springe.

Ich bin definitiv betrunken, und meine Genfer Unterwäsche ist auch beleidigt. Ich ziehe das Kleid aus und schleudere es aufs Klavier.

Obwohl: Da hat doch glatt einer Geld dafür bezahlen wollen, um mit mir aufs Zimmer zu gehen. Gut, sein Fahrer hätte bezahlt, damit sich Andreji nicht ganz so schmutzig vorkam; überhaupt Andreji, wieso kaufte der sich Frauen, der brauchte doch sicher bloß Henry, die Limo, seinen Anzug und die Amex vorzuführen, und die Mädels sprangen ihm mit nackten Beinen um den Hals! Monsieur Pascal. Tss. Ich rufe im Steigenberger an und frage nach ihm.

Er sei nicht da, ob ich ihm eine Nachricht hinterlassen wolle? Frau ...? Ja, Frau wer bin ich denn? Ich wähle das französische *hirondelle*. Für Schwalbe. Eine Nummer hinterlasse ich nicht, da es just dann, wenn es spannend wird, immer irgendwo klingelt. Diesmal bei mir, also werfe ich den Hörer weg und öffne die Tür.

Victor-Vittorio, welche Überraschung. »Ich habe Licht bei dir gesehen ... So warst du heute aus?« Er blickt an mir herab, denn so ohne Kleid kommt das Genfer Ensemble auch recht nett zur Geltung.

»Nein. Ich hatte noch was drüber«, sage ich und lasse ihn herein.

Wortreich entschuldigt er sich, die Geschäftspartner aus London, blabla, die ganze Zeit habe er im Bistro des Steigenberger gesessen, auf die Tür gestarrt und über Witze gelacht, die er nicht verstand, aber nichts: kein Anruf, nichts. Erst keine Gelegenheit zu telefonieren, dann sei ich nicht zu Hause gewesen. »Oder bist du bloß nicht ans Telefon gegangen?«

Was für eine Frage, wir sind nicht mal verheiratet.

Dann fällt er plötzlich über mich her. Greift sich meine Handgelenke und schubst mich zurück, bis an die Wand, ich stehe da wie ans Andreaskreuz genagelt, meine Zigarettenspitze rutscht mir aus den Fingern, er tritt sie einfach aus auf den Bohlen. Mit seinem Knie öffnet er meine Schenkel, schiebt mit den Schuhen meine Füße auseinander, öffnet seine Hose, holt ihn raus, spuckt in die Hand, reibt auf und ab und drückt sich an meine Nässe. Schaut mir nicht in die Augen dabei. Als er den richtigen Winkel nicht findet, packt er wieder meine Handgelenke, dirigiert mich zu der Chaiselongue, beugt mich vornüber. Und vögelt mich schließlich quer über das Sofa, wobei er immer wieder auf die Strumpfhalter starrt – das sehe ich aus den Augenwinkeln. Meine Brüste holt er nur ansatzweise aus ihren schwarzen Spitzenköchern heraus. Wieso denkt man beim Sex eigentlich so oft daran, wie lächerlich man dabei wohl aussieht?

Tolle Methode, das mit dem dritten Date, was?

Ob ich mich bei Andreji auch wie eine Hure gefühlt hätte?

Kaum schießen mir diese Fragen durch den Kopf, zieht sich in meinem Unterleib etwas zusammen, und ich weiß, mit ein bisschen Konzentration, ein paar heißen Bildern von einem gewissen Herrn A. Pascal im Kopf und schmutzigen Wörtern im Ohr sowie Bauchmuskelarbeit seitens Victor, werde ich unweigerlich kommen. Er weiß genau, was ich will, dreht mich um, wirft sich aufs Sofa und zieht mich zu sich herunter. Ich hocke mich auf ihn, er reibt sich gehorsam an meinem Venushügel, sagt Wörter, die man in keinem deutsch-französischen Wörterbuch findet, und lässt mir den Vortritt. Ich verströme mich um ihn herum, alles wird nach diesem kleinen Zucken und Aufbäumen ganz weich und nachgiebig, und dann schaue ich nur noch zu und lasse ihn einfach machen. Beobachte, wie er meine Hüften in stoischer Konzentration hält, mit seiner Hüfte pumpt und pumpt, das Gesicht völlig abwesend, während er auf seinen Schwanz starrt, wie er vor und zurück stößt.

Wenn er geht, bevor wir miteinander aufwachen, werde ich mich nicht verlieben.

Ich wache in Stockings auf, quer im Bett liegend, der BH kneift, und ich muss einen Augenblick nachdenken, welcher Tag heute ist. Samstag. Victor hat meine Schuhe, die er mir wohl danach ausgezogen hat, adrett neben das Klavier gestellt und mich für den Abend ins *Au Quai* eingeladen – so steht es jedenfalls auf dem Zettel, der auf dem Klavierhocker liegt, beschwert mit einer Rose, aber nichts von wegen von Abholen oder so. Ausgerechnet das *Au Quai!* Es gibt 2400 Restaurants in Hamburg; aber nein, es soll das eine sein.

Ich verzichte darauf, ihn anzurufen und stattdessen in den Goldfisch oder ins Nil zu locken; vielleicht lässt sich ja eine schwarze Limo irgendwo blicken?

In dem Moment, als mir klar wird, dass ich mit dem Feuer spiele und dazu die Grenzen meiner Würde überschreite, wünschte ich, eine wahre Liebe zu haben. Eine Liebe, deren ich mir sicher sein kann, um das Spiel von Geld und Macht zu spielen, anstatt im Nebel herumzuwandern, blind vor eigener Lust und Scham, irritiert von der erotischen Vorstellung, mich von Andreji kaufen zu lassen. Kind, steig nicht zu Fremdem ins Auto! Willkommen, Untiefe. Hallo, Narzissmus. Bonjour, tristesse. Welch grandiosem Selbst überreiche ich gerade Honig auf dem Silbertablett, dass mich die Vorstellung anmacht, jemand könnte mich so sehr wollen, dass er wahlweise zahlt oder mich ohne Vorspiel nimmt wie vor wenigen Stunden Victor? Gar nicht gut, das. Zumindest, wenn die Realität eher da ist als die kontrollierbare Fantasie; und alles nur, weil ich gestern an der Straße herumstand.

Ich glaube, die Kellner gucken komisch, als ich mir von Victor im *Au Quai* aus dem Mantel helfen lasse.

»Warst du schon mal hier?«, fragt er, und mein Kopf schüttelt sich von selbst. »Was hast du heute drunter?«, schiebt er seine Neugier hinterher, und ich versuche halbherzig zu flirten mit: »Wer weiß, vielleicht findest du es ja noch heraus.« Als der Chef de Service mit der Dessertkarte kommt und sagt: »Für Mademoiselle habe ich heute etwas ohne Sahne – ein Orangenparfait«, ist er ganz stolz, meine Lactoseintoleranz von gestern auf heute nicht vergessen zu haben. Ich werde daraufhin ein bisschen kleiner in dem schlammfarbenen Sessel und Victor ein wenig wachsamer.

»Wo warst du gestern Abend eigentlich?«, fragt er dann in seinen Digestif hinein. Ich erzähle was vom Rialto, und dabei wird mir schon wieder warm, weil mich Andreji am Nebentisch gestern fragte, ob ich Sex möge. Wo ist nur mein Verstand geblieben?

Als wir die Große Elbstraße entlangfahren, weist Victor auf die Huren, die dort wie immer vor den Fischhallen warten. Plötzlich hält er, greift über mich hinüber und macht die Tür auf.

»Lust auf ein Spiel?«

»Nein.«

»Bitte. Ich werde auch zahlen, wenn du willst.«

»Ich will ja gar nicht.« Ernüchternd ist die Wahrheit, wenn sie nicht dem Drehbuch der Träume folgt. Ich wollte es mit Stil, nicht mit dem Charme einer Maschinenpistole.

Schweigend fährt mich Victor nach Hause, murmelt ein Tut-mir-Leid. Ich sage okay und steige aus. Als er in seinem Z3 die kleine Gasse mit der Schranke – ich wohne in einer Privatstraße und hatte sie oben gelassen – betont männlich entlangdonnert, kommt ihm eine schwarze Limousine entgegen.

Ich warte. Auf der Straße, mal wieder. Henry lässt die Scheibe herunter.

»Guten Abend, Mademoiselle Hirondelle«, sagt er und tippt

sich mit zwei Fingern kurz an den Schirm seiner Mütze. Ich nicke ihm bedächtig zu. »Monsieur Pascal lässt sich entschuldigen für seinen Fauxpas«, fährt der Chauffeur fort. »Er würde es gern mit einer Einladung wieder gutmachen. Wäre Ihnen morgen Abend recht?«

Entschuldigung, aber das ist mir ganz und gar nicht recht. Man kann nicht samstags vor der Tür einer Lady herumfahren und aus dem Autofenster gelehnt kurzfristige Dates verabreden.

»Aber gern«, sage ich.

»Ich werde Sie abholen«, meint Henry, und da bin ich mir sicher.

Bevor seine Scheibe wieder hochsurrt, frage ich ihn noch, wie er mich gefunden habe.

»Lust auf ein Spiel?«, sagt er nur in der Tonlage von Victor, und lässt die Limousine anrollen.

Ich leide selten unter Paranoia. Eigentlich nur dann, wenn ich mir wichtig vorkomme, aber im Moment ist das so, und deswegen frage ich: Haben Victor-Schätzchen und Le Male Pascal eine Wette laufen – wessen Brieftasche verfällt sie zuerst? Dagegen würde Victors Sofaüberfall sprechen. Oder: Ist Andreji eine arme, reiche Seele und bezahlt Frauen lieber gleich, bevor er sich durch die Unsicherheit quält, ob sie ihn deswegen oder trotzdem mögen? Und: Was ziehe ich an?

In den kommenden Wochen habe ich ein Doppelverhältnis. Zwischen Andreji und mir schwingt immer der Duft des Geldes mit, der mich berauscht, gerade weil er es niemals ausgesprochen hat. Niemals küsst er mich, niemals berühren seine Hände meinen Körper.

Meist treffe ich mitten in der Nacht nach den pascalschen

Verabredungen voller Respekt und verheimlichter Gier auf Victor, irgendwo da draußen in den Straßen der Stadt, und ich bin dabei überrascht über meinen eigenen Hunger. Immer wieder bittet mich Victor, das Spiel der Hurerei zu spielen, und immer wieder lehne ich ab. Stattdessen lasse ich mich von ihm in dunkle Parks führen, an Bäume lehnen, mir die Strumpfhose im Schritt zerreißen, mich an Gitterstäbe von Zäunen drängen, in ein Stundenhotel führen. Einmal bittet Victor mich, in einem weißen Kleid (17! Regen! Trauma?) zu Mitternacht in das Wasser der Fontänen in Planten un Blomen zu steigen. Mondlicht auf meiner Scham, nasses Weiß bis zu den Knöcheln; zwei Zimmermänner, die sich zur Sommernacht von ihrer Wanderschaft erholen, sehen rauchend zu. Wie Victor mit seinem Schweizer Taschenmesser das Kleid von unten aufritzt. Es schließlich aufreißt. Das Geräusch des berstenden Stoffes hallt laut, bevor es übertönt wird von einem Zugsignal, so schneidend, wenn die Stadt einnickt.

Victor reißt gern.

Andreji hat es nie wieder gewagt, über Henry das Geschäftliche auszuhandeln.

Irgendwann bitte ich Victor, meinen Namen zu vergessen. Diese Reißerei ermüdet. Er begreift und winkt einer anderen mit Opernkarten nach. Der Hunger ist eines Nachts unauffindbar – oder liegt es an der Tatsache, dass ich nicht verliebt bin? Er war ein Liebhaber, der die Augen schloss und mit mir schlief, als sei ich irgendwer. Natürlich, er begehrte mich, aber auf eine gewisse Weise unpersönlich. Es waren die Begleiterscheinungen unseres Tuns, die ihn erregten; meine Schamlosigkeit, in der ich mich, ohne zu zögern, über Brückengeländer lehnte und ein Bein aufstellte, oder ihm mit verbundenen Augen, nackt und auf Knien, gehorchte; indem ich ihm gestattete, überall auf mir zu kommen; aber mit ein bisschen

Geschick würde sich das woanders auch finden. Das, was ich suche, habe ich selbst in der Schamlosigkeit nicht erahnt.

Andreji fortzuschicken ist schon schwieriger. Denn die Sehnsucht nach der Grenzüberschreitung steht dem Adieu empfindlich entgegen. Es ist wie die Sucht, an Schorf zu knibbeln; erst wenn es blutet, ist man zufrieden. Ich will an dem Schorf der Sehnsucht knibbeln und sehen, was herausquillt. Danach ein Pflaster für die Seele, und gut ist's; vielleicht würde ich diese Narbe mit Stolz tragen? Zumindest kann ich einfach so nicht gehen. Ich muss es wissen. Ich muss der Wahrheit ihr eigenes Drehbuch lassen. Es gibt nur einen Weg.

Ich ziehe meine im Waschbecken zärtlich gebadete Genfer Unterwäsche an und warte, bis Henry an der Tür läutet. Dann gehe ich hinunter. Andreji steht da, strahlend, so schön, so reich, so ungeeignet als Liebe meines Lebens, und hält mir den Schlag auf. Ich lege meinen Finger auf die Lippen und gehe an ihm vorbei, bis ans Ende der Gasse, bis zur großen Querstraße.

Ich muss nicht lange warten. Eine schwarze Limousine hält neben mir.

»Warten Sie auf mich?«, fragt der Mann.

»Wurden Sie geschickt?«, frage ich zurück. Er nickt, ich steige ein. »Wie geht es Ihnen heute?«

Statt einer Antwort sage ich: »Wollen wir?«

Andreji nickt und legt Henry die Hand auf die Schulter. »Wie immer«, sagt er.

Während ich ihm einige Minuten später in den sechsten Stock des Steigenberger folge, knistern die Scheine kaum, als ich sie tief in meine Handtasche schiebe.

Pedro Mairal

Der Hauptgewinn

Sie küssten sich auf dem Bett, aber er musste unaufhörlich nach rechts und links sehen, weil er sich beobachtet fühlte. Die Wände waren aus Pappe, schlecht isoliert und mit ein paar Baumwolltüchern behängt, denen der Wind so sehr zugesetzt hatte, dass sie sich abgelöst hatten. Sie wartete mit geschlossenen Augen darauf, dass er sie weiterküsste, aber er wurde sich bewusst, dass das Bett mitten auf der Straße – auf dem Asphalt – stand, am helllichten Tag. Leute gingen daran vorbei, Frauen, die in Eile waren, Männer in grauen Anzügen. Sie kauerte sich zusammen, um zu schlafen, beschwerte sich, dass er sie nicht mehr küsste. Ein Mann im Regenmantel hatte sich auf den Bettrand gesetzt, um eine Zigarette zu rauchen, ein anderer lief einfach über die weißen Laken. Wenn die Busse an der Straßenecke abbogen, streiften sie fast das Kopfende des Bettes und versetzten ihm einen kleinen Schlag mit der Stoßstange. Ein Auto bremste einige Zentimeter vor Daniels Kopf und begann zu hupen. Der Junge wachte auf. Er sah auf die Uhr. Es war halb zehn am Abend.

Als er am Nachmittag zu Ramiro gekommen war, hatte er sich zum Schlafen auf die Matratze fallen lassen, die man ihm ins Wohnzimmer gelegt hatte, ohne seinen Bruder zu benachrichtigen oder Sofía anzurufen, um ihr zu sagen, dass er die Verabredung nicht einhalten konnte. Die faule Ausrede, die er ihr hätte präsentieren können, wollte er lieber noch etwas hinausschieben.

Er hatte Zeit, sich zu baden und zu rasieren. Um zehn Uhr dachte er an Sofía, die bereits auf ihn wartete, und fühlte sich schlecht. Um halb elf saß er bereits in seinem neuen Hemd, der sauberen Hose, die Kondome in der Tasche, im 37er Bus und klapperte, an plötzlichem Schüttelfrost leidend, mit den frisch geputzten Zähnen. Seine widerspenstigen Haare, die noch feucht waren, hatte er zur Seite gekämmt – hätte seine Großmutter ihn so gesehen, sie wäre entzückt gewesen.

Der Bus bog in die Avenida Las Heras ab, noch ein paar Straßen, und er war da. Wieder krampfte sich Daniels Magen vor Angst zusammen. Sollte er doch weiterfahren, beim Botanischen Garten aussteigen, Sofía wegen der Verspätung um Verzeihung bitten und bei ihr bleiben? Was dann jedoch folgen würde, erschreckte ihn nicht weniger als das, was er mit Sabrina Love tun musste. Erst hatte er sich riesig darüber gefreut, als er vorm Fernseher saß und erfuhr, dass er gewonnen hatte: den Hauptpreis – eine Nacht mit der Porno-Queen. Doch das Treffen mit ihr war zu einer Pflicht geworden, die er sich auferlegt hatte, etwas, das geschehen musste, egal wie es ausgehen würde, womöglich nur, um sich später daran zu erinnern oder um sich nicht selbst zu betrügen, um jenen Daniel nicht zu enttäuschen, der sich so sehnlichst gewünscht hatte, mit dieser Frau zusammen zu sein.

Daniel stieg in der Calle Azcuénaga aus. Er musste mehrmals nachfragen und eine Weile suchen, bis er einen Blumenstand gefunden hatte, der um diese Uhrzeit noch offen war. Schließlich kaufte er einen Strauß Freesien und legte den Weg zum Hotel Keops mit einem inneren Widerwillen zurück, als ob er seiner eigenen Hinrichtung entgegenliefe. Er sah die Engel und die schwarzen Kuppeln hinter den Mauern des Friedhofs, die sich gegen den gelblichen Himmel abzeichneten. Als er zum Hotel kam, blickte er auf die Uhr. Er war zu früh dran, trat aber trotzdem ein. Vor dem kleinen Fenster der Rezeption stand ein Paar, das sich nach einem Zimmer erkundigte. Als die beiden gegangen waren, wiederholte sich mit dem Herrn an der Rezeption die Szene vom Samstag. »Was suchst du, Junge?«

»Ich bin der Gewinner der Verlosung von Sabrina Love.«

Wieder ließ sich der Mann seinen Ausweis zeigen, führte ein Telefonat und sagte Daniel, er solle warten, bis jemand von der Redaktion herunterkäme. Der Junge nahm seinen Ausweis hastig an sich und war erleichtert, dass der Rezeptionist sein Alter nicht bemerkt hatte. Nach qualvollen Minuten des Wartens erschien derselbe Typ im senffarbenen Anzug mit den hochgekrempelten Ärmeln …

»Heute ist dein Tag, Gewinner!«, begrüßte er Daniel und gab ihm eine Klaps auf die Backe. »Schön rausgeputzt und mit Blumen in der Hand, so lob ich mir das. Komm mit.«

Schweigend liefen sie über die Flure, deren Wände orangefarben tapeziert waren, und traten in einen Lift. Der Mann drückte den Knopf zum vierten Stock und begutachtete sich, wobei er den Kopf von einer Seite zur anderen drehte, im Spiegel. Er nahm eine Tube Gel aus der Tasche seines Sakkos, drückte sich etwas davon in die Hand und fuhr sich mit kurzen Bewegungen durchs Haar. Danach warf er den Kopf zurück, blickte zu Daniel hinüber und rückte sich rasch den Kragen zurecht. Der Lift hielt, und sie traten auf einen Flur hinaus.

»Sabrina ist noch in dem Zimmer, wo sie drehen. Wir warten hier auf sie. Dein Name war Daniel, oder?«

»Ja.«

»Ich bin Leonardo.«

Sie gingen zu einem Zimmer, dessen Tür offen war, blieben davor stehen und sahen dem Kommen und Gehen der Männer mit ihren Filmausrüstungen zu. Von weitem erkannte Daniel den Whirlpool und das Bett, das in der Show zu sehen war, aber alles kam ihm viel kleiner und enger vor. Aus dem Zimmer war ein Streit zu hören. Eine Frau in einem leuchtend blauen, hautengen Plastikkleid kam ihnen entgegen. Leonardo grüßte sie, doch die Frau ignorierte ihn und lief einfach weiter. Sie blickten ihr hinterher.

»Das ist Barbara, die in ›Die ideale Unterlage‹ die Sekretärin spielt«, erklärte Leonardo.

»Und die Krankenschwester in ›Die heiße Klinik‹«, ergänzte Daniel, »aber ich hab sie auch in ›Gefährtinnen der Lust‹ gesehen; sie heißt Barbara Smith und war in der Augustausgabe des Playboy.«

»Mensch, du wirst ja weiß wie die Wand. Nur ruhig Blut, Junge. Ist dir nicht gut?«, fragte ihn Leonardo.

»Nein, nein, alles in Ordnung.«

»Atme mal tief durch.«

Daniel atmete tief durch. Das Streitgespräch, das aus dem Zimmer drang, wurde nun lauter – ein Mann und eine Frau begannen sich anzuschreien. Daniel erkannte die raue Stimme des Mannes, mit dem er beim ersten Mal am Telefon gesprochen hatte; auch die Frauenstimme kam ihm vertraut vor, sie klang wie die von Sabrina Love, nur weniger sinnlich und viel schriller. Die Streitenden näherten sich nun der Tür. Ein Mann mit Krötengesicht und Goldkettchen, eine Havanna im Mund, trat heraus und sagte mit seiner groben Stimme: »Gut, Mädchen, dann machen wir die Szene eben mit einem Typ weniger, kein Grund, die Nerven zu verlieren. Für mich kommt es billiger so, und wenn du nicht auf Sandwich stehst, lassen wir's eben weg, Punkt.«

»Bianchi, das ist Daniel, der Gewinner der Verlosung«, sagte Leonardo.

»Sehr schön«, antwortete Bianchi und sah Daniel an. »Bist du dir sicher, dass du schon volljährig bist?«

»Ja.«

»Gut, da kommt Sabrina, red ein bisschen mit ihr, sie ist mit den Nerven ziemlich am Ende und hat sich schon abgeschminkt. Mensch, Junge, man könnte meinen, du würdest gleich einen Kopf kürzer gemacht«, sagte Bianchi und ging rauchend weiter.

Sie warteten.

»Da kommt Sabrina«, sagte Leonardo.

»Wie sehe ich aus?«, fragte Daniel ihn.

»Umwerfend, aber hör mit dem Gebibbere auf.«

Kurz darauf erschien Sabrina Love in einem himmelblauen Morgenmantel mit zusammengebundenen Haaren, barfuß und mit vom Weinen verlaufender Wimperntusche.

»Sabrina?«, sprach Leonardo sie an.

»Was ist?«, fragte sie im Vorbeigehen.

»Das ist Daniel, der Gewinner der Verlosung.«

Sabrina Love drehte sich um und sah Daniel an; sie wirkte, als hätte sie ein starkes Schlafmittel genommen.

»Ach, mein Lieber, heute nicht, weißt du, ich bin todmüde, komm lieber morgen wieder«, sagte sie und ging weiter.

Daniel blieb wie versteinert stehen, die Blumen noch in der erhobenen Hand. Er sah zu, wie Sabrina sich entfernte. Dann schluckte er und nahm all seinen Mut zusammen. Als er sie ansprach, klang seine Stimme, als würde er sie zum ersten Mal in seinem Leben benutzen, anfangs völlig verzerrt und hoch, und im Lauf des Satzes wurde es nur noch schlimmer.

»Es ist nur, weil … weil ich über fünfhundert Kilometer unterwegs war, um dich zu sehen; ich bin getrampt, gelaufen, mit der Fähre, im Lastwagen, Auto und Bus gefahren – alles, um am Samstag hier zu sein, aber als ich dann da war, hattest du keine Zeit, und die haben mir gesagt, ich soll heute wiederkommen, also hab ich zwei Tage gewartet, und hier bin ich. Ich habe dir Blumen mitgebracht.«

Sabrina Love hatte sich umgedreht. Daniel ging auf sie zu und überreichte ihr die Blumen.

»Mein Süßer«, sagte sie und nahm die Blumen gerührt entgegen. »Sie sind wunderschön.« Sie griff nach seiner Hand, sagte »komm mit« und führte ihn durch den Flur.

Aus einem Zimmer trat eine große, kräftige Frau im Bikini mit einem riesigen Hintern. Die beiden begrüßten sich.

»Sabri, weißt du, dass nach meinem Auftritt am Samstag, also bis heute, schon elf Typen da waren?«

»Marcelo hat es mir gerade erzählt, und ich hab gedacht: ›Elf? Wie wird es jetzt wohl der armen Muschi von Denise gehen?‹«

»Ich sage dir, noch zwei Wochenenden wie dieses, und ich hab das Geld für ein Auto zusammen. Und wie geht es dir?«

»Ziemlich müde, aber stell dir vor, das hier ist der Gewinner von der Verlosung«, antwortete Sabrina.

»Was für ein Glückspilz! Wie heißt du?«, fragte Denise.

»Daniel.«

»Was für ein schöner Name«, sagte sie und kniff ihm ins Kinn.

Ein weißhaariger Mann kam über den Flur gelaufen, überraschte Denise von hinten und umfasste ihre Pobacken mit beiden Händen. Sie stieß einen gespielt überraschten Schrei aus. »Bist du verrückt, Beto?« Der Weißhaarige befühlte ihren Po, als würde er ihn abmessen, schloss genießerisch die Augen und rief aus: »Menschenskind, wie riesig ist doch mein Vaterland.« Unter schallendem Gelächter liefen die beiden über den Flur, während der Weißhaarige Denise immer wieder in den Po kniff.

Sabrina führte Daniel zu einer Tür mit der Nummer neun, und sie betraten das dunkle Zimmer, in dem es nach abgestandener Luft roch. Die junge Frau knipste einige Lampen an – man merkte, dass sie sich gut mit den Schaltern auskannte. Ein grünlicher Halbschatten legte sich über die Zimmerhälfte, in der sich ein riesiges Bett, einige Stühle und eine Bar befanden. Sie setzte sich auf die Bettkante und öffnete ihr Haar und ihren Morgenrock. Daniel konnte ihre Brüste, das Schamhaar und ihre bronzefarbenen Beine sehen.

»Komm her, mein Liebling«, sagte sie.

Daniel näherte sich ihr. Sie umfasste seine Taille und begann, seine Kleidung aufzuknöpfen. Als sie ihm das Hemd auszog, legte sie ihre Hand auf sein Herz.

»Ja, was ist dann hier drinnen los?«

»Ein Erdbeben«, antwortete Daniel.

Sie knöpfte ihm die Hose auf und schob seine Unterhose nach unten. »Sieh mal einer an, die Flagge ist ja schon gehisst! So warst du also die ganz Reise über unterwegs?«

»Ab und zu.«

»Meinetwegen?«

»Ja.«

»Na schön, dann zieh dir das Kondom über.«

Daniel gehorchte. Als er aus dem Bad kam, lag Sabrina mit offenem Mund mitten auf dem Bett, als wäre sie eingeschlafen. Er näherte sich ihr langsam. Ihr Körper schien mit einem grünlichen Schimmer überzogen.

»Komm und leg dich auf mich«, sagte sie. Daniel gehorchte.

Sabrina hielt die Augen geschlossen. Er blieb niedergekniet vor ihr sitzen und wusste nicht, ob er sie streicheln, küssen oder in sie eindringen sollte. Da öffnete Sabrina die Augen.

»Auf was wartest du?«, fragte sie.

»Ich weiß nicht, was ich, was ich tun, ähm, erstes Mal ...«

»Du hast noch nie ...?«, fragte sie überrascht und stützte sich auf die Ellbogen.

»Mit Frauen, nein.«

»Was heißt, ›mit Frauen, nein‹?«

»Ich meine, mit Frauen bin ich noch unerfahren, aber nicht mit Hühnern oder Schafen.«

»Mit Schafen?«

»Meine Cousins auf dem Land haben mich dazu gezwungen.«

»Was für widerliche Kerle! Kein Wunder, dass die Männer uns Frauen wie Tiere behandeln, wenn sie sich selbst wie Tiere benehmen! Na gut, mein jungfräulicher Liebling, ich gackere zwar nicht oder mache mäh mäh, aber irgendetwas wird sich schon tun; komm hier rüber, leg dich auf mich und gib mir einen Kuss.«

Daniel tat, wie ihm geheißen, ohne zu wissen, wohin er mit seinen Ellbogen und Knien sollte, um Sabrina nicht platt zu drücken. Er spürte, wie sie ihre Beine öffnete, und versuchte sich auf den Kuss zu konzentrieren. Plötzlich merkte er, dass sie ihm mit der geübten Bewegung eines Profis geholfen hatte, alles an Ort und Stelle zu platzieren – und jetzt befand er sich wirklich und wahrhaftig in Sabrina Love. Am liebsten hätte er nachgesehen, um sich zu vergewissern, dass er sich nicht irrte, aber Sabrina fing an zu stöhnen und ihren Körper gegen seinen zu pressen. Daniel begann die obligatorischen Beckenbewegungen auszuführen, während er von Sabrina nur ein Ohr und ihren dunklen Haaransatz im Nacken sah. Obwohl er nicht genau nachvollziehen konnte, was da etwas weiter unten passierte, ging er davon aus, dass er seine Sache ganz gut machte, da Sabrina nichts Gegenteiliges verlauten ließ. Er ergab sich diesem verwirrenden Taumel, versuchte aber trotzdem mitzukriegen, was sich da gerade zum ersten Mal in seinem Leben ereignete, um nicht völlig abzudriften. Sabrina, im Profil, gab ein monotones Stöhnen von sich und wirkte etwas abwesend. Bald spürte Daniel, dass ein gewaltiger Orgasmus im Anrollen war, und während einiger weniger Zuckungen verlor er fast den Verstand. Mitten in seinem wollüstigen Erschaudern hörte er, wie Sabrina einen trockenen Hustenanfall bekam, der sich mit dem Keuchen vermischte, das er verschämt ausstieß.

Danach kehrte wieder Ruhe ein. Daniel hatte den Kopf noch immer in Sabrinas Haar verborgen, bis sie ihm einen Kuss auf die Wange gab und sagte: »Zieh dir das Kondom runter. Aber nicht ins Klo schmeißen, sonst kriegen wir noch Ärger.«

Daniel ging ins Bad. Aus dem Spiegel starrte ihm sein erhitztes Gesicht entgegen. Er war wie betäubt.

Als er aus dem Bad kam, sah er, dass Sabrina sich auf die Seite gerollt hatte und unter der Bettdecke eingeschlafen war. Er legte sich neben sie, und jetzt, im Spiegel an der Decke, musste er schon wieder in sein Gesicht sehen, als ob es ihm nicht gelingen wollte, seinem eigenen unerfreulichen Anblick zu entkommen. Seine Augen funkelten ihm verstört entgegen, als wollten sie ihm sagen, dass er sein Ziel erreicht und mit Sabrina Love geschlafen hatte, dass er erleichtert war, die Sache hinter sich gebracht zu haben, es jedoch eine bittere Enttäuschung gewesen war. Dafür die ganze Reise? Das Einzige, was ihm wirklich gefallen hatte, war der Moment gewesen, als Sabrina den Morgenmantel und ihre Haare geöffnet hatte. Was das Übrige betraf, hatte er den Eindruck gehabt, zu sehr an ihr geklebt zu haben – er, der davon geträumt hatte, die Pornoqueen in den unzähligen wollüstigen Stellungen ihres Repertoires hautnah zu erleben, hatte von ihr nicht mehr als den Hals und ein Ohr zu sehen bekommen, so als hätte er sie aus dem Blickfeld verloren –

wie jemand, der sein ganzes Leben lang darauf gewartet hat, eine Landschaft zu sehen, und der, einmal dort angekommen, nicht mehr als ein Stück Wiese zu Gesicht bekommt. Alles war anders verlaufen, als er es sich ausgemalt hatte: wie sich der Geschlechtsakt angefühlt und wie lange er gedauert hatte, Sabrina Love, die ihm kleiner und weniger ekstatisch erschienen war, mit ungeschminktem Gesicht und ohne Reizwäsche. Sie hatte auch nicht wie in ihren Filmen dreimal die Stellung gewechselt und ihn während des Orgasmus angefleht, nicht aufzuhören – und jetzt war sie eingeschlafen und hatte ihn vergessen.

Er betrachtete sie. Von der Frau seiner Träume war kaum mehr als ein Büschel verwuschelter, blondierter Haare zu erkennen, das unter der Bettdecke hervorlugte. Daniel stellte sich vor, wer diese Frau wohl mit natürlicher Haarfarbe und echtem Namen war, wie sie zum Einkaufen ging, vielleicht mit ihrem Mann und den Kindern. Sie hatte ihm den Rücken zugedreht. Er war kein bisschen müde.

Nachdem er eine Weile über seine Enttäuschung nachgegrübelt hatte, bemerkte er, dass sich neben dem Kopfende des Bettes eine Tischplatte mit Knöpfen befand; er begann, einige zu drücken, und entdeckte, dass sich damit verschiedene Beleuchtungen in unterschiedlichen Farbtönen einstellen ließen. Plötzlich ging ein Fernseher an, der in die Wand eingebaut war. Hastig drosselte er die Lautstärke, um Sabrina nicht aufzuwecken. Dann zappte er durch die Programme und war überrascht, als er auf einen Pornofilm stieß, in dem eine Blondine gerade einen Mann mit Sonnenbrille hingebungsvoll mit der Zunge verwöhnte. In der folgenden Großaufnahme erkannte er, dass es Sabrina Love war, und zwar, wie er dachte, ›die Echte‹. Die beiden trieben es auf der Treppe miteinander, zuerst von vorn, dann von hinten gegen das Treppengeländer, anschließend ritt Sabrina auf ihm. Daniel verglich dies mit seiner Darbietung und fühlte sich schrecklich minderwertig.

Einen Moment lang schreckte Sabrina hoch, vom flackernden Licht des Fernsehers im Schlaf gestört.

»Was siehst du dir an?«

»Einen Film von dir.«

»Wie herrlich. Aber danach machst du den Fernseher aus, okay, du Schlingel?«, sagte sie mit einem müden Murmeln und schlief weiter.

Ann E. Hacker

Der Einhunderteuromann

Ich hatte nicht damit gerechnet, sie jemals wieder zu sehen, und die Wahrscheinlichkeit, dass es passierte, war auch mehr als gering. Aber es gab keinen Zweifel, sie stand vor mir an der Bar und sah sich suchend um. Sie hatte mich noch nicht bemerkt. Das Licht war ziemlich schummrig in der Diskothek, in der ich als Barkeeper arbeitete. Sie trug ein kurzes, dunkles Kleid, das ihre füllige Figur kaschierte.

Ihr Anblick erinnerte mich an unsere erste Begegnung in einem überfüllten ICE von Hamburg nach München. Ich war mit einem Kumpel unterwegs, sie schien von einem Geschäftstermin zu kommen. Aus einer Laune heraus wettete ich mit meinem Freund um 100 Euro, dass ich sie verführen könnte. Sie war eigentlich nicht mein Typ, aber für ein flüchtiges Abenteuer bin ich immer zu haben. Als ich sie dabei ertappte, wie sie mich anstarrte, nutzte ich die Gunst der Stunde und begann, mit ihr zu flirten. Frauen können nicht anders. Sie müssen mich einfach anschauen. Immerhin investiere ich viel Zeit und Geld, um wie ein typischer Latin Lover auszusehen: braun gebrannte Haut, schulterlange, schwarze Haare, lange Koteletten, gepflegter Kinnbart. Ich ging in Richtung Bistro, sie folgte mir, wir verschwanden in der Zugtoilette, verbrachten dort zehn heiße Minuten, in denen sie mich positiv überraschte, und schockten ein älteres Ehepaar, als wir gemeinsam wieder herauskamen. Ich hatte sie für eine unterkühlte Businessfrau gehalten, doch sie hatte bei unserem Quickie die Initiative übernommen.

Dass mir mein Kumpel den Hunderteuroschein mit einem demonstrativen Stöhnen in die Hand drückte, hatte sie mit einem überlegenen Lächeln quittiert.

Beim Gedanken an unser Abenteuer musste ich unwillkürlich schmunzeln. Währenddessen schien sie denjenigen, den sie suchte, nicht zu finden. Auf einmal drehte sie sich zu mir herum. Sie stutzte, als sie mich sah, sagte jedoch nichts, sondern bestellte sich einen Caipirinha. Während ich den Cocktail mixte, überlegte ich, ob sie mich womöglich gar nicht erkannt hatte. Es war nicht unwahrscheinlich. Im Zug hatte ich schwarze Jeans und ein schwarzes Seidenshirt getragen, jetzt dagegen war es ein weinroter Anzug mit Weste und Fliege. Meine Haare hatte ich zusammengebunden, wie es Vorschrift war.

Sie nahm den Caipirinha, zahlte, nickte kurz und verschwand aus meinem Blickfeld. Einige Stunden später stand sie plötzlich wieder an der Theke. Sie winkte mir zu und schob mir, als ich vor ihr stand, einen Zettel hin. Die Musik war zu laut zum Reden.

Voulez-vous coucher avec moi çe soir?, stand darauf. Erstaunt schaute ich sie an. Sie lächelte maliziös, wie mir schien. Ich sah auf die Uhr und hielt einen Finger hoch. Mindestens eine Stunde musste ich noch arbeiten. Sie nickte und gab mir eine Visitenkarte.

Hannah Burger, Steuerberaterin, stand da. Ich drehte die Karte um und warf ihr einen fragenden Blick zu. Sie deutete auf sich, zeigte auf die Adresse, wies dann auf mich, auf den Tresen und dann wieder auf die Karte. Ich nickte. Sie würde nach Hause fahren, und ich würde nachkommen, sobald ich hier fertig war.

Ich muss gestehen, ich hatte Herzklopfen, als ich vor ihrer Haustür stand. Normalerweise suchte ich mir die Frauen aus, nicht umgekehrt. Und wenn eine Frau auf mich zukam, hatte ich ihr vorher zumindest mein Interesse signalisiert. So etwas wie heute war mir noch nie passiert. Ich war gespannt, was mich erwartete. Der Summer ertönte sofort nach meinem Klingeln, als habe sie neben der Tür gewartet. Ich stieg die beiden Stockwerke hoch. Hannah stand im Türrahmen, gekleidet in einen seidenen Morgenmantel, der vorne offen stand und mehr freigab als verhüllte. Sie trug weiße Strapse, aber weder Slip, noch BH. Ihre vollen Brüste zeichneten sich unter dem dünnen Stoff deutlich ab. Erregt reichte ich ihr die Flasche Champagner, die ich mitgebracht hatte.

»Komm rein«, sagte sie leise, und ich lauschte verzückt dem rauchigen Klang ihrer Stimme. Sie ließ mich in die Wohnung. Im Vorbeigehen streifte mich der Hauch teuren Parfüms. Nachdem sie die Tür geschlossen hatte, drehte sie sich zu mir, um meine Jacke entgegenzunehmen. Ich lockerte die Fliege, Hannah half mir dabei. Wir standen immer noch dicht an der Wohnungstür, und ich fragte mich langsam, wann wir wohl ins Schlafzimmer gingen. Sie streifte jedoch einfach meine Weste herunter und hängte sie zur Jacke an die Garderobe. Dann knöpfte sie mit einer Hand mein Hemd auf, öffnete mit der anderen meine Hose, nicht ohne vorher prüfend darüber gestrichen zu haben. Ein verschmitztes Lächeln huschte über ihr Gesicht, aber sie sagte nichts. Dies schien eine schweigsame Beziehung zu werden. Sollte mir nur recht sein, ich hasse Frauen, die dauernd reden müssen. Sie zog mir das Hemd aus, streifte Hose und Unterhose herunter, half mir aus den Schuhen und ließ mich aus den Hosen steigen. Ich stand da, nur noch mit Socken bekleidet, und fühlte mich albern mit meinem abstehenden Glied. Hannah nahm es erheitert zur Kenntnis und strich mir mit einer perfekt manikürten Fingerspitze vom Hals hinunter bis zu meinem Geschlecht. Als ich ihr jedoch den Morgenmantel ausziehen wollte, meinte sie nur: »Langsam«, und wehrte meine Bewegung ab. Was sollte das nur werden?

Statt einer Erklärung drückte sie mich gegen die Tür, ging vor mir in die Hocke und nahm meinen Schwanz in den Mund. Sie umspielte ihn mit ihrer Zunge, leckte und saugte, bis ich vor Wonne nicht mehr aus noch ein wusste. Mit der Rechten streichelte und kraulte sie meine Eier. Ich stöhnte vor Lust. Wenn sie nicht bald losließ, würde ich kommen. Doch plötzlich hörte sie auf, stand auf, schlang ein Bein um meinen Körper, nahm meinen harten Schwanz und führte ihn vorsichtig in ihre warme, weiche, feuchte Höhle.

»Da wolltest du doch hin, nicht wahr?«, fragte sie leise und knabberte an meinem linken Ohr.

Sie stand so dicht vor mir, dass ich mich kaum bewegen konnte, und die Verzierungen der Tür in meinen Rücken drückten. Hannah war etwas kleiner als ich. Mit einer Hand zwang sie mich deshalb in die Knie, bis die Höhe angenehm für sie war. Ich stand in der unbequemsten Position, die man sich denken kann, dennoch war ich so erregt wie selten zuvor. Schnell fanden wir einen gemeinsamen Rhythmus. Sie hatte die Augen geschlossen, doch ihr Mund stand leicht offen. Ihr Atmen, ihr unterdrücktes Stöhnen turnten mich an. Sie bewegte sich langsam, zu langsam für mich.

»Schneller«, keuchte ich.

»Langsam«, meinte sie erneut und bewegte sich im gleichen Tempo weiter. Ihre Fingernägel krallten sich in meinen Hintern. Wieder und wieder stießen wir gegen die Tür und erzeugten ein dumpfes Poltern.

Als ich kam, war ich verblüfft, wie heftig es diesmal war. Normalerweise habe ich mich perfekt unter Kontrolle. Sie presste mich gegen ihren Unterleib, kostete jede Welle aus, dann löste sie sich plötzlich von mir, ließ mich einfach dort hocken, und ging den Flur entlang. Ihr Morgenmantel wehte wie eine Fahne hinter ihr her.

Verblüfft sah ich ihr nach. Was sollte denn das nun wieder? Ich rutschte auf den kalten Boden, stand schließlich auf, lief durch den Flur in die Richtung, in der sie verschwunden war. Hannah lag in einem riesigen Schlafzimmer auf einem nicht minder riesigen Bett und masturbierte.

»Bleib stehen«, sagte sie, als ich näher kommen wollte. Sie hatte den Mantel abgelegt, trug nur noch Strapse und Strümpfe, lag mit weit geöffneten Beinen auf den Laken und streichelte sich. Ich konnte nicht anders, ich musste meinen vor Erregung zitternden Penis in die Hand nehmen. Wie ein Schuljunge, der etwas Verbotenes tut, fühlte ich mich. Wir kamen gleichzeitig, unser Stöhnen vermischte sich, und ich spritzte auf den Teppich, während sie sich auf dem Bett krümmte. Erschöpft wankte ich zu ihr und ließ mich neben sie sinken. Wir schliefen ein.

Einmal wachte ich auf, weil ich dringend ins Bad musste. Als ich zurückkam, schlief sie noch immer. Sie war attraktiv, viel attraktiver, als ich sie vom Zug her in Erinnerung hatte. Ihre schweren Brüste fielen seitlich herab. Ihr Anblick turnte mich erneut an. Ich schob mich unter die Decke, die ihr bis zur Taille reichte. Sie war jetzt vollkommen nackt. Ich legte mich neben sie, presste mich an sie, streichelte sie am ganzen Körper, küsste und leckte ihre Brustwarzen, die fest wurden und sich dunkel von der hellen Haut ihres Busens abhoben. Dann schob ich eine Hand zwischen ihre Beine. Hannah murrte erst im Schlaf. Allmählich wachte sie jedoch auf und zog mich auf sich. Ich drang in sie ein, bewegte mich auf und ab, hielt mich zurück, wartete, bis sie den Höhepunkt erreichte, und kam dann selbst. Erschöpft rollte ich von ihr herunter und schlief ein.

Es war heller Tag, als ich erwachte. Verwirrt schaute ich mich um, erinnerte mich an die letzte Nacht. Das Zimmer war luxuriös eingerichtet. Ich stand auf, lief durch die ebenso teuer möblierte Wohnung. Hannah war nicht da. In der Küche stand ein reichlich gedeckter Frühstückstisch, auf dem Teller lag ein Zettel:

Lass dir Zeit. Ich komme erst spät nach Hause. Falls du mehr willst, melde dich nach der Arbeit.

Ich frühstückte, nahm anschließend eine Dusche. Danach zog ich mich an und fuhr nach Hause. Nein, ich würde das Angebot ablehnen, das hatte ich nicht nötig. Selten war ich mit derselben Frau zweimal ins Bett gegangen. Und wenn man die Episode im Zug mitzählte, wären es schon drei Mal gewesen. Doch im Laufe des Abends, als sich nichts Lohnendes für die Nacht zu ergeben schien, änderte ich meine Meinung. Wieder mit einer Flasche Champagner ausgerüstet, fuhr ich zu ihrer Wohnung. Diesmal empfing sie mich im dunkelroten Spitzenbody, drängte mich sofort ins Schlafzimmer und verführte mich dort nach allen Regeln der Kunst. Ich musste mir eingestehen, dass ich mich noch nie so getäuscht hatte. In der Frau, die mir gerade mit ihren kundigen Händen den dritten Orgasmus in Folge verschaffte, schien sogar ich eine Meisterin gefunden zu haben. Aber mein angeknackstes Selbstbewusstsein litt nur kurz darunter; die Nächte mit Hannah waren viel zu aufregend, um sie zu verpassen.

Eines Tages sagte sie, ich solle die Wohnung als die meine betrachten. Tatsächlich lebte ich bald mehr bei ihr als bei mir, fuhr nur noch nach Hause, um frische Wäsche zu holen und den Briefkasten zu leeren. Jede Nacht ging ich nach meinem Dienst zu Hannah, gespannt, womit sie mich diesmal überraschte. Sie schaffte es immer wieder, sich etwas Neues auszudenken, wobei sie nicht lange herumfackelte, sondern mir mit wenigen Handgriffen zeigte, was sie von mir erwartete. Sie bot mir von sich aus Stellungen an, die ich einer Frau niemals vorgeschlagen hätte, ließ sich von vorne, von hinten, von oben, von unten nehmen oder blies mir einen. Einmal zwang sie mich eine ganze Nacht lang, ihr zuzusehen, wie sie sich mit einem Dildo selbst befriedigte, was mich dann so rasend machte, dass ich sie beinahe vergewaltigte. Hannah quittierte es nur mit einem spöttischen Lächeln.

Ich wurde nicht schlau aus dieser Frau. Wenn ich, meist gegen Mittag, aufwachte, war sie längst weg. Sie kam nie, bevor ich zur Arbeit musste, aber sie war immer da, wenn ich nach der Arbeit eintraf. An meinen freien Tagen jedoch reagierte sie weder auf mein Klingeln noch auf meine Anrufe. Einmal stand ich die ganze Nacht vor ihrem Haus, aber sie machte nicht auf. Ich war mir nicht einmal sicher, ob sie zu Hause war, denn ich sah kein Licht in ihrer Wohnung. Schließlich schob ich sogar Sonderschichten, nur um behaupten zu können, ich arbeite. Hannah war meine Belohnung dafür.

Nach fünf Wochen sagte sie mir, sie müsse kurz verreisen, nur zwei Tage. Wenn sie zurück sei, könnten wir unsere Routine wieder aufnehmen. Sie sagte tatsächlich Routine. Es wurden die zwei längsten Tage meines Lebens. Mir wurde plötzlich bewusst, dass ich mich auf sie freute, auf ihren Körper, ihren Duft, ihren Mund, den Sex mit ihr. Ich war regelrecht süchtig nach Hannah.

Als die zwei Tage vorbei waren, stand ich sogar eine Stunde früher als sonst vor der Tür, ich hatte es nicht mehr ausgehalten. Spöttisch lächelnd ließ sie mich ein, und ich fiel schon im Flur über sie her. Hannah schien es erwartet zu haben. Ausgerechnet ich, der nach Möglichkeit versucht hatte, den Frauen so wenig Auskunft wie möglich zu geben, wollte nun alles wissen. Wer war sie, was machte sie, womit verdiente sie ihr Geld, was tat sie, wenn ich nicht bei ihr war? Sie gab bereitwillig Auskunft, doch im Grunde genommen erfuhr ich nichts, was ich nicht schon wusste. Als ich vorschlug, meine Wohnung aufzugeben, da ich doch sowieso die meiste Zeit bei ihr sei, meinte sie, ich solle noch eine Weile warten, es sei noch etwas zu früh, einen solchen Schritt zu wagen.

Widerstrebend fügte ich mich. Ich war es nicht gewohnt, dass die Frau die Oberhand behielt, denn normalerweise gab ich den Ton in einer Beziehung an, wenn es denn überhaupt jemals so weit kam. Aber ich wollte nicht auf sie verzichten, ich gierte nach ihren kundigen Lippen, ihren Händen, die nie erlebte Gefühle in mir auslösten.

Dieser Zustand dauerte zehn Wochen. Nie werde ich die Nacht vergessen, in der ich wie üblich unten läutete und sich nichts tat. Wieder und wieder drückte ich den Klingelknopf. Hatte sie gesagt, sie wolle verreisen? Nein, das hätte ich sicher nicht vergessen. Doch so lange ich auch wartete, alles blieb ruhig. Ich fuhr nach Hause und lief die halbe Nacht in meiner kleinen Wohnung herum, fühlte mich eingeengt. Der Druck meines Schwanzes, der sich auf eine heiße Nacht gefreut hatte, peinigte mich. Um sechs nahm ich ein Taxi, fuhr zu ihrer Wohnung, versteckte mich und harrte aus, bis sie das Haus verlassen würde. Doch Hannah kam nicht. Verwirrt ging ich nach Hause und wanderte weiter schlaflos hin und her.

Bevor ich zur Arbeit fuhr, ging ich wieder bei ihr vorbei, schellte und war freudig erstaunt, dass sie öffnete. Ich rannte, immer zwei Stufen auf einmal nehmend, die Treppen hinauf, kam atemlos oben an – und stand einer völlig fremden Frau gegenüber.

»Ja?«, fragte sie verwundert.

»Entschuldigung«, keuchte ich und versuchte, meinen Atem zu beruhigen. »Ich suche Frau Burger.«

»Ja bitte?«, sagte sie.

»*Hannah* Burger«, erklärte ich in der Annahme, sie sei vielleicht eine Schwester.

»Ich *bin* Hannah Burger«, sagte die Frau im Brustton der Überzeugung. »Was kann ich für Sie tun?« Ihr Ton ließ keinen Zweifel daran, dass sie mich für verrückt hielt. Und ich war mir nicht sicher, dass ich es nicht war.

»Aber … das ist … nicht möglich«, flüsterte ich entsetzt. »Sie, Sie schauen ganz anders aus.«

»Hören Sie«, sagte sie. »Ich habe Besseres zu tun, als mit Ihnen über meine Identität zu diskutieren. Ich bin Hannah Burger und wohne hier. Falls Sie nicht wissen, was Sie von mir wollen, sollten Sie besser gehen.«

Ich nickte, vollkommen vor den Kopf geschlagen. Ich drehte mich um, hatte eine letzte Frage: »Wie lange wohnen Sie hier schon?«

»Seit acht Jahren«, erwiderte sie.

»Immer?«

»Ja, natürlich immer, außer wenn ich für längere Zeit in die USA muss. Dann steht die Wohnung leer.«

Das war es. Logisch. Sie hatte die Wohnung untervermietet.

»Sie waren erst kürzlich weg und sind gestern zurückgekommen?«, riet ich aufs Geratewohl. Sie nickte erstaunt.

»Aber woher …«

»Dann ist ja alles klar!«, rief ich erfreut und hätte sie beinahe umarmt. »Dann war das Ihre Untermieterin, die sich nur für Sie ausgegeben hat.«

»Welche Untermieterin?«, fragte sie misstrauisch.

»Keine Untermieterin?« Ich wollte es nicht glauben.

Sie schüttelte den Kopf. »Nein, keine Untermieterin. Zweimal pro Woche kommt meine Zugehfrau und kümmert sich um das Nötigste. Ich kann es nicht leiden, wenn fremde Menschen in meiner Wohnung wohnen.«

Egal, was ich sagte, sie blieb bei ihrer Version, und erst als sie schon das Telefon in der Hand hatte und die 110 wählte, gab ich auf.

Nach zwei Wochen war ich nur noch ein Schatten meiner selbst. Mein Chef sagte mir, ich solle Urlaub nehmen, und wenn ich nachher nicht wieder auf dem Damm sei und wie ein knackiger Mittzwanziger aussähe, brauchte ich gar nicht mehr zu kommen. »So, wie du ausschaust, vertreibst du mir ja die Gäste.«

Ich flog nach Ibiza, versprach mir Abwechslung und Abenteuer. Aber ich brachte einfach keinen mehr hoch. Nach der dritten misslungenen Nacht gab ich schließlich auf. Die Mädchen, allesamt unerfahrenes, junges Gemüse, lachten mich aus. Sie machten mich zum Gespött der Insel. Frustriert brach ich den Urlaub ab, flog nach Hause und vergrub mich.

Eines Tages jedoch lag ein Umschlag vor meiner Tür. Die Adresse war mit der Maschine geschrieben, kein Absender. Ich riss ihn auf. Lose Hunderteuronoten fielen mir entgegen. Ich zählte sie, es waren 60 Scheine, sechs Riesen. Ich stutzte. Hatte ich jemandem Geld geliehen und es vollkommen vergessen? Wie nobel, dass derjenige es mir trotzdem zurückgegeben hatte. Ich suchte nach einem Hinweis in dem Umschlag. Da fiel mir eine bestens vertraute Visitenkarte entgegen. Auf ihrer Rückseite stand: *Für jede Nacht einen Hunderter. Sorry, aber mehr warst du nicht wert.*

Tracy Quan

Ménage à Quoi?

Montag, 31.01.00

Liebes Tagebuch,
heute ist mir eine ausgesprochen peinliche Sache passiert – noch dazu mit einem meiner Stammkunden. Howard lag flach auf dem Rücken und genoss unseren flotten Dreier mit Allison, als ich beschloss, mich rücklings auf ihn zu legen – etwas, was ich schon hunderte Male gemacht habe. Also ließ ich mich langsam zurücksinken, überzeugt, dass meine Akrobatik nach null Anstrengung aussah.

Howard steckte fest in mir drin, trotzdem gab ich ein lustvolles Stöhnen von mir – man weiß ja nie. Meine Schulterblätter auf seine Brust gebettet, sah er lediglich meinen Nacken. In dieser Haltung reglos zu verharren ist mehr Arbeit, als sich auf und ab zu bewegen, doch für gewöhnlich ist dies die perfekte Nummer, wenn man mit einem weiteren Mädchen zusammenarbeitet. Howard sieht nicht, ob Allisons Zunge wirklich dort ist, wo er sie vermutet. Und überdies handelt es sich um seine bevorzugte Stellung.

Ich fühlte mich super. Völlig relaxed. Konnte das Spiel bestimmen. Allie glitt zum Rand meines Bettes, legte ihren Kopf irgendwo zwischen meine Beine – und seine. Ihr langes blondes Haar kitzelte meine Schenkel. Das Signal für mich, lauter zu stöhnen: »Ah, das macht sie *soooo gut* … sie leckt mich! Sag ihr, sie soll nicht aufhören! Oh, bitte, hör nicht auf …«

Irrwitzigerweise dachte ich, dass Allison so tat, als vergnüge sie sich mit mir, obgleich sie sich in Wahrheit an Howard zu schaffen machte.

»He!«, flüsterte sie, nachdem er in der Dusche verschwunden war.

»Während du ihm diesen ganzen Mist erzählt hast, habe ich ihn mit der Zunge stimuliert!«

»Was hast du?« Ich war stinksauer. »Aber wir tun doch nur so, als würdest du mich vernaschen! Wenn du den Ablauf ändern willst, brauchst du es nur zu sagen«, maulte ich. »Du weißt genau, dass ich in dieser Stellung nicht sehen kann, was du machst!«

»*Ihm* scheint es jedenfalls gefallen zu haben!«

»Und das ist vermutlich die Hauptsache«, musste ich widerwillig zugeben. Trotzdem. Wie ärgerlich.

Anschließend wandte ich mich dem Telefon in meinem Schlafzimmer zu und hörte rasch meinen Anrufbeantworter ab. Jasmines knappe Anweisung – »Donnerstag. Verspäte dich nicht. Harry um fünf Uhr nachmittags!« – war eine willkommene Ablenkung. Dann eine Nachricht von Eileen: »Ich habe deine Nummer an Steven G. weitergegeben. Er ist wahnsinnig scharf darauf, eine neue Asiatin kennen zu lernen. Aber er ist ein bisschen pervers, deshalb ruf mich kurz zurück. Es ist für heute!« Eileen Wongs Kunden sind nicht selten impulsive Freier mit einer ganzen Menge absonderlicher Wünsche. Zum Schluss eine Mitteilung von Steven selbst, er klang schüchtern, aber auch gespannt: »He, hm. Ich muss dich wieder anrufen. Hallo? Bist du da? Ich bin auf dem Weg zum Geldautomaten. Ich melde mich in zehn Minuten noch mal.« Das alles untermalt von Straßenlärm. Autotelefon? Telefonzelle? Schwer zu sagen. Er klang wie der vorsichtige Typ, der ein öffentliches Telefon benutzt, wenn er eine Prostituierte anruft. Vermutlich verheiratet.

Vielleicht auch einfach nur gehemmt oder unsicher, wenn es ihn überkommt.

Allison zog ihren Kaschmirpullover über den Kopf und murmelte irgendwelche Ausflüchte. »Ganz ehrlich, ich hab in dem Moment wirklich gedacht, du könntest mich sehen, Nancy! Ich wusste doch nicht …« Als ihre hellen Schultern in dem Pullover verschwanden, hätte mich ihre alberne, entschuldigende Grimasse *fast* umgestimmt.

»Wie soll ich dich denn sehen können, wenn ich an die Decke starre?«, versetzte ich schnippisch.

Da kam Howard mit einem zufriedenen Grinsen aus dem Bad, ein Handtuch um die noch feuchten Hüften geschlungen. Ich war wütend auf mich selbst, weil ich ein Berufsgeheimnis preisgegeben hatte. Und das vor einem Freier, den ich seit über fünf Jahren empfange! Doch ich überspielte es mit professioneller Freundlichkeit. Als ich ihn zur Tür begleitete, zwinkerte er mir zu und sagte: »Also dann bis nächsten Montag – ich bringe zwei Oscars mit. Ihr beide habt sie verdient!«

Ich servierte ihn mit einem kühlen Lächeln ab.

Allison folgte mir ins Bad, wo sie ihr neuestes Dilemma laut herausposaunte. »Rate mal, wer angerufen hat? Jack! Er versucht, ein Date mit mir zu bekommen!«

Das ist wieder einmal typisch. Immer wenn ich wütend auf Allison bin, versucht sie, mich mit ihren Problemen abzulenken.

Jack kann zwar immer noch neue Mädchen auf den hinteren Seiten des *New-York*-Magazins finden, aber die Betten von Mädchen wie uns, die mit ihren Klienten auf privater Ebene verhandeln, sind tabu für ihn. Sollte Allie es von daher nicht besser wissen, als sich Gedanken um eine Verabredung mit Jack zu machen?

Aus der Duschkabine erinnerte ich sie: »Wir haben ihn auf die schwarze Liste gesetzt! Nach dem, was Jack getan hat, will ihn keine mehr sehen. Und du auch nicht.«

»Vielleicht will ich *aber* doch«, versetzte sie gereizt. »Er vermisst mich, und er bietet mir einen Haufen Geld an. Vielleicht sollte ich es noch einmal überdenken – diese Sache mit der schwarzen Liste.«

Wir hatten so entschieden, nachdem er uns im letzten Jahr übel mitgespielt hatte – und Allie war die Erste gewesen, die Jacks mieses Verhalten zu spüren bekommen hatte. Wie kann sie das vergessen? Geschweige denn verzeihen?

Ich hielt den Duschkopf zwischen meine Schenkel, dann richtete ich ihn vorsichtig auf meinen Busen, um mein Haar nicht nass zu machen. Viermal am Tag duschen ist ein Glücksspiel: Meine Frisur muss super aussehen bei der Arbeit, aber ich laufe ständig Gefahr, sie zu ruinieren … Berufsrisiko!

»Er hat mir einen Tausender angeboten!«, sagte Allie eben. »Nur um mich zu sehen – du weißt schon, das Übliche.«

Sein normaler Satz beträgt 300 Dollar. Ein Tausender für eine halbe Stunde! Das kann man kaum ausschlagen. Aber das muss ich Allison nicht auf die Nase binden. Sie muss lernen, Nein zu sagen und dazu auch zu stehen.

»Nach allem, was er uns eingebrockt hat, wäre es meiner Ansicht nach ein Riesenvertrauensbruch von *jedem* Mädchen, das eine Ausnahme macht«, erklärte ich ihr.

»Aber ich habe – ich meine, Jack und ich *hatten* – eine andere Art von …« Ihre Stimme überschlug sich. »Ist ja auch egal, ich möchte mir seinen Standpunkt anhören.«

Ja, darauf hätte ich *wetten* mögen! Wer wollte das nicht, für eintausend Dollar? Nur ist leider das eigene Wort nicht mehr viel wert, wenn man zu allem Ja sagt, was sich finanziell reizvoll anlässt. Oder einfach.

»Seinen Standpunkt? Er hat keinen. Es interessiert mich nicht, wie viel er zahlt, sich mit ihm abzugeben ist einfach zu riskant.«

»Er ist so leicht zufrieden zu stellen«, wandte Allie ein. »Und er zieht bei *allem* ein Kondom über.«

»Wir reden hier nicht über diese Art Risiko! Und hör endlich auf, so kurzfristig zu denken! Heute gibt er dir 'nen Tausender, na großartig. Und was dann? Was, wenn du deine sämtlichen Kontakte zu den anderen Mädchen verlierst? Jacks Großzügigkeit wird das nicht wettmachen. Niemals.«

Als ich die Duschkabinentür aufschob, reichte Allison mir ein Badetuch. Wieder dieser kindlich flehende Blick! Obwohl wir die gleiche Größe tragen – wir können unsere BHs tauschen –, fühlte ich mich plötzlich wie die plumpe, ungelenke Spielgefährtin eines aparten, geschmeidigen kleinen Mädchens. Als ich in den Badezimmerspiegel spähte, enthüllte mein Spiegelbild mir einen erstaunlich anmutigen Nacken. Nicht dieses ekelhaft Unförmige – ein Gespenst aus der Frühpubertät – und mein heimlicher Albtraum. Und mein Haar war in Form geblieben.

Genau wie ich sieht Allison glatt zehn Jahre jünger aus, als sie tatsächlich ist. Wären wir auch so lange Freundinnen geblieben, wenn eine von uns schneller gealtert wäre? Manchmal frage ich mich wirklich, ob das Aussehen die Basis für die *meisten* Frauenfreundschaften ist: die Beauty, die sich mit weniger hübschen Mädchen umgibt, weil das ihr Ego aufpoliert; die attraktive Frau, die (nachdem sie *diese* Lektion gelernt hat) sich hübsche Freundinnen aussucht, um nicht mit der übersteigerten Eifersucht einer anderen Frau konfrontiert zu werden – das macht es letztlich leichter, mit den eigenen Unzulänglichkeiten umzugehen. Die eines anderen Mädchens sind nämlich schwer zu durchschauen, nicht zu beheben und deshalb überaus heikel. Allie und ich haben unsere Probleme –

im Grunde meines Herzens weiß ich, dass es nicht die innigste Freundschaft ist –, aber was das Aussehen betrifft, sind wir ebenbürtig. Und das ist wichtig.

»Ich habe nicht gesagt, dass ich irgendwas mit ihm anfangen werde«, beharrte Allison. »Wir wollen einfach nur reden.«

»Selbst das solltest du dir verkneifen«, giftete ich.

Wäre ich weniger attraktiv, würde sie vermuten, dass der pure Neid aus mir spricht. Wäre sie weniger attraktiv, würde sie mich hassen, weil ich männliche Bewunderung so schnöde abtue. Allie schien mir höflich zuzuhören, wurde aber irgendwann unruhig und schaute verstohlen auf ihre Armbanduhr. Ich gab auf.

Vor ihrem Aufbruch bat Allison mich noch, Jasmine nichts von Jacks Anruf zu erzählen. »Du weißt, wie sie ihre voreiligen Schlüsse zieht!«, seufzte sie. »Jasmine ist dermaßen voreingenommen. Und dann plaudert sie es vielleicht vor allen aus.« Sie stopfte vier Hunderter in einen knallrosafarbenen Louis-Vuitton-Rucksack und zog den Reißverschluss zu.

Vielleicht *sollte* ich meinen Anteil von Allie fordern, statt darauf zu vertrauen, dass sie mir ein Date verschafft, aber ihre Abschiedsworte nahmen mir jede Chance: »Wie gut! Jetzt kann ich die Miete bezahlen. Danke! Ich schicke dir bald mal jemanden vorbei. In Ordnung?« Als sie mein Gesicht sah, setzte sie hinzu: »Die Februar-Miete! Sie ist *morgen* fällig. Ich muss noch schnell zur Bank.«

»Du triffst dich mit Typen, um die Miete einen Tag vor Fälligkeit zu zahlen …?« Das Klingeln des Telefons unterbrach mich mitten im Satz. Allie strebte zum Aufzug, und ich griff nach dem Hörer.

»Ich denke, ich habe Stevens Anruf verpasst«, erklärte ich Eileen. »Ich muss jetzt weg. Ich hätte gegen sieben Zeit für ihn.«

»Oh. Mist.« Eileen seufzte. »Du musst diesen Burschen sehen, solange er heiß ist. Er wird nächste Woche wieder anrufen. Hast du Seidenstrümpfe? Sie müssen hauchdünn sein, keine Nylons. Und bitte, keine Plateausohlen – er mag richtige Absätze.«

»Plateaus? Weshalb sollte ich so etwas bei einem Freier tragen?«

»Du würdest es nicht glauben, was das letzte Mädchen getragen hat. Diese unerfahrenen Dinger! Hör zu, ich weiß, er wird anrufen. Er will ein Date mit einer Asiatin – und zwar dringend. Lass dich nicht auf eine Verabredung am nächsten Tag ein. Er wird's vergessen. Wenn er anruft und du hast gerade Zeit, dann triff ihn am besten direkt. Er fackelt nicht lange. Dreihundertfünfzig. Sei kühl und lasziv, aber schikanier ihn nicht. Er ist kein Sklave. Selbst wenn er dich anbetet ...«

Welcher von diesen Kerlen kennt schon den Unterschied zwischen Seiden- und Nylonstrümpfen? Für 350 Dollar bin ich natürlich interessiert. Eileen und ich arbeiten oft zusammen – wir haben beide Kunden, die auf zierliche Asiatinnen stehen, obwohl ich denke, dass meine Freier weniger darauf fixiert sind. (Viele meiner Klienten haben genauso ein Faible für Allison – vielleicht ist es der blonde Kontrast.) Witzig, dass alle Callgirls, die ich kenne, irgendwann bei einem bestimmten Typus von Stammkunden landen. Eileens Klienten sind Fetischisten, Jasmines gehören zu den schnellsten. Ich bin nicht sicher, wie ich einen typischen Allison-Freier umschreiben soll ... vielleicht will ich's auch gar nicht.

»Ach übrigens, ich bekomme ständig diese Anrufe«, sagte Eileen. »Dauernd wird aufgelegt! Und jede Menge blödes Gestöhne auf dem Anrufbeantworter. Seit ich wieder von du-weißt-schon-wem gehört habe.«

»O Gott. Jack?«

»Genau der. Der Nervtöter! Er tut so, als sei nichts gewesen, verstehst du? Als *wüssten* wir von alldem nichts.«

»Lass dich bloß auf nichts ein!«, versetzte ich alarmiert. »Sag ihm, dass du beschäftigt bist, und dann legst du auf – *höflich* natürlich.«

Wenn man einen Klienten auf die schwarze Liste setzt, sollte er es möglichst nicht erfahren.

»Hör mal, ich muss mir das nicht gefallen lassen – nicht nach dem, was er *mir* angetan hat! Einfach auszuplaudern …«

»Wenn er herausfindet, dass er aus dem Rennen ist, könnte er es in irgendeiner Weise an dir auslassen! Was ist wichtiger? Im Recht zu sein? Oder seinen Seelenfrieden zu haben?«

»Okay, ich habe Klartext mit ihm geredet, was soll's? Ich habe ihm erklärt, dass er mich in Ruhe lassen soll. Und jetzt bekomme ich diese Anrufe. Ich wette, es ist Jack! Er hat kein Recht dazu.«

Mit Blick auf Allison, die sich mit ihm arrangieren will, und Eileen, die ihn selbstgerecht provoziert, weiß ich wirklich nicht, wie ich mich verhalten soll. Im Grunde genommen wollten wir einen Schlussstrich unter das Kapitel Jack ziehen, in der Hoffnung, er werde sich verziehen und unserem Zirkel fernbleiben. Seit dieser Geschichte …

Himmel – fast 15.30 Uhr. Schichtwechsel bei sämtlichen Taxifahrern! Ein Albtraum, jetzt irgendwohin zu kommen. Ich muss los. *Jetzt, sofort,* besser schon vor fünf Minuten, wenn ich rechtzeitig zur Therapiesitzung eintrudeln will.

Florian Werner

Bock-Ramsch

Natürlich sei Anja zum Reinbeißen, sagt Axel. Aber ihre Stirn mit voller Wucht zwischen die Zähne geknallt zu bekommen, das habe er nicht besonders lecker gefunden, eine richtige Dentalabtreibung sei das gewesen. Er stülpt behutsam seine Lippen nach oben und unten, um uns zu zeigen, was nicht mehr zu sehen ist, die zwölf, die elf und die einundzwanzig seien dabei draufgegangen, sagt er, drei auf einen Streich, zum Glück sei er gut versichert, und nicht nur wegen der Zähne.

Denn mit dem Schlag ins Gebiss sei es ja noch nicht getan gewesen. Mit einem Mal sei Muriel aus dem Hinterhalt gekommen, habe ihn gepackt, ihm den Arm auf den Rücken gedreht und dabei fast seine Schulter ausgekugelt. Dann habe sie ihn zu Boden geworfen, und als er hilflos auf dem Rücken lag, habe Anja ihm seine gesamten Ersparnisse aus der Hand gerissen und in die blutende Fresse gestopft. Also dass eine schwangere Frau so grausam und niederträchtig sein könne, das habe er nicht gedacht, dazu die Leihmutter seiner Kinder.

»Zum Trost kriegst du 50 Ave Marias«, sage ich. »In kleinen Scheinen.«

Pepe fragt: »Willst du nicht trotzdem, wie in der guten alten Zeit, endlich mal was sagen?«

Axel versucht es, Pepe sagt »weg«, und als ich auch nicht mehr zu bieten habe, murmelt Axel etwas von Maurermeistern und Großmutterblättern, und dass sich die ganze Welt gegen ihn verschworen habe. Vor ein paar Monaten hatte das noch ganz anders geklungen.

Damals, in der guten alten Zeit, als Axel noch alle Zähne im Mund hatte und die Schulter am rechten Fleck, wollte er zwar auch nicht immer was sagen, aber zumindest das Skatspielen klappte meistens ganz ordentlich. Nur als die Geschichte mit Anja und Muriel losging, hatte Axel wirklich Pech mit den Karten.

In den ersten drei Runden kam er nur ein einziges Mal ans Spiel, ein Herz ohne zwei, Axel schlug sich wacker, verlor dann aber mit 60 Punkten, und so ein gespaltener Arsch tut natürlich weh, um so mehr, als ich Contra gesagt hatte. Später bei der ersten Ramsch-Runde hieß es für Axel dann endgültig Hallo Hades, das war kein Tief mehr, das war eine Reise zum Mittelpunkt der Erde, ausgerechnet als er vorne saß, lagen die zwei Alten im Skat, was er natürlich nicht ahnen konnte, aber er hätte trotzdem keinen Durchmarsch versuchen dürfen, dann hätte er auch keine geschobene Jungfrau kassiert, 436 Miese auf einen Streich.

»Schreckliche Hitze da unten, oder?«, fragte Pepe. »Das kommt vom Magma.«

»Ach«, sagte Axel leichthin, »du weißt ja, was man von Leuten sagt, die Pech im Spiel haben.«

»Grütze in der Rübe?«

»Sehr komisch«, Axel lächelte weiter vor sich hin, und dieses siegessichere Grinsen in Kombination mit der Tatsache, dass er sonst bei diesem Punktestand schon längst popocatepetlmäßig explodiert wäre, war ein ziemlich sicheres Indiz dafür, dass er tatsächlich etwas am Laufen hatte.

»Sag nicht, du hast dich verliebt«, meinte Pepe, aber das hätte er nicht tun sollen. Denn Axel sagte daraufhin nicht nur nicht, dass er sich verliebt habe, sondern rein gar nichts mehr, mischte stattdessen unerträglich gründlich die Karten, dazu noch im Las-Vegas-Stil, er teilte sie in zwei Stapel, legte diese im 90-Grad-Winkel nebeneinander, bog die gegenüberliegenden Ecken mit den Daumen nach oben und ließ sie wie einen Reißverschluss ineinander sausen, ein Sakrileg, das wir normalerweise mit einer Runde Herrengedeck geahndet hätten, aber Pepe und ich drückten jeder ein Auge zu, weil wir ja wissen wollten, ob Axel nun wirklich, und wenn ja in wen und was eigentlich genau mit ihm los war.

Endlich, als Axel die Karten schon fast zu Pappmaché vermischt hatte, sagte er: »Es ist nur so was Körperliches.«

»Und wie heißt die Unglückliche?«

Aber Axel war schon auf das Geben der Karten konzentriert, drei, drei, drei, Skat, vier, vier, vier und wieder dreimal die drei, da musste Pepe sich schon zu ihm über den Tisch beugen und verständnisvoll die Hand auf seinen Unterarm legen.

»Nicht, dass es uns als deine besten Freunde was angeht. Aber wenn du nicht sofort sagst, um welche Dame es sich handelt, schlag ich dir die Fresse ein.«

Axel war endlich mit dem Geben fertig und nahm jetzt jede Karte einzeln auf. Er musterte sie eingehend, als ob er überlegen müsse, was diese Zeichen in der Ecke bloß bedeuten, Kreuz oder Pik oder Karo, und ob ein Ass mehr wert ist als eine Sieben. »Damen«, sagte er schließlich, mit der Betonung auf der zweiten Silbe und einem langen, schnurrenden *n*, wie ein Kind, das einen Sportwagen imitiert.

Pepe schluckte hart. »Wie viele?«

»Geben, Hören, Sagen«, antwortete Axel. »Du sitzt vorne.«

Dass er danach zum ersten Mal an diesem Abend ein Spiel gewann, hätte Axel eigentlich stutzig machen müssen, er war es ja, der mit diesem Glück-in-der-Liebe-Gerede angefangen hatte. Aber er lächelte nur weiter vor sich hin, und weil er schon immer ein Faible für symbolische Handlungen hatte, wartete er mit dem Karten-auf-den-Tisch-Legen, bis er einen Null Ouvert auf der Hand hatte, dann zeigte er uns, was er hatte, Karo Sieben, Karo Neun, Karo Bube, Herz Sieben, Herz Acht und so weiter, eine nach der anderen, bis alle zehn Karten offen vor ihm lagen. »Nur zwei«, sagte er.

»Und?«, fragte Pepe. »Waren die nicht irre teuer?«

Axel schüttelte seufzend den Kopf. »Meint ihr wirklich, ich hätte es nötig, für so was zu bezahlen?«

»Hundert Tausend Millionen Milliarden«, sagten Pepe und ich wie aus einem Mund. »Mindestens.«

»Ihr habt natürlich Recht«, Axel kam mit der Kreuz Acht raus, »eine Art Bezahlung ist schon im Spiel.« Aber nicht so, wie wir dachten. Nicht er werde bezahlen müssen, erklärte Axel, sondern die beiden Damen, wobei Bezahlung das falsche Wort sei, es gehe um Naturalien, ein, zwei Gläschen Champagner, um sich locker zu machen, ein gutes Abendessen, natürlich nicht zu schwer, denn ein voller Bauch kopuliere nicht gern, ein edler Wein sowie die obligatorische Havanna danach, das sei eigentlich schon alles, er sei ja ein bescheidener Mensch, der anderen gern eine Freude bereite. Da würde er schon mal ein Auge zudrücken und mit zwei atemberaubenden Frauen gleichzeitig ins Bett steigen.

»Und wer sind die beiden Damen?«, fragte Pepe scharf. So wie er das *n* brummen ließ und mit dem rechten Fuß auf und ab wippte, war klar, dass er langsam ungeduldig wurde.

»Das kann ich euch leider nicht sagen.«

Axel wusste nicht, dass er einen riesengroßen Fehler gemacht hatte, Pepe hatte nämlich die Kreuz Sieben und ich war in der Farbe blank, aber der Null Ouvert war uns jetzt egal, Pepe warf seine Karten auf den Tisch, sprang auf, packte Axels Unterarme und verdrehte sie hinter der Rückenlehne seines Stuhles. Ich kramte derweil eine Fünf-Cent-Münze aus meiner Hosentasche und hielt sie Axel vor die Nase.

»Hilft das hier deinem Gedächtnis vielleicht auf die Sprünge? Komm schon, alles, was wir von dir wissen wollen, sind zwei lächerliche Namen. Und ob die beiden auch sonst für Eskapaden zu haben sind, oder wenigstens jüngere Schwestern haben.«

Nein, sagte Axel. Keine jüngeren Schwestern, keine weiteren Eskapaden, und mit Männern normalerweise schon gar nicht. Nur für ihn würden sie eine Ausnahme machen.

»Und sie heißen?«, summte Pepe und drehte Axels Arme so lange weiter nach oben, bis dieser endlich die Mütter beim Namen nannte.

Aber das machte Pepes Laune auch nicht besser. Denn wie Axel es geschafft hatte, zwei solche Spitzenerzeugnisse der Frauen verarbeitenden Industrie zu ergattern, zwei Schönheiten, bei denen keiner von uns je einen Stich gemacht hatte, das war wirklich ein absolutes Rätsel. Pepe ließ Axels Handgelenke los, setzte sich wortlos an seinen Platz zurück und knallte die Kreuz Sieben auf den Tisch, und wenn Axel uns nicht alles hätte erklären können und in den drei nächsten Runden nicht wieder sämtliche Spiele verloren hätte, hätte Pepe ihn wahrscheinlich so zugerichtet, wie die beiden Schönen es bald tun sollten.

»Segnet mich, ich habe gesündigt«, fing Axel an, und dann begann er zu erzählen, als ob es kein Morgen gäbe; wahrscheinlich hatte er insgeheim schon den ganzen Abend auf diesen Moment gewartet, denn seine Geschichte ging mit ihm durch wie eine Dänische Dogge, die eine läufige Hündin wittert.

Es habe damit angefangen, dass er Muriel ins Kino eingeladen habe. Im Lichtblick sei so eine erotische Retrospektive gelaufen und sie hätten sich *Fanny Hill* angeschaut, Deutschland '64, ein ziemlich abgehangener Schinken, der keine Maus hinter dem Ofen und keine Lesbe in den Schrank zurücklocken könne, schade, denn Sinn und Zweck der Übung sei natürlich gewesen, Muriel endlich auf den leuchtenden Pfad der Tugend zu führen, und mit Tugend, sagte Axel, meine er Heterosexualität. Denn bei allem Verständnis für ihre Liebe zu Anja, und bei allen freundschaftlichen Gefühlen, die er für diese hege, sei Muriels sexuelle Orientierung doch ein verdammter Jammer für die Welt, und damit meinte er die Männer.

Aber vergebliche Liebesmüh, Muriel habe nach dem Film, noch im Foyer und im Stehen, erst einmal ausführlich über die Geburt der Pornografie aus dem Geiste des Geständnisses reden wollen, denn ob das nun Softporno, Hardcore oder Snuff sei, im Beichtstuhl, so Muriel, habe alles angefangen. Die Menschen hätten den Wäschekorb ihrer sexuellen Verfehlungen so lange zum Priester tragen und auskippen müssen, dass sie irgendwann gar nicht mehr aufhören konnten damit, die Beichtväter wurden immer begieriger auf neue Waschmaschinenladungen voller Dreckszeug, und die Sünder wollten immer mehr gestehen und immer öfter absolutiert werden, und wenn sie nichts Unanständiges gedacht oder getan hatten, dachten sie sich in Gottes Namen eben irgendeine Sauerei aus. Das sei inzwischen zwar äußerlich ein wenig anders, sagte Muriel, der Beichtstuhl sei dem Kinosaal gewichen, die armen Sünder würden ihre sexuellen Fantasien nicht mehr durch eine Trennwand flüstern, sondern verfilmen, und die Priester in harter Währung bezahlen. Eine Konstante sei jedoch geblieben, die Zuhörer oder Zuschauer, an die sich das richte, seien grundsätzlich Männer, und deshalb habe sie mit dem Film nichts anfangen können.

Er habe Muriel daraufhin wohl ziemlich verständnislos angeschaut, sagte Axel, denn sie habe plötzlich gelacht und gesagt: »Lass uns was trinken gehen«, und er habe das *Yokul's* vorgeschlagen, weil es dort so schön schummrig sei und überall lauschige Sofas rumstünden, die körperliche Nähe quasi erzwangen. Und während Muriel und er in den Polstern lümmelten und Caipirinhas schlürften, wurde es dann tatsächlich richtig vertraulich zwischen ihnen, so vertraulich, dass Muriel anfing, wieder einmal von Anja zu schwärmen, wie wunderbar es mit ihr sei, von Jahr zu Jahr besser, eine Beziehung wie ein guter Wein. Von diesem Gedanken war es nur ein kleiner Schritt zum Thema Älterwerden, und darauf, sagte Axel, folge unweigerlich das Gespräch übers Kinderkriegen, biologische Uhr, es sei fünf vor zwölf, zum Tagesausklang nun die Nationalhymne, und sosehr er Muriel verehre und schätze, dieses Gespräch sei nicht nur so sicher wie das Amen in der Kirche, sondern auch genauso langweilig, denn mit einer Lesbe übers Kinderkriegen zu reden finde er relativ abstrakt, da könne er gleich mit einem Grottenolm über das Licht diskutieren.

»Selber Grottenolm«, habe Muriel gesagt und: »Warum denn abstrakt? Es gibt da doch Mittel und Wege.«

»Nämlich?«

»Die In-vitro-Fertilisation zum Beispiel. Oder die Adoption. Und natürlich die klassische Variante, die wäre uns am liebsten: *Boy meets girl,* sie tun es.«

»Du meinst, so richtiger Sex? Penis-Vagina-Dialoge? Zwischen Männern und Frauen?«

»Soll ja durchaus schon vorgekommen sein, dass Kinder so gezeugt worden sind.«

»Was müssen das für Männer sein, die sich für so etwas hergeben?«, fragte Axel empört, und als Muriel sagte: »Ein guter Freund der Familie«, hatte er bereits einen Freiwilligen im Hinterkopf.

Denn dass er ungefähr seit dem Urknall scharf darauf sei, mit Muriel zu vögeln, sei ja hinlänglich bekannt, erklärte er Pepe und mir, aber dass sich so ein Unterfangen auch noch mit einer guten Tat verbinden ließe, dieser Gedanke habe sein altes Pfadfinderherz höher schlagen lassen. Ganz genau wisse er es auch nicht mehr, weil er zu diesem Zeitpunkt schon viel getrunken hatte, aber anscheinend habe er Muriel gegenüber durchscheinen lassen, dass er sich unter Umständen für so eine selbstlose Aufgabe schon zur Verfügung stellen würde, denn in der Woche darauf habe Muriel bei ihm angerufen und gefragt, wie ernst er das gemeint habe. Vor ein paar Tagen hätten sie sich zu dritt zu einer strategischen Vorbesprechung getroffen. Und kommende Woche sei er bei Anja und Muriel zum Abendessen eingeladen.

Als Axel, Pepe und ich uns das nächste Mal sahen, machten wir zwar noch pro forma eine Liste zum Anschreiben der Punkte, drei Spalten mit unseren Namen, daneben eine zum Notieren der Spiele, aber alle vier Spalten blieben an diesem Abend leer, denn über das Geben der Karten kamen wir nicht hinaus.

»Wir beginnen mit einer Bock-Runde«, sagte ich. »Pepe hat gegeben, ich höre, du sagst. Axel, wie war dein letztes Wochenende?«

»Das Essen meinst du? Sehr gut.«

»Was gab es denn?«, knurrte Pepe. »Grütze?«

»Als Vorspeise Sellerie-Lauchsuppe, mit Ingwer und Zitronensaft verfeinert, sehr raffiniert. Danach gab es Austern mit Safransauce. Und zum Nachtisch ein Sorbet aus Granatapfel und Passionsfrucht.« Irritierend sei nur gewesen, dass Anja und Muriel sich die ganze Zeit über die Zusammenstellung des Menüs amüsiert hätten und er bis heute nicht wisse, warum. Der Wein sei ebenfalls ausgezeichnet gewesen, ein rassiger Chablis, aber leider habe ihm Muriel nach dem dritten Glas die Flasche aus der Hand genommen.

»Du musst dich schonen«, habe sie gesagt. »Nicht, dass du uns nachher schlappmachst.«

»Und?«, fragte Pepe. »Hast du?«

»Natürlich nicht. Sagt mal, wofür haltet ihr mich?«

»Na ja«, sagte ich, und dann fingen Pepe und ich an, aus dem Stegreif eine Liste von Ausdrücken zu erstellen, die auf Axel zu passen schienen, viele davon aus dem Tierreich.

Also nein, unterbrach Axel uns, dass er wegen ein bisschen Alkohol im Blut schlappmachen werde, da habe nun wirklich keine Gefahr bestanden. Eigentlich sei er ja davon ausgegangen, dass er mit beiden Frauen nacheinander schlafen dürfe, obwohl Muriel ihm geduldig erläutert hatte, dass es auch bei gleichgeschlechtlichen Paaren nur sehr selten sei, dass beide Partner gleichzeitig schwanger werden. Na gut, natürlich sei er enttäuscht gewesen, als es hieß, nicht Muriel, sondern Anja sei diejenige, welche; vielleicht habe er deswegen moralische Probleme bekommen, aber weil Axel Abstrakta gerne durcheinander bringt, bin ich mir nicht sicher, ob er mit *moralische Probleme* nicht doch etwas anderes meinte, er sagt ja auch Tugend, wenn er Heterosexualität sagen will. Und auch mit der musikalischen Untermalung habe er seine Schwierigkeiten gehabt.

»Sex bei Juju-Musik«, sagte Axel, »das ist ziemlich vertrackt.« Diese Musik sei rhythmisch dermaßen kompliziert, das habe Anja und ihn immer wieder aus dem Takt gebracht, weil er sich auf den Schlag bewegt habe, Anja aber auf die Synkope. Trotzdem hätten

Muriel und sie auf dieser Musikbegleitung bestanden. »Im Moment der Zeugung werden ganz viele Weichen gestellt«, habe Muriel gesagt, und die rhythmische Komplexität afrikanischer Musik sei in besonderer Weise dazu geeignet, bei dem im Entstehen begriffenen Organismus flexibles Denken zu fördern. Darüber hinaus finde sie diese Musik unglaublich sexy.

Leider sei die rhythmische Komplexität jedoch nicht dazu geeignet gewesen, seine Moral aufzurichten, sagte Axel, eine halbe Ewigkeit sei es synkopisch hin und her gegangen, rauf und runter, rein und raus, aber nicht so richtig voran. Erst als Muriel sich auf seinen Rücken legte, er ihr feuchtes Geschlecht an seinem Hintern spürte, als sie Anja und ihm half, ihre gegenläufigen Rhythmen aufeinander abzustimmen, da ging es plötzlich sehr schnell. Muriels Wange klebte an seiner, ihre Haare lagen an seinem Hals, und als er kam, sah er aus den Augenwinkeln, wie Anja und sie sich küssten.

Die Zigarre danach wurde in gegenseitigem Einvernehmen durch einen Joint ersetzt. »Ich muss für die nächsten neun Monate auf Vorrat sündigen«, erklärte Anja, und deshalb tranken sie nach dem Kiffen noch Whiskey, danach baute Muriel ein weiteres Ding, so kräftig wie eine ihrer Waden. Dann schliefen alle drei ein.

Anja war schon aufgestanden, als Axel wieder erwachte, Muriel lag ihm gegenüber. Axel rutschte etwas näher an sie heran. Er roch ihren gleichmäßigen Atem, Whiskey, Austern, Gras. Er versuchte, seine Atmung der ihren anzupassen, führte seine Lippen ganz nahe an ihren halb geöffneten Mund, und immer wenn sie ausatmete, atmete er ein. Er behielt die Murielluft tief in der Lunge, bis seine Lungenbläschen ganz mit ihr getränkt waren, dann blies er sie wieder zurück, in Muriels Einatmen hinein, so dass sie nur Luft einsog, die vorher in ihm gewesen war, und umgekehrt. In diesem Moment, sagte Axel, hatten Muriel und er eine einzige Lunge, und die Luft, die in ihr hin und her strömte, wurde mit jedem Atemzug dünner.

Und weil er diese Schwäche für symbolische Handlungen hat, stellte Axel sich vor, dass mit jedem Atemzug auch ein paar Partikel von Muriels Seele in seinen Körper herüberwandern und beim Ausatmen ein paar seiner Seelenatome in ihren, dass Muriel und er sich mit jedem Atemzug ähnlicher werden, dass psychische Teilchen zwischen ihnen hin und her geblasen werden, bis ihre zwei Seelen sich vollkommen gleichen, und plötzlich, sagte er, lagen dort zwei Ariels nebeneinander im Bett, oder zwei Muxels, wie es uns gefällt. »Wir sind jetzt Vater«, flüsterte er, und davon wachte die Frau, die Muriel gewesen war, auf.

»Na so was«, sagte sie, »ein fremder Mann in meinem Bett. Wer bist denn du?«

»Erkennst du mich denn nicht? Ich bin's doch, Muriel.«

»Guten Morgen«, sagte sie und streckte ihm förmlich die Hand entgegen. »Ich heiße Axel.«

Er führte ihre Hand zum Mund, um sie zu küssen. In diesem Moment kam Anja ins Zimmer, die Haare in ein Handtuch gewickelt. Sie lächelte. Sie setzte sich auf das Fußende des Bettes, legte den Arm um ihren Kopf und küsste sie. Sie sagte: »Guten Morgen, Liebste.«

»Zu wem jetzt?«, unterbrach Pepe.

»Na, zu uns beiden.« Aber vermutlich habe sie das gar nicht bemerkt, sagte Axel, er habe nämlich den Eindruck, dass Anja an diesem Morgen nur mit sich selbst, mit ihrem Körper und anderen äußerlichen Dingen beschäftigt gewesen sei, klar, sie habe das in diesem Moment zwar noch nicht mit letzter Sicherheit wissen können, aber sie sei gerade schwanger geworden. Die sehr viel subtilere Verwandlung, die mit Muriel vonstatten gegangen sei, habe Anja jedoch gar nicht wahrgenommen, in Wirklichkeit habe sie bei dieser Morgenumarmung nämlich zu 50 Prozent Axel im Arm gehabt, während eine Hälfte von Muriel ihr dabei zuschaute.

Beim Reden hatte Axel unablässig mit den Karten herumgespielt, jetzt legte er sie zur Verdeutlichung seiner Theorie auf den Tisch. Die Pikdame hier sei Anja, sagte er, das sehe man ja sofort, »und das hier«, er zerriss einen Kreuzbuben der Länge nach in zwei Hälften, dann nahm er eine Herzdame und tat ihr das Gleiche an, »das sind Muriel und ich.« Er setzte die vier Hälften neu zusammen, legte eine der so entstandenen Zwitterkarten auf die Pikdame und die andere in gebührendem Abstand daneben. In diesem Moment wurde Pepe die Geschichte zu blöd.

Er fing an, etwas von Exkommunikation zu brüllen und wo wir denn hier seien. Skatkarten zerreißen, das könne Axel vielleicht in seiner Frauengruppe machen, aber nicht mit uns, so etwas tue mensch nicht, und er sage jetzt aus Rücksicht auf Axels weibliche Seite nicht *man*, aber das enthebe Axels verbliebene männliche Hälfte noch lange nicht der Pflicht, sein inneres Fräuleinwunder im Zaum zu halten, sonst wäre es nämlich besser, sie würden beide gehen.

Normalerweise hätte Axel uns jetzt den Vulkan gemacht. Aber er schüttelte nur traurig den Kopf, als wolle er sagen, was wisst ihr schon über uns. Er stand auf, nahm wortlos seine Jacke vom Stuhl und ging. Als wir ihn das nächste Mal trafen, hatte er sich ziemlich verändert.

Natürlich tat Pepe die Sache im Nachhinein Leid, und natürlich juckte es uns beide schon bald wieder in den Fingern. Deshalb hinterließen zwei, die es gut mit ihm meinten, eine Nachricht auf Axels

Anrufbeantworter, in welcher wir ihm drakonische Strafen und Sippenhaft androhten für den Fall, dass er es versäumen sollte, am folgenden Samstag mit einer bestimmten Summe in kleinen, nicht markierten Scheinen zum Skatspielen zu erscheinen. Ich muss zugeben, Axels Seelenwanderungstheorie hatte mich nicht gerade überzeugt, und als am Samstagabend anstatt seiner plötzlich Muriel zur Tür hereinkam, war ich daher ziemlich überrascht.

»Axel!«, rief ich. »Wo kommst du denn her?«

»Alles fit im Schritt?«, fragte Pepe und drehte sich um. Als er Muriel sah, war ihm das natürlich peinlich, aber wenn einer ein richtiger Kartenspieler sein will, soll er sich eben nicht mit dem Rücken zur Tür setzen.

»Wir sind schon etwas betrunken«, versuchte ich zu erklären. »Wir warten schon seit Stunden auf den dritten Mann.«

Sie glaube nicht, dass sie dafür die Richtige sei, sagte Muriel. Eigentlich habe sie uns nur sagen wollen, dass unser dritter Mann nicht kommen könne.

»Das ist schlecht«, sagte Pepe. »Dafür werden noch seine Kindeskinder teuer bezahlen müssen.«

»Lasst mal seine Nachkommenschaft aus dem Spiel, das ist gerade ein schwieriges Thema«, sagte Muriel und setzte sich. Und wenn Axel sich schon früher ein paar Atome von ihr abgeschnitten hätte, hätten Pepe und ich uns viele geständnisbildende Maßnahmen ersparen können, denn Muriel erzählte ohne Fisimatenten und Umschweife von den vergangenen Wochen, von jener Zeit, in der sich Axel nicht bei uns gemeldet hatte, bei Anja und ihr dafür umso öfter.

Axel sei offenbar ausgiebig damit beschäftigt gewesen, postkoitale Joints zu rauchen und Schnäpse zu trinken, sagte Muriel, allerdings ohne vorherigen Koitus, und das sei wohl auch das Problem.

Denn Sex habe er durchaus haben wollen, und zwar mit ihr, den bereits vollzogenen Geschlechtsakt mit Anja hingegen schien Axel zunehmend zu bereuen, wie er nach vollzogenem Rauschmittelkonsum allabendlich am Telefon beteuerte.

»Ich war ja viel zu billig«, habe er sich, nachdem der Schwangerschaftstest mit positivem Ergebnis zurückgekommen war, beklagt und kulinarische Nachforderungen gestellt. Muriel müsse ihn unbedingt mal wieder bekochen, am besten sofort, sie könne das auch ruhig bei ihm zu Hause machen und Anja brauche nicht dabei zu sein, die müsse sich jetzt sicher schonen. Als Muriel andeutete, dass Axel, bevor sie ihn besuche, erst einmal zu sich kommen solle, habe dieser wirres Zeug geredet, das sie bis heute nicht recht verstanden habe, von gespaltenen Hinterteilen und geschobenen Jungfrauen, vom Pfad der Tugend, auf den er sie führen wolle, davon, dass er nicht nur der Erzeuger, sondern auch die halbe Mutter des zu erwartenden Kindes sei, dass er es Anja zwar gerne austragen lassen wolle, es danach aber aus moralischer Sicht zweifelsohne Muriel und ihm gehöre, andernfalls sei es ihm lieber, überhaupt niemand würde das Kind bekommen.

»Könnte die Frau Mama vielleicht erklären, was sie damit meint?«

»Ich nehme alles zurück.«

»Darüber jetzt noch zu reden ist ja wohl ziemlich abstrakt, findest du nicht?«

»Warum denn?«, fragte Axel. »Es gibt da doch Mittel und Wege.«

»Was liegt, liegt«, sagte Muriel und knallte den Hörer auf die Gabel, und das war offenbar eine Sprache, die Axel verstand, denn danach habe er nicht mehr bei Anja und ihr angerufen. Dafür habe er ihnen heute, auf dem Weg zum Skatspielen, vor der Haustür aufgelauert. »Ich muss doch was zu erzählen haben«, habe er gesagt.

Axel legte seine Hand auf Anjas Bauch und grinste. Er fing an, sachte mit den Fingern darauf zu trommeln, einen moderaten Viervier-tel-Takt. Dann begann er zu singen.

»Like a virgin«, drei, vier, eins, zwei, *»touched for the very first time«,* und so ein Disko-Beat sei zwar schrecklich konservativ, sagte Muriel, aber natürlich noch lange kein Grund, jemandem die Zähne auszuhauen.

»Wie?«, fragte Pepe. »Anja hat Axel die Fresse poliert?«

»Man könnte auch sagen, er hat sie sich selber blank gebohnert. An ihrem Kopf.«

Pepe nickte und tippte sich an die Stirn. »Respekt.«

Genau daran habe es Axel leider gemangelt, sagte Muriel, sonst hätte er wohl kaum ungefragt seine Hand auf Anjas Bauch gelegt, und dann auch noch getrommelt. Jedenfalls sei es mehr als verständlich gewesen, dass Anja ihn hart von sich fortstieß, aber weshalb Axel sich ihr danach noch einmal mit solcher Wucht entgegengeworfen habe, darüber könne sie nur spekulieren, vielleicht seien das die ausgeleierten Bande der Freundschaft gewesen, die ihn zurückkatapultiert hätten, oder aber er habe Anja angreifen oder zur Entschuldigung umarmen wollen, so genau wisse man das ja manchmal bei ihm nicht. Sicher sei nur das Resultat, nämlich dass es plötzlich gewaltig gekracht habe.

Axel brüllte auf, griff sich ins Gesicht und klappte zusammen wie ein Gartenstuhl, Muriel konnte ihn gerade noch auffangen. Er spuckte ein paar blutige Kirschkerne auf die Straße, die zwölf, die elf, die einundzwanzig. Dann fing er an zu schimpfen, »wie ein Rohrspatz«, sagte Muriel, oder schlimmer, denn bei so einem Vogel höre man ja nur, *dass* er schreit, was genau er sagen wolle, wisse man nicht, bei Axel hingegen sei jedes Wort deutlich zu verstehen gewesen, obwohl er einige Ausdrücke verwendete, zu deren korrekter

Aussprache ihm die notwendigen Zähne fehlten, Dentallaute seien ein Ding der Unmöglichkeit gewesen, Zischlaute auch, selbst ein vergleichsweise harmloses Wort wie *Spatz* hätte Axel allergrößte Schwierigkeiten bereitet, gesetzt den Fall, er habe es verwenden wollen.

Anja griff in die Innentasche ihrer Jacke, um Axel ein Taschentuch zu reichen, denn das Blut ronn ihm immer noch übers Kinn wie ein gemächlich erkaltender Lavastrom. »Mann, Mann, Mann«, sagte sie, und das war nett gemeint, versetzte Axel aber nur in noch größere Rage. Er griff ebenfalls in seine Tasche. Er zog sein Portemonnaie hervor, nahm ein paar Scheine heraus und streckte sie Anja entgegen. Sicher, es waren wieder teuflisch vertrackte Konsonanten in dem Vorschlag, den er ihr unterbreitete, aber Anja verstand ihn trotzdem ganz gut, sie beugte sich zu ihm hinunter, nahm die Scheine entgegen und stopfte sie Axel dann in den Mund, also es sei doch erstaunlich, wozu Geld manchmal gut sei, sagte Muriel, eine Stille sei plötzlich eingekehrt, so etwas habe sie noch nie gehört, kein Vogelgezwitscher mehr, keine Schreie, eine Ruhe wie tief im Innern der Erde. Diesen wunderbaren Moment habe sie genutzt, um ein Taxi zu rufen. Axel sei jetzt in der zahnärztlichen Ambulanz, es gebe dort lange Wartezeiten, und deshalb wäre es vielleicht ganz gut, wir würden uns um ihn kümmern.

»Heilige Scheiße«, sagt Pepe, als er Axel sieht. »Das hätte ich auch nicht besser gekonnt.« Er räumt die alten Ausgaben medizinischer Fachzeitschriften vom Wartezimmertisch, gibt, Axel fängt an zu erzählen, nachdem wir ihm lange genug zugehört haben, sagt er endlich etwas, und wenn er das Wort *achtzehn* korrekt aussprechen könnte, wäre alles wie in der guten alten Zeit.

Pepe sagt »weg«, ich sage »passe«, und Axel fängt an zu flennen, wie ungerecht die Welt doch sei, und damit meine er jetzt die Frauen sowie Pepe und mich, weil wir immer Großmutterblätter bekommen oder mauern, und als er den Skat sieht, jammert er noch mehr. Er verliert einen Grand ohne einen, dann zwei Kreuz ohne vier, und das Einzige, was nach ein paar Runden noch gewaltiger ist als sein Selbstmitleid, ist die Summe seiner Miesen.

Natürlich hat das auch was mit mangelndem Kartenglück zu tun, aber als Axel schließlich den Erdmittelpunkt durchstößt und drüben in Neuseeland wieder rauskommt, frage ich mich, ob an der Sache mit der Seelenwanderung nicht doch etwas dran ist. Denn Muriel hat zwar viele Qualitäten, sie kennt sich aus mit Schalentieren, Sellerie und anderen reizenden Substanzen, hat ein hervorragendes Rhythmusgefühl und sorgt sich sogar um Menschen, die sie und ihre Freundin belästigen. Aber eine besonders gute Skatspielerin war sie noch nie.

Die Autorinnen und Autoren

Jonathan Ames ist Kolumnist der New York Press. Er lebt in New York, wo er häufig als Geschichtenerzähler in Theatern und Nachtclubs auftritt. Er wurde mit dem *Transatlantic Review Award* ausgezeichnet.

Susanna Calaverno, geboren an einem kalten Wintermorgen im Zeichen des Schützen und aufgewachsen in einer turbulenten, weiblich dominierten Großfamilie. Bereits mit 17 Jahren sammelte sie erste Auslandserfahrungen in Spanien und Nordafrika. Ihr Studium der Völkerkunde und Anthropologie schloss sie mit einer Magisterarbeit über Initiationsriten indonesischer Eingeborenenstämme ab. Nach ersten publizistischen Gehversuchen mit Aufsätzen zu ethnoarchäologischen und botanischen Themen entdeckte sie mit der erotischen Literatur kurz vor der Jahrtausendwende ihr eigentliches Metier. Die Autorin arbeitet als Dozentin und Seminarleiterin und wohnt mit ihrer Familie seit mehreren Jahren in einem alten Bauernhaus in der Nähe des Bodensees.

John Cleland (1709–1789) wurde in Kingston-upon-Thames (Surrey) geboren. Sein bekanntestes Werk ist der erotische Briefroman *Die Abenteuer der Fanny Hill,* der gleich nach seinem Erscheinen als pornografisches Schriftgut eingestuft und verboten wurde. Cleland wurde zu einer Gefängnisstrafe verurteilt. Nach seiner Freilassung arbeitete er weiter als Schriftsteller, Journalist und Übersetzer.

Petra Dubé, 1965 geboren, lebt mit ihrer Familie südlich von Stuttgart auf dem Land, wo sie die Zeit und die Muße findet, sich ihren aufwändig recherchierten historischen Romanen zu widmen.

Alison Fell, geboren 1944 in Dunfries (Schottland), studierte Kunst an der Universität in Edinburgh. Neben Erzählungen und mehreren Romanen veröffentlichte die Autorin auch schon einige Anthologien und Lyriktexte. Alison Fell lebt heute als freie Schriftstellerin in London. *Bambussprossen* ist ein Auszug aus einem Roman der japanischen Heianzeit, den die Autorin gemeinsam mit dem Sinologen Arye Blower rekonstruiert hat.

Zoran Ferić, geboren 1961 in Zagreb, studierte Philosophie an der Universität von Zagreb. Der Autor veröffentlichte zahlreiche Publikationen in kroatischen Untergrundzeitschriften und arbeitet derzeit als Gymnasiallehrer für Kroatisch in Zagreb.

Nina George, geboren 1973, fabuliert zwar am liebsten, aber nicht nur über die schönste Nebensache der Welt – in ihrem Debütroman *Kein Sex, kein Bier und jede Menge Tote* gibt's noch nicht mal eine wilde Knutscherei. Die Ex-Kellnerin, Ex-Barmaid, Ex-Opernstatistin, Ex-*Penthouse*-Redakteuse und jetzige freie Autorin für Print und TV (Sex, Crime, Comedy, Report) lebt in Hamburg und arbeitet zurzeit an einem Roman übers Erwachsenwerden, was verständlicherweise auch nicht gerade einfach ist. Oder sie zieht mit Anne W. über den Kiez.

Ann E. Hacker ist Mitte 40 und lebt in München. Sie schreibt deutsch und englisch und hat schon in mehreren Anthologien veröffentlicht; ihre Geschichten variieren von romantisch über nachdenklich und humorvoll bis erotisch, und ab und zu darf es auch mal eine Leiche sein. Deshalb hat sie im vergangenen Jahr die Krimi-Anthologie Tatort Berg herausgegeben. Sie ist Gründungsmitglied der Autorinnengruppe München.

David Kenlock, geboren 1959, ist von Beruf Grafikdesigner und Buchhändler. Seine Autorenkarriere begann 1996 mit *Emilys wundersame Reise ins Land der Träume,* auf den zahlreiche weitere Romane folgten. Im Jahr 1999 erhielt der Autor den Landespreis für Kinder- und Jugendbuch Baden-Württemberg. Zuletzt sind von David Kenlock die Thriller *Schatten, Dunkles Feuer* und *Im Labyrinth der Nacht* erschienen.

Tobias Königshausen, Jahrgang 1971, lebt in Berlin. Wenn er nicht gerade mit seiner Elektro-Pop-Gruppe *Naomi* an neuen Stücken bastelt, kurbelt er rund um den Helmholtzplatz den Handel mit Panini-Fußballbildern an. Gemeinsam mit Thomas Mersch komponiert er hingegen belletristische Texte. Mersch, Jahrgang 1970, lebt in Köln und arbeitet als freier Journalist. Er ist begeisterter Fußballspieler, Kneipenfan und einfallsreicher Erfinder exotischer Krankheiten.

Ralf Kratzert erschien ohne eigenes Dazutun 1967 in Böblingen bei Stuttgart und verliebte sich sofort in einen roten Opel GT. Wie sein Erscheinen, ging auch sein darauf folgendes Heranwachsen ohne Fremdeinwirkung vonstatten. Dann trat er in eine Schule ein und wollte dort nicht bleiben. Er blieb dann aber doch; sogar sehr lange.

Für ihn selbst völlig überraschend hörte er irgendwann auf zu wachsen und trat bald darauf ins Berufsleben ein. Dort hat er bis heute nicht wieder herausgefunden. Wenn Sie einen Weg wissen, schreiben Sie ihm bitte: Henry.Chinaski@gmx.de.

Lola Lindberg, geboren 1970 in Düsseldorf, gibt gerne zu, dass sie mit ihrem Vornamen etwas schummelt. Nach stürmischen Jahren voller windiger Männerbekanntschaften lebt sie heute als Vollzeitgeliebte eines kleinen Mannes mit beeindruckendem Aktiendepot in München. Neben zahlreichen Artikeln, die Lola unter abenteuerlichen Pseudonymen in ebensolchen Magazinen veröffentlicht, hat sie bereits mehrere (kleine) Bücher und Kurzgeschichten geschrieben. Lola Lindberg freut sich stets über nette Reaktionen auf ihre Texte: lolalindberg@yahoo.de

Marcus Luft, 32, lebt in Hamburg und Amsterdam und schreibt für die Zeitschrift *Amica* über interessante Menschen. Seine offenbar angeborene Neugierde kann er so auch beruflich einsetzen. Die angeborene Fantasie stillt er mit literarischen Texten, zum Beispiel in der Anthologie *Manche Prinzen sind Engel.*

Pedro Mairal wurde 1970 in Buenos Aires geboren. Er studierte Literatur an der Universität von Salvador, wo er mittlerweile als Assistent am Lehrstuhl für Englische Literatur arbeitet und Workshops für kreatives Schreiben veranstaltet. Sein erster Roman, *Eine Nacht mit Sabrina Love*, wurde 1998 mit dem renommierten Literaturpreis *Premio Clarin de Novela* ausgezeichnet und in Argentinien erfolgreich verfilmt.

Stefan Maiwald, geboren 1971, ist mit einer Italienerin verheiratet und lebt daher zumeist auf der Insel Grado zwischen Venedig und Triest. Er schreibt für diverse Zeitschriften und Zeitungen, darunter *Playboy, FHM, GQ, Amica,* die *Freundin* und die *Frankfurter Allgemeine Sonntagszeitung*. Außerdem war er letzter Chefredakteur der Reisezeitschrift *GLOBO*.

Thomas Mann (1875-1955), geboren in Lübeck, gehört zu den bedeutendsten deutschen Erzählern des 20. Jahrhunderts. Neben seinem ersten Roman *Buddenbrooks,* für den er 1929 den Nobelpreis für Literatur erhielt, zählen *Der Zauberberg* und *Doktor Faustus* zu seinen Hauptwerken. Der Gegner des NS-Regimes, der 1933 emigrierte, lebte zeitweilig in den USA, bevor er 1952 nach Europa zurückkehrte und in der Schweiz ansässig wurde.

Josephine Mutzenbacher, Protagonistin und Autorin zugleich, ist eine Fiktion. Die Geschichte um die Prostituierte und ihre zahlreichen Liebhaber, die Fortsetzung der 1906 erschienenen *Lebensgeschichte einer Wiener Dirne,* wird dem österreichischen Erzähler Felix Salten zugeschrieben. Eindeutig geklärt ist die Autorenschaft jedoch bis heute nicht.

Tracy Quan lebt in New York. Ihr Aufsehen erregender Roman *Das Tagebuch der Nancy Chang* (Nancy Chang ist ein Callgirl in New York) erscheint demnächst in der Reihe Knaur Lemon. Weitere Informationen über die Autorin erhalten Sie unter www.tracyquan.net.

Falko Amadeus Rademacher, Jahrgang '74, schreibt seit dem Abitur »lauter so krudes Zeug für alle Medien«. Diverse Comedyshows in Radio und TV (u. a. Harald-Schmidt-Show) und einige Drehbücher hat er auf dem Kerbholz, außerdem hat er bereits drei Bücher auf die Menschheit losgelassen. Er ist ständiger Mitarbeiter des *Eulenspiegel.*

Peter Thomas träumte sich bereits als Kind in seine eigene »literarische« Welt. Neben den Stars aus Entenhausen zählten auch Spiderman und Batman zu seinen täglichen Helden. Vielleicht hat auch das frühe Lesen von *Lassiter*-Western zu seinen Fantasien geführt. Erst seit wenigen Jahren nimmt sich Peter Thomas die Zeit, kreative Geschichten nicht nur zu lesen, sondern auch zu erzählen. Seit kurzem widmet er sich auch dem Entwurf von Drehbüchern. Peter Thomas ist 35, freiberuflicher Autor und lebt in Köln.

Markus Triebel, geboren 1973 im Zeitalter des industriellen Niedergangs im Ruhrpott. Ort des Geschehens war die hübsche Stadt Essen. Dort verbrachte der Autor die ersten 25 Jahre seines Lebens. Ein Abitur, einen Zivildienst, drei Semester Studium der Sozialwissenschaften und eine Ausbildung zum Buchhändler später trat er die Reise in den Süden der Republik an. Er landete in München, wo er immer noch verweilt. Von Markus Triebel sind bereits einige Kurzgeschichten und der Roman *Nachttrümmer* erschienen. Sein zweites Buch sucht derzeit noch einen verlegerischen Heimathafen.

Florian Werner, 1971 in Berlin geboren, studierte englische, amerikanische und deutsche Literatur in Tübingen, Aberdeen und Berlin. Er promoviert derzeit über Apokalyptik in der afro-amerikanischen Dichtung, textet und musiziert in der Gruppe *Fön* und liest regelmäßig mit dem *Visch & Ferse*-Konglomerat im Friedrichshainer Fischladen. 2001 gewann er den 1. Preis beim *Allegra*-Literaturwettbewerb.

Anne West, geboren 1971 in Köln, hat nach den Aussagen ihres Vaters (Schutzmann) sowie ihrer Mutter (Wissenschaftlerin) bereits mit acht Jahren die Bienen- und Blumenfrage für ihre Mitschüler erklärt. Nach ihrem schreiberischem Debüt mit 19 bei *Penthouse*, Schliff bei US-Magazinen und journalistischen Zwischenstationen im Axel-Springer-Verlag erschien 1998 ihr spritziger Ratgeber *Gute Mädchen tun's im Bett, böse überall*, der Nachfolger *Sag Luder zu mir* im Oktober 2001. Anne West lebt als freie Autorin in Hamburg in einer wilden WG mit Nina G.

Joseph von Westphalen, geboren 1945 in Schwandorf, studierte Germanistik und Kunstgeschichte. Heute arbeitet er als Journalist und freier Schriftsteller in München.

Laura Winter, geboren 1970, hegt schon seit ihrer frühesten Jugend schriftstellerische Ambitionen. Auch wenn die ersten Schreibversuche gelegentlich recht desaströs endeten, lebt sie heute als freie Autorin in München. Sie hat bereits mehrere Sachbücher publiziert, unter anderem für die *F.A.Z* geschrieben und arbeitet derzeit an ihrem ersten Roman.

Quellennachweise

Jonathan Ames, Goldie. Aus: Jonathan Ames, *Flüchtig wie die Nacht. Bekenntnisse eines New Yorkers.* Copyright © 1989 by Jonathan Ames. Copyright © 2001 der deutschen Ausgabe bei Europa Verlag GmbH, Hamburg/Wien.

Susanna Calaverno, Vendesi. Originalbeitrag. Copyright © 2002 bei Susanna Calaverno. Abdruck mit freundlicher Genehmigung der Autorin.

John Cleland, Die falsche Jungfrau. Aus: John Cleland, *Die Abenteuer der Fanny Hill*, herausgegeben und mit einem Vorwort von Kurt Starke. Copyright © Gustav Kiepenheuer Verlag Leipzig und Weimar 1987.

Petra Dubé, Das Mädchen mit den Zündhölzern. Originalbeitrag. Copyright © 2002 bei Petra Dubé. Abdruck mit freundlicher Genehmigung der Autorin.

Alison Fell, Bambussprossen. Aus: Alison Fell, *Jadeschwert und Pflaumenblüte. Erotische Paraventgeschichten für die Hofdame Onogoro.* Deutsche Übersetzung von Martina Dervis und Markus Edler. Copyright © 1995 bei Rowohlt Verlag GmbH, Reinbek bei Hamburg.

Zoran Ferić, Symmetrie eines Wunders. Aus: Zoran Ferić, *Engel im Abseits.* Aus dem Kroatischen von Klaus Detlev Olof. Copyright © 2000 bei Folio Verlag, Wien.

Nina George, Wiener Blut. Originalbeitrag. Copyright © 2002 bei Droemersche Verlagsanstalt Th. Knaur Nachf., München.

Ann E. Hacker, Der Einhunderteuromann. Originalbeitrag. Copyright © 2002 bei Ann E. Hacker. Abdruck mit freundlicher Genehmigung der Autorin.

David Kenlock, Das Geschenk. Originalbeitrag. Copyright © 2002 bei David Kenlock. Abdruck mit freundlicher Genehmigung des Autors.

Tobias Königshausen, Thomas Mersch, Strange Tourist. Originalbeitrag. Copyright © 2002 bei Droemersche Verlagsanstalt Th. Knaur Nachf., München.

Ralf Kratzert, Tejo. Originalbeitrag. Copyright © 2002 bei Droemersche Verlagsanstalt Th. Knaur Nachf., München.

Lola Lindberg, Anders als erwartet. Originalbeitrag. Copyright © 2002 bei Lola Lindberg. Abdruck mit freundlicher Genehmigung der Autorin.

Marcus Luft, Das Geheimnis. Originalbeitrag. Copyright © 2002 bei Droemersche Verlagsanstalt Th. Knaur Nachf., München.

Pedro Mairal, Der Hauptgewinn. Aus: Pedro Mairal, *Eine Nacht mit Sabrina Love*. Aus dem Spanischen von Alexandra Messerer. Copyright © 1998 by Pedro Mairal. Copyright © 2002 der deutschen Ausgabe bei Droemersche Verlagsanstalt Th. Knaur Nachf., München.

Stefan Maiwald, Hanteltraining mit Huren. Originalbeitrag. Copyright © 2002 bei Droemersche Verlagsanstalt Th. Knaur Nachf., München.

Thomas Mann, Madame Houpflé. Aus: Thomas Mann, *Bekenntnisse des Hochstaplers Felix Krull*. Copyright © S. Fischer Verlag GmbH, Frankfurt am Main, 1954.

Josephine Mutzenbacher, Ein durch und durch nobles Ross. Aus: *Josephine Mutzenbacher und ihre 365 Liebhaber*. Herausgegeben, überarbeitet und mit einer Vorbemerkung von Wolfgang

Michael Menzel (Hrsg.)
Schamlos
Erotische Phantasien

Crestina di Raimondi (Hrsg.)
Höhepunkte
Ein erotisches Lesebuch

Crestina di Raimondi (Hrsg.)
Liebhabereien
Ein erotisches Lesebuch

Marie-Sophie Bollacher (Hrsg.)
Zungenküsse
Unmoralische Angebote und
andere Lippenbekenntnisse

Tobsha Learner
Quiver
Erotische Phantasien

Trauen Sie sich!
Sextipps für das 21. Jahrhundert
bei Knaur:

Anne West
Gute Mädchen tun's im Bett – böse überall
Wer sich traut, hat mehr vom Lieben

Anne West
Sag Luder zu mir
Gute Mädchen sagen danke schön,
böse flüstern 1000 heiße Worte

Mantak Chia und Douglas Abrams Arava
Öfter – länger – besser
Sextipps für jeden Mann

Rachel Swift
ich komme wann ich will

Anna D. Garuda
Das erotische Traumlexikon
Entdecken Sie die sinnlichen Botschaften
Ihrer Träume

Raffiniert und wild:
Die Lust kennt auf diesen Seiten keine Tabus.
Erotische Romane bei Knaur:

Glen Duncan
Obsession
Ein erotischer Roman

Stella Cameron
Nackte Lügen
Roman

Tobsha Learner
Madonna Mars
Ein erotischer Thriller

Francesca Lia Block
Die Leidenschaft des Surfers
Roman

Anaïs Nin
Das Delta der Venus
Roman

Knaur